협임

조 선 제 일 침

3

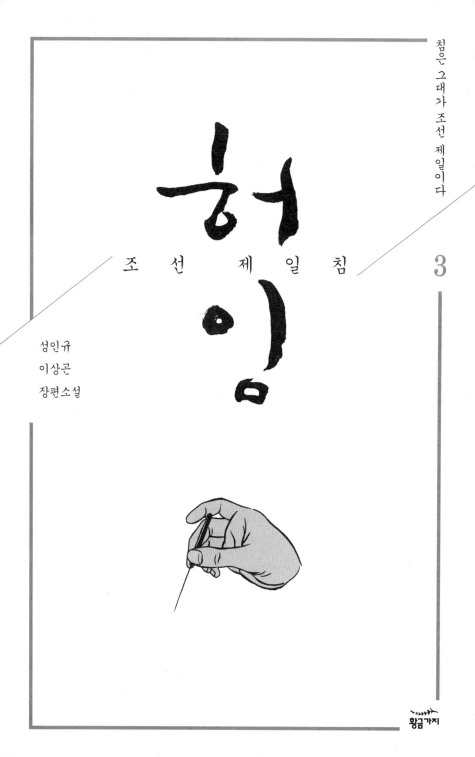

침은 그대가 조선 제일이다

허임

조 선 제 일 침

3

성인규
이상곤
장편소설

황금가지

차 례

을미년(乙未年)에 박춘무를 만나다

송하연은 눈꺼풀을 파르르 떨며 뒤로 물러났다. 등이 벽에 닿으며 가슴이 철렁였다. 더 물러설 곳이 없어진 그녀는 유진하를 쳐다보며 애원하듯이 말했다.

"제발 이러지 마세요, 의관님."

유진하는 생쥐를 구석에 가둔 고양이처럼 차가운 눈빛을 번들거리며 나직이 코웃음 쳤다.

"흥! 오늘은 네년을 그냥 보내주지 않을 것이다."

그때였다.

"하연 언니, 어디 계세요?"

유진하가 막 앞으로 걸음을 내딛는데 느닷없이 송하연을 부르는 소리가 들렸다. 봉연을 보조하는 의녀인 서홍의 목소리였다.

갑작스러운 외인의 출현에 유진하가 주춤거리며 고개를 돌렸다. 송하연은 기회를 놓치지 않고 옆으로 빠져나갔다.

"나 여기 있어, 홍아야."

유진하도 더 이상 그녀를 막지 못했다. 송하연은 뛰듯이 그곳을 벗어났다. 심장이 터질 것처럼 뛰고, 다리가 후들후들 떨렸다.

"함부로 입을 열면 후회하게 될 거다. 입 조심해."

유진하가 그녀의 뒤에 대고 오싹한 목소리로 경고를 보냈다. 송하연은 움켜쥔 손을 부르르 떨면서 이를 악물고 밖으로 나갔다.

거처로 돌아온 봉연은 서홍의 말을 듣고 송하연에게 전말을 물어보았다. 송하연은 차마 자신의 입으로 사실을 그대로 말해줄 수가 없었다. 그저 유진하가 심하게 다그쳤다고 했을 뿐.

"허 의관님께는 말씀드리지 마세요. 그분께 걱정 끼치고 싶지 않아요."

봉연은 송하연의 표정을 보고 자신에게 말하지 않은 것이 더 있다는 것을 눈치 챘다. 짐작 못할 바는 아니지만 더 깊은 것은 묻지 않았다.

"정말 괜찮겠어?"

"유 의관도 그렇지만 허 의관님의 성격도 보통이 아니라는 것 아시잖아요. 일이 커지면 허 의관님께도 좋지 않을 것 같아요."

고관에게도 고개가 뻣뻣한 것으로 유명한 허임이 아닌가. 송하연의 말대로 사실을 알게 되면 무슨 일이 벌어질지 몰랐다.

"후우, 알았다. 그렇게 하마. 그리고 이제는 유 의관이 뭐라고 하던 사람 없는 곳으로는 따라가지 마라."

"예, 수의녀님."

'불쌍한 것. 너무 예뻐도 문제구나.'

그 시각. 정월이 독기가 흐르는 눈으로 봉연의 방을 쳐다보았다.

'멍청하기는. 빨리 허임에게 갈 것이지. 계속 나리의 마음을 흔들면 내가 가만두지 않겠어. 누구든 내 꿈을 방해하는 자는 용서하지 않을 거야. 그게 누구든.'

* * *

명나라와 왜의 화친이 지지부진한 가운데 윤두수가 체찰사에 임명되어 남쪽으로 내려갔다. 그는 권율이 이끄는 육군과 남해의 수군을 출동시켜 거제의 왜적을 양면협공 할 계획을 세웠다.

마침내 9월 중순 경, 곽재우, 김덕령, 박종남 등 용장들을 모두 거제로 내려 보내고 남해의 수군 역시 총출동시켰다. 그러나 왜적이 거제에 구축한 성에서 웅크리고 움직이지 않았다. 게다가 날씨마저 좋지 않아서 별다른 득을 보지 못한 채 물러나야 했다.

10월이 되어서 그 사실이 조정에 알려지자 갑론을박이 벌어졌다. 거제도가 어떻게 생겼는지, 얼마나 큰지, 왜적의 수가 얼마나 되는지도 모르는 문관들이 입만 나불거려서 작전을 짜고, 자신들의 작전대로만 하면 이길 수 있다고 자신 있게 말했다.

목숨을 걸고 적과 마주한 무관들 입장에서는 참으로 답답한 일이 아닐 수 없었다. 특히나 수군은 답답하다 못해서 미칠 지경이었다.

초겨울 찬바람이 거세게 불어대는 바다는 무척이나 위험하다. 살을 에는 추위로 손이 곱아서 화살도 제대로 쏘지 못할 지경인 것이다. 그런데 추위를 버틸 옷도 제대로 지급하지 않으면서 무작정 몰 아붙이다니.

또한 그 와중에도 중신들은 계사년에 죽은 정철의 추탈*에 대한 문제를 놓고 한바탕 설전을 벌였다. 한쪽에서는 반드시 해야 한다, 한쪽에서는 그럴 필요까지 있느냐 하는 싸움이었다. 각자의 주관 이 아닌 당색으로 인한 싸움이었다.

나라의 운명이 백척간두(百尺竿頭)에 놓여 있고, 백성들은 처참하 게 죽어가고 있거늘, 당쟁이나 일삼는 그들을 보고 뜻이 있는 자들 은 혀를 깨물고 싶은 심정이었다.

본격적인 겨울이 다가오는 시기, 허임은 닷새에 한 번 정도 송하 연을 만났다. 어떤 때는 열흘 만에 만날 때도 있었다. 마음이야 매 일 보고 싶지만 어쩔 수가 없었다. 명성이 높아지면서 사람들이 자 신의 일거수일투족을 바라보고 있었다. 특히 유진하가 자신을 괴 롭히지 못해서 안달이었다. 티끌만 한 잘못만 있어도 눈덩이처럼 부풀려서 공격할 터, 자칫하면 송하연이 어려움에 처할까봐 만나 고 싶은 마음을 최대한 자제했다.

그렇게 겨울이 본격적으로 닥치면서 또다시 추위와 굶주림이 백 성들을 공포로 몰아넣었다. 무려 3년에 걸친 기근은 백성들의 가슴 에서 삶에 대한 의욕마저 앗아가 버렸다.

온 백성이 굶주림과 추위로 사투를 벌이고 있을 때, 조정에서는

---

* 追奪:죽은 사람의 죄를 논하여 생전의 벼슬을 없앰

이순신과 원균에 대한 논의가 벌어졌다.

경상우수사 원균이 삼도수군통제사가 된 이순신 밑으로 들어간 것을 창피하게 여기고 통제를 받지 않으니, 이순신이 글을 올려 자신을 통제사 자리에서 내려달라는 사면을 청한 것이다.

조정에서는 도원수 권율로 하여금 상황을 조사하게 했는데, 원균은 욕을 내뱉으며 이순신을 상관으로 여기지도 않았다. 이순신 역시 원균에게 아무런 공이 없음을 사실대로 말했다. 적을 겁내 배를 물에 가라앉히고 군사들을 해체시킨 후 자신만 살겠다고 도망친 자가 아닌가. 이순신과 함께 한 후로도 여러 차례 제멋대로 행동하고 공을 탐내서 아군의 작전에 피해를 끼친 적이 한두 번이 아니었으니, 공은커녕 벌을 줘도 큰 벌을 줘야 할 자였던 것이다.

그러나 조정의 대신들은 대부분 원균의 편을 들어서 둘 모두 탄핵했다. 그 와중에도 원균은 단지 임지를 충청도로 옮겼을 뿐이고, 이순신은 병마절도사로 직급을 내렸다.

그 후 원균은 권신들과 결탁해서 이순신을 헐뜯었는데, 이순신의 성품이 워낙 곧고 굳세다 보니 윤두수를 비롯한 조정의 권신들은 대부분 이순신을 미워하고 원균을 편들었다.

그나마 왜적에게 압도적인 승세를 보이던 수군조차 그렇게 서서히 분열의 구렁텅이로 빠져들기 시작했으니…….

그러는 사이 갑오년이 지나고 을미년*이 되었다.

....
* 乙未年:1595년

* * *

을미년이 되고도 화친에 대한 결론이 나지 않았다. 수많은 방책이 세워졌지만 뭐 하나 제대로 된 결과가 나온 것이 없었다.

그 동안 허임의 명성은 날이 갈수록 높아졌다. 눈치를 보던 의관들도 이제는 허임을 공공연하게 어의와 비교했다. 그러더니 3월이 얼마 남지 않았을 때 뜻밖의 소식이 전해졌다.

봄 햇살이 화창하던 그날, 허임이 환자를 치료하고 있는데 오동돈이 벌컥 문을 열고 들어왔다.

"교수님!"

허임은 눈살을 찌푸리고 오동돈을 쳐다보았다. 아무리 그가 오동돈을 좋아한다 해도 해서 될 일과 해서는 안 될 일이 있었다.

"갑자기 문을 열면 어떡합니까?"

오동돈은 허임이 화났다는 걸 알고도 입가에 떠오른 웃음을 지우지 않았다.

"축하합니다, 허 교수님!"

"뜬금없이 무슨 말을 하시는 겁니까?"

"앞으로 주상전하의 치료에 허 교수님을 침의로서 합류시키겠다고 합니다."

허임은 잠시 대꾸를 하지 못했다. 드디어 임금의 치료에 참여할 수 있게 되었다. 품계야 달라질 것이 없지만 임금의 침의가 된다는 것은 출세가도에 들어섰다는 말과 같았다.

"그게 정말입니까?"

"흐흐흐, 제가 귀 하나는 밝지 않습니까? 조금 전에 결정이 났다고 합니다요. 유 어의도 여러 사람이 찬성하자 찍소리를 못했다고 하지 뭡니까요."

허임의 눈빛이 흔들렸다. 기쁜 한편으로는 마음이 씁쓸했다. 임금의 처세와 행동이 마음에 들지 않는 그가 임금의 치료에 나선다는 걸 기뻐한다는 것은 이율배반적인 마음이 아닐 수 없었다.

남들이 알면 이기적인 놈이라고 손가락질 할지도 모른다. 하지만 그들이 천민의 한을 품고 살아온 자신의 마음을 어찌 알 것인가.

"알았습니다. 그만 가서 일 보세요."

유진하는 부친의 말을 듣고 눈을 부릅떴다.

"그놈이 주상전하께 침을 놓게 되었단 말입니까?"

"어쩌다 보니 그렇게 되었다. 저번 해주와 삼례역에서 왕세자 저하를 치료한 공을 인정받은 것 같다. 반대하고 싶어도 찬성하는 사람이 많아서 어쩔 수가 없었다."

허임이 임금의 치료에 참가하게 되다니!

'그 천한 놈이……!'

속이 부글부글 끓은 유진하는 부친 앞인데도 이를 악물고 허공을 노려보았다. 이제는 의술이 문제가 아니었다. 송하연이 허임에게 완전히 마음이 기운 것을 안 순간부터 그는 병적으로 허임을 증오했다.

작년 가을의 그날 이후 송하연에게 몇 번 접근했지만, 그때마다 그녀는 교묘하게 그의 손아귀에서 빠져나갔다. 게다가 수의녀인 봉연이 송하연을 보조의녀로 항상 대동하고 다녀서 따로 만날 기회조차 나지 않았다. 그럴수록 허임에 대한 원망만 커졌다.

'개자식. 절대 그냥 두지 않겠어!'

유후익은 분노하는 아들을 슬쩍 일견하고는 넌지시 말했다.

"어쨌든 그 놈도 참 대단하다. 이제 스물 몇 살밖에 안 된 놈이 주상전하의 치료에 참가하다니. 의학은 다른 공부와 달라서 경험이 풍부해야 되기 때문에 어린 나이에 성공하기가 힘든 법이거늘."

그는 아직 자신의 아들이 여자 문제 때문에 증오를 품고 있다는 걸 알지 못하고 넌지시 경쟁심을 부추겼다.

유진하는 부친의 말에 경쟁심은커녕 기분만 상했다.

"그래 봐야 천한 놈입니다. 운 좋게 왕세자를 낫게 한 것이 눈에 든 것뿐이지요. 솔직히 그때도 그놈이 무슨 공을 세웠습니까? 내의들이 거의 다 치료해 놓은 상황에서 침 몇 번 놓았을 뿐인데요."

"너도 이제부터는 구암 곁에 바짝 붙어 있어라. 구암이야 말로 주상전하의 총애를 받는 사람이니 곁에만 있어도 그놈보다 훨씬 나은 공을 인정받을 것이다."

"알겠습니다, 아버님."

그날 밤, 유진하는 정월을 불러냈다. 정월과 격렬한 정사로 짜증 난 기분을 푼 유진하는 그녀에게 몇 가지 일을 지시했다.

"의원이 부족해서 의녀들에게 많은 일을 맡길 거다. 혹시라도 허임이란 놈에 대한 이야기가 나오거나, 그놈과 관련된 일이 있으면 반드시 나에게 알려라."

"예, 의관님."

"혜민서에서 온 의녀를 통하면 어렵지 않을 것이야. 혜민서에 있는 의녀를 하나 구워삶아서 놈의 동태를 항상 주시하라고 해."

"알겠사옵니다. 그런데 언제까지 저를 이대로 버려두실 것이옵니까? 천녀는 의관님의 사람이 되기만을 학수고대하고 있사옵니다."

정월이 넌지시 유진하를 재촉했다.

"조금만 기다려라. 아직은 전쟁이 완전히 끝난 것도 아니니 함부로 행동할 수 없다. 전쟁이 끝나면 너를 들어 앉힐 것이야."

정월은 유진하의 말을 듣고 품으로 파고들었다.

"천녀는 그날만 기다리겠사옵니다."

* * *

송하연은 허임과 관련된 이야기를 듣고 무척 기뻐했다. 임금의 치료에 참여시키기로 했다면 곧 내의원의 침의가 될 터. 보다 가까운 곳에서 지내게 될 것이 아닌가.

허임 역시 임금의 침의가 된다는 것 이상으로 그 점이 마음이 들었다. 그러나 내의원에서는 여름이 다가오도록 허임을 한 번도 부르지 않았다. 허임을 침의로 합류시키겠다는 결정이 나긴 했지만, 반대하는 자들이 은근히 방해한 것이다.

그 중에서도 유후익과 유진하의 방해가 집요했다. 유후익의 허임에 대한 마음이 전보다는 조금 풀어졌지만, 그로선 아들이 허임에게 밀리는 것을 보고만 있을 순 없었다.

그 일에 가장 큰 공을 세운 사람은 정월이었다. 그녀는 혜민서에서 내의원 의녀로 온 경문을 시켜 허임의 일거수일투족을 감시하게 했다. 경문은 혜민서의 의녀 하나를 포섭해서 허임의 행동은 물론 그가 하는 말까지 수집했다.

유진하는 정월이 전하는 말에서 허임의 안 좋은 점만 추려내 유후익에게 알렸다. 유후익은 그런 이유를 들어서 어의와 내의를 설득했다.

"허임이 여전히 고관들을 싫어하고 있다 하오."

"허임이 천한 자들과 자주 어울린다 하오. 자칫 주상전하에 관한 말이 새어나갈까 두렵소."

"도성에서 수많은 사람이 역병에 걸려 죽은 것에 대해 허임이 내의원 책임도 있다는 말을 했다 하오. 참으로 건방진 사람이 아니오?"

그의 말이 사실이라는 게 알려지자, 내의원의 의관들도 허임을 불러들이는 걸 망설였다.

허준도 별다른 의견을 내지 않고 관망했다. 그는 아직도 허임의 가슴속에 든 칼날이 무뎌지지 않았다고 생각했다. 유진하가 말한 옥소에 관한 일도 조금은 께름칙했고. 게다가 언제부턴가 그의 마음 한편에서는 허임의 뛰어난 침구 솜씨에 대한 경계심이 자라고 있었다.

허임은 내의원에서 부르지 않는 것이 은근히 신경 쓰였지만 내색하지 않고 환자 치료에 전념했다. 그런데 4월 중순경이었다. 오동돈이 임금께서 침구치료를 받았다는 소식을 전했다.

"어제 전하께서 별전 편방에 나와 침구치료를 받았다고 합니다. 입시*한 의원은 어의이신 허준 어른과 내의 이연록, 이공기, 그리고 침의로는 김영국 의관님과, 정희생, 박춘무란 분이 함께했다고 합니다요."

침의로 합류시키겠다고 해놓고 침구치료를 하는데 자신을 부르지 않다니. 결국 자신을 받아들이기로 한 일은 말뿐이었단 말인가? 차라리 아무 말도 없었다면 기분이 상할 일도 없거늘.

"정말 웃긴 양반들이지 뭡니까? 언제는 금방 부를 것처럼 말하더니 이제 와서 눈치나 보고 말입죠."

오동돈이 허임의 눈치를 살피며 내의원의 행태를 비꼬았다. 허임은 쓴웃음을 지으며 최대한 담담해지려고 애썼다.

"너무 신경 쓰지 마십시오. 저도 한번 빠졌다고 징징대고 싶지 않습니다."

"하긴 그 정도에 흔들릴 허 의관님이 아니시죠. 좌우간 무슨 일이 있으면 잽싸게 알려드리겠습니다."

그때 문득 허임의 머릿속에서 임진년 가을의 일이 떠올랐다.

"아! 입시한 침의 중 박춘무란 분이 계시다고 했지요?"

"예. 아시는 분입니까?"

---

* 入侍:임금을 뵈는 일

"만나보지는 못했습니다만, 박춘무란 분에 대해서 들은 적이 있습니다. 청주성을 왜놈들에게서 빼앗을 때 의병장으로 나섰던 분인데 침술이 무척 뛰어나다고 들었습니다. 혹시 그분이 아니신지 모르겠군요."

고개를 갸웃거리던 오동돈이 천천히 고개를 끄덕였다.

"그러고 보니 의병장이었다는 이야기를 들은 것 같기도 합니다요."

"지금 어디 계신지 아십니까?"

"아직 떠나지 않으셨다면 객청 어디엔가 계시지 않겠습니까? 제가 한번 정확히 알아보겠습니다요."

* * *

정오가 되기 전에 돌아온 오동돈은 혜민서의 정보통답게 확실한 정보를 물어왔다.

허임의 짐작이 맞았다. 박춘무는 청주성 전투에서 조헌과 함께 큰 공을 세운 의병장이었다. 그 공을 인정받아 임천군수가 되었는데, 침술이 뛰어나다는 소문을 듣고 내의원에서 불러들였다고 한다.

"지금 행궁의 객청에 계시는데, 침 치료를 마친 후 전하께 별 이상이 없으시면 내려간다고 합니다요."

오동돈의 말에 허임의 눈빛이 별빛처럼 반짝였다.

'일이 끝나면 한번 만나 뵈어야겠군.'

3년 전 장선을 치료할 때 박춘무에 대한 이야기를 듣고 한번 만나보고 싶었다. 조금은 묘한 일로 그에 대한 이야기를 들었지만 그 마음은 여전했다.

그런데 신시가 지나갈 무렵, 대지를 달구던 태양이 서서히 인왕산으로 곤두박질 치는 시간에 한 사람이 혜민서에 들어섰다. 담백한 문사풍의 그는 나이가 사십대 중반쯤으로 보였는데, 눈빛이 맑고 흔들림이 없었다.

"치료받으러 오셨습니까?"

마침 정문 쪽으로 지나가던 참봉 김언충이 그를 발견하고 물었다. 다 끝나가는 시간에 환자가 찾아오니 약간 짜증이 났지만 행색이 양반 같아서 지친 와중에도 말을 조심했다.

"아니네. 사람을 만나러 왔네."

"누구를 찾으시는지요?"

"이곳에 치종교수 허임이라는 의관이 있는 걸로 아네. 그를 좀 만났으면 싶군."

"약속을 하시고 오셨습니까?"

"약속하지는 않았네. 꼭 약속을 해야만 만날 수 있나?"

"그게 아니오라, 허 교수께선 치료를 할 때 사적인 만남을 최대한 금하십니다. 해서 약속 없이 그분을 만나시려면 환자의 치료가 끝날 때까지 기다리셔야 할 것 같아서 미리 물어본 것입니다."

"얼마나 걸리는가?"

"아직 그분께 치료받을 환자가 넷이나 남아서 해가 질 무렵은 되어야 치료가 끝날 것 같습니다."

"그래? 그럼 들어가서 기다리지. 그 정도는 괜찮겠지?"

"한번 말씀드려보겠습니다. 한데 뉘시라고 말씀을 전해야 하는
지요?"

"임천의 박춘무라고 하게나."

허임은 치료를 마친 환자에게 약방문을 써주었다.

"약의에게 가서 이걸 보여주시오. 그럼 약을 내줄 거요."

"예, 의관님. 고맙습니다요."

환자가 허리를 굽실거리며 밖으로 나가자 허임은 다음 환자가
들어오기를 기다렸다. 그런데 환자 대신 오동돈이 허둥지둥 안으
로 들어왔다.

"무슨 일입니까?"

오동돈이 허임에게 머리를 쑥 내밀고는 나직이 말했다.

"박춘무, 그 분이 의관님을 찾아오셨습니다요."

오동돈의 말에 허임의 허리를 세웠다.

"정말 그분입니까?"

"예. 임천에서 온 박춘무라고 했다 합니다요. 그런데 의관님의
치료가 끝날 때까지 이곳에서 기다리면 어떻겠냐고 하셨다는데,
어떻게 할깝쇼?"

허임은 오래 생각하지 않고 대답했다.

"들어오시라고 하십시오. 환자도 들이고."

"알겠습니다요."

오동돈이 나가자 허임의 눈빛이 깊어졌다.

박춘무가 환자를 치료하는 곳에서 기다리겠다고 한 것은 심심해

서가 아니다. 그는 의병장이고 군수임과 동시에 침술을 익힌 사람이 아닌가? 자신이 환자를 치료하는 걸 보고 싶은 것이겠지.

곧 문이 열리고 환자가 먼저 들어왔다. 한쪽 어깨가 축 처진 노인이었는데, 팔을 거의 움직이지 못했다. 허임은 노인이 들어오는 모습을 살펴보고는 앞에 앉혔다.

"이리 앉으시고 아픈 쪽 어깨의 옷을 젖혀보십시오."

노인이 허임의 앞에 앉은 직후 박춘무가 들어왔다. 허임은 그를 향해 고개를 숙이는 것으로 인사를 대신했다.

"정식 인사는 잠시 후에 드리겠습니다. 시간이 걸릴지 모르니 한쪽에 편안히 앉아 계십시오."

"나는 상관치 말고 환자를 치료하게나."

"이해해 주셔서 감사합니다."

허임은 간단하게 양해를 구하고 환자 치료에 집중했다. 일 다경가량 걸려서 노인을 치료한 그는 두 번째 환자를 맞이했다. 다행히 두 번째, 세 번째 환자도 큰 병은 아니었다.

마지막 남은 환자는 삼십대 중반으로 보이는 선비였는데, 얼굴이 불그스름하고 입술이 비뚤어져 있었다. 그는 몸을 움직이기 힘든 듯 열대여섯 살 소년의 등에 업히다시피 해서 들어왔다. 오동돈이 불안하게 보였는지 옆에서 붙잡아 주었다.

"아버님께서 갑자기 몸이 마비되어 움직이기가 힘들다고 하십니다, 의관님."

소년의 말에 선비가 겁에 질린 표정으로 더듬거렸다.

"이, 이러다, 주, 죽는 것, 아, 아닌지, 모, 모, 모르겠소."

"일단 이쪽으로 눕혀보시게."

소년과 오동돈이 선비를 허임 앞에 눕혔다.

허임은 먼저 선비의 맥을 살펴보았다. 겉으로는 특별한 병증이 보이지 않았으나, 심장과 신장 쪽에서 이상이 감지되었다.

그것은 부조화였다. 심장의 심화(心火)는 심한데, 신장의 신수(腎 水)가 허약해서 서로간의 조화가 이루어지지 않는 것이다. 그럴 경 우 몸이 마비되거나, 심하면 반신불수가 될 수도 있었다.

"가슴에 열이 나서 목이 자주 마르고, 오줌이나 대변이 잘 나오 지 않을 때가 있지 않습니까?"

소년이 대신 대답했다.

"의관님 말씀이 맞습니다. 전에도 가끔 그러셨는데 요즘 와서 유 독 심해지셨습니다."

허임은 말을 제대로 하지 못하는 선비 대신 그 아들에게 물었다.

"몸이 마비되는 증세는 언제부터 그랬는가?"

"어제 통증이 극심하신지 신음을 흘리시더니 갑자기 이렇게 되 셨습니다."

"늦지 않게 와서 다행이군."

만약 하루만 더 늦게 왔어도 반신불수가 되거나, 나으려면 오랜 시간이 필요했을지 몰랐다. 병을 가볍게 생각하다가 호미로 막을 수 있는 증세를 가래로 막게끔 키우는 경우가 많은 것이다.

허임은 먼저 선비의 복사뼈 아래쪽의 경골혈(京骨穴)에 침을 놓 았다. 그리고 그 옆의 중봉혈(中封穴)과 복사뼈 위쪽의 절골혈(絶骨 穴)에도 침을 놓았는데, 세 곳 모두 사법(瀉法)을 썼다. 그런 연후

기해혈에 뜸을 떴다.

조용히 지켜보던 박춘무는 의아한 표정을 지었다.

침을 놓거나 뜸을 뜨는 혈의 위치 등은 이해할 수 있었다. 그런데 침놓는 법이 기이했다. 침을 그냥 빼지 않고 멈칫거리면서 빼는 것이 아닌가. 허임이 침놓는 게 서툴러서 그런 것은 아닐 터. 참으로 이상했다.

'무엇 때문에 저러는지 모르겠군.'

허임이 치료를 마쳤을 때는 밖이 어두워져 있었다. 김석영이라는 선비는 일단 환자들이 머무는 방으로 옮겨졌다. 그래도 침과 뜸 치료의 효과가 있긴 했는지 표정이 편해져 있고, 입술이 뒤틀린 것도 처음보다는 나아진 듯 보였다.

저녁식사 때가 지난 시간. 덤으로 굶은 오동돈이 먹을 것을 챙겨 오겠다며 나간 후에야 박춘무와 이야기할 여유가 생겼다.

"어인 일로 저를 찾아오셨습니까?"

"장선에게서 자네 이름을 들었지. 침은 물론이고 상처를 치료하는 의술이 아주 대단하다고 자랑하더군. 그 동안 정신이 없다 보니 깜박 잊었는데, 내의원에서 자네 이름을 들으니 생각이 나지 뭔가."

"그러셨군요. 그분은 지금 어떻게 지내고 계십니까?"

"임천에 있네. 내 밑에 있지. 아마 내가 자네를 만났다고 하면 무척 기뻐할 거야."

"저도 그 분을 보고 싶군요. 어쨌든 별 탈 없으시다니 다행입니다."

허임과 박춘무는 장선을 매개체로 해서 이런저런 이야기를 나누었다. 그렇게 이야기가 무르익을 즈음 박춘무가 궁금해하던 것을 물었다.

"침을 놓을 때 보니 멈칫거리던데, 자네 실력이라면 자신이 없어서 그런 것은 아닐 것이고, 그만한 이유가 있을 거라 생각하네만."

박춘무가 가볍게 던진 그 질문에 답하려면 남들과 다른 자신만의 침술을 말해주어야 한다. 지금까지 누구도 시도해 보지 않은, 어느 침구서에도 담겨 있지 않은, 세상에서 오직 허임만이 아는 침술의 정수를.

말해줘도 좋을까?

잠시 고민하던 허임은 쓴웃음을 지었다. 그 동안 깨달은 바를 아무런 대가도 없이 알려주는 게 아깝긴 하지만 지키겠다고 입을 닫는 것도 자신의 욕심일 뿐이었다.

'그것이 뭐 그리 대단하다고…….'

아는 사람이 많아지면 그만큼 많은 사람이 혜택을 받겠지.

마음이 가벼워진 그는 자신의 침술에 대해서 말해주었다.

"지난 4년여 동안 정말 많은 사람을 치료했습니다. 그러던 중에 몇 가지 특이한 점을 느꼈지요. 그 중 하나가 환자의 상태, 심지어 들숨과 날숨 때조차도 침을 놓는 효과가 달라진다는 것입니다."

"호오, 그래?"

"또한 자입(刺入)과 발침(拔鍼)의 속도에 따라서도 효과가 달라지더군요. 아마도 기의 흐름과 관련된 것으로 생각됩니다. 그래서 환자의 상태에 맞춰서 속도를 조절한 것이지요."

"왼손으로 침놓을 자리를 계속 문지른 것도 효과의 차이 때문인
가?"

"그렇습니다. 침을 놓을 때는 침공이 제대로 열려야 하는데, 병
자는 근육이 움츠러들어서 침공이 열리지 않을 때가 많더군요. 그
러니 강제로라도 침공을 열어주면 효과가 더 좋지 않겠습니까?"

"흐음, 자네 말이 옳아."

박춘무가 연신 고개를 주억거렸다. 처음으로 신기한 사실을 안
아이처럼 즐거운 표정이었다.

"아직은 저도 그러한 사실을 깨달은 지가 오래 되지 않아서 체계
적으로 이렇다 저렇다 말씀드리기가 애매합니다만, 시일이 지나다
보면 정립될 날이 있겠지요."

"그날이 기다려지는군. 그렇게만 되면 지금까지 알려진 침술보
다 한 단계 발전된 침술이 탄생하겠어. 정말 대단한 일이야."

그렇게 두 사람이 한참 이야기를 나누고 있을 때 오동돈이 의녀
와 함께 먹을 것을 들고 왔다.

"드시면서 이야기를 나누십시오. 미종아, 가서 차를 좀 더 가져
오너라."

찻주전자가 빈 것을 본 오동돈이 의녀에게 말했다. 귀를 쫑긋 세
우고 있던 의녀가 찻주전자를 받아들고 밖으로 나갔다. 오동돈은
그녀가 나가는 모습을 보더니 고개를 갸웃거리며 중얼거렸다.

"미종이 저게 요즘 일을 제법 열심히 한단 말이야. 전에는 일을
시키면 게으름만 피웠는데. 언제 저렇게 달라졌지? 사람이 갑자기

달라질 때는 이유가 있다는데. 혹시 조것이 허 의관님을 좋아하는 것 아냐?"

아무리 나직하게 중얼거렸다지만 바로 앞에 있는 허임이 못들을 리 없었다. 뭐, 들으라고 한 말이긴 했지만.

"제가 아니라 오 봉사를 좋아하나 보죠."

허임이 받아치자 오동돈이 히죽 웃었다.

"흐흐, 저야 봉연이 있으니 어림도 없죠."

* * *

박춘무는 거의 매일 허임을 찾아와서 환자의 치료를 지켜보고 많은 이야기를 나누었다. 그가 가장 놀란 것은 세 번째 왔을 때였다.

그때 허임은 종기 환자를 치료하고 있었는데, 침으로 거침없이 살을 째는 것이 아닌가? 그러자 허벅지의 환부에서 피고름이 한 사발은 쏟아졌다.

그 후 허임은 눈 하나 깜짝하지 않고 종기 부위의 사방에 침을 놓아서 독기를 빼내고는, 소금물과 고약을 이용해서 뒤탈을 막았다. 그 과정이 어찌나 능수능란한지 눈을 뗄 수가 없었다.

그전까지만 해도 박춘무는 상처가 난 곳도 아닌 멀쩡한 살을 갈라서 치료한다는 걸 못마땅하게 여겼다. 그러나 허임의 치료를 본 그는 가치판단에 혼돈이 왔다.

살을 째더라도 빠르게 낫는 것이 나을까, 아니면 완치가 느리더라도 침이나 약을 써서 낫는 게 나을까?

예법을 따진다면 후자가 나은 듯 여겨지지만, 환자의 고통을 생각하면 전자가 나아 보이기도 했다. 더구나 후자는 완치를 보장할 수도 없지 않은가 말이다.

분명한 것은 허임의 치료법이 당금 의관들과는 다른 점이 많다는 것이었다. 어쩌면 말로만 들었던, 명종 때의 치종의 임언국의 치료법과 비슷할 듯했다. 아니 거의 같은 듯 느껴졌다.

게다가 침구술은 지금껏 보지도 듣지도 못했던 그만의 독자적인 기술이 아닌가.

조선의 의학계에 한바탕 폭풍이 불 것 같은 예감.

신선한 충격을 받은 박춘무는 그 후로도 허임과 많은 이야기를 나누고는 열흘 만에 한양을 떠났다.

허임은 박춘무가 떠난 뒤로 가끔 송하연을 만나는 것을 제외하면 환자 치료에 전념했다. 광해군도 오랜 병치레로 몸이 좋지 않았는데, 남행에서 돌아온 후로는 왕세자의 치료를 내의원이 도맡아서 했기 때문에 허임은 끼어들 여지가 없었다.

그러는 사이 장마가 몰려왔다. 여전히 내의원에서는 연락이 오지 않았다. 허임은 반쯤 체념했다. 사실 신경 쓸 시간도 없었다. 장마로 인해 환자가 급증해서 딴 생각할 겨를조차 없이 하루가 지나갔다. 오죽하면 며칠에 한 번 송하연을 만나는 것조차 힘들 지경이었다.

* * *

유진하는 철벽처럼 자신을 막는 봉연을 무너뜨리기 위해서 부친을 이용하기로 작정했다. 한양으로 돌아온 지 벌써 8개월째. 이대로 가면 하연을 허임에게 뺏길 것 같다는 불안감에 마음이 급해졌다.

"아버님, 수의녀인 봉연이 의녀를 사사로이 빼돌려서 일을 시키는 것 같습니다."

유후익은 유진하의 말에 눈살을 찌푸렸다.

"그게 무슨 말이냐?"

"전에 제가 시킬 일이 있어서 의녀를 찾아갔는데 한밤중에 심부름을 보냈다고 하지 뭡니까. 그래서 누구에게 보냈는지 조사해 봤더니 거짓말이었습니다."

유후익의 눈이 커졌다.

"그게 사실이냐?"

"제가 왜 거짓말을 하겠습니까?"

"으음, 사실이라면 벌을 받아야 할 일이구나. 혹시라도 또 그런 일이 생기면 내게 즉시 알리도록 해라."

"예, 아버님."

유진하는 고개 숙여 대답하고 냉소를 지었다. 봉연이 제아무리 비빈의 사랑을 받는 수의녀라 해도 죄를 지으면 벌을 받을 수밖에 없다. 잘만 하면 그 일을 허임과 엮을 수도 있고, 하연을 자신의 것으로 만들 수도 있다. 화살 하나로 꿩 세 마리를 동시에 잡을 수 있는 것이다.

'정월이라면 그 일을 훌륭하게 처리할 수 있을 거다.'

천박한 몸뚱이 하나로 자신의 첩이 되기 위해 안달하는 그 계집
이라면.

"그러니 네가 봉연과 하연을 잘 살펴보도록 해라. 알겠느냐? 만약
하연이가 일과 상관없이 밖으로 나가면 즉시 나에게 알려야 한다."

탕약을 핑계로 정월을 불러낸 유진하는 그녀에게 할 일을 설명
해주고 두 번 세 번 강조했다.

"예, 나리."

정월은 상냥한 표정으로 웃으면서 대답했다.

"이번 일만 잘 처리되면 네 꿈도 이루어질 것이야."

"걱정 마시어요. 천녀가 어찌 나리의 말씀을 모르겠습니까?"

"후후후, 그럼 너를 믿고 기다리마."

음충맞은 웃음을 지으며 말을 맺은 유진하는 정월의 엉덩이를
슬쩍 쓰다듬고서 몸을 돌렸다. 밤이 아닌 것이 애석했다.

'정말 몸을 달게 만드는 계집이란 말이야. 그냥 버리기에는 너무
아까워.'

멀어지는 유진하를 바라보는 정월의 입가에서 웃음이 사라졌다.

'당신은 절대 하연 언니를 얻을 수 없어. 당신은 내 거야.'

* * *

여름이 흘러갈 즈음, 권율이 파직되고 이원익이 도원수로 임명되

었다. 그 소식을 들은 허임은 어이가 없었다. 그도 권율에 대해 못마땅한 점이 없는 건 아니었지만 파직된 이유가 가관이었다.

무관 하나가 싸우길 겁내서 도망친 적이 있었다. 군영에 있을 당시 잡으려다가 잡지 못했는데, 권율이 전주에 순시를 나갔다가 발견하고 붙잡았다. 그때 권율이 그자의 목을 베려 하자 명나라 장수가 말렸지만, 권율은 군율을 지키기 위해서 그자의 목을 베어버렸다.

그래서 파직된 것이다. 도원수가 도망병 하나 목 베었다고. 아니 그보다는 명나라 장수의 부탁을 들어주지 않은 탓이 더 컸겠지만. 아니면 권율을 싫어하는 자들이 그 핑계를 대고 파직을 청했던지.

나라의 군을 책임진 장수가 도망간 무관 하나를 법에 따라 처리한 걸로 쫓겨나다니. 도대체 조정은 정신이 있는 건가, 없는 건가?

'미쳤군, 미쳤어.'

7월이 되자 선조의 건강이 다시 나빠졌다. 그러더니 7월 28일, 내의원에서 침의들을 데리고 입시하여 임금에게 침을 놓았다. 그 후로도 사흘 간격으로 몇 번이나 더 침을 놓았으나 허임은 부르지 않았다. 김영국을 비롯한 두어 사람이 허임을 부르자고 주장했지만, 그들만의 힘으로는 결정을 뒤집지 못했다.

허임은 그 소식을 듣고도 이전처럼 아쉬워하지 않았다. 화친을 이유로 전쟁이 잠시 중단되자 권력욕에 물든 자들이 우후죽순 고개를 내밀었다. 허임은 뒤숭숭한 궁궐 내부로 들어가지 않은 것을 차라리 다행으로 여기며 묵묵히 자신의 일에만 충실했다.

그런데 침을 맞은 지 열흘이 지나도록 임금의 병세가 차도를 보이지 않자 내의원에 비상이 걸렸다. 양예수, 이공기, 이연록, 유후익, 허준 등 어의, 내의, 침의들이 모여서 갑론을박을 벌였다.

"주상의 병을 침으로 다스리려 했던 것이 실수요."

"어허! 주상께서 원하시는데 그럼 어찌하란 말이오?"

"그게 어디 우리 마음대로 되는 일입니까?"

"솔직히 최근 들어서 침을 너무 앞세우는 경우가 있소이다. 그러한 마음부터 반성해야 합니다."

"허임을 불러서 침을 놓아보면 어떻겠소?"

끝내 김영국의 입에서 허임의 이야기가 나오자, 가만히 듣고만 있던 유후익이 반발했다.

"허임이라 한들 다르겠소? 본래 침이란 보조가 되어야지 주가 되어서는 안 되오. 이제부터는 약을 써보도록 합시다. 구암의 생각은 어떠시오?"

유후익이 공을 넘기자, 모두들 입을 다물고 허준을 바라보았다. 허준이 차분한 어조로 입을 열었다.

"주상께서 침을 좋아하시니 그만 둘 수는 없는 일이오. 또한 침에 병을 다스리는 공능이 존재함도 분명한 사실이오. 허나 침으로 해서 안 된다면 약을 써보는 수밖에 없소. 주상께 말씀드려서 이번에는 약을 드셔보라고 권하는 것이 좋을 것 같다는 생각이오."

의관들은 조리 있는 허준의 말에 서로를 쳐다보며 고개를 끄덕였다. 그제야 제조 홍진이 말했다.

"알겠네. 그럼 주상을 뵙고 그리 말씀드리겠네."

유진하는 회의를 마치고 돌아온 유후익으로부터 전말을 듣고 활짝 웃었다. 정월이에게서 별 다른 소식이 없어 답답했는데, 그 말을 들으니 답답함이 어느 정도 해소되었다.

"잘하셨습니다, 아버님. 알량한 침술을 내세우며 의관입네 하는 자들을 보면 정말 꼴불견입니다. 병은 약으로 잡는 것이지 침구로 잡는 것이 아닌데 말입니다."

"앞으로 침의들이 주상을 치료하는 일을 적극적으로 말릴 것이니라. 너는 열심히 의술을 익혀서 실력을 인정받도록 해라. 그럼 언제든지 주상의 치료에 참가할 수 있을 것이야."

"걱정 마십시오, 아버님. 지금 당장 참가해도 다른 사람에게 뒤질 실력은 아닙니다."

"허임에 대한 말은 아직 없느냐?"

"요즘은 꼬리를 내리고 조용히 지내나 봅니다. 운이 거기까지라는 것을 이제 안 모양이지요. 하지만 저는 그놈을 그대로 놔두지 않을 겁니다. 솔직히 그런 천한 놈에게는 교수자리도 과분합니다."

나직이 말하는 유진하의 눈빛이 차갑게 번들거렸다.

의외로 허임은 임금의 치료에서 빠진 것에 대해서 불만을 터트리지 않았다. 유진하는 그 점이 무척 아쉬웠다. 드러내놓고 불만을 토로했으면 단숨에 허리를 꺾을 수 있었을 텐데.

'밟을 때는 확실히 밟아야 해. 그래야 두 번 다시 기어오르지 못하지.'

* * *

가을이 되자 환자가 급격히 줄어들었다. 임금의 병은 이제 침구가 아닌 약으로 치료하고 있었다. 광해군도 왕세자가 되었기 때문에 내의원이 그의 치료를 도맡았다. 상황이 그리 되자 허임은 내의원에서 자신을 부를 거라 기대하지도 않았다.

한편, 조정에서는 충청병사가 된 원균의 탐욕이 극심해지자 사헌부가 여러 차례에 걸쳐서 파직을 건의했다. 그러나 원균을 명장이라 생각한 선조는 허락지 않았다.

그 소식을 들은 허임은 허탈감마저 들었다. 권율은 도망병을 군율에 따라 처리했는데도 파직하더니, 백성들의 고혈을 빨아먹은 탐욕스런 자는 임금이 나서서 비호하고 있지 않은가.

이래저래 마음이 답답해진 허임은 아버지의 기일이 다가오자 나주에 다녀오기로 했다. 혜민서에 들어온 후 아버지의 기일을 제대로 챙긴 적이 한 번도 없었다. 혼자서 제사를 올렸다지만 그것으로 어찌 자식의 도리를 다했다 할 수 있을까. 참으로 불효막심한 일이 아닐 수 없었다.

허임이 선친의 기일을 이유로 휴가를 청하자 주부 이학생도 거부하지 않았다. 지난 몇 달 동안 허임이 얼마나 열심히 했는지 그가 왜 모를까. 오히려 잠시 쉬는 것도 좋겠다며 환영했다.

허임은 한양을 떠나기 전에 송하연을 만났다.

"아버님의 기일이 얼마 남지 않아서 고향에 다녀올 생각입니다."

"조심해서 다녀오세요."

"유 내의가 치근대면 언제든 오 의관이나 수의녀에게 도움을 청하세요."

"알았어요. 요즘은 조용해요. 이제 지쳤나 봐요."

지치기는커녕 더욱 더 병적으로 집착했다. 다만 봉연이 곁에 둠으로써 보호하고 정월이 말을 전하지 않아서 조용한 것뿐.

허임은 가만히 송하연의 손을 잡았다. 송하연은 상기된 얼굴을 숙였다. 주책없이 눈물이 날 것 같았다.

차라리 무슨 말이라도 해주면 괜찮겠는데…….

그때 허임이 말했다.

"이번에 가면 어머니께 말씀드리고 허락받을 생각입니다."

쿵!

송하연은 심장이 터진 줄 알았다. 다행히 심장은 터지지 않고 빠르게 뛰었다. 너무나 빨라서 말이 나오지 않을 정도로.

'저는 그 마음만으로도 고맙답니다.'

그녀도 안다. 자신과 허임의 신분 차이를. 이제 허임은 천민이 아니다. 자신은 양반이 아니고. 첩이라면 몰라도 자신 같은 천한여자를 정실로 반갑게 맞아줄 어머니는 거의 없는 게 현실이었다.

그런데 허임이 잡고 있던 그녀의 손을 더욱 힘주어 쥐었다.

"저를 믿고 기다려 주십시오."

'믿어요. 제가 당신을 믿지 않으면 누굴 믿겠어요?'

그녀는 고개를 들고 고개를 끄덕였다. 끄덕이는 움직임을 따라서 눈물이 흘러내렸다.

한양을 떠나 남쪽으로 내려간 허임은 억지로 공주를 외면했다. 김 참판께 인사를 드리러 가는 것도 나쁘지 않을 것 같다는 생각이 잠깐 들었지만, 그것도 핑계에 불과했다. 아무리 딴 이유를 들이대도 그가 그곳에 가는 목적은 결국 김지인과의 만남 때문이었다. 하지만 김지인은 이제 남의 여인이 아닌가? 넘본다는 생각 자체가 죄였다. 자신만 믿고 있는 송하연에게도 미안했고.

공주를 지나친 허임은 닷새 후 나주에 도착했다. 박금이는 1년 만에 온 아들을 보고도 어제 본 것처럼 대했다.

"왔느냐?"

왠지 투박한 목소리. 허임은 그 이유를 알기에 쓴웃음을 지었다.

"어머니, 저에게 못마땅한 거라도 있으셔요?"

"내가 왜 우리 아들에게 못마땅한 게 있어?"

"그런데 왜 그런 표정이세요?"

"나는 뭐 이런 표정을 지으면 안 된다는 법이라도 있냐?"

"어머니가 그러시니까 제가 힘이 안 나잖아요."

그제야 박금이가 돌아앉더니 허임을 빤히 쳐다보았다.

"며칠 전에 은이를 만나고 왔다. 정말 너무 아까운 아이야."

"어머니……."

"늦으면 다른 집안에 뺏길지 모른단다. 다른 곳에서 매파를 보냈나 보더라."

허임은 은근슬쩍, 지나가듯이 송하연에 대한 말을 꺼냈다.

"어머니, 송 아가씨도 좋은 여자예요. 어머니의 마음에 쏙 드실 거예요."

"송 아가씨?"

"예. 담양 송순 대감댁의 손녀예요."

박금이의 눈이 커졌다. 그녀는 김귀영 대감의 시비였던 경력 덕분에 송순 대감의 이름을 알고 있었다.

"뭐? 그곳의 손녀가 왜 의녀가 되어서……."

순간적으로 그 이유를 짐작한 박금이가 말끝을 흐렸다. 그리고 숨을 한 번 쉬고는 물었다.

"혹시 그 송 아가씨가 첩의 아이냐?"

"예, 어머니. 하지만 정말 참하고 고운 분이에요. 돌아가신 정철 대감에게 가르침을 받아서 학식도 뛰어나고요."

허임은 최선을 다해서 송하연을 비호했다. 송순과 정철의 이름이 나오자 박금이의 마음도 조금씩 흔들렸다.

어찌 되었든 그녀도 문지방 사이로 학문을 배운 여자였다. 학식이 뛰어나다니 솔깃한 마음이 없지 않았다. 더구나 첩이라 해도 송순 대감의 핏줄이라면 최악은 아니었다.

허임은 어머니의 마음이 흔들린 것을 알고 좀 더 강하게 말했다.

"송 아가씨가 비록 집에서 쫓겨나 천한 신분이 되었지만, 스스로 의녀가 되어서 문서에는 이름이 올라가지 않았어요."

"그게 정말이냐?"

"예, 어머니."

박금이의 표정이 조금 더 펴졌다.

"흠, 그럼 언제 한 번 데려와 봐라. 일단 보고 나서 결정하마."

허임의 얼굴이 환해졌다.

"예, 어머니! 데려올게요!"

"귀청 떨어져, 이놈아!"

박금이가 짐짓 호통을 쳤지만 허임은 아랑곳하지 않고 어머니를 안았다.

"어머니!"

"어어, 이놈이. 다 커서 이게 무슨 짓이냐?"

"아마 어머니도 보시면 만족하실 거예요. 제가 아무렴 어머니 마음에 안 들 사람을 며느리로 데려오려고 하겠어요?"

"흥, 그거야 이 어미가 봐야 알지."

말은 그렇게 하지만 어느새 눈빛이 포근해진 어머니다. 허임은 내심 안도하면서 송하연을 데려올 생각에 가슴이 부풀었다.

'이제 됐어요, 송 아가씨!'

* * *

휴가를 마치고 혜민서로 돌아온 허임은 즉시 송하연을 만났다.
허임의 말을 전해들은 송하연은 울보처럼 눈물만 흘렸다.

"당장 다시 갈 수는 없으니 상황 봐서 내년 봄이나, 늦으면 가을
제사 때쯤 같이 내려가요."

"예, 의관님."

"이제 그만 울어요. 그러다 울보 되겠어요."

"제가 바보 같죠?"

허임은 빙그레 웃으며 그녀의 손을 잡아당겼다. 송하연은 호남의
들판만큼이나 넓은 허임의 가슴에 머리를 묻었다.

한 가지 난제를 해결한 허임은 전과 다름없이 환자를 치료하며
시일을 보냈다.

그래도 을미년에는 다행히 영동을 제외한 나머지 지방에서 풍년
이 들어 기근 걱정을 안 해도 될 듯했다. 그 말인 즉 굶어 죽는 사
람이 그만큼 적을 거라는 것이며, 병자 또한 줄어든다는 말이기도
했다. 전쟁이 확실하게 끝나지 않은 것만 제외하면 나라가 회생하
는 것은 어렵지 않을 듯했다.

게다가 권율이 비록 장수가 아닌 한성부 판윤이라는 직책으로
돌아오긴 했으나, 언제든 군권을 맡을 수 있는 위치가 되어서 군도
소요스러움이 가라앉았다.

그런데 병신년을 코앞에 둔 12월, 학질이 창궐했다. 이삼 일 간격

으로 열과 오한이 반복되는 학질로 노소가 가리지 않고 드러눕자 의관들은 눈코 뜰 새 없이 바빠졌다. 사람들은 이를 당학*이라 불렀는데, 특히 노인과 어린아이가 많이 죽어갔다.

허임도 혜민서 의관들과 함께 학질에 걸린 사람들을 치료하기 위해서 동분서주했다. 그렇게 하루가 어떻게 가는지도 모르게 환자들을 치료한 지 한 달이 흐르자 어느덧 병신년**이 되었다.

선조의 목에 이상이 생긴 것은 병신년이 된 지 며칠 지나지 않았을 때였다. 아침에 일어난 선조의 목소리가 갑자기 진흙탕에 빠진 듯 질척하게 가라앉았다.

사실 선조의 목소리 문제는 즉위 후부터 여러 차례 언급이 된 터였다. 율곡 이이는 그 원인을 선조가 여색을 밝힌 것으로 단정하고 통렬하게 비판한 적이 있었다.

"소신이 병으로 오래 물러가 있다가 오늘에서야 들어와 들으니 옥음이 다르고 사리에 맞지가 않습니다. 듣건대 전하께서 여색을 경계하라는 말을 즐겨듣지 않는다니, 임금의 뜻이 어디에 있는지 모르겠사옵니다."

그러나 선조의 목소리가 변한 것은 여색의 문제가 아니라 심화가 쌓여서 문제가 된 질환이었다. 심하면 실음증(失)에 걸리기도 했다.

....

* 唐瘧:당나라 학질

** 丙申年:1596년

그래도 한동안 괜찮아졌다 싶었거늘. 난을 겪으면서 몸과 마음이 피폐해질 대로 피폐해져 병이 재발한 듯하자, 선조는 또 말을 못할까봐 덜컥 겁이 나서 병의 치료에 대해 지시를 내렸다.

문안을 드리러 간 광해군은 선조가 의관을 청했다는 말을 듣고 허임을 추천했다.

"아바마마, 혜민서의 허임은 저와 전장을 누빌 때 저는 물론 많은 사람을 치료한 뛰어난 침의이옵니다. 한번 허임에게 맡겨보시는 게 어떻겠사옵니까?"

선조도 이름은 들어보았으나 천출인 허임의 의술을 탐탁지 않게 생각했다. 아니 어쩌면 광해군의 말이어서 듣고 싶은 마음이 없었는지도 몰랐다. 결국 선조는 광해군의 말을 흘려듣고 내의원에 어의와 침의를 보내라는 명을 내렸다.

내의원에서는 양예수와 허준, 유후익, 그리고 김영국을 비롯한 침의 두 사람을 보내기로 했다. 그런데 양예수가 넌지시 유진하를 끌어들였다.

"전에 전하를 치료할 때 많은 도움을 받았네. 알고 보니 약리에 대해서 해박하더구먼. 침도 어느 정도 잘 아는 것 같고 말이야. 이 기회에 유 내의를 침의로라도 참여시켰으면 하네."

유후익이 반색했다. 허준은 유진하의 실력이 못미더웠지만 차마 반대할 수가 없었다.

유진하는 부친으로부터 그 소식을 듣고 뛸 듯이 기뻐했다. 비록 침의로서 참여하는 것이지만 입시한다는 게 어딘가?

'드디어 임금님을 치료하는 일에 나서게 되었구나. 반드시 공을

세워서 허임의 코를 납작하게 만들어주고 말겠다!'

내의원에서는 일단 혈단자*를 먼저 올렸다. 마침 다음 날이 길일이어서 치료를 빨리 시작할 수 있을 듯했다.

다음 날 아침. 밤을 뜬눈으로 새우다시피한 유진하는 의기양양한 표정으로 부친과 어의들을 따라서 입시했다.

양예수와 허준이 먼저 진맥을 했다. 말을 잘 할 수 없는 선조는 자신의 몸 상태에 대한 것을 글로 써서 말을 대신했다.

"전하, 아무래도 날씨가 차니 양기가 깃든 약을 써보는 것이 좋을 것 같사옵니다."

양예수가 먼저 자신의 생각을 말했다. 선조는 찬 약재도 마음에 안 들지만, 양기가 너무 강한 약재도 부담스러워 했다. 아니 정확히는 약보다 침을 원했다.

선조의 그런 뜻이 담긴 글을 본 의관들은 당황한 표정을 지었다. 일단 뒤로 물러선 의관들은 치료방법에 대해 상의했다. 그때 제조 홍진이 말했다.

"전하께오서 침을 원하시네. 지금 놓아도 괜찮겠는가?"

김영국이 난감한 표정으로 대답했다.

"지금은 날씨가 차서 망설이지 않을 수 없습니다. 자칫해서 한기라도 침범한다면 큰일이 아니겠습니까?"

"그래도 주상께오서 원하시는데 어떻게 하겠는가? 방법이 없겠

....
* 穴單子:혈의 위치, 침과 뜸의 수, 치료방법 등을 작성한 보고서

나?"

그 말을 들은 유진하가 불쑥 나섰다. 처음으로 입시했는데 아무것도 못해보고 그냥 나갈 순 없었다.

"날씨가 차긴 하나 머리에 침을 놓는 것이니 큰 상관은 없을 것 같습니다. 더구나 화침법이라면 온기가 있으니 한기도 막을 수 있지 않겠습니까?"

유진하가 침을 약치료의 보조수단으로만 생각하긴 해도 침놓는 법을 전혀 모르는 것은 아니었다. 유씨의가의 화침법을 익힌 그가 아닌가.

평소였다면 어찌 침을 쓸 생각을 했을까. 그러나 마음이 들뜬 그는 임금을 치료할 수 있는 절호의 기회를 놓치고 싶지 않았다.

삼례역에서는 실패를 겁내서 미적거리다가 허임에게 기회를 빼앗기지 않는가. 이번에도 물러설 수는 없었다.

유후익은 아들이 나서자 조심스럽게 물었다.

"화침(火鍼)이 효과가 있을 것 같으냐?"

"예, 아버님."

유후익은 가문의 의술을 정통으로 익히지 못했다. 그러나 아들은 자신과 달리 어릴 때부터 정식으로 가르침을 받았고, 더구나 천재로 소문났던 아이였다. 그는 아들이 부친으로부터 화침법을 온전히 배웠을 거라 지레짐작하고 양예수의 의견을 물었다.

"태의께선 어떻게 생각하십니까?"

"호오, 유 내의가 화침을 익히고 있었을 줄은 생각도 못했군."

양예수가 고개를 주억거리더니, 허준의 의견을 묻지도 않고 곧장 도제조인 좌의정 김응남에게 말했다.

"도제조, 화침이라면 괜찮을 것 같습니다."

"그래? 그럼 일단 주상께 말씀 올려보겠네."

김영국은 입을 꾹 다문 채 미간을 좁혔다. 도제조가 결정을 내린 듯해서 말은 못했지만, 실음증에 과연 화침을 놓아도 될까 싶었다.

'허임이라면 어떤 생각을 했을지 모르겠군.'

허준 역시 별 다른 말이 없었다. 유진하가 자신하고 양예수가 허락한 마당에 나서는 것도 어정쩡했다.

선조는 덕빈을 문안하러 갔을 때 유진하를 본 적이 있었다. 그는 밤이 깊을 때까지 자신을 지극정성으로 간병하던 유진하에게 좋은 인상을 받았던 터라, 유진하가 화침을 놓을 줄 안다는 말이 나오자 순순히 허락했다.

얼굴이 상기된 유진하는 선조 앞에 무릎을 꿇고 화침 놓을 준비부터 했다. 화침은 침 위에 뜸쑥을 얹고 태워서 침을 달궈야 하기 때문에 불이 곁에 있어야 했다.

'반드시 성공해서 이 유진하의 이름을 알리겠어!'

유진하는 준비가 다 되자 뛰는 가슴을 가라앉히려고 숨을 크게 들이쉬었다.

'설마 지금 증상에 화침법을 쓴다고 해서 큰일이 일어나지는 않겠지?'

그가 침을 놓아본 것은 몇 년 전, 집에 있을 때가 마지막이었다. 그나마도 대부분 다리나 몸에 놓았고, 기껏해야 일 년에 서너 번 정도였다. 그래도 나름대로는 자신이 있었다.

이까짓 침놓는 일이 뭐 어려울까?

유진하는 혈을 떠올리며 조심스럽게 침을 놓았다.

혈단자를 올릴 때 이미 혈은 정해진 상태. 첫 번째 시침 혈은 아문혈(瘂)이었다.

곁에서 불안한 표정으로 지켜보던 허준은 눈살을 찌푸렸다. 목 뒤 움푹 들어간 풍부혈(風府穴) 아래쪽에 있는 아문혈은 중요 경혈이었다. 함부로 건드려서는 안 되는 곳. 일반적으로야 말문이 막히거나 두통이 있을 때 침을 놓는 곳이긴 하나, 문제는 그 침이 화침이라는데 있었다.

그러나 허준 역시 유진하가 몇 년 만에 침을 놓는 거라고는 생각도 못하고 '나름대로 이유가 있겠지.' 하면서 바라만 보았다.

아문혈에 침을 놓은 유진하가 다시 침을 들더니 이번에는 머리의 충혈(衝血)을 풀어주는 풍부혈에도 화침을 놓았다.

그런데 침을 놓는 유진하의 눈빛이 미미하게 흔들렸다. 정해진 혈에 정확히 놓긴 했는데, 깊이가 맞는지 자신이 없었다.

침은 본래 혈을 아는 것만이 전부가 아니고 손의 재주가 매우 중요하다. 그런데 몇 년 동안 침을 잡아보지 못했으니 손길이 서툰 것도 당연했다.

허준은 그 모습을 보면서 입술이 바짝 말랐다. 유진하의 표정이 이상했다. 뭔가가 잘못되고 있다는 것을 본인이 느낀 듯했다. 왠지 손길도 서툴러 보였고.

그러나 침을 다 놓아서 되돌릴 수도 없었다.

'무슨 수를 써서라도 막았어야 했거늘.'

이제 후회해 봐야 무슨 소용이랴. 잘못되면 모두가 끝장이라는 것을 잘 아는 허준은 침 위에 얹은 뜸쑥에서 피어오르는 희미한 연기를 무거운 마음으로 바라보았다. 가늘게 은은히 피어나며 흐느적거리는 연기가 왠지 인간사의 허망함을 보여주는 듯했다.

잠시 후, 치료를 마친 의관들이 편전을 나왔다. 허준은 앞서서 종종걸음으로 걷는 유진하를 따라붙었다.

"잠시 멈춰봐라."

멈춰 선 유진하가 숨을 크게 들이쉬고 돌아섰다.

"왜 그러십니까, 스승님?"

"아문혈은 머리혈이여서 함부로 뜸을 뜨지 않는 법이라 했다. 너는 그곳에 화침을 놓아도 괜찮을 거라고 생각하느냐? 화(火)가 풍혈(風穴)에 들어가는 것은 화롯불이 바람을 얻어서 불타오른다는 것과도 같다는 말을 들어보지 못했을 리는 없을 텐데?"

"제자는 최선을 다했을 뿐입니다."

유진하가 대충 얼버무리자 허준이 이마를 찌푸렸다.

"허어, 네가 진정 침을 놓을 줄은 아는 것이냐?"

"허임만큼은 아니지만 제자도 많은 사람에게 침을 놓아봤습니다. 다만 침보다 약을 더 중시하는 것뿐입니다."

허준은 더 이상 유진하를 닦달하지도 못했다. 이제 와서 어쩌겠는가? 막지 못한 자신의 책임도 있거늘. 그저 별일이 벌어지지 않기만 바라는 수밖에.

* * *

시간이 흐르자 선조의 병세가 낫기는커녕 전보다 더 심해졌다.
그러나 차이가 크지 않아서 대부분의 사람들은 그 이유를 눈치채
지 못했다.

가슴을 졸이고 있던 유진하는 큰 탈이 없는 것처럼 보이자 가슴
을 쓸어내렸지만, 내의원의 의관들은 가슴에 주먹만 한 철추라도
박힌 것처럼 무거운 표정이었다. 선조의 병이 더 심해져서 무슨 일
이 생기기라도 하면 그 책임이 고스란히 의관들에게 떠넘겨질 것
이 뻔했다.

결국 고민에 고민을 거듭하던 허준이 자신의 의견을 말했다.

"전하께서 반드시 침을 맞고자 하신다면 허임을 불러 봅시다."

유후익과 유진하는 허준의 처사가 마음에 들지 않았지만, 유진하
가 치료한 임금의 병에 차도가 보이지 않으니 반대할 수도 없었다.

선조도 허준의 청을 못 이기는 척하고 들어주었다. 몸이 안 좋으
니 이런저런 다툼도 다 부질없게만 생각되었다.

허준은 허락이 떨어지자 사람을 보내 허임을 불러들였다.

사시* 초.

연락을 받고 내의원으로 들어간 허임은 허준으로부터 임금의 치
료에 나서라는 말을 듣고 가슴이 두근거렸다.

....
* 巳時:오전9시~11시

46

"상황이 급해서 절차를 상관하지 않고 오후에 치료를 시작할 것이다. 준비는 되어 있느냐?"

갑작스러운 일이었지만 허임은 당황하지 않고 흔들림 없는 눈빛으로 고개를 숙였다.

"저는 언제든 환자를 치료할 준비가 되어 있습니다."

임금을 평범한 환자처럼 말하는 허임이다. 달라진 것 같으면서도 예전의 고집은 여전한 것 같다. 허준은 씁쓸한 표정으로 허임을 보며 몸을 일으켰다.

"그래? 그럼 일단 혈을 잡아서 혈단자를 올려야 하니 따라오너라."

그날 오후, 도제조 김응남, 제조 홍진, 승지 조인득, 그리고 의관으로는 허준과 양예수, 김영국 허임이 편전에 입시했다.

먼저 선조와 제조들 사이에 간단한 문답이 오갔다. 주로 병세와 처방에 대한 이야기였다. 글로 써서 하는 문답이라 길진 않았지만 시간이 조금 더 오래 걸렸다.

문답이 끝나자 치료가 시작되었다. 김영국이 혈을 잡고 허임이 침을 놓기로 했다.

의관들의 호기심, 기대감, 긴장감이 깃든 시선이 허임에게 집중되었다. 허준도 마찬가지였다. 그는 긴장감이 어린 눈빛으로 허임을 바라보았다.

사람들의 시선을 집중적으로 받은 허임은 마음을 가라앉히려고 숨을 크게 들이쉬었다. 그들의 시선이 아니어도 임금을 마주한 상태다. 기다리고 기다렸던 임금의 치료를 시작하기 직전이다. 심장 박동이 빨라지고 손끝이 잘게 떨렸다.

그는 머릿속에 스승을 떠올리며 자신을 다그쳤다.

'스승님께 약속한 대로 임금이나 백성이나 환자로서 대하면 그뿐이다. 그런데 무엇이 두렵단 말이냐, 허임아?'

스승님이 웃는 모습으로 바라보는 것 같다. 고개를 끄덕이면서.

전력으로 내달리듯이 뛰던 심장박동이 서서히 안정되었다. 손의 떨림도 잦아들더니 곧 석상의 손처럼 고요해졌다.

눈을 천천히 감았다 뜬 허임은 선조의 아문혈 위쪽을 왼손으로 가만히 만져서 문질렀다. 그리고 오른손으로 침을 가져다 댔다.

침이 머리에 닿은 순간 그가 손끝을 좌우로 흔들었다. 한 마리의 용이 꿈틀거리듯 침이 손끝을 따라 춤추었다.

허임은 다시 내관(內關)과 공손혈(公孫穴)을 찌르고는, 마음의 문으로 들어간다는 손목 가로금 사이의 신문혈(神門穴)에도 침을 놓았다.

그가 침을 놓는 법은 확실히 유진하와 달랐다.

제조와 의관들은, 혈자리를 조금만 잘못 잡아도 바로 목숨이 오가는 상황에서 자신의 손끝 감각을 따라 침을 놓는 허임의 배짱에 입이 반쯤 벌어졌다.

그뿐이 아니었다. 진퇴를 거듭하는 허임의 손놀림은 번개 같았고, 침을 느리게 좌우로 돌려 감는 모습은 너무나 부드러워서 마치 갓난아이의 몸을 사랑스럽게 쓰다듬는 듯했다.

사람들은 각양각색의 표정을 지은 채, 허임이 치료를 마칠 때까지 입을 꾹 다물고 지켜보기만 했다. 말을 할 수가 없었다. 말을 걸어서 허임의 손짓이 멈추면 큰일이라도 날 것 같았다.

'명불허전(名不虛傳)이로다!'

'허임의 침술이 조선 제일이라는 소문은 그냥 난 것이 아니었구나.'

'정말 무서운 놈이로다. 진하가 너무 큰 벽을 만났어.'

한참 만에 시침을 마친 허임은 침을 완전히 회수한 후에야 남몰래 숨을 내쉬었다.

'후우우우, 다행히 실수를 하지는 않은 것 같군.'

의관들은 두 시간 만에 편전을 나와서 내의원으로 돌아갔다. 허준은 자신의 방으로 들어간 후에야 허임을 보며 짧게 치하했다.

"오늘 수고가 많았다."

"의관으로서 할 일을 했을 뿐입니다."

"그만 돌아가 있어라."

전과 다름없는 말투. 표정도 여전히 무뚝뚝했다.

오늘 같은 날은 웃으면서 따뜻하게 대해주면 안 되나?

허임으로선 서운해 할만도 했지만 개의치 않았다. 허준이 본래 그런 성격이라는 걸 그가 왜 모를까. 그저 '수고가 많았다.'는 한마디를 들은 것으로 만족했다.

"편히 쉬십시오."

허임은 담담히 인사를 올리고는 편한 마음으로 내의원을 나섰다. 문을 나선 후에야 뒤늦게 가슴이 터질 것처럼 뛰었다.

'이제 시작이야. 너무 조급해하지 말자.'

이튿날 아침, 허준이 계란과 식초를 가지고 왕의 침실로 갔다. 선조의 목소리가 트인 것은 하루가 더 지나서였다.

치료 사흘째, 허임은 임금이 아침 조회를 했다는 말을 듣고 하늘을 바라보았다. 엷은 미소가 그의 입가로 번졌다.

'네가 해냈다, 허임.'

* * *

선조를 치료한 지 닷새째 되던 날 오후. 예조에서 사람이 왔다.

환자를 치료하고 있던 허임은 갑자기 방으로 들어오라는 이학생의 말에 하던 치료를 마저 끝내고 방안으로 들어갔다.

"급한 환자여서 손을 놓지 못하고 이제야 왔습니다. 무슨 일인데 갑자기 부르신 겁니까?"

허임의 말에 이학생은 어쩔 수 없는 사람이라는 투로 말하며 고개를 저었다.

"거참, 자넨 정말 천생 의원이군."

한쪽에 앉아 있던 예조정랑(禮曹正郎) 노경임도 별 놈 다 본다는 눈빛으로 허임을 쳐다보았다.

"이분은 예조의 정랑이시네. 인사 먼저 드리게."

이학생이 허임에게 인사를 재촉했다. 허임은 이학생의 말대로 인사를 올렸다. 상대가 예조정랑이라는 말에 문득 어떤 예감이 들었다. 허리를 숙여 예를 취하는데 머리꼭대기에서 발끝까지 강렬한 전율이 치달렸다.

"혜민서의 치종교수 허임이라 합니다."

노경임이 자리에서 일어나더니 넓은 소매 속에서 두루마리를 꺼냈다.

"주상께옵서 도제조와 제조의 청을 받아들여서 그대를 내의원으로 이직시키라 명하셨다. 지위는 그대로 교수직을 유지하게 될 것이다."

허임은 이를 악물고 숨을 멈췄다. 눈꺼풀이 경련이 일어난 것처럼 파르르 떨렸다.

닷새 전의 치료를 인정받은 것인가?

그는 격정을 참기 위해 주먹을 움켜쥐었다.

촤르르르르.

노경임이 두루마리를 펼치고는 힘 있는 목소리로 교지의 내용을 읊었다..

"치종교수 허임은 내의원으로 임지를 옮기고, 전념전력을 다해 임금과 왕세자의 옥후(玉)를 지키는 일에 만전을 기하도록 하라!"

허임은 그 자리에서 무릎을 꿇고 교지를 받들었다.

"성은이 망극하옵니다!"

* * *

와장창!

하얀 백자호리병이 산산조각 나며 사방으로 튀었다. 술이 튀어서 옷자락이 젖었는데도 이를 갈며 부릅뜬 눈을 바르르 떨었다.

'그딴 놈이 뭐가 대단해서? 그놈의 재주가 뭐 그리 대단하다고 천한 놈을 못 받아들여서 환장이야?'

허임이 내의원으로 들어오면 송하연과의 만남을 제지할 명분을 잃는다. 일 때문에 만난다는데 뭐라 할 건가? 특별한 일이 없는 한 은 두 눈 뜨고 구경만 해야 할지도 모르는 것이다.

'너무 방심했어. 그런데 정월이 그 계집은 여태 뭐하고 있었던 거야?'

그때 방으로 들어온 유후익이 깨진 호리병을 보고 눈살을 찌푸렸다.

"이게 무슨 짓이냐?"

"죄송합니다, 아버님. 소자가 실수를 했습니다."

유진하가 고개를 숙이며 변명을 했다. 유후익은 아들이 실수한 게 아니라는 걸 짐작하고도 모른 척했다. 그토록 싫어하던 허임을 멋지게 이길 기회를 놓쳤으니 그 마음이 오죽할까.

"남자가 감정을 다스리지 못해서야 무슨 큰일을 하겠느냐? 허임에 대해선 내가 막을 터이니, 너는 그 일에 신경 쓰지 말고 맡은 일만 열심히 해라. 그럼 빠른 시일 내에 다시 기회가 올 것이야."

유진하는 일단 부친의 말을 받아들였다.

"알겠습니다, 아버님."

그러나 내심은 불만이 많았다. 부친이 제대로 막았다면 허임이 어떻게 내의원에 들어올 수 있었겠는가. 임금에게 침을 놓았겠는가.

'절대로 그냥 놔두지 않겠어. 아버님이 처리하지 못하시면 내가 하는 수밖에.'

정월이 그 계집도 못마땅했다. 그렇게 철저히 살펴보라고 했거늘, 허임과 송하연이 만났는데도 파악을 못 하고 있었다.

'역시 그 천한 년을 믿는 게 아니었어.'

* * *

허임은 거처를 정릉동 행궁 근처로 옮겼다. 마침 행궁과 가까운 곳에 그에게 치료를 받은 적이 있는 김석영이라는 선비의 고택에 별채가 비어 있어서 그곳을 거처로 정했다. 더구나 그곳은 내의원 의녀들이 있는 곳과도 멀지 않아서 허임에게는 최상의 조건이었다. 김석영과 그 가족들도 반색하며 허임을 맞아주었다.

첫날 내의원에 나간 허임은 제조인 판서 홍진과 부제조인 승지 조인득을 찾아가 인사를 올렸다. 도제조인 좌의정 김응남과 또 한 명의 부제조인 승지 오억령은 자리를 비워서 뒤돌아 나와야 했다. 허임은 그런 연후에야 마음을 굳게 먹고 허준을 만났다.

허준은 세상이 뒤숭숭한 시절임에도 책에서 손을 떼지 않고 있었다. 의서를 읽고 있던 그는 허임이 들어가자 고개를 들었다.

"오늘부터 내의원의 침의가 된 허임이 어의 어른께 인사 올립니다."

허준은 공손히 고개를 숙이는 허임을 전과 다름없는 표정으로 바라보았다.

"네가 드디어 여기까지 왔구나."

대견하다는 말로 들릴 수도 있었다. 그러나 허임이 받은 느낌은 그와 조금 달랐다.

왠지 모를 경계심이 깃든 느낌? 정확하지는 않아도 좌우간 칭찬이라는 생각은 들지 않았다.

"지나친 욕심으로 일을 그르치는 일이 없도록 해라. 또한 사사로운 일로 내의원의 이름에 욕됨이 없게 해야 할 것이다. 개인적인 감정까지 통제할 생각은 없다만, 그로 인해 물의가 빚어지면 결국 네가 책임져야 할 게야."

조금은 싸늘하게 느껴지는 목소리, 눈빛이다. 그런데 '사사로운 일' '개인적인 감정'이라는 말이 마음에 걸렸다. 환자의 치료와 관계된 일 때문에 하는 말은 아닌 듯했다.

무엇을 말하는 걸까? 자신과 유진하의 감정적인 대립을 말하는 걸까?

그럴지도 몰랐다. 그 일에 대해서는 허준도 일부분 알고 있으니까. 그때 문득 유진하와 관련된 또 다른 일이 하나 떠올랐다.

'혹시 송 아가씨 때문에?'

자신을 해할 목적이라면 무슨 말이든 할 수 있는 유진하였다. 당연히 안 좋은 쪽으로 이야기했겠지.

그러나 지금 당장 그 문제에 대해서 물을 수도, 따질 수도 없는 일. 허임은 분노의 마음을 가라앉히고 침착하게 대응했다.

"명심하겠습니다. 다만 소생이 사사로이 하는 일이 단순한 개인적 욕망 때문에 하는 것이 아니라는 것만 알아주시면 고맙겠습니다."

"나도 그러길 바란다. 그리고 저번의 치료, 잘 끝나서 다행이다."

그런 말은 좀 부드러운 표정으로 하면 안 되나?

허임은 쓴웃음을 지으며 고개를 숙였다.

"저 역시 다행으로 생각하고 있습니다."

허준의 방을 나온 허임은 정예남과 김응탁 등 어의들에게 인사를 하고 유후익의 방으로 들어갔다. 유후익은 인사하는 허임을 못마땅한 표정으로 바라보았다.

허임은 그의 마음을 개의치 않았다. 처음부터 각오했던 바가 아닌가 말이다. 오히려 그는 유진하를 만나지 않은 걸 다행으로 여겼다. 그를 만났으면 감정이 드러났을지 모르거늘.

오래 있어봐야 좋을 것도 없을 터. 허임은 대충 인사만 올리고 방을 나와서 김영국에게 갔다. 내의원에 들어온 이후 처음으로 마음이 편해졌다. 김영국도 편한 웃음을 지으며 그를 반겼다.

"앞으로 많은 사람들이 너를 주시할 것이다. 저번처럼 솜씨를 발휘해서 그 사람들을 경기 들리게 해봐라."

"밖에서야 그럭저럭 인정받았지만, 어의들이 많은 이곳에서는 구박이나 안 받으면 다행이지요."

"내가 인정할 만한 의술을 지니고 있는 사람은 기껏해야 두세 명뿐이다. 주눅들 것 조금도 없다. 뭐, 주눅이 들 너도 아니겠지만."

김영국이 씩 웃으며 허임을 바라보았다. 허임은 그 답으로 말없이 미소를 지었다.

드디어 고대하던 호랑이 우리에 들어왔다. 두렵지는 않았다. 두렵기는커녕 강적을 앞에 둔 투사처럼 투지가 솟구쳐서 탈이었다.

'어디 한 번 해봅시다, 허준 어른.'

* * *

허임에게는 왕자나 대신에 대한 치료만 맡겨졌다. 그것도 중요한 치료는 제외하고 일반적인 병증이 대부분이었다. 그가 두각을 나타내는 걸 싫어하는 내의들이 중요한 치료에서 그를 제외 시킨 것이다.

그들은 선조의 병이 나은 이유를 평할 때 나중에 약을 잘 썼기 때문이라며 허임의 공을 깎아내렸다. 허임의 거침없는 손놀림에 대해서도 말이 많았다. 자칫하면 임금의 몸에 무리를 줄 수 있다며, 침 치료를 허임에게 또 맡겨서는 안 된다고 떠들어댔다.

그럼에도 허임은 아무런 불평도 하지 않고 묵묵히 주어진 일에 충실했다. 오히려 중요한 치료에서 빠지다 보니 가볍게 오가면서 송하연을 만날 기회가 자주 생겨 불만은커녕 즐겁기만 했다. 그를 탐탁지 않게 생각하던 어의나 침의들이 의아해 할 정도로.

"정말 괴이한 놈이군. 저번 치료가 성공해서 기고만장할 줄 알았는데 말이야."

"원래 욕심이 없는 놈인가? 우리가 잘못 봤는지도 모르겠구먼. 그거 참."

그렇게 봄바람이 불던 2월, 한성부 판윤에서 호조판서가 되어 있던 권율이 다시 도원수가 되었다. 당시 한양에는 권율과 김덕령이 함께 올라와 있었는데, 김덕령은 3월이 되자마자 남방으로 내려갔다. 선조가 김덕령을 만나보기 위해 데려오라는 명을 내렸을 때는 이미 내려간 지 이틀이 지난 뒤였다.

그런데 어이없는 것은 김덕령이 내려간 이유였다. 그는 본래 권율과 함께 내려가기로 되어 있었는데, 갖고 있던 식량이 떨어져서 수하 장수들이 굶자 어쩔 수 없이 그들을 데리고 먼저 내려갔다는 것이다.

전쟁이 아직 끝나지도 않은 상황이거늘, 최전선을 지키는 장수에 대한 대우가 그 지경이었으니 무슨 말을 더하랴.

그즈음, 왕세자의 병을 치료한 의관에게 상이 내려졌다. 그로 인해 허준은 한 품계가 더 올라가고, 정예남과 김응탁은 승직했다. 그때만 해도 허임이 분조를 호종하며 왕세자를 치료한 것에 대해서는 아무런 상도 주어지지 않았다. 허임도 바라는 마음이 없었지만.

전쟁에 나가는 장수들이 굶는 판에 상은 무슨!

그로부터 이틀 뒤, 허임에게 이조참판 김우옹의 병을 치료하라는 명이 떨어졌다. 왕세자가 몸이 낫자 회강(會講)을 하기로 했는데, 김우옹의 병 때문에 제대로 강연이 이루어지지 못한 것이다.

허임은 의녀 경문과 함께 내의원을 나서서 도성 동쪽에 있는 김우옹의 집으로 향했다. 정월이 넌지시 그녀를 허임에게 붙인 것이다. 봉연은 정월과 경문의 사이를 몰랐기 때문에 제지할 수도 없었다.

허임은 기왕지사 송하연과 함께 가고 싶었으나 꾹 참았다. 아직은 남들에게 트집잡힐 행동을 할 때가 아니었다. 특히 유진하에게는.

그때만 해도 허임은 김우옹의 치료가 그에게 새로운 인연을 만들어줄 거라고는 생각도 못했다.

* * *

동강(東岡) 김우옹은 혜민서 제조를 맡은 적이 있었기에 허임도 그에 대해서 남들만큼은 알고 있었다.

김우옹은 동인이었지만, 정쟁을 벌이며 조정을 난장판으로 만든 권신들과는 달랐다. 그는 곧은 기개로 잘못된 일에는 말을 아끼지 않았다. 임금 앞에서도 바른 소리를 잘했고, 옳지 않은 일에는 나서지 않았다. 다만 그는 몸이 약해서 가끔 병이 들곤 했는데 최근 들어서 더 심해진 듯했다.

"오랜만에 뵙습니다."

"네가 왔구나. 그러고 보니 내의원으로 들어간 지 벌써 몇 달은 된 것 같군."

"두 달 정도 되었습니다."

허임이 담담히 말하며 김우옹의 손목을 잡았다. 얼마 되지 않아서 허임의 이마에 주름이 잡혔다. 그 모습을 본 김우옹이 나직이 말했다.

"찬 기운이 치밀어 올라서 가끔 가슴이 아프니라. 그럴 때는 움직이는 것조차 힘들구나."

"너무 심려가 깊으신 것 같습니다. 마음을 편하게 하셔야 하겠습니다."

"나라가 이 모양인데 내 어찌 편안할 수 있겠느냐?"

"유배를 가시면서도 담담하셨다고 들었습니다. 그렇다면 마음을 다스릴 수 있을 것으로 보입니다만."

"내 개인의 일과 나라의 일을 어찌 같게 생각할 수 있겠느냐? 요즘 같으면 그저 억장이 무너지지 않은 게 신기할 지경이니라."

"아직 위험한 정도는 아닙니다만, 병세가 조금만 더 심해지셔도 큰일이 날 수 있습니다. 당분간 마음 상하는 일을 자제하시고 안정을 취하십시오."

허임은 담담히 말하며 침통을 꺼내고 의녀에게 뜸을 뜰 준비를 하라고 일러두었다. 곧 내관혈에 침을 놓은 그는 태충혈과 독음혈, 배꼽 6치 아래쪽에서 양쪽으로 1치 되는 곳에 뜸을 뜨기 시작했다.

허임은 배꼽 아래쪽에 21장의 뜸을 모두 뜬 후 다시 맥을 짚었다. 표정이 조금 풀어진 그가 말했다.

"조금 지나면 증세가 완화될 것입니다. 하지만 계속 몸을 아끼지 않으시면 언제든 재발할 것이니 조심하십시오."

김우옹의 표정도 전보다 훨씬 밝아졌다.

"아픈 것이 많이 가셨구나. 네 솜씨가 좋다는 것을 말로만 들었거늘, 직접 병자가 되어 치료를 받아보니 왜 사람들이 너를 찾는지 알겠다."

"나아지신 것 같다니 다행입니다."

"너에게 다른 병자를 하나 부탁해도 되겠느냐?"

"어떤 환자인지요?"

"바로 옆집에 도를 공부하는 서생이 하나 살고 있다. 그런데 며칠 전부터 등에 종기가 깨알처럼 나서 무척 고생을 한다고 들었다. 네가 한번 봐주었으면 싶구나."

"알겠습니다."

환자라면 마다할 허임이 아니었다. 더구나 종기라면 그가 가장 자신 있는 병증이었다.

낡은 기와집은 금방이라도 무너질 것 같았다. 그 집의 주인은 이임성이라는 서생이었는데 이제 막 서른이 된 자였다.

"이 집입니다요. 잠시만 기다리십시오. 제가 문을 두드려보겠습니다요."

김우옹의 하인이 대문을 두드렸다.

"계십니까요? 김 참판 나리께서 보내서 왔습니다요!"

곧 단아한 모습의 여인이 문을 열고 의아한 표정을 지었다.

"무슨 일로 오셨습니까?"

"저는 의관으로 허임이라 합니다. 김 참판께서 이곳 주인의 병이 심하다 하여 저보고 가보라 하셨습니다."

여인이 눈을 동그랗게 떴다. 허임이라는 이름을 아는 표정이었다.

"혹시 혜민서의 의관이신 허임 공이 아니신지요?"

"제가 그 허임입니다."

"이렇게 찾아와주셔서 정말 감사합니다."

여인은 죽은 친정어머니가 살아서 돌아오기라도 한 것처럼 반가워하며 허리를 숙였다. 단아한 모습으로 눈물을 글썽거리는데, 허임이 무안함을 느낄 정도였다.

"주인 분은 어디 계십니까?"

"저를 따라오십시오."

여인이 돌아서서 허임과 경문을 이임성의 방으로 안내했다. 허임은 곧 여인이 왜 그리 반겼는지 이해할 수 있었다.

이임성은 대나무처럼 마른 몸에 눈매가 칼날처럼 날카로웠다. 겉모습만으로도 성격을 짐작하는 게 어렵지 않은 인상. 그런데 이임성이 허임의 신분을 듣더니 카랑카랑한 목소리로 말했다.

"내 병은 내가 알아서 할 거요. 그만 돌아가 보시오. 별 것도 아닌 종기 때문에 따로 치료받고 싶지 않소."

여인이 다시 울 것 같은 표정으로 이임성을 달랬다.

"여보, 일단 어느 정도 상태인지라도 알아봐야 하지 않겠어요? 이분은 허임이라는 의관이신데 아주 유명하신 분이에요."

"글쎄, 견딜 수 있다니까?"

신경질적으로 소리치는 이임성을 빤히 바라보던 허임이 한마디 했다.

"닷새 후에는 대라신선이 와도 나을 수 없을 거요. 내기해도 좋소."

"뭐요?"

"아마 등에 종기가 났을 거요. 처음에는 깨알처럼 작아서 곧 나을 거라 생각했겠지. 그런데 그런 것이 차츰 늘어나더니 지금은 무수히 생겨서 드러눕기도 힘들고 숨을 쉬는 것도 쉽지 않을 거요. 손으로 짜보려고 해도, 누를 때는 고름이 나오다가 손을 놓으면 들어가니 제대로 짤 수도 없을 것이고. 어디 버티는 데까지 버텨보시오. 단, 닷새라는 말을 잊지 마시오. 그 이후에는 연락을 해도 오지 않을 거요. 살아날 가망성이 없는 병자를 붙잡고 시간을 보낼 만큼 한가한 사람은 아니니까."

고저 없는 음성으로 나직이 말을 맺은 허임은 망설이지 않고 돌아섰다.

여인이 그의 앞을 막더니 털썩, 무릎을 꿇었다.

"살려주세요, 의관님. 제발 저 분을 치료해 주세요!"

이임성을 봐서는 치료하고 싶은 마음이 없었다. 그런데 여인의 간절한 표정을 보니 마음이 약해졌다.

"일어나십시오, 부인. 병이란 환자가 스스로 일어날 마음이 있을 때 낫는 법입니다. 저 혼자서는 아무런 일도 할 수 없습니다."

"제발, 흑흑흑, 제발 서방님을 치료해 주십시오, 의관님."

"일단 일어나십시오. 일어나신 뒤에 말씀하십시오."

여인은 그제야 겨우 몸을 일으켰다.

허임은 눈물로 얼룩진 그녀를 보고는 착잡한 표정으로 고개를 돌렸다. 이임성이 멍하니 허공만 바라보고 있었다. 허임이 족집게로 집어내듯 병세를 집어내고, 닷새 안에 치료하지 않으면 죽을 거라고 하자 충격을 받은 듯했다.

"지금 결정하시오. 살고 싶소, 죽고 싶소?"

"저, 정말 그렇게 심각한 병이란 말이오?"

"종기를 우습게 보다 죽은 사람이 저 낙산의 대나무만큼은 될 거요."

"도를 깨우치면 만병을 몰아낼 수 있다고 했는데……."

서생이 웅얼거리는 소리는 듣고 나서야 허임은 그가 왜 치료를 받으려 하지 않았는지 알 것 같았다. 김우옹은 그가 도에 심취해 있다고 했었다. 아마도 자신이 익힌 도로 병을 치료할 생각인 듯했다.

'어이가 없군.'

아무리 뛰어난 도의 공부라 해도 고칠 수 있는 병이 있고, 고칠 수 없는 병이 있다. 그리고 당연하게도 능력에 따라서 좌우될 터. 이임성은 자신이 깨우친 도로 종기를 치료할 정도가 되지 못했다.

"당신의 도가 그 정도로 높았다면 그런 병에 걸리지도 않았을 거요."

"그런가?"

허탈한 표정으로 어깨를 축 늘어뜨린 이임성이 부인을 바라보았다.

"치료받을 테니 그만 우시오, 부인."

"정말이죠?"

"그렇다니까."

여전히 신경질적인 말투지만 조금 전보다는 기가 많이 죽은 목소리였다.

허임은 이임성에게 웃옷을 벗고 엎드리라고 했다. 이임성은 힘겹게 옷을 벗더니 요 위에 엎드렸다.

종기는 허임의 짐작대로 제법 심각한 상태였다. 손바닥 절반 크기의 붉은 반점 위에 깨알 같은 종기가 무수히 나 있는데 이미 근처가 곪아가고 있었다.

"부인께서는 소금물을 끓여 오십시오. 진해야 하니 물 한 사발에 소금 한주먹을 넣어야 합니다."

"알겠습니다."

부인이 황급히 부엌으로 가자, 허임은 일단 종기 부위의 경락을 따라서 침을 놓았다. 그러고는 무심한 어조로 말했다.

"도를 공부했다면 고통도 잘 참으리라 알겠소. 조금 아플 것이니 참으시오. 정 아프면 비명을 질러도 상관은 없소만."

허임의 말에 이임성이 움찔했다. 오기가 생긴 그는 그깟 고통 충분히 참을 수 있다는 듯 이를 악물었다. 허임은 그를 쳐다보지 않고 대침을 뽑아들었다.

"경문이는 고름을 닦아낼 천을 준비해라."

"예, 의관님."

경문이 황급히 보따리를 풀고 하얀 천을 꺼냈다.

허임이 붉게 달아오른 부위에 가로로 대침을 쑤셨다. 물러터진 호박을 찌르듯이.

"흡!"

숨을 삼킨 이임성이 눈을 부릅뜨고 고개를 번쩍 들었다.

허임은 아랑곳하지 않고 대침을 반대편까지 길게 가로로 찔러서 곪은 부위를 쨌다.

"끄으으으으아악!"

64

끝내 이임성이 억눌린 비명을 내질렀다.

허임은 눈썹 한 올 까딱하지 않고 대침으로 찌른 부위에서 고름을 짜냈다.

"도를 익힌 분도 아픈 것은 어쩔 수 없나 보군."

그 말에 이임성이 다시 이를 악물고 고통을 참으려 했다. 그러나 찌를 때보다 고름을 짜낼 때가 배는 더 고통스러웠다.

"끄어어어어!"

이임성이 내지르는 비명을 따라서 고름이 흘러나왔다. 그 양이 어찌나 많은지 경문이 들고 있던 천이 온통 누렇게 젖었다.

허임은 이임성의 고통을 남의 일처럼 여기며 고름을 확실하게 짜냈다. 모르는 사람이 보면 좀 전의 일 때문에 고의로 더 아프게 하려는 것처럼 보일 정도였다.

"닷새가 아니라 사흘만 지났어도 내 힘으로는 어쩔 수 없었겠는데?"

나직이 중얼거린 그는 고개를 돌려 문 쪽을 바라보았다. 이임성의 부인이 사발을 든 채 잘게 떨고 있었다.

허임은 사발을 받아들고는 사발 안에 든 미지근한 소금물을 상처 부위에 조심스럽게 따랐다. 소금물이 침구멍을 통해 살 속으로 들어가자 이임성의 몸이 갓 잡아 올린 생선처럼 퍼덕거렸다.

허임은 사발에 든 소금물을 세 차례로 나누어서 천천히 붓고는 자신이 가져온 보따리 속에서 뭉쳐놓은 약초를 꺼냈다. 종기 치료 시 이차적인 염증이 생기지 않도록 하는 약초였다.

치료를 마친 허임은 이임성을 바라보았다. 꺾으면 부러질 것처럼 뻣뻣하던 그가 이제는 풀죽은 옷처럼 축 처져 있었다.

"큰 두꺼비 예닐곱 마리를 잡아서, 껍질과 귀 부분에는 독이 있으니 완전히 벗겨내시오. 살만 깨끗이 씻어서 술에 하루 담그면 남은 독도 어느 정도 빠질 거요. 그렇게 독이 빠진 살을 그늘에 말려서 얇게 썰어 생강과 겨자즙을 곁들여서 드시오. 그럼 고름이 빠진 곳의 굳은살이 없어지고 새 살이 보다 빨리 돋아날 거요."

"두, 두꺼비를 먹으라고? 개구리도 아니고?"

"싫으시면 드시지 말든가."

"꼭 그걸 먹어야만 하오? 두꺼비를 잘못 먹으면 죽는다던데?"

"그래서 독을 빼는 방법을 일러줬잖소?"

"만약 안 먹으면?"

"죽을지도 모르오."

살이 빨리 돋아나는 효과 때문에 먹으라고 한 것일 뿐, 솔직히 안 먹는다고 해서 죽거나 하진 않는다. 어영부영하다 종기가 덧나면 정말 죽을 수도 있긴 하지만.

그럼에도 허임이 과장되게 단도직입적으로 말한 것은 그만한 이유가 있었다.

이임성이 고개를 돌리더니 허임을 째려보았다.

"어째 의원이라는 사람이 말투가 그리 차갑소?"

"조금 전 자신이 어떻게 대했는지 기억하지 못하는 모양이구려?"

"그거야……."

"도를 닦는 것도 좋지만 부인을 힘들게 해서야 되겠소?"

이임성이 슬그머니 눈을 돌렸다. 그에 대해선 입이 열 개여도 할 말이 없었다.

"그런데 이 형은 무슨 도를 공부하기에 그것으로 병을 치료할 수 있다고 생각한 거요?"

"용호비결(龍虎秘訣)이라는 거요. 배운 지 오래되지 않아서 그렇지, 제대로 배웠다면 이깟 종기쯤은 그냥 나았을 거요."

"용호비결? 아! 그 정염이라는 분이 썼다는 그 호흡에 관한 비결 말이오?"

"아시오?"

북창(北窓) 정염은 유불선에 정통한 것은 물론 천문과 의술에도 뛰어나서 혜민서의 교수를 지낸 적이 있었다. 특히 도가에 뛰어나서 그가 지은 용호비결은 도를 구하는 사람이라면 모르는 이가 없었다.

"스승님께 언뜻 듣긴 했소. 의술을 배우다 보면 도에 대해서도 조금은 공부할 수밖에 없소. 침도 결국은 기와 관련된 것이니까. 그런데 어디서 용호비결을 배운 거요?"

"화순의 운주사에서 2년 정도 지냈소. 그곳에서 용호비결을 배웠소."

허임의 눈이 휘둥그레졌다.

"화순 운주사라고 했소?"

"그렇소. 아시오?"

"스승님께서 마지막으로 가신 곳이 그곳이오. 그리고 나도 스승님을 찾아서 오륙 년 전에 그곳에 들른 적이 있소."

"허어! 그게 정말……. 으윽!"

이임성이 깜짝 놀라서 몸을 세우려다가 철푸덕 엎어졌다.

"며칠 동안은 몸조리를 잘해야 하니 함부로 움직이지 마시오. 시간 나면 이삼 일 사이로 다시 올 테니 그때 좀 더 많은 이야기를 나누어 보지요. 두꺼비는 꼭 잡아서 드시고."

"일곱 마리를 다 먹어야 하오?"

"입맛에 맞으면 두어 마리 더 먹어도 상관없소."

귀를 쫑긋 세운 채 옆에서 듣고 있던 경문은 두꺼비를 생으로 먹는 모습을 상상하자 속이 울렁거렸다.

* * *

허임은 이런저런 핑계를 대고 이임성을 몇 번 더 찾아갔다. 부인인 정씨는 허임이 갈 때마다 은인을 대하듯 공손하게 대했다. 두꺼비는 그녀가 직접 잡아다 줬는데, 이임성이 의외로 두꺼비를 잘 먹는다고 해서 허임을 놀라게 했다.

사실 이임성도 처음부터 잘 먹은 것은 아니었다. 처음에는 찜찜해하며 억지로 먹었는데, 한번 먹어보고는 입에 맞았는지, 아니면 살고자 하는 욕망이 강했는지 몰라도 무려 아홉 마리나 먹은 것이다.

그래서인가? 열흘이 지나자 이임성의 종기가 눈에 띌 정도로 나아졌다.

그렇게 허임은 이임성을 만나면서 운주사에 대해 미처 모르던 사실을 많이 들을 수 있었다.

이임성은 운주사가 단순한 사찰이 아니라고 했다. 그곳은 아주 오랜 옛날부터 이 나라 배달민족의 모태사상인 칠성사상이 깃들어 있는 곳이었다고 한다. 그곳을 지은 사람도 그걸 알기에 그 자리에 운주사를 짓고 칠성의 방위를 따라서 불탑과 석불을 쌓았다는 것이다.

어쩐지 운주사의 불탑과 석불, 바위들이 왠지 괴이하다 했더니, 그 모든 것이 칠성사상에 기초해서 만들어졌기 때문인 듯했다.

'흠, 언제 한번 그곳에 다시 가서 자세히 알아봐야겠군. 혹시 알아? 스승님께서 돌아와 계실지.'

송하연은 이임성에 대한 이야기를 듣고 호기심에 찬 눈빛을 반짝였다.

"정말 재미있는 분이시네요."

"엉뚱한 면이 많습니다. 그래도 거짓이 없고 순박해서 사귀기에 부족함이 없는 사람입니다."

송하연이 미소를 지었다. 화순이라면 담양 봉산에서 지근거리였다. 마치 고향의 이야기를 듣는 듯해서 푸근함과 아련함이 동시에 밀려들었다.

허임이 그 모습을 보고 넌지시 말했다.

"송 아가씨. 이번 가을, 함께 어머니를 만납시다."

"예?"

"저번에 가서 말씀드렸더니 어머니께서 함께 오라고 하셨습니다."

송하연의 얼굴에 미미한 두려움이 깔렸다.

"제가 가도 괜찮을까요?"

"당연히 괜찮지요. 어머니도 송 아가씨를 싫어하지 않으실 겁니다. 제가 보장하지요."

송하연이 눈을 내리깔았다. 허임이 아무리 그렇게 말해도 불안한 마음은 어쩔 수 없었다. 허임은 잘 나가는 의관이고, 자신은 천한 의녀다. 첩도 아니고 정실부인은 언감생심이었다.

허임이 비록 밝은 표정으로 말을 하지만, 그녀는 허임과 허임의 어머니 사이에 뭔지 모를 이견이 있다는 것을 느끼고 있었다.

숨을 천천히 들이쉬고 용기를 낸 그녀는 내리깔았던 눈을 들고 허임을 바라보았다.

"어머니께서 원하시는 여자가 있으면 먼저 부인으로 맞이하세요. 저는…… 첩도 괜찮아요."

"그건 절대 안 됩니다! 그런 마음은 아예 먹지도 마십시오, 아가씨."

허임은 단호하게 고개를 저었다. 그럴 생각이었다면 어머니의 뜻을 거역하지도 않았을 것이다.

"저는 한 사람만 곁에 있으면 족합니다. 그 자리를 반드시 송 아가씨가 채워주셔야 합니다."

송하연의 눈꺼풀이 파르르 떨렸다. 눈앞이 흐릿해졌다.

성질 고약한 시어미처럼 들쑥날쑥하던 봄이 지나가고 여름이 되었다. 5월이 되자 왜적의 우두머리 중 하나인 가등청정이 거주하던 목채에 불을 지르고 왜국으로 건너가 버렸다.

그리고 5월 11일. 침의들이 선조를 치료했다. 그때도 내의원에서는 박춘무를 불러들이면서도 허임은 제외시켰다.

아무리 신경 쓰지 않기로 했다지만, 허임도 조금은 허준이 야속했다. 그의 말 한마디면 누구도 자신의 참여를 막지 못할 텐데, 그는 아무런 도움을 주지 않았다. 마치 스스로의 힘으로 해결하라는 듯.

오기가 생긴 허임도 그 일에 대해서 허준에게 한마디도 하지 않았다.

'스스로 해결하라면 하지요.'

조정에 가등청정이 철수했다는 소식이 전해진 것은 5월 16일이

었다. 중신들 중 상당수는 드디어 왜가 물러가는 거라 생각하고 기
뻐했다. 그러나 가등청정과 일부 군사만 건너갔을 뿐 왜군이 완전
히 철수한 것은 아니었다.

적의 진영에 들어가 있던 접반사 황신이 그 속에 숨은 흉계를 감
지하고 장계를 올렸다.

왜적이 아직 삼분지 이나 남아 있으며, 가등청정의 철수에 흉악한 음
모가 있는 것처럼 보입니다.

선조는 황신의 의견을 받아들여서 명나라에 대한 도움 요청을
늦추지 않았다. 한번 왜적에게 크게 당한 그로서는 두 번 다시 그
런 일이 벌어지지 않기만 바랐다.

그러나 비변사의 중신들은, 적이 물러갈 것 같으니 상황을 보면
서 처리하자는 의견을 내놓았다.

보다 가까운 곳에서 나라의 흐름을 목도한 허임은 속이 답답했다.
지난 날 선조가 한 행동은 잘못된 점이 많았지만 이번만큼은 그가
옳았다. 적이 완전히 물러가기 전까지는 안심할 수 없었다. 철저히
경계하면서 왜적이 딴 마음을 먹지 못하게 하는 것이 최선이었다.

전쟁은 아직 끝난 것이 아니니까!

* * *

여름이 막 물러가기 시작한 7월. 홍산에서 반란이 일어났다. 그

로 인해 홍산, 임천, 청양, 정산, 대흥이 반란군의 손에 들어가고, 반
란군의 규모가 수천에 이르렀다.

그러나 수사(水使) 최호가 홍주로 진격하고, 홍주목사를 비롯한
인근 군현의 수령들이 합세하여 반란을 제압하였다.

권율은 반란이 일어났다는 말을 듣고 즉시 김덕령을 파견하였
다. 김덕령은 즉시 말에 올라서 군병을 이끌고 홍산으로 향했다. 그
런데 그가 홍산에 도착하기도 전 반란이 진압되었다. 김덕령은 반
란이 진압되었다는 소식을 듣고 운봉에서 즉시 군사를 돌렸다.

그때 충청도 순찰사 종사관 신경행이, 김덕령의 이름이 역적들의
입에서 오르내린다며 체포할 것을 주장했다. 당시 역적들의 입에
서 오른 내린 이름 중에는 병조판서 이덕형과 충청 어사 이시발의
이름도 있었다.

추국청에서는 김덕령을 잡아들이라는 명을 도원수 권율에게 내
리고, 이덕형과 이시발은 죄가 없다고 판정했다.

명이 떨어지자 권율은 돌아온 김덕령을 진주에 잡아두었다. 자신
이 반란을 진압하라고 보내놓고는, 반란이 진압되어서 돌아온 사
람을 명이 있다 해서 잡아놓은 것이다. 조정에 아무런 변명도 해
주지 않고서.

8월 4일. 김덕령이 한양으로 압송되자, 선조가 친히 국문했다.

이미 역적들의 입에서 김덕령의 이름이 나온 터였다. 역적의 수괴
중 하나인 한현은 '장수는 김덕령이다.' '이몽학과 박승림이 김덕령
을 찾아가 만나보고 함께 거병(擧兵)하는 일을 모의했다.'고 했다.

유규는 '전라도에 김 장군이 있는데 장군의 명칭은 익호장군(翼虎將軍)이다.' 했으며, 이업은 '장후재가 김덕령과 왕래했는데, 김덕령이 사세를 보아가며 하라고 했다.'라고 하였다.

선조는 그들의 진술을 듣고 김덕령을 역적의 괴수로 낙인찍은 상태에서 문초했다.

"역적들의 증언이 의논한 것도 아닌데 똑같았다. 흉악한 음모와 비밀스런 계책을 서로 통하면서 함께 반역을 한 사실이 밝은 하늘 아래 훤히 드러나 숨길 수 없게 되었으니, 그런 짓을 꾸민 내력을 사실대로 숨김없이 진술하라."

선조의 질타에 김덕령이 담담한 표정으로 답했다.

"도적들이 그리 말했을지라도 공모했다면 반드시 오고 간 자취가 있을 것이옵니다. 하늘의 해가 훤히 비추는 아래에서 제가 어찌 감히 군부(君父)에게 조금이라도 숨길 수 있겠사옵니까. 저는 나라를 위해 삼사 년 동안이나 친척들과 이별하고 분묘(墳墓)도 버려둔 채 변방에 나가 고생하며 적을 막았사옵니다. 나라에서 알게 되었다면 반드시 큰 상을 주었을 일이라 할 수 있을 것이옵니다. 그런데 저의 허명이 커지다 보니 저 역적의 무리들이 저를 시기하고 모함하는 흉계를 부린 것이옵니다. 제가 우러러 받드는 군부의 앞에서 어찌 거짓을 만들어 아뢰겠사옵니까?"

잠시 말을 멈춘 그는 지난날의 사실을 하나하나 나열했다.

"7월 14일 도원수께서 전령을 보내 '호서(湖西)의 토적 수천 명이 갑자기 발동했으니 섬멸할 태세를 갖춰 수십 기(騎)를 거느리고 오라.' 하였사옵니다. 저는 전령을 듣고서 '드디어 나의 칼을 시험할 기회가 왔구나.'라고 생각하며 즉시 운봉으로 달려갔사옵니다. 15일에 단계에서 유숙했으며 16일에 함양으로 갔사온데, 17일 운봉에 닿기 전에 도원수가 다시 전령을 고쳐 '역적들이 이미 무너져 흩어졌다.'고 했사옵니다. 의아한 마음에 도원수의 전령이 사실인지 알아보기 위해 자세히 살펴보니 정말 도원수가 보낸 전령이었으므로, 저는 발길을 돌려서 진소(陣所)로 돌아갔사옵니다. 이밖에는 달리 드릴 말씀이 없사옵니다. 만일 공모하느라 서간(書簡)이 오간 일이 있었다면, 단지 그때만이 아니라 전부터 간찰(簡札) 같은 것으로 서로 통한 것이 있을 것이옵니다. 시기하는 마음을 가진 역적들이 작정하고 저를 모함하려고 하였는데 무슨 말인들 못하였겠사옵니까? 어찌 그들의 말만 듣고 저를 역적의 괴수로 여기는지 모르겠사옵니다."

선조는 김덕령의 말을 믿지 않고 별처(別處)에 가두어두라 명했다. 그렇게 하고도 탈출할까봐 두려워서 병조로 하여금 강한 군사를 더 배정해 철저히 지키도록 했다. 그런 연후에야 마음을 놓은 선조는 대신들의 의견을 들어보았다.

먼저 유성룡(柳成龍)이 말했다.

"김덕령의 이름이 역적들의 진술에서 나왔으니 의심할 것은 없사옵니다. 하오니 그대로 다른 역적들이 도착하기를 기다린 다음에 의논하여 처리하는 게 어떻겠사옵니까?"

"여러 역적들의 공초(供招)에 사실이 모두 나왔는데 더 물어볼 것이 뭐 있겠는가?"

"상황을 봐서는 죽을죄를 지은 것은 분명하옵니다. 그래도 하나

하나 따져 물어서 좀 더 정확한 사실을 얻어내야 하지 않겠사옵니까?"

유성룡은 어떻게든 시간을 늦춰보려 했다. 하지만 윤두수는 그와 달리 선조의 의견에 무조건 찬성했다.

"이와 같이 큰 옥사는 시간이 간다 해도 확실한 것을 알아내기가 어렵사옵니다. 그러니 오늘 당장에라도 문초하는 것이 옳을 것 같사옵니다, 전하!"

반면 이기와 유영경은 유성룡의 손을 들어주었다.

"김덕령에 대한 일은 성상께서 재량하여 처리하시기에 달렸사옵니다. 하오나 상황을 보다 자세히 알아보려 한다면 후일을 기다렸다 하는 것이 좋을 것 같사옵니다."

개중에는 판의금 최황, 정언 김택룡처럼 즉시 형신(刑訊)할 것을 청하는 자조차 있었다.

"그는 살인을 많이 했으니 그 죄 죽어 마땅하옵니다. 그의 죽음은 조금도 애석할 것이 없으니 즉시 처리하는 게 좋겠사옵니다!"

"이제 나라가 편안해지고 있는데 장수 하나쯤 무슨 대수이겠사옵니까? 즉시 처형하여 후환을 없애야 하옵니다!"

김덕령은 갑자기 유명해진 까닭에 많은 장수들의 시기를 받았다. 조정의 많은 사람들이 훗날에 그를 제어하기 어려울지 모른다 생각하고 이 기회에 그를 제거하려고 했다.

결국 결정은 선조가 내렸다.

"김덕령을 철저히 가두어두도록 해라. 또한 선전관을 보내서 김덕령의 최측근인 최담령을 잡아오도록 하라!"

8월 8일. 최담령이 처가가 있는 부안에서 잡혀왔다. 그 역시 선조가 직접 국문했다. 최담령 역시 조금도 이치에 닿지 않는 말이라며 적극 부인했으나 선조는 믿지 않았다.

다만 김덕령과의 차이라면, 김덕령은 많은 역적들의 입에서 이름이 나왔지만, 최담령은 한두 사람의 입에서만 나왔다는 것이었다.

선조는 일단 다른 역적들이 모두 호송되어 올 때까지 형문의 시기를 미루었다.

* * *

허임은 김덕령에 대한 소식을 듣고 입이 달라붙었다.

화친의 말이 오가며 해를 넘기니 곧 전쟁이 끝날 것이라 생각한 걸까? 호남에서 수많은 의병들의 지지를 받는 김덕령을 어찌 지금 그리 처리한단 말인가!

허임은 김덕령이 역적의 수괴인지 아닌지 정확한 사실은 알지 못했다. 지난 수년 간 벌어진 몇 차례의 반란을 생각하면 임금이 신경을 곤두세우는 것도 이해 못 할 바는 아니었다.

다만 한 가지, 역적이 그의 이름을 말했다고 해서 사실 여부도 자세히 알아보지 않고 무작정 그를 역적의 수괴로 단정 지은 것만은 분명 잘못된 일이었다.

더구나 들리기로, 김덕령은 권율의 전령을 받고 나서야 움직였다고 했다. 설마 임금은 그것 역시 계획의 일부라고 의심하는 걸까? 역모를 막는 것처럼 올라가서 역모세력과 합류한 다음 한양을 공격할 거라고 말이다.

'말도 안 되는 소리야.'

김덕령이 정말 그런 계획을 세웠다면, 권율이 자신을 보낼 거라는 걸 미리 알았어야 했다. 그러나 그럴 확률은 극히 적었다. 가까운 충청도나 전라도 위쪽, 경기도, 황해도의 병력을 불러서 역적을 칠 수도 있었다. 저 멀리 진주에서 적과 대치하고 있는 김덕령을 부를 가능성은 열에 하나밖에 안 되는 것이다.

게다가 최담령은 권율의 명령이 떨어진 후에야 김덕령의 진영에 합류했다. 김덕령이 정말 계획을 세웠다면 미리 군사들을 모아놓았어야 마땅하지 않은가?

'주상께서 지나치게 집착하시는군. 이건…… 병이야.'

허임은 그리 단정했지만, 누구에게도 말할 수 없었다. 그저 일이 잘 풀려서 김덕령이 풀려나기를 바라는 수밖에.

그는 답답한 마음도 달랠 겸 아버지 제사를 지내기 위해서 나주에 내려가기로 했다. 약속한 대로 송하연을 데리고 갈 생각이었는데, 그러기 위해서는 몇 가지 할 일이 있었다.

그는 먼저 봉연을 만나서 사정을 얘기했다.

"함께 나주의 어머니를 만나보고 올까 합니다. 수의녀께서 좀 도와주십시오."

봉연이 반색하며 자기 일처럼 기뻐했다.

"정말이십니까? 알았습니다. 제가 힘닿는 데까지 도와드리겠습니다."

마침 송하연의 고향이 담양이니 핑계 대기도 좋았다. 최근 들어의녀가 대여섯 명 더 들어온 터라 송하연이 잠시 빠진다 해도 크게 문제가 될 것은 없을 것 같고.

그러나 허임과 봉연은 방을 들락거린 경문이 귀를 쫑긋 세우고 있다는 사실을 알지 못했다.

"그게 사실이냐?"

유진하는 경문의 말을 듣고 눈빛을 번뜩였다. 정월을 믿지 못한 그는 경문에게 은밀히 명을 내려놓았다. 그런데 아니나 다를까 정월이 미처 알지 못한 기가 막힌 정보를 가져왔다.

"예, 나리. 제가 똑똑히 들었습니다."

"언제 간다고 하더냐?"

"내일 점심 전에 출발한다고 합니다."

"그래?"

차가운 유진하의 눈빛에서 득의의 광기가 흘렀다.

"잘했다. 너는 가서 계속 지켜봐라."

"저, 주시기로 한 옥가락지는……?"

경문이 머뭇거리며 약속한 대가에 대해 재촉하자 유진하가 눈살을 찌푸리며 신경질적으로 말했다.

"걱정마라. 허임이 떠난 후에 줄 테니까."

흠칫한 경문은 더 이상 재촉하지 않고 고개를 숙였다.

"아, 알겠습니다, 나리."

"그만 가봐라. 남들이 이상하게 볼지 모르니까. 그리고 정월이에게 저녁 먹고 나서 나를 찾아오라고 해."

"예, 나리."

경문은 힐끔 유진하를 살펴보고 몸을 돌렸다. 고개를 반쯤 숙인 그녀의 입술 끝이 뒤틀렸다.

'쳇, 유씨 의가가 부유해서 통이 클 줄 알았더니 속이 좁쌀만 하군.'

유진하는 멀어지는 경문에게서 시선을 돌리고 이를 지그시 악물었다.

'어림없다, 허임. 네놈은 절대로 하연을 얻지 못할 거다.'

* * *

아침 해가 뜨기 전. 기대에 부풀어 보따리를 싸놓은 허임은 시원한 바람을 맞으며 내의원으로 들어갔다. 그런데 그때 건물 구석진 곳에 서 있는 나이 어린 의녀가 보였다. 봉연의 보조인 서홍이었다.

이상한 기분이 든 그는 걸음을 멈추고 서홍을 바라보았다. 서홍이 눈짓을 보내며 고개를 숙였다. 왠지 초조한 표정.

'무슨 일이지?'

좋지 않은 느낌이 든 그는 자연스럽게 방향을 틀어서 서홍이 있는 곳으로 갔다.

"무슨 일이냐?"

"수의녀님이 급히 찾으십니다."

봉연이 그를 찾을 만한 일은 오직 하나뿐이다. 불안해진 허임은 만사 제쳐놓고 봉연에게 갔다.

봉연은 침중하게 굳은 표정으로 허임을 맞이했다.

"왜 저를 급히 부른 겁니까?"

"허 교수님, 하연이는 함께 갈 수 없을 것 같습니다."

"무슨 말입니까?"

"어제저녁에 인빈마마께 올렸는데, 탕약에 문제가 있었나 봅니다. 마마께서 잠을 주무시지 못하시더니, 가슴이 두근거리고 손이 떨리신다면서 드러누우셨습니다."

"혹시 그 탕약을 송 아가씨가 올리기라도……?"

봉연이 착잡한 표정으로 고개를 끄덕였다.

"예. 정월이와 함께 약을 올렸는데, 하연이가 주로 약을 처방했습니다. 그 바람에 하연이는 사유가 밝혀질 때까지 아무 곳도 갈 수가 없게 되었습니다."

그뿐이 아니다. 봉연이 말은 하지 않았지만, 인빈에게 이상이 생기면 큰 벌을 받을지 모른다.

허임은 갑작스러운 상황이 답답하기만 했다.

"왜 송 아가씨가 저녁 늦게 약을 올렸단 말입니까?"

"내의원에서 명령이 내려와 어쩔 수 없었습니다. 게다가 인빈마마가 하연이를 신임하는지라……."

허임은 어깨가 축 처졌다. 내의원의 어의가 시켰다면 봉연에게 뭐라 할 수만도 없는 일이다.

"어느 분께서 그런 명을 내리신 겁니까?"

"허준 어의십니다."

멈칫한 허임의 이마에 골이 팼다.

'하필이면 왜 그 양반이야?'

그때 문득 허임의 뇌리에 한 가지 가정이 번개처럼 스쳐갔다.

"수의녀님, 평소에도 인빈마마와 관련된 일에 허준 어른께서 참견하십니까?"

봉연이 고개를 갸웃거렸다.

"그런 일은 거의 없습니다. 제가 알기에는 올해 들어 처음입니다."

"그럼 어느 분이 주로 관여합니까?"

"유후익 어의십니다."

허임의 눈이 가늘어졌다. 유후익은 유진하의 부친이다. 또한 허준은 유진하의 스승이고. 우연이라 할 수도 있지만 왠지 모르게 찜찜한 마음이 가시지 않았다.

"제가 가서 한 번 자세히 알아보겠습니다."

"아실지 모르겠지만, 인빈마마는 주상의 총애를 받는 분입니다. 더구나 전쟁 때문에 신경이 곤두서 있어서 전보다 더 안 좋을 수도 있습니다."

걱정이 가득한 투로 말하는 봉연의 얼굴이 어두워졌다. 허임의 마음도 무거워졌다.

봉연과 헤어진 허임은 김영국을 만났다. 내의원의 의관 중 그와 송하연의 관계를 아는 사람은 김영국뿐이었다. 그런데 김영국도 소식을 들었는지 무거운 표정이었다.

"아무래도 쉽게 풀릴 문제가 아닌 것 같다."

"탕약에 대해서는 조사 결과가 나왔습니까?"

"마황이 섞여 있었던 것 같다."

허임의 눈이 휘둥그레졌다.

마황은 몸에서 청룡과 같은 약성을 발휘한다고 해서 '푸른 용'이라는 이름도 가지고 있다. 땀을 잘 내고 해열하는데 효험이 아주 커서 전염병의 치료에 많이 사용된다.

그렇지만 몸이 약하거나 피가 모자라는 사람에게 복용시키면 부작용을 일으킬 수 있다. 피를 급격히 땀으로 소모시키기 때문에 심장을 흥분시켜 가슴이 두근거리거나 살이 떨리기도 하는 것이다.

"마황이 들어 있었단 말입니까? 말도 안 됩니다. 하연 의녀는 성격이 꼼꼼하고 침착해서 그런 실수를 할 사람이 아닙니다."

"나도 안다. 두어 번 함께 환자를 치료해 본 적이 있으니까. 그래도 결과가 이러니 어떻게 할 수가 없구나."

"허준 어의께서는 뭐라고 하십니까?"

"어제 삼경까지 의서를 정리하느라 조금 전에야 나오셨는데, 직접 조사해 보실 모양이다."

"저도 참여하겠습니다."

뜻밖이라 생각했는지 김영국이 눈을 크게 떴다.

"네가? 굳이 그럴 필요가 있겠느냐? 자칫하면 너만 곤란해질지도 모르는데?"

"그렇다고 해서 결과를 기다리고만 있을 수는 없습니다. 도와주십시오, 어른."

김영국은 허임의 성격을 누구보다 잘 알았다. 말린다 해서 물러설 허임이 아니라는 것도.

"으음, 네가 참여하려면 적당한 이유를 댈 수 있어야 해."

"만약의 경우를 대비해서 침의 중 한 사람을 대동하게 해달라고 하시면 어떻겠습니까? 마황으로 인한 부작용으로 심장이 흥분할 경우, 내관혈에 침을 놓으면 효과가 좋다는 걸 잘 아시지 않습니까? 그리 말하면 받아들일지도 모릅니다."

허임의 제안이 그럴 듯하게 생각되었는지 김영국이 느릿하게 고개를 주억거렸다.

"흠, 그도 그렇군. 알았다. 내 허 어의께 말해보마."

* * *

허준을 찾아간 김영국은 허임의 예상보다 훨씬 더 강력하게 침의의 참여를 주장했다. 허준도 괜찮은 생각이라 여기고 순순히 받아들였다.

"알겠네. 그럼 자네가 나설 건가?"

"아닙니다. 저보다는 허임이 나을 것 같습니다."

"허임을?"

허준의 이마에 골이 깊게 팼다. 허임을 내세울 줄은 생각하지 못한 듯했다.

"상황이 상황이니만큼 자존심을 세울 때가 아니지 않습니까?"

자존심 강한 김영국이 그렇게까지 나오는데 뭐라고 하랴. 허준은 일단 김영국의 제의를 받아들였다.

"알았네. 그럼 그렇게 하게."

그때 옆에 있던 유후익이 이마를 잔뜩 찌푸리고 허임의 참여를 반대했다.

"허어, 구암. 허임 같은 어린 사람을 이런 중요한 일에 나서게 하면 되겠는가?"

"침의 쪽에서 허임을 내세웠으니 어쩌겠나?"

"굳이 침의를 대동해서 조사할 필요가 있을까?"

"나쁜 생각은 아닌 것 같아. 만약의 상황을 생각해 봐야 하니까 말이야."

"아무리 그래도 그렇지, 이번 일은 약 때문에 벌어졌으니 침의가 필요 없지 않은가?"

"나는 그래서 침의가 필요할지 모른다고 생각하네. 어쨌든 한 사람 더 참여한다고 해서 문제될 것도 없으니 그렇게 하도록 하세."

허준이 결론을 내리듯 말했다. 유후익은 이마만 찌푸렸을 뿐 반발하지는 않았다. 그러나 유진하는 허임의 참여를 용납할 수 없었다.

"스승님, 허임은 하연이라는 의녀와 매우 친합니다. 조사 결과를 왜곡시킬지 모르니 참여시켜서는 안 된다고 봅니다."

"이미 허락을 했으니 이제 와서 결정을 번복하는 것도 좋지 않을 것 같다. 허임이 잘못하면 그때 가서 배제해도 늦지 않아. 어차피 허임의 판단에 좌우될 나도 아니니라."

'빌어먹을. 그딴 놈에게 무슨 사정을 봐주겠다는 거야? 하여간 마음이 너무 약하다니까. 그냥 쫓아내면 될 것을……'

유진하는 짜증이 밖으로 드러나려는 것을 가까스로 참았다. 성질을 한순간 못 참아서 다 된 밥에 재를 뿌릴 수는 없었다.

'하긴 그놈 혼자 뭘 할 수 있겠어?'

* * *

허임은 허준, 유후익과 함께 먼저 약을 짜내고 남은 찌꺼기를 조
사했다.

밝혀진 대로 신경통을 치료하기 위한 약재에 마황이 섞여 있었
다. 마황은 계지나 복령, 감초 등과 함께 쓰면 뛰어난 약효를 보일
때도 있다. 문제는 환자 당사자의 체질을 알고 쓰는 것과 모르고
쓸 때 엄청난 차이가 있다는 점이다.

약 찌꺼기를 살펴본 세 사람은 송하연과 정월을 만났다. 두 여인
은 감금이나 마찬가지 상태로 군졸의 감시를 받으며 방안에 있었
다. 허준이 먼저 송하연에게 물었다.

"네가 쓴 약에 왜 마황이 들어갔다고 보느냐?"

초조한 표정이던 송하연은 허준이 묻는 말에 또박또박 대답했다.

"제가 쓴 약은 지난 며칠 간 똑같은 것이었습니다, 어의 어른. 마
황이 그곳에 왜 들어갔는지 저도 도무지 모르겠습니다."

"넣었으니 들어간 것 아니겠느냐?"

"마마께서 지난 며칠 간 같은 병증으로 고생하고 계셔서 언제든
쓸 수 있게끔 그 약을 미리 제조해 놓았습니다. 그리고 몇 번이나
점검한 다음 이미 이틀에 걸쳐서 마마께 복용시켰습니다. 그 동안
아무 일도 없었고, 마황도 들어 있지 않았는데, 죽을 작정을 하지
않고서야 제가 왜 어제만 그곳에 마황을 섞겠습니까?"

"그게 정말이냐?"

"예, 어의 어른."

허준의 시선이 이번에는 정월을 향했다.

"하연이 지어놓은 약을 봤느냐?"

"내용물을 자세히 들여다보진 않았습니다만, 전날 지어놓은 것 만큼은 확실합니다. 아마 처음부터 섞이지 않았다면 그 후에 누가 약재를 잘못 섞었나 봅니다."

정월은 은근슬쩍 본래의 약재에 예상치 못했던 약이 섞였다는 것을 기정사실화하듯이 말했다. 그러고는 짐짓 안타까운 표정을 지었다.

"탕기에 넣을 때 다시 확인만 했어도 바로 이상을 감지했을 텐데, 그러지 못한 것이 실수였던 것 같습니다."

허준은 가슴 속을 들여다보듯 송하연과 정월을 뚫어지게 쳐다보았다. 하지만 별다른 이상을 발견하지 못하고 눈살을 찌푸렸다.

"그렇다면 누가 고의로 약재에 마황을 섞었다는 말이 아니냐? 대체 누가 그런 짓을 했단 말이냐?"

그때 유후익이 송하연을 다그쳤다.

"네 이년! 거짓말을 한 것이 들통나면 치도곤을 당할 줄 알아라!"

"저는 거짓말을 하지 않았습니다. 저도 누가 그런 짓을 했는지 정말로 알고 싶습니다, 나리."

간신히 입을 여는 송하연의 눈꺼풀과 입술이 겨울바람 앞의 문풍지처럼 파르르 떨렸다.

그 모습을 본 허임은 가슴이 터질 것 같았다. 이를 악물고 유후익의 뒤통수를 노려보는 그의 눈 깊은 곳에서 불길이 일었다. 마음 같아서는 유후익의 뒤통수에 굵은 대침을 콱 꽂아버리고 싶었다.

유후익은 그런 허임의 마음도 모르고 허준을 바라보며 넌지시 말했다.

"구암. 이 아이들의 말이 사실이라면, 인빈마마께 원한이 있는 자의 짓일지도 모르겠군."

허준이 흠칫하며 고개를 저었다.

"글쎄. 지금 상태에서 지나친 추측은 위험하네. 일단은 드러난 사실을 중심으로 생각해 보도록 하세."

"하긴 일을 크게 벌여서 좋을 것은 없지. 지난날 인빈마마로 인해 서인의 영수인 정철 대감도 크게 당하지 않았는가?"

"어허, 지당."

허준이 유후익의 호를 부르며 나직이 나무랐다.

"뭐, 그렇다는 거네."

유후익도 그쯤에서 꼬리를 말았다. 당쟁에 관여되어서 좋을 게 없다는 걸 그가 왜 모르겠는가? 자칫하면 그 불똥이 자신을 태워버릴 수도 있거늘.

그때였다. 겨우 마음을 안정시킨 허임이 입을 열었다.

"어제 밤늦게 급히 약을 올려야 할 정도로 인빈마마께서 몸이 안 좋으셨습니까?"

허준과 유후익이 고개를 돌려 그를 바라보았다.

"글쎄, 그 일은 지당이 잘 알 거네."

유후익이 불쾌해 하는 표정으로 대답했다.

"옥체에 이상이 생기면 시간이 어떻든 치료를 하는 게 당연한 일 아니냐?"

"저녁 식사 전까지는 별말씀이 없었다 들었습니다. 그런데 이경에 갑자기 약을 올려야 했다면 그만큼 병이 심각했기 때문이 아니겠습니까?"

"그건······."

유후익이 말을 흐리며 머뭇거리자 허준이 그를 바라보았다.

"나한테 매우 안 좋다고 하지 않았나?"

"물론 그랬지. 인빈마마의 침전에서 그렇게 연락이 왔다고 들었으니까."

그 말을 들은 허임의 눈이 순간적으로 반짝였다.

"들으셨다고요? 누구에게 들으셨습니까?"

유후익이 이마를 잔뜩 찌푸리고 허임을 노려보았다.

"나에게 무슨 의도로 그걸 묻는 게냐? 네가 지금 나를 심문하기라도 하겠다는 게냐?"

"제가 어찌 어의께 그런 짓을 하겠습니까? 다만 확실한 것을 알고자 하는 것일 뿐입니다. 기분이 상하셨다면 죄송합니다."

허임은 일단 유후익의 화를 가라앉히고 정월을 향해 고개를 돌렸다.

"정월 의녀, 그대가 들어갔을 때 인빈마마의 병이 매우 심각했소?"

그토록 침착하던 정월의 눈빛이 흔들렸다.

"저…… 고통 때문인지 잠을 못 이루고 계셨습니다."

"어느 정도였소? 당장 약을 드시지 않으면 안 될 정도였소? 어차피 마마의 침전에 가서 물어보면 알 수 있는 일이니 정월 의녀가 본 대로만 말해보시오."

거짓을 말하면 당장 탄로 나니 사실대로 말하는 뜻이다. 눈치 빠른 정월도 그 점을 알고 대답을 망설였다.

"그 점은 천녀도 잘……."

허임은 그녀에게 더 묻지 않고 송하연을 향해 시선을 돌렸다. 그는 가슴이 먹먹했지만 최대한 담담한 어조로 물었다.

"하연 의녀는 어떻게 생각하시오? 며칠 동안 인빈마마께 약을 올렸으니 잘 아실 것 같소만."

송하연은 숨을 들이켜서 떨리는 마음을 진정시키고 자신이 아는 대로 말했다.

"사나흘 전부터 마마의 몸이 좋지 않았습니다. 고통 때문에 수라를 올려도 제대로 드시지 못하고, 잠을 못 이루신 적이 자주 있었습니다. 그러다 어제 아침부터는 조금씩 통증이 가라앉고 기력을 되찾으셔서 식사를 잘 하신 것으로 압니다. 그래서 저녁에는 약을 쓰지 않기로 했던 것입니다."

"약을 가지고 갔을 때는 어떠하셨소?"

"제가 약을 가지고 갔을 때 정월이의 말대로 잠을 못 이루고 계시긴 했지만, 그래도 전날 보다는 나아 보이셨습니다."

"하연 의녀가 개인적으로 판단했을 때, 마마께서 약을 드시는 게 나을 것 같았소, 아니면 드시지 않는 게 나을 것 같았소?"

"약을 드시지 않는 것이 더 나을 거라 생각했습니다."

"왜 그런 생각을 했소?"

"그 동안 약을 너무 많이 드셔서 하룻밤 정도 건너뛰고 상태를 살펴보는 게 나을 것 같았습니다."

허준조차 그 말에는 별다른 이견을 달지 않았다.

의녀는 단순히 보조 역할만 하는 게 아니다. 아주 심각한 상태가 아닌 이상 궁중의 여인들은 의녀가 전담해서 치료하곤 했다. 특히 내의원의 의녀들은 여느 의원 못지않은 지식과 경험을 가지고 있었다. 그러니 자신이 직접 보지 못한 이상은 의녀의 의견을 존중할 수밖에 없는 것이다.

"네 말이 사실이냐?"

허준의 무겁게 느껴지는 질문에 송하연이 고개를 숙이며 대답했다.

"마마의 침전에 물어보면 곧 드러날 텐데, 천녀가 어찌 거짓을 아뢰겠습니까?"

그러나 허준과 달리 유후익은 허임의 질문과 송하연의 대답이 무척 못마땅했다.

"지금 약을 올리고 올리지 않고 하는 게 뭐 그리 중요하단 말이냐? 그보다는 약재에 마황이 들어간 것이 더 큰 문제가 아니냐?"

"제가 어찌 그 사실을 모르겠습니까? 다만 문제를 해결하기 위해서는 모든 것을 알아야 하기 때문에 물어본 것일 뿐입니다. 태의께서는 제가 한 질문이 불필요한 것이라 보십니까?"

허임은 유후익의 다그침을 교묘히 비켜가고 공을 허준에게 넘겼다. 허준은 뭔가를 골똘히 생각하더니 답을 미루었다.

"일단 인빈마마의 옥체를 살펴봐야 하니 침전으로 가세. 궁금한 것은 그곳에 가서 물어봐도 될 거네."

"알겠습니다, 태의 어른."

유후익은 못마땅한 점이 많았지만 더 이상 따지지 않았다. 왈가왈부할수록 상황이 이상한 쪽으로 흐를 것 같았다.

'흥! 건방진 놈. 노력하는 모습이 괜찮아 보여서 가상하게 생각해 줬더니 이제는 기어오르려고 해? 역시 천한 놈은 어쩔 수 없군.'

* * *

허준이 직접 인빈 김씨를 진맥했다. 다행히 인빈 김씨는 몸에 큰 이상이 없었다. 어떻게 보면 마황이 들어간 약을 먹고 고통이 약해진 것처럼 보일 정도였다.

"정말 다행이옵니다, 마마."

"그러게 말이오. 어젯밤 약을 마시기 싫더니 끝내 이런 일이 벌어지고 말았소."

"그래도 몸이 안 좋으실 때 약을 거르면 병이 커질 수 있으니 싫어도 드셔야 하옵니다."

"어의가 드시라하면 들어야지요."

"어젯밤에는 어떠하셨사옵니까? 잠을 못 이룰 정도로 고통스럽지는 않았사옵니까?"

"그 정도는 아니어서 약을 마시지 않기로 했던 것이오. 그런데 갑자기 약을 가져왔지 뭐요."

움찔한 허준이 인빈 김씨를 응시했다.

"약을 갑자기 가져왔다 하셨사옵니까?"

"궁녀 하나가 항상 오던 약이 오지 않자 내의원에 알린 모양이오."

허준의 눈빛이 깊어졌다.

의녀 하연의 말과 인빈의 말이 일치했다. 결국 인빈의 병이 심각해지지 않았는데도 마시지 않기로 한 약을 가져왔다는 말이 아닌가?

그 일은 유후익의 말을 듣고 자신이 내린 명령이었다. 당연히 인빈의 병이 심각하다는 말을 믿었기 때문이다.

'지당이 왜 나에게 거짓말을 한 거지?'

어젯밤 사건에 뭔가 자신이 모르는 일이 숨겨져 있단 말인가?

어쨌든 핵심은 약재에 처방에도 없는 마황이 들어갔다는 것이다. 누가, 왜 마황을 넣었는지 그 일만 해결하면 모든 의문이 풀리게 될 것이다.

옆에서 듣던 유후익도 곤혹스러운 것은 마찬가지였다. 그는 아들의 말을 듣고 허준을 움직였다. 그런데 실제적인 상황은 아들이 전한 말과 많이 달랐다.

아들은 왜 자신에게 그런 말을 해서 허준을 움직이게 했을까? 혹시 이번 사건에 아들이 관여하기라도?

갑자기 그런 생각이 든 그는 등골을 타고 식은땀이 흘렀다.

'아냐, 말도 안 돼. 그 애가 뭐가 부족해서?'

겨우 마음을 추스른 그는 인빈 김씨를 향해 아부에 가까울 정도로 허리를 숙였다.

"마마, 혹시라도 이상이 있으시면 언제든 내의원으로 연락하시옵소서. 정성을 다하도록 하겠사옵니다."

"고맙소, 어의."

조용히 그 모습을 바라보는 허임의 눈빛이 서리가 내린 것처럼 차가워졌다. 자신의 질문에 정월이 당황하는 걸 놓치지 않았다. 유후익의 순간적인 떨림도 의심스럽게 보였다.

'역시 뭔가가 있어.'

* * *

허임은 허준에게 강력하게 따졌다.

"태의 어른, 왜 하연 의녀를 풀어줄 수 없다는 겁니까?"

"인빈마마의 몸에 이상이 없다 해서 약을 잘못 쓴 죄까지 없어지는 것은 아니다."

"하연 의녀는 마황을 넣지 않았다고 하지 않습니까?"

"의녀의 말만 믿고 풀어줄 수도 없는 일 아니냐?"

"심각한 상태도 아닌데 급히 약을 올리라고 한 것부터 잘못된 일 아닙니까?"

허임이 좀 더 강하게 물고 늘어졌다. 자칫하면 허준의 자존심을 상하게 할 수도 있는 말이었다. 하지만 그는 지금 앞 뒤 가릴 정신이 없었다.

아니나 다를까, 허준의 눈썹이 송충이처럼 꿈틀거렸다. 그럼에도 그는 자신의 실수를 아는지라 노한 마음을 속으로만 삼켰다.

"나 역시 그 일에 의문이 있다는 것을 안다. 하지만 아직 모든 의문이 풀린 것은 아니니, 네가 뭐라고 해도 결론이 날 때까지는 나도 어쩔 수 없다."

허임은 허준의 마음이 변하지 않을 것임을 알고 낙담했다.

그때 허준이 물었다.

"왜 그렇게 하연 의녀를 보호하려고 하느냐? 정말 다른 사람 말대로 그 아이와 가까운 사이냐?"

허임은 바로 대답을 못했다. 대충 대답하자니 송하연에게 미안했다. 그렇다고 해서 사실대로 대답할 수도 없었다. 내의원 내에서 의원과 의녀와 놀아났다는 소문이 돌기라도 하면 송하연이 크게 다칠 수도 있었다.

그런데 허준이 냉랭히 말했다.

"함부로 의녀를 농락하면 안 된다는 것쯤은 알고 있겠지? 네 스승을 봐서 지금까지의 잘못은 눈감아주겠다. 하지만 한 번만 더 그러면 내가 직접 너에게 죄를 물을 것이다."

허임이 발끈해서 반사적으로 대꾸했다.

"농락한 것이 아닙니다!"

"농락한 것이 아니라고? 그럼 그 아이를 들어 앉히기라도 할 생각이었단 말이냐? 욕심 많은 네가, 천한 의녀를?"

"태의 어른! 그녀에 대해서 함부로 말씀하지 마십시오!"

"뭐야?"

"하연 의녀가 누군지 아십니까? 바로 면양정 송순 대감의 손녀입니다! 비록 첩의 딸이고 정실부인에게 쫓겨나서 적(籍)에도 이름을 올리지 못했지만, 어른께 그런 말을 들을 정도로 천한 여인이 아니란 말입니다!"

허준의 눈이 커졌다.

"뭐? 송 대감의 손녀? 그게 사실이냐?"

"그렇습니다. 그리고 저는 송 아가씨를 오래전부터 부인으로 맞이할 생각을 하고 있었습니다. 그러니 두 번 다시 송 아가씨를 천하다 하지 마십시오!"

"허어……."

허준은 입을 반쯤 벌리고 아연한 표정을 지었다.

송순 대감은 그도 잘 알았다. 오래전에 몇 번 마주한 적도 있었고, 한번은 송순 대감이 한양에 머물 때 유희춘 대감의 부탁으로 치료해 준 적도 있었다. 하거늘 의녀 하연이 바로 그 송순의 손녀라니.

허임은 속마음을 소나기처럼 쏟아내고는 입을 꾹 다물었다. 이제 자신이 내보일 패는 다 내보였다. 어쩌면 너무 성급했는지도 모른다. 자신의 장래에 불이익이 될 수도 있고.

하지만 후회하지는 않았다. 언젠가 터질 일이 지금 터진 것일 뿐. 다행인 것은 허준이 송순 대감을 잘 아는 듯했다. 그렇다면 송하연에게도 나쁜 영향을 미치진 않을 것 같았다. 어쩌면 자신의 부탁을 들어줄지도 모르고.

그러나 원리원칙에 충실한 허준의 성격은 그의 기대를 가볍게 무너뜨렸다.

"그 아이를 천하다고 한 것은 내가 실수했구나. 하지만 그 아이가 송순 대감의 손녀라 해도 당장 풀어줄 수는 없느니라."

'하여간 고집은……'

허임은 속으로 투덜대면서 고개를 숙였다.

"정 송 아가씨를 풀어주실 수 없다면, 제가 제사를 지내고 돌아올 동안 부탁하겠습니다."

"그 점은 걱정 마라."

허준이 안전을 보장한 이상 유진하도 함부로 할 수 없을 것이다. 이번 사건에 대한 조사도 조금은 부드럽게 진행될 것이고.

그것만 해도 어딘가?

허임은 아쉬움과 답답함, 송하연에 대한 걱정을 가슴에 안고 나주로 내려갔다.

* * *

추국청에서는 김덕령을 거의 매일 형문(刑問)했다. 그러나 김덕령은 조금도 흔들리지 않고 자신의 결백을 주장했다.

그리고 8월 22일.

심한 고문에 정강이뼈가 모조리 바스러진 김덕령은 그 상태에서도 말투 하나 흔들림 없이 조용하게 스스로를 변론했다.

"신에게는 만 번 죽어 마땅한 죄가 있습니다. 계사년 어머니께서 돌아가셨을 때, 나라를 침법한 왜적을 막기 위해서 삼년상의 슬픔마저 잊고 모자간의 정을 끊은 채 상복을 바꿔 입었습니다. 그 후 칼을 잡고 분연히 일어나 여러 해 동안 종군하였건만, 아직껏 조그만 공도 세우지 못하고 충성을 다하지도 못한 채 도리어 불효만 저질렀습니다. 그러니 만 번 죽어도 면할 수 없는 죄를 지은 것입니다. 신은 지금 목숨이 다하게 되었으니 굳이 다른 변명은 하지 않겠습니다. 다만 신이 모집한 용사 최담령 등이 죄 없이 옥에 갇혀 있으니, 원컨대 죽이지 말고 필요한 곳에 쓰도록 하소서."

그렇게 말을 끝낸 그는 조용히 눈을 감았다.

그를 고문했던 자들은 몸이 석상처럼 굳어서 움직일 수가 없었다. 살갖이 푸들푸들 떨렸다. 가슴속에서 뜨거운 감정이 울컥 치밀었다.

하지만 그들은 입을 악다물고 참았다. 역적을 위해 눈물을 흘리는 것은 대죄였다. 모함을 받았든, 아니든.

그때 고문하던 자들 중 하나가 김덕령을 살펴보고 눈을 부릅떴다.

"주, 죽었습니다."

지켜보던 사람들은 온몸이 축 처졌다. 두어 사람은 자신도 모르게 그 자리에 주저앉았고, 두어 사람은 눈물을 주르륵 흘렸다.

끝내 김덕령은 그렇게 죽고 말았다. 고문하던 자들의 심장을 바윗덩이로 짓눌러 놓고.

그때 김덕령의 나이 서른이었다.

선조는 김덕령이 남긴 말을 전해 듣고 눈을 잘게 떨었다. 그날은 온갖 방법을 다 써 봐도 잠이 오지 않았다.

자신이 정말 잘못 생각한 거란 말인가?

무엇이 어디서 어떻게 잘못된 거란 말인가?

고뇌에 고뇌를 거듭하던 선조는 결국 김덕령의 최측근인 최담령과 최강을 사면하여 김덕령이 모집한 군사를 거느리게 했다.

최담령은 33살로 본래 김덕령에게 뒤지지 않는 용력을 지닌 자였다. 그러나 김덕령의 헛된 죽음을 본 그는 그 이후부터 어리석은 척하며 폐인처럼 행동했다.

호남의 민초들은 김덕령이 억울하게 죽었다는 소문을 듣고 모두 원통하게 여기며 통분을 금치 못했다.

김덕령의 매부 이인경도 담략과 용기가 있고 술수(術數)를 알았으며 무과를 거쳐 왜적 토벌에 공을 세운 자였다. 하지만 김덕령이 화를 입고 억울하게 죽자, 병을 핑계로 사임하고는 생을 마칠 때까지 세상에 나서지 않기로 작정했다.

김덕령의 죽음을 좋아하는 자들은 그를 시기했던 자들과 왜인들 뿐이었다. 김덕령이 군사를 일으킨 3년 동안은 마침 화의(和議)를 한창 벌이고 있었기 때문에 왜병과 교전할 수 없었다. 그럼에도 왜인들은 그를 두려워하여 감히 그의 진영에 가까이하지 못했다.

언젠가 한번은 김덕령이 왜인의 진영에서 호랑이 두 마리를 맨손으로 때려잡으니 왜인들이 탄복하고 두려워하였다고 한다. 하기에 그의 죽음을 들은 왜인들은 만세라도 부를 것처럼 기뻐했다.

* * *

제사를 지내고 한양으로 돌아온 허임은 김덕령의 죽음에 대한 이야기를 듣고 허탈감에 맥이 빠졌다. 산다는 것이 허무하게만 생각되고, 출세를 한다는 것도 무상하게만 느껴졌다.

한편으로는 자신도 언제든 김덕령처럼 될 수 있다는 생각에 소름이 돋았다. 내의원에는 자신을 싫어하는 사람들이 많았다. 조정의 중신 중에서도 몇 사람은 자신을 싫어했다. 그들이 언제든 자신을 모함한다면 김덕령처럼 되지 말란 법도 없는 것이다.

'그들의 모함에서 벗어나는 길은, 입이 있되 입을 닫고, 생각이 있어도 함부로 드러내지 않는 것뿐⋯⋯.'

그나마 다행이라면, 허임이 돌아오기 전날 송하연이 풀려났다는 것이다. 인빈 김씨의 병이 무사히 나은데다가, 고의로 저지른 일이 아니라는 결론이 나오면서 그 일을 더 이상 문제 삼지 않기로 한 것이다.

그 일에는 허준의 입김이 크게 작용했다. 김영국으로부터 그 사실을 들은 허임은 허준을 찾아갔다.

"고맙습니다, 태의 어른."

"고마워할 것 없다. 풀려날 만하니 풀려난 것뿐이다."

여전히 투박한 말투. 탐탁지 않은 표정이다.

"그래도 어른이 아니었다면 더 고생했을 겁니다."

"세상이 아직 안정되어 있지는 않다만, 정말 그 아이를 부인으로 삼을 생각이면 조금이라도 빨리 궁에서 나가게 해라."

"저도 그럴 생각입니다."

유진하는 허준의 거처를 나오는 허임을 보고 이를 갈았다.

'미꾸라지 같은 놈.'

허임이 나주로 내려간 사이 송하연은 정월과 함께 갇혀 있어서 만날 수도 없었다. 그러다 어제서야 풀려났다. 그로서는 일을 벌여 놓고 아무런 결과도 얻지 못한 채 헛물만 켠 셈이었다.

'네놈이 나를 독하게 만드는구나.'

유진하의 눈빛이 새파랗게 번뜩였다. 허임이 송하연을 만나서 희희낙락할 것을 생각하니 분노에 치가 떨렸다.

이제는 송하연을 첩으로 맞이하는 것이 문제가 아니었다. 아쉽긴 하지만 계집이야 마음만 먹으면 얼마든지 얻을 수 있었다.

허임. 그놈을 반드시 나락으로 떨어뜨려야 속이 시원할 것 같았다. 그러다 보면 하연이라는 계집도 결국 자신의 손에 떨어지지 않겠는가?

의녀들의 거처로 간 허임은 송하연을 만났다. 송하연은 허임을 보고는 하염없이 눈물만 흘렸다.

"고생이 많았습니다, 아가씨."

"태의 어른께서 보살펴 주셔서 크게 고생하진 않았어요."

"제 마음대로 송 아가씨에 대해서 말씀드린 거, 죄송합니다."

"그게 어찌 허 의관님의 잘못이겠어요? 저는 괜찮아요. 그리고 앞으로는 저를 송 아가씨라고 부르지 마세요. 그냥 하연이라고 불러줘요."

"그래도……."

"그렇게 불러줘요. 그래야 저도 편해요."

"알겠습니다."

허임이 머쓱한 표정으로 대답하자 그제야 송하연의 얼굴에 희미한 미소가 떠올랐다. 허임은 머쓱한 마음을 털어내기 위해서 집에 다녀온 이야기를 해 주었다.

"좌우간 어머니를 만나서 송 아가씨, 아니 하연 아가씨가 이번에 못 온다고 했습니다. 다음에는 반드시 데려올 거라고 했더니, 다음에도 내려오지 않으면 어머니가 올라오신다고 하지 뭡니까?"

시간이 물 흐르듯 흘렀다. 이야기를 나누는 동안은 지금이 전쟁 중이라는 사실조차 생각나지 않았다. 그저 이 세상의 모든 행복이 자신의 것처럼 느껴질 뿐.

'제가 할 수 있는 한 최선을 다해서 행복하게 해드리겠습니다, 아가씨.'

기자헌의 당숙

나주에서 돌아온 다음 날. 허임은 오랜만에 이임성을 만나러 갔다. 몸이 다 나았다 생각했던 이임성의 모습은 전보다 더 홀쭉해진 상태였다. 특별한 병은 없고 심화가 뭉친 듯했다.

"무슨 근심이라도 있소?"

"근심? 내 어찌 근심이 없을 수 있겠나? 이 나라가 미쳤지. 김덕령을 죽게 하다니."

"그를 잘 아시오?"

이임성은 고개를 저었다.

"그를 본 것은 딱 한 번뿐이네. 그래도 그가 어떤 사람이라는 것, 그의 죽음이 어떤 영향을 미칠 거라는 것은 알고 있지."

"어디 한 번 말해보시오."

이임성은 허임을 힐끔 쳐다보았다. 자신의 말이 새어나가면 무슨 일이 벌어질지 몰랐다. 하지만 그는 허임을 믿고 자신이 알고 있는 바를 말했다.

"김덕령이 어디 사람인가? 그에게 왜 신력이 있다고 하고, 왜 힘을 지닌 사람들이 그를 따른다고 보는가?"

"듣기로는 광주 사람이라고 들었소만……."

무심코 대답하던 허임의 눈이 점점 커졌다. 광주와 화순 운주사는 먼 거리가 아니었다.

"설마……?"

"운주사에 있을 때 그가 찾아와서 한 번 본 적이 있었네. 그는 도를 익힌 사람이지. 어릴 때부터 신력을 드러내더니 젊은 나이에 대단한 경지를 이루었더군. 그래서 그의 나이가 젊은데도 도문에 발을 디딘 많은 사람들이 그를 따른 거네. 그런데 이 꼴을 보았으니 그들이 어떻게 행동 하겠는가?"

허임은 말문이 막혔다. 김덕령 한 사람을 죽임으로써 수천, 수만 병사를 잃은 셈이 아닌가.

"그래도 나라를 위해 나서지 않겠소?"

"그런 사람도 있겠지. 분루를 삼키고 오직 나라를 위한다는 마음으로 나서는 사람도. 하지만 그렇지 않은 사람도 많을 거네. 도를 익힌 사람들은 자유분방해서 마음 내키는 대로 행동하곤 하니까. 하아아, 대체 어쩌자고 그를 죽였단 말인가?"

이임성의 탄식이 허임의 가슴을 헤집었다.

뭐가 잘못되었는지 알면서도 할 수 있는 일이 아무것도 없다는 게 너무 가슴 아팠다. 자괴감이 들 정도로.

그때 이임성이 말했다.

"추워지기 전에 한양을 떠날까 하네."

"예? 어디로 가시려는 거요?"

"그곳으로."

"혹시…… 운주사?"

이임성이 느릿하게 고개를 끄덕였다.

* * *

이임성의 집을 나선 허임은 터벅터벅 느린 걸음으로 대로를 걸었다. 마음이 심란해진 그는 하늘을 보고 땅을 보고, 한숨을 푹푹 쉬며 걸었다. 그러다 문득 정신을 차리고 앞을 보니 자신이 혜민서로 가고 있는 것이 아닌가?

'그래, 오 봉사님이나 만나보고 가자.'

오동돈은 마음을 편하게 해 주는 사람이다. 그를 만나면 심란한 마음의 실타래가 조금은 풀릴지도…….

오동돈은 여전히 게으른 수습의원들을 닦달하기에 여념이 없었다.

"어허! 그렇게 해서 언제 환자들을 다 치료하겠나? 날 새겠군, 날 새겠어. 어허! 그렇다고 해서 대충 하면 안 되지. 내 나중에 자세히 살펴볼 것이니 정성을 들여서 치료들 하게."

허임이 그런 오동돈을 보고 빙그레 웃으며 다가갔다.

"오랜만입니다, 오 봉사님."

고개를 돌린 오동돈은 허임을 보고는 표정이 만개한 목련처럼 활짝 펴졌다.

"어이구! 이게 누구십니까요!"

"잘 지내셨습니까? 자주 온다고 해놓고 근 한 달 만에 온 것 같군요."

"허허허, 저야 뭐 그렇죠."

버릇처럼 머리를 긁적거리며 웃는 오동돈의 표정에 왠지 모를 걱정이 떠올라 있다. 허임은 오동돈답지 않은 표정이 의아했다.

"무슨 일이라도 있습니까?"

오동돈은 좌우를 쓱쓱 둘러보고는 나직이 말했다.

"우승지의 당숙(堂叔) 되시는 분께서 엊그제 환자로 왔는데 말이죠. 부종(浮)으로 인한 수창(水脹)이 심해서 음식도 먹지 못하고 배가 복어처럼 뽈록해져 있지 뭡니까요. 주부와 교수께서 달려들어 치료해 봤지만, 상태가 심각해서 약도 효험을 보지 못하고 오히려 갈수록 증세가 심해져서 분위기가 무척 안 좋습니다요."

"얼마나 심각합니까?"

오동돈이 손으로 배를 불룩하게 표현했다.

"곧 아기 낳을 산모 같습니다요."

그렇다면 정말로 심각하다는 뜻이다. 미간을 찌푸리고 잠시 생각하던 허임이 눈을 들어 오동돈을 바라보았다.

"어디 환자를 한번 봅시다."

그 말에 오동돈의 얼굴이 펴졌다. 그도 사실 허임이 나서주길 은근히 바랐다. 그러나 지금 허임은 내의원 침의여서 부탁하기가 애매했다. 혹시라도 주부나 교수가 허임이 나서는 걸 싫어할지도 모르니까.

그래서 환자의 상태를 자세하게 설명한 것이기도 했다. 그가 아는 허임은 병자를 두고 그냥 지나치지 못하는 성격이니까.

아니나 다를까 생각대로 움직이는 허임을 보고 오동돈이 빙그레 웃었다.

"따라오시죠."

비어 있던 의학교수에 부임한 사람은 전의감 직장이었던 최호룡이었다. 그가 혜민서에 온 후 가장 많이 들었던 이름이 '허임'이었다.

'허임보다 못하구먼.'

'허임이 있었으면 치료할 수 있었을 텐데.'

그도 허임에 대한 소문을 들었기에 처음에는 한귀로 듣고 한귀로 흘려보냈다. 그저 젊은 친구가 대단하긴 대단했나 보다 생각하면서. 하지만 시일이 흐르면서 가슴 속에 쌓이더니, 이제는 허임의 이름만 나와도 발작적으로 신경이 곤두섰다.

그런데 그런 허임이 찾아와서 자신이 손댄 환자를 치료하겠다고 하자, 자신도 모르게 목소리에서 짜증 섞인 감정이 묻어나왔다.

"지금 상태로는 조금만 잘못 건드려도 큰일이 날지 모르오. 하거늘 어떻게 치료를 하겠다는 거요?"

이미 환자를 보고 온 허임이었다. 최호룡의 말이 무슨 뜻인지 모르지 않았다. 알기 때문에 권학인과 최호룡을 만난 것이기도 했고.

"상태가 심각하다 해서 그냥 놔둘 수는 없는 일 아닙니까?"

"누군 그냥 놔두고 싶은 줄 아시오?"

최호룡의 목소리가 칼칼해지자 권학인이 나섰다. 최호룡의 마음을 누구보다 잘 아는 사람이 그였다.

"뱃속의 물을 빼내야 하는데 상태가 심해서 방법이 없네."

"침을 놓아서 빼내면 되지 않겠습니까?"

허임의 그 말에 최호룡이 조소를 지었다.

"누가 그걸 모르오? 수분혈(水分穴)에 침을 놓아 물이 다 빠지면 죽는다는 걸 모르지는 않으실 텐데?"

"물론 저도 잘 압니다. 그래도 해보는 데까지는 해봐야 하지 않겠습니까?"

"그러다 죽으면 누가 책임지고? 그대가 책임질 수 있소?"

병자는 당상관인 우승지 기자헌의 당숙이다. 자칫 잘못하면 덤터기를 쓸 수도 있는 일. 괜히 나서서 위험한 시술을 할 이유가 없었다.

그런데도 허임은 물러서고 싶지 않았다.

"의원으로서 죽어가는 사람을 보고만 있을 수는 없습니다. 방법이 아주 없다면 몰라도, 일 푼이라도 성공할 가능성이 있다면 당연히 시도해 봐야 한다고 생각합니다. 물론 가족이 동의를 해 줘야겠지요."

"정말 동의만 하면 치료해 볼 생각인가?"

권학인이 허임을 빤히 보며 물었다. 허임은 천천히 고개를 숙이며 대답했다.

"한번 해보겠습니다. 단, 치료를 할 거라면 최대한 빨리 해야 합니다. 그러니 지금 결정을 내려주십시오."

"으으음, 좋네. 마침 그분의 가족이 와 있으니 한번 말해보겠네."

"주부님."

최호룡이 눈살을 찌푸리며 권학인을 쳐다보았다. 권학인은 마음을 굳힌 듯 차분한 표정으로 그를 바라보았다.

"최 교수에게도 좋은 기회 같네만. 어차피 언젠가는 마주쳐야 할 일이 아닌가?"

가슴에 쌓인 응어리를 풀려면 허임의 의술과 직접 마주쳐봐야 하지 않겠냐는 뜻이다. 권학인이 최호룡의 마음을 알기에 할 수 있는 말이었다. 그에 대해 최호룡은 입을 꾹 다물고 아무 말도 하지 않았다.

기자헌의 당숙 가족은 결정을 망설였다. 죽을 가능성이 큰 치료라는데 어찌 한순간에 결정할 수 있을까?

"내일이 되면 치료하기가 더 어려워질 것입니다. 될 수 있으면 지금 결정을 내려주시지요."

허임의 말을 듣고도 기씨 가족들은 바로 대답을 못했다. 그때 방문이 열렸다.

"정말 치료할 수 있는가?"

사람들이 고개를 돌렸다. 마른 몸매에 삼십대 중반으로 보이는 싸늘한 눈빛을 지닌 문사가 안으로 들어오고 있었다. 그가 바로 승정원 우승지이자, 선조의 백형(伯兄)인 하원군의 사위 기자헌이었다.

허임은 그의 눈을 똑바로 쳐다보며 말했다.

"저는 최선을 다해볼 뿐입니다."

"그 말을 믿고 당숙의 목숨을 맡기란 말인가?"

"싫으면 어쩔 수 없지요."

"내 귀에는 그대의 말이, 당숙께서 돌아가실 경우 책임을 회피하기 위해 하는 말로밖에 안 들리는군."

"진인사대천명(盡人事待失命)이라 했습니다. 저는 최선을 다하고 나머지는 하늘에 맡길 뿐입니다. 설마 승지께서는 하늘의 일까지 저더러 책임지라 하시는 건 아니겠지요?"

기자헌이 이채 띤 눈빛으로 허임을 노려보았다. 나이도 젊은 의관이 자신의 신분을 알면서도 눈빛 한 점 흔들리지 않고 꼬박꼬박 말대꾸한다. 그런데도 기분 나쁘다는 생각이 들지 않는 게 묘했다. 마치 한창 때의 자신을 보는 느낌이랄까?

게다가 눈에 익은 얼굴이었다.

"많이 본 얼굴이군. 그대는 누군가?"

"허임이라 합니다."

기자헌의 눈빛이 기이하게 반짝였다.

"내의원의 침의 허임?"

"그렇습니다."

"맞아. 이제 생각나는군. 임진년에 주상전하를 호종할 때 봤었지?"

"그렇습니다, 승지 어른."

기자헌은 선조가 의주로 향할 때 예문관봉교겸설서(藝文館契教兼說書)의 지위로 호종했었다. 당시 신분은 알 수 없었지만, 허임의 얼굴은 몇 번 본 적이 있었다. 그래서인지 그의 말투가 조금 부드러워졌다.

"당숙의 병이 나을 수 있는 확률은 어느 정도 되는가?"

"삼 할. 그 이상은 저도 장담할 수 없습니다."

"삼 할이라……."

말꼬리를 길게 끌며 곤혹한 표정을 짓고 있던 기자헌이 권학인을 바라보았다.

"주부와 교수께선 어찌 생각하시오? 어디 솔직하게 말씀해 보시오."

권학인이 씁쓸한 표정으로 말했다.

"저는 삼 할도 자신이 없습니다."

그런데 최호룡이 반사적으로 대답했다.

"제가 한 치료로도 삼 할 확률은 충분합니다, 승지 영감."

그에 대해 기자헌은 바로 답을 하지 않았다. 그리고 한참 동안 생각한 다음 입을 열었다.

"그 이상의 가능성은 없소?"

최호룡의 눈빛이 흔들렸다. 솔직히 삼할 이상의 가능성은 자신 없었다. 더구나 그는 자신이 할 수 있는 방법을 모두 써본 터였다.

"그건…… 조금 힘들 것 같습니다."

"그렇다면 교수의 삼 할 가능성은 이미 다 지나갔다고 봐야겠구려."

최호룡도 그에 대해서는 대꾸하지 못했다. 결국 기자헌이 허임을 돌아다보며 결정을 내렸다.

"허 교수가 당숙의 치료를 맡아주게. 책임은 묻지 않겠네."

잠시 후, 기자헌의 당숙인 기명한의 앞에 허임과 오동돈이 앉았다. 그리고 권학인과 최호룡이 곁에서 지켜보았다. 곧 의녀가 몇 가지 준비물을 가지고 들어왔는데, 다른 사람도 아닌 미종이었다.

허임은 이미 진맥을 마친 상태였다. 기명한에게서는 십괴맥(十怪) 중 하나인 작탁맥(雀啄脈)이 약하게 나타나고 있었다. 박동이 일정하지 않고, 마치 참새가 먹이를 쪼아대는 것처럼 뛰고 멎는 것을 반복하는 것이다.

작탁맥이 위험하긴 해도 이 정도라면 아직 희망이 있었다.

'성공할 확률이 반은 되겠어.'

"오 봉사님. 이 어른을 앉혀야겠습니다. 저 좀 도와주십시오."

허임이 말하자 오동돈이 함께 달라붙어서 기명한을 조심스럽게 벽에 기대어 앉히고 넘어지지 않도록 붙잡았다.

침을 꺼낸 허임은 배꼽 바로 위의 수분혈에 꽂았다. 그가 침을 빼자, 배에 차있던 복수가 침구멍을 통해서 흘러나오기 시작했다.

권학인이 초조한 모습으로 그 광경을 바라보았다. 최호룡은 이를 악물고 차가운 눈빛을 반짝였다.

'흥! 어림없는 짓! 물을 다 빼고도 살았다는 사람에 대해서는 들어본 적이 없어. 어디 네가 무슨 수로 그를 살리는지 보자.'

미종이 기명한의 복어처럼 튀어나온 배에서 뿜어지는 물줄기를 받아냈다. 그녀는 배에서 물이 뿜어지는 게 신기하기만 했다. 한편으로는 그녀 역시 물을 빼면 죽는다는 걸 알기에 속으로 회심의 미소를 지었다.

'경문 언니에게 전해주면 좋아하겠네. 잘하면 패옥 하나는 얻을

수 있을지 몰라.'

남들이야 어떻게 생각하든 허임은 기명한의 배에서 눈을 떼지 않았다. 복수가 빠지면서 팽팽하게 튀어나왔던 배가 조금씩 쪼그라들고 있었다. 배에서 나온 물이 얼마나 많은지 미종이 들고 있던 함지가 빠르게 채워졌다.

그렇게 시간이 지나자 한껏 튀어나왔던 배가 배꼽 위까지 가라앉았다. 뱃속의 물이 삼분지 이 가까이 빠진 듯했다. 이제는 뿜어지던 물줄기가 배를 타고 흘러내릴 정도로 약해졌다.

허임은 그쯤에서 미종을 향해 손을 내밀었다.

"혈갈가루를 다오."

그런데 미종이 가져온 보따리를 뒤적이더니 놀란 표정을 지었다.

"어머? 죄송합니다, 의관님. 제가 말씀드린다는 걸 깜박했습니다. 혈갈가루가 떨어져서 가져오지 못했습니다."

허임이 고개를 홱 돌리더니 놀란 목소리로 소리쳤다.

"뭐? 왜 이제야 그 말을 하는 거냐?"

"지금 바로 전의감에 가서 가져오겠습니다."

미종이 미적거리며 일어섰다.

하지만 허임은 그녀가 전의감까지 다녀오는 걸 기다릴 수 없었다. 대답할 시간조차 아까웠다. 지금 침구멍을 막지 못하면 삼 할의 가능성이 일 할로 줄어드는 것이다.

'이런 실수를 하다니.'

의녀도 잘못했지만, 당연히 가져왔을 거라 생각하고 확인해 보지 않은 자신의 실수도 컸다.

그때 오동돈이 말했다.

"저, 허 교수님. 공방이 전의감보다 가까운데, 그곳에 가서 부레를 구해올까요?"

허임도 아교를 만드는 민어부레가 물이 흘러나오는 것을 막는데 좋다는 걸 모르지 않았다. 그러나 전의감보다 가깝긴 해도 그곳까지 갔다 오려면 시간이 너무 오래 걸린다. 간다 해도 아교를 만들기 전의 부레가 있다는 보장도 없고.

그는 빠르게 머리를 굴리고 오동돈을 향해 소리쳤다.

"오 봉사. 내가 막고 있을 테니, 부엌에 가서 백초상(百草霜)가루라도 긁어오세요. 어서요! 그리고 사람을 공방과 전의감에 보내서 부레와 혈갈가루를 구해오라고 하세요. 없으면 한수석(寒水石)가루나 괴화(槐花) 덖은 것이라도 구해오라고 해요!"

백초상은 풀과 나무를 태웠을 때 솥과 아궁이에 묻은 검은 그을음을 말한다. 전의감이나 공방까지 다녀오는 것보다 이 건물의 아궁이에 있는 백초상을 긁어오는 게 훨씬 빨랐다.

다만 물을 완전히 막을 수 있다는 보장이 없어서 다른 재료도 마저 구해오라고 했다.

"예, 의관님!"

오동돈이 부리나케 뛰어나갔다. 그 사이 허임은 천으로 침구멍을 막았다. 그러나 세게 막을 수 없기 때문에 배에서 흘러나온 물이 천에 스며도 더 이상 어떻게 할 수가 없었다.

이대로 두면 복수가 다 빠질지도 모르는 상황. 허임의 표정이 돌덩이처럼 굳었다.

평상시 굼뜨게 보이던 오동돈의 행동이 이때만큼은 번개 같았다. 뛰어나가자마자 즉시 아궁이 속으로 파고들 것처럼 달려들더니 손톱으로 마구 긁었다. 허임의 말투만 듣고도 촌각을 다투는 일임을 눈치 챈 그는 손가락 반마디 정도 모이자 후다닥 방으로 뛰어들었다.

"우선 이거라도 쓰십시오. 제가 또 긁어오겠습니다."

침구멍만 막으면 되니 많은 양은 필요 없었다. 허임은 오동돈의 시커먼 손에서 백초상가루를 받아들고 즉시 침구멍을 막았다.

그 사이 오동돈은 또 번개처럼 뛰어나갔다.

허임은 권학인과 최호룡에게 도움을 청했다.

"눕혀야겠으니 도와주십시오. 조심해서 눕혀야 합니다."

분위기에 휩쓸린 최호룡은 엉겁결에 후다닥 달려들어서 권학인과 함께 기명한의 몸을 조심조심 눕혔다. 허임은 그 와중에도 백초상가루로 막힌 침구멍에서 물이 새어나오지 않도록 했다.

기명한을 완전히 눕혔을 때 오동돈이 들어왔다. 그의 손바닥에는 시커먼 백초상가루가 수북했다. 허임은 백초상가루를 침구멍 위에 쌓듯이 올려서 물이 밀고나오지 못하게 했다.

그 상태로 잠시 시간이 지났을 때, 공방에 갔던 사람이 먼저 손바닥 절반만 한 부레를 구해왔다. 허임은 부레로 백초상가루를 덮었다. 그제야 침구멍이 완전히 막혀서 나오던 물이 멎었다.

"후우우우."

안도의 한숨을 내쉰 그는 이마의 땀을 닦고 오동돈을 바라보았다. 두 손이 온통 시커먼 검댕이로 범벅되어 있고, 얼굴도 검댕이가 묻어서 마치 불장난을 한 아이 같았다. 그런데 얼마나 급하게 아궁이를 긁었는지 검지손톱이 뜯겨져 피가 보였다.

마음이 찡해진 허임은 미소를 지으며 고마움을 표했다.

"정말 수고했습니다."

"별 말씀을 다하십니다요."

머쓱한 표정으로 배시시 웃는 오동돈의 얼굴이 부처의 미소처럼 환하게 느껴졌다. 그때 권학인이 궁금함을 참지 못하고 물었다.

"허 교수, 왜 물을 다 빼지 않았는가?"

"물을 다 빼면 죽는다는 걸 잘 아시잖습니까? 그래서 일부를 남겨두었습니다."

"그럼 이제는 어떻게 할 건가?"

"이 상태에서 며칠 상황을 두고 봐야지요. 한 사흘 정도 지나면 어떤 식으로든 변화가 올 겁니다. 그때 가서 상황에 맞는 치료를 할 생각입니다."

물을 뺄 때 모두 빼는 걸 당연하게 생각했다. 일부를 남겨두는 것은 생각도 못했다. 권학인과 최호룡은 과연 그런 방법이 먹힐까 하는 의문과 함께 결과가 궁금해졌다.

"그럼 사흘 후에 올 건가?"

"그렇게 하지요."

그날 밤, 미종은 남몰래 경문을 만나 허임이 기명한을 치료한 일에 대해서 알려주었다. 경문은 정월에게 이야기하고, 정월은 다음 날 밤 유진하를 만나서 경문에게 들은 이야기를 그대로 전해주었다.

유진하가 차가운 눈빛을 번뜩였다.

"그게 사실이냐?"

"예, 나리."

유진하는 눈을 가늘게 뜨고서 미소를 지었다.

"내일 그 아이를 만나라. 그리고 내 말을 전해."

그가 정월의 귀에 대고 속삭였다. 정월은 연신 고개를 끄덕이며 유진하의 말을 새겨두었다. 그러고는 유진하가 말을 맺고 잡아당기자 자연스럽게 품 안으로 파고들었다.

"걱정 마세요, 나리. 천녀는 전쟁이 끝나면 받아주시겠다는 나리의 말씀만 믿고 있겠습니다."

"알았으니 내가 하라는 일이나 잘 처리해라. 어서 이리……."

* * *

허임은 약속한 대로 사흘 후 다시 혜민서를 찾아갔다. 다행히 기명한의 숨결이 전보다 안정되어 있었다. 위험한 상태를 완전히 벗어난 것은 아니었지만.

허임은 비수혈, 위수혈, 대장수혈, 방광수혈 등 8개의 혈도에 뜸을 뜨고는 중완혈(中腕穴)에 침을 놓았다.

중완혈에는 8푼 깊이로 침을 놓는 것이 일반적이었다. 그러나 사람마다 표피와 진피의 깊고 얕음이 다른데 어찌 같은 깊이로 찌를 수 있겠는가.

허임은 통상적으로 알려져 있는 깊이를 의식하지 않고 환자의 상태에 맞게 침을 놓았다. 침을 들이밀자 처음에는 단단한 것처럼 느껴졌지만, 피부를 지나자 침 끝이 공중에 떠있는 것만 같았다. 그 후 침 끝이 진피에 닿고, 다시 단단한 느낌이 드는가 싶더니 기명한이 움찔했다.

허임은 잠시 동안 침을 그대로 놔두었다. 그러고는 숨을 열 번 정도 쉰 다음 침을 천천히 뽑았다.

치료를 마치자 권학인이 말했다.

"맥이 전보다 훨씬 나아졌네. 이 상태로 계속 치료하면 좋아지겠어."

최호룡은 그때까지도 아무런 말을 하지 않았다. 허임은 그를 신경 쓰지 않고 권학인에게 당부했다.

"조금 나아지긴 했지만 아직 안심할 단계는 아닙니다. 방심하면 아차 하는 사이에 악화될 수 있으니 나을 때까지는 매사에 조심해야 합니다."

"알겠네."

"혹시라도 음낭이 부으면 침으로 물을 빼주십시오."

"그렇게 하지."

"그럼 저는 며칠 후에 다시 오겠습니다."

중완혈은 다른 혈과 달라서 다시 침을 놓으려면 이레나 여드레 정도 기간이 필요했다.

이틀째 되던 날 아침, 미종은 약사발을 들고 기명한의 방으로 향

했다. 마루 앞에 도착해서 방안에 아무도 없다는 사실을 확인한 그
녀는 긴장한 표정으로 신을 벗었다.

그때 신발이 잘못 벗겨지면서 몸이 휘청거렸다. 동시에 들고 있
던 약사발에서 약이 출렁거리더니 반쯤 쏟아졌다.

"어머!"

깜짝 놀란 그녀는 급히 약사발을 움켜쥐고 약을 확인했다. 사발
안의 약은 반밖에 남지 않은 상태였다.

다시 약을 달이면 사람들이 이상하게 볼 터. 그녀는 재빨리 주위
를 살펴보고는 그냥 안으로 들어갔다.

'반만 복용해도 충분할 거야.'

혜민서에서 보낸 사람이 갑작스럽게 허임을 찾아온 것은 정오가
막 넘었을 때였다.

"환자가 갑자기 발작을 일으켰습니다!"

"뭐요?"

"주부께서 급히 모시고 오라 하셨습니다."

"갑시다!"

허임은 급히 내의원을 나서서 혜민서로 달려갔다.

그가 기명한의 방에 도착했을 때 방안에는 권학인과 최호룡을
비롯한 의원 넷과 기자헌이 있었다.

"어떻게 된 겁니까?"

권학인이 상황을 설명해주었다.

"우리도 잘 모르겠네. 갑자기 발작을 했다고 해서 들어와 봤더니

몸이 마비된 채로 떨고 계시지 뭔가. 우리가 손을 써볼까 하다가 혹시라도 잘못될까 봐 자네를 불러오라고 했네."

그의 말은 반만 사실이었다. 나머지 반은, 잘못될 경우 자신들이 덤터기를 쓸지 모른다는 마음 때문이었다. 자신이 말하고도 무안한지 권학인은 머쓱한 표정을 지으며 허임과 눈을 마주치지 못했다.

허임은 그의 마음을 알면서도 모른 척하며 기명한의 맥을 잡아보았다. 안정되었던 맥이 상당히 빠르게 뛰고 있었다.

"어떤가?"

기자헌이 초조한 표정으로 물었다.

허임은 대답할 말이 궁했다. 그 역시 생각지도 못한 상황인지라 어떤 결과가 나올지 짐작도 할 수 없었다.

"최선을 다해볼 거라는 말밖에 달리 드릴 말씀이 없습니다. 저를 믿고 조금만 더 기다려주십시오."

기자헌은 그런 허임을 뚫어지게 쳐다보았다. 당황한 것처럼 보이긴 하지만 맑고 강한 눈빛에서 결연함이 엿보였다. 다른 사람과는 확실하게 달랐다.

"으음, 좋네. 자네를 믿고 기다리지."

그때 오동돈이 뜸 뜰 재료를 들고 들어왔다.

허임은 일단 기해혈에 뜸을 떴다. 그리고 경골혈에 침을 놓고 중봉혈과 절골혈에도 침을 놓았다. 다만 이번에는 기를 보(補)를 하는 게 아니라 사법(瀉法)으로 나쁜 기운을 빼냈다.

사법이란, 침을 5푼 깊이로 놓을 경우 빠르게 5푼을 찌른 후 2푼씩 두 차례에 걸쳐서 빼내고, 마지막은 환자에게 숨을 내쉬게 하면서 침을 빼내 사기를 제거하는 방법이었다.

허임이 묘한 방법으로 침을 놓자 권학인 등 의관들이 의아한 표정을 지었다. 그럴 만도 했다. 그러한 보사법(補瀉法)은 허임만의 침술이라 해도 과언이 아니었으니까.

침 삼키는 소리가 들릴 정도로 고요한 가운데 허임의 치료가 계속 되었다.

사람들은 숨소리마저 죽이고 허임만 바라보았다.

그렇게 얼마나 지났을까, 기명한의 몸 떨림이 서서히 잦아들었다. 빠르게 뛰던 맥도 어느 정도 안정되었다.

허임은 그제야 안도하며 이마의 땀을 닦아내고 권학인과 최호룡을 돌아다보았다.

"일단 급한 상황은 넘긴 것 같습니다. 이제 사나흘 두고 보도록 하지요. 수고스럽겠지만 누군가가 멋모르고 건들지 않도록 잘 지켜봐 주시기 바랍니다."

"알겠네."

권학인이 침중한 표정으로 고개를 끄덕이자, 오동돈이 결연한 목소리로 말했다.

"걱정 마십시오, 허 의관님. 앞으로는 제가 직접 살펴보도록 하겠습니다."

한쪽에 조용히 서 있던 미종의 눈빛이 찰나간 흔들렸다.

'치이, 약을 쏟지만 않았어도…….'

기명한이 복용할 약에다 몰래 다른 약을 조금 섞었다. 그런데 약을 반이나 쏟아버렸기 때문인지 효과가 기대에 미치지 못했다. 앞으로는 눈치가 귀신같은 오동돈이 지킬 테니 다시 손을 쓸 수도 없을 터. 아쉬움이 컸다.

'언니가 잔뜩 기대하고 있을 텐데.'

성공했으면 경문 언니처럼 옥가락지 하나는 얻었을 텐데.

* * *

기명한의 몸은 서서히 회복되었다. 허임이 삼 할의 가능성을 지켜낸 것이다. 허임은 더 이상 자신이 치료할 필요가 없다는 판단이 서자 나머지 치료에 대해서는 혜민서에 맡겼다. 그때가 되어서야 최호룡이 허임을 인정하고 고개를 숙였다.

"언제든 시간 나면 찾아와서 후학들에게 많은 가르침을 주게나, 허 교수."

허임은 최호룡의 말이 진심인 걸 느끼고 담담히 웃었다.

"가르치는 일은 저보다 최 교수님이 훨씬 낫지요. 저는 환자만 치료하다 보니 체계적인 면에서는 많이 모자랍니다."

최호룡은 쓴웃음을 지며 고개를 저었다.

"십 년간 궁중에서 지내며 많은 의원들을 보았네. 그런데 자네 같은 사람은 허 어의 이후로 처음이야. 아니 어쩌면 더 놀랐다고 해야겠지. 자넨 아직 젊으니까."

"낯이 뜨거워지는군요."

"나는 칭찬하는 걸 좋아하는 사람이 아니네. 그러니 자부심을 가져도 되네."

"마음을 열어주셔서 감사합니다."

허임은 오랜만에 즐거운 마음으로 혜민서를 나와 내의원으로 돌아갔다. 그런데 내의원에 도착하자마자 허준이 그를 불렀다.

"부르셨습니까, 태의 어른."

"네가 혜민서에 몇 차례나 몰래 가서 기 승지의 당숙을 치료했다는 말을 들었다. 사실이더냐?"

말투가 딱딱하다 했더니 그 일을 알았나 보다.

"그렇습니다."

"환자를 치료하러 간 것이니 그 일에 대해서는 더 이상 뭐라 하지 않겠다. 단, 너는 주상을 치료하는 내의원의 의관이라는 점을 명심해라. 만에 하나 주상께서 너를 필요로 할 때 허락도 받지 않고 자리를 비우면 그에 대한 책임을 져야 할 것이야."

각오하고 있었던 일. 허임은 순순히 고개를 끄덕였다.

"알겠습니다, 태의 어른."

"그만 가봐라. 그리고 당분간은 근신하면서 지내도록 해라. 잘못하면 너뿐만이 아니라 하연이에게도 해가 될지 모르니까."

허준의 방에서 나온 허임은 왠지 모르게 씁쓸했다. 사실 허준의 말도 옳았다. 엄밀히 따지면 자신은 임무를 망각한 행동을 한 셈이었다.

그러나 한편으로는, 순수한 의원으로서의 사명보다 틀에 얽매인 임무를 우선시한다는 게 마음에 들지 않았다. 다른 사람도 아닌 태의 허준이 말이다.

'어르신도 그 점만큼은 벗어나지 못하고 계시는군요.'

그가 쓰디쓴 표정으로 걸어가는데 맞은편에서 유진하가 걸어왔다.

"오호, 이게 누구신가? 혜민서에 갔다고 들었는데, 일찍 돌아오셨군."

조소가 섞인 목소리. 허임은 차가운 눈빛으로 그를 바라보았다.

"내가 요즘 뭘 하는지 아시오?"

"내가 어떻게 알겠소? 어디 한번 말해보시오. 혹시라도 내가 도와줄 일이 있을지 모르잖소?"

"요즘 입 싼 개구리를 치료하는 방법을 연구하고 있는 중이오. 그런데 그 중 가장 간단한 방법이 뭔 줄 아시오? 입을 꿰매버리면 울어대지 못하더군요."

엉뚱한 말을 몇 마디 던진 허임은 유진하에게서 시선을 떼고 당당히 걸어갔다. 유진하가 눈을 치켜떴지만 무시하고 쳐다보지도 않았다.

자신에게 하는 말이라는 것을 유진하가 어찌 모를까?

입술을 잘근 깨문 그는 독기어린 눈빛으로 허임의 뒤통수를 노려보았다.

'건방진 놈! 이번에는 운 좋게 벗어났다만 다음에는 쉽지 않을 거다!'

* * *

허임은 허준의 말대로 돌출행동을 자제하고 조용히 지냈다. 송하연과 만나는 것도 가볍게 대화하는 정도로만 그쳤다. 조금 이상한 점이라면, 유진하가 전처럼 적극적으로 나서서 자신을 괴롭히지 않는다는 것이었다.

'이제 지쳤나?'

아니면 허준에게서 송하연이 자신의 부인이 될 거라는 말을 들었을지도 모르고.

하지만 허임은 긴장을 풀지 않았다. 그가 아는 유진하는 쉽게 포기할 자가 아니었다. 오래 달여진 약이 더 진한 법. 매사에 조심해야 했다.

그런데 10월 중순이 되었을 때였다. 온양과 예산, 청양에서 역병이 돈다는 말이 들렸다. 내의원에서는 허임에게 상황을 조사하고 환자를 치료하라는 명을 내렸다.

허임은 그 명령에 수상한 내막이 깃들어 있다는 것을 눈치챘지만, 환자를 치료하는 일이라면 거부할 이유도 없어서 순순히 따랐다.

허임은 온양과 예산에서 환자를 치료하며 여드레를 보내고 청양으로 내려갔다. 작년에 돌았던 당학과 비슷했는데 아주 심하지는 않았다. 내의원에서 급히 의원을 파견해 조사한다는 게 의아할 정도. 역시 자신의 생각이 맞은 듯했다.

'내가 내의원에 있는 것이 꼴 보기 싫었나 보군.'

덕분에 조정에서 오가는 헛소리를 듣지 않아도 되었으니 그들에게 화날 것도 없었다. 그저 송하연과 떨어져 지내는 것이 아쉬울 뿐.

그렇게 청양에서 나흘가량 머물며 침구로 환자를 치료한 허임은 병이 눈에 띌 정도로 가라앉자 한양으로 올라가기로 했다. 그때 문득 박춘무가 군수로 있는 임천이 지척이라는 사실이 떠올랐다.

'그래, 이 기회에 그분이나 만나 뵈어야겠군.'

11월 초. 허임은 곧장 남쪽의 임천*으로 내려가서 박춘무를 찾아갔다. 박춘무는 그를 반갑게 맞이했다.

"이게 누군가? 허 교수가 어쩐 일로 여기까지 왔는가?"

"역병이 창궐했다는 말을 듣고 조사와 치료차 내려왔습니다. 그런데 병이 거의 다 잡힌 것 같아서 그만 올려가려다가 들렀습니다."

"호오, 그래? 그러잖아도 그 일 때문에 근심이 많았는데 다행이군. 어쨌든 잘 왔네."

박춘무는 허임을 사랑방으로 안내했다. 그리고 아들 박동명을 불러 인사시켰다. 스무 살인 박동명은 아버지를 닮아서 눈빛이 강하고 체격이 좋았는데, 그 역시 부친을 따라서 의병으로 활동하며 많은 공을 세운 것으로 알려져 있었다.

그는 부친으로부터 허임에 대한 이야기를 들은 터라 상대가 중인인 의관이라는 것을 개의치 않고 공손하게 인사를 올렸다.

"신기에 가까운 침술로 민초들을 위해 아낌없이 의술을 펼친 허

----

* 林川:부여 남쪽

교수를 뵈어 영광입니다."

"별말씀을 다 하십니다. 이 나라의 의관으로서 할 일을 했을 뿐이지요."

허임이 마주 인사를 하고 앉자, 박춘무가 아쉬운 표정을 지으며 말했다.

"하필 장선은 내가 어디를 좀 보내서 오늘 없다네. 있었으면 정말 좋아했을 텐데 말이야."

"그랬군요. 아쉽지만 어쩔 수 없지요."

"그래, 언제까지 머무를 건가? 시간이 있거든 오래 머물렀다 가게나."

"저 역시 그러고 싶습니다만, 늦어도 모레 아침에는 출발해야 할 것 같습니다."

"이런, 그럼 이야기 나눌 시간이 오늘 밤과 내일밤에 없군. 하긴 허 교수가 환자를 놔두고 왔으니 오죽 마음이 급하겠나? 하하하하."

슬쩍 놀리는 박춘무의 말에 허임이 담담히 받아쳤다.

"환자가 도성에만 있는 것은 아니지요. 온 김에 내일은 이곳 환자들을 치료해야 할 것 같습니다. 태수 어른과의 이야기는 다음으로 미루도록 하지요."

"허어, 말도 침처럼 예리하군. 내일은 좀 쉬게. 쉬어야 할 때 쉬어줘야 나중에 더 힘을 내는 법이네."

다음 날, 허임은 참으로 오랜 만에 편한 시간을 보냈다. 박춘무가 정사를 보는 동안에는 박동명과 이런저런 이야기를 나누기도 했다. 박동명은 성격이 곧고 강인한데다 민초를 아우르는 마음까지 지녀서 허임도 마음에 들었다.

그런데 그날 오후, 허임이 동헌에서 박동명과 이야기를 나누고 있을 때였다. 관에 속한 의녀인 복지가 오십대 중후반의 중노인과 함께 찾아왔다.

"태수님께서 허 교수님께 오 학사님 딸의 병을 말씀드리고 침을 놓으라는 말씀을 하셨습니다."

관에는 관에 속한 의관이 따로 있다. 그런데도 자신에게 보냈을 때는 그만한 이유가 있을 터.

환자 치료라면 마다할 허임이 아니었다.

"들어오셔서 병세를 말씀해 주시지요."

오 학사의 이름은 오희문(『쇄미록(瑣尾錄)』의 저자)으로, 원래 집은 한양인데 피난 와서 친척인 조존성의 집에 살고 있었다. 그는 벼슬은 하지 않았지만 나름대로 이름이 알려진 유학자여서 한양은 물론 충청도의 양반들과도 교류가 많았다. 박춘무도 그 때문에 그의 청을 받아들인 것이었다.

오희문은 예를 갖춰 인사를 하고 안으로 들어왔다. 그는 박춘무가 허임을 높이 평가하고 직위가 교수인데다, 박춘무의 자식 역시 허임에 대해 예를 잃지 않고 대하는 것을 본 터라 함부로 하지 못했다.

허임도 마주 예를 취하며 그를 맞이했다. 그런데 인사를 하는 오희문의 행동과 말투에서 은연중 양반의 전형적인 거만함이 느껴졌다. 양반과 문관에 대해 좋지 않은 생각을 가지고 있던 허임은 오기가 생겨서 조금도 굽히지 않았다.

그가 워낙 당당하게 대하니 오희문도 예를 다해서 대했다.

"태수의 말씀에 의하면 귀공의 침 솜씨가 대단하다고 하더이다. 우리 딸의 병을 좀 봐주시구려."

"그리하겠습니다. 어디가 어떻게 아픈지요?"

오희문은 딸의 병증에 대해서 말했다.

그의 이야기를 자세히 들은 허임은 의녀 복지에게 침을 놓아야 할 혈의 위치에 대해서 말해주었다. 그가 말한 혈자리는 모두 열다섯 곳이 넘었다. 복지는 그가 하는 말을 세세하게 받아 적었다. 여인에게 침을 놓는 것은 의녀의 몫이었다.

잠시 후, 밖으로 나온 오희문은 복지에게 허임에 대해서 물었다.

"저 교수라는 사람에 대해 잘 아느냐?"

"조금 들은 바는 있습니다만 자세한 것은 모릅니다."

"그럼 아는 것만 말해봐라. 태수가 그리 극찬할 정도면 보통 사람이 아닌 것 같다만."

"이름이 허임이라는 것과 혜민서의 치종교수였다는 것. 그리고 침놓는 실력이 태수님도 감탄할 정도로 대단하다는 정도만 알뿐입니다."

복지의 이야기를 들은 오희문의 눈이 가늘어졌다.

'허임이라고?'

허임의 이름은 양반들 사이에 널리 알려져 있었다. 뛰어난 의술을 지녔다 하니 언제 필요할지 모르는 것이다. 당연히 허임의 내력에 대해서도 아는 사람은 다 알았다.

허억봉. 과거 전악원의 전악으로 대금을 잘 불었던 그가 바로 허임의 아비였다.

오희문도 허억봉을 잘 알고 있었다. 낙산(駱山)자락에 사는 남상문의 집에서 그의 피리소리를 들은 적이 있었으니까. 남상문은 흥이 나면 가끔 허억봉을 불러서 대금을 불게 했다. 언젠가 한번은 남상문이 어머니를 위해서 헌수(獻)할 때 허억봉을 불렀는데, 허억봉이 전악원의 기공(妓)들을 데리고 와서는 공정(公庭)에서 학춤을 추었었다. 참으로 제멋대로인 위인이었다. 대금을 부는 사람이 춤꾼인 기공 앞에서 춤 자랑을 하다니.

'아비가 그 모양이니 아들의 품행인들 어디 갈까?'

기분이 상한 오희문은 이마를 찌푸렸다.

"나 먼저 갈 터이니, 너는 침을 놓을 수 있는 준비를 해서 따라오너라."

"예, 나리."

힐끔 뒤를 돌아보고는 동헌을 빠져나가는 오희문의 입술이 잘게 떨렸다. 분함을 참을 수 없었다.

'왕세자를 모시고 다니며 작은 공을 쌓았다더니 그래서 저리도 건방진가 보군. 천한 것들은 어쩔 수 없다니까?'

멀리서 바라보던 허임은 오희문의 돌아보던 행동과 걸음걸이만 보고도 그가 화나 있다는 것을 알 수 있었다. 아마도 복지에게 무슨 말을 들은 듯했다.

'내 신분에 대해서 들었나보군.'

양반 체면에 일개 의관과 동등하게 예를 취한 것이 기분 나쁜가 보다. 하지만 허임은 그를 두 번 다시 돌아보지 않았다.

양반은 가만히 있어도 노비들이 죽어라 일해서 갖다 바치는 공물로 생활할 수 있는 특권이 있다. 그러면서도 나라가 위급 지경에 빠지니 나 몰라라 하는 자들이 태반이다. 그런 자들을 대우해 주고 싶은 마음은 티끌만큼도 없었다.

그런데 그가 막 자리에 앉았을 때였다. 좌측 담장 너머에서 간절한 외침이 들렸다.

"의원 나리! 제 자식 좀 살려주십시오!"

"무슨 일인데 이리 소란이냐?"

"자식 놈이 소뿔에 받혔는데, 배때기가 터져서 다 죽어갑니다요!"

"허어! 배가 터진 걸 나보고 어찌하란 말이냐?"

"아이고! 그럼 죽어가는 걸 보고만 있어야 합니까요! 의원님이시라면 무슨 방도가 있을 것 아닙니까요?"

관의 의원과 의녀가 지내는 곳에서 나는 소리다. 밖으로 나온 허임은 소리가 들린 곳으로 가보았다. 박동명도 뒤따라갔다.

열 살가량의 소년을 업은 농부가 관의 의원인 박유라는 자에게 사정하고 있었다. 충격 때문인지 파리한 얼굴로 몸을 잘게 떨고 있는 소년은 천으로 배를 칭칭 동여매고 있었는데, 새어나온 핏물이 다리를 타고 뚝뚝 떨어졌다.

한시가 급한 상황. 허임이 농부를 재촉했다.

"내가 살펴볼 테니 일단 안쪽으로 눕히시오."

박유는 허임이 나서자 찜찜한 표정을 지었다. 그러나 태수가 존중하는 사람이며 혜민서의 교수라는 말을 들었기에 하는 대로 놔두었다.

'지가 교수면 교수지, 배가 터진 놈을 어떻게 하겠다는 거야? 잘못 건드려봐야 원망만 사지.'

허임은 먼저 진맥을 해보았다. 다행히 내장에는 큰 이상이 없는 듯했다. 조심스럽게 천을 풀자 핏덩이가 뭉친 곳에서 피가 줄줄 흘러나왔다. 천으로 핏덩이를 닦아내자 소뿔에 뚫린 곳이 보였다. 상처의 길이는 한 치 닷 푼 정도. 두 푼 정도 벌어져서 붉은 살이 드러나 있었다.

"의녀에게 소금물을 끓이라 하시오. 물 한 사발에 소금 한 주먹을 넣어야 하오."

박유에게 지시를 내린 허임은 품속에서 작은 칼이 든 주머니를 꺼냈다. 그 안에는 또 다른 작은 주머니가 들어 있고, 그 주머니에는 여러 종류의 바늘과 뽕나무 껍질을 벗겨 만든 하얀 실이 들어 있었다.

허임은 구부러진 바늘을 꺼내 실을 꿰면서 입구 쪽을 향해 물었다.

"근처에 관으로 쓸 수 있는 조릿대가 있소?"

"예? 예, 있습니다."

의녀에게 지시를 내리고 막 안으로 들어오던 박유가 화들짝 놀라서 대답했다.

132

"그럼 가느다랗고 깨끗한 걸로 하나 끊어오시오. 빨리!"

허임이 소리치자 박유가 다시 뛰어나갔다.

곧 끓인 염수가 들어오고 박유가 조릿대를 들고 뛰어들어 왔다. 허임은 바늘과 실을 두어 번 염수에 담갔다가 꺼냈다. 그러고는 조금도 망설이지 않고 바늘로 상처를 꿰매기 시작했다. 그 광경을 본 사람들이 눈을 휘둥그렇게 떴다.

바늘을 볼 때부터 설마 하는 마음이었다. 그런데 정말로 사람 몸을 실로 꿰매는 것이 아닌가!

피를 너무 많이 흘려서 정신이 없는 건지, 아니면 참을성이 강한 것인지 몰라도 소년은 몸만 잘게 떨 뿐 비명을 지르지 않았다.

허임은 한 땀을 남겨 놓고 바느질을 멈췄다. 그리고 조릿대를 잡고서 한 마디를 끊은 다음 구멍 안쪽과 한쪽 끝을 깨끗하게 정리하고 염수에 담갔다.

열을 셀 시간이 지난 후, 그는 염수에서 꺼낸 조릿대의 물기를 털어내고 꿰매다 만 곳에 꽂았다. 조릿대를 통해서 뱃속에 고였던 핏물이 주르륵 흘러나왔다. 핏물이 한 사발쯤 흘러나오더니 점점 가늘어지고, 나중에는 방울방울 떨어졌다.

"갑오징어뼈를 구해오고, 지유*와 일지호**도 있으면 가져오시오. 유지와 깨끗한 천도."

"예? 예, 알겠습니다."

....

* 地楡:오이풀의 뿌리

** 一枝蒿:톱풀

박유는 허임의 의도를 바로 알아듣고는 부리나케 안으로 들어
갔다.

허임은 떨어지는 핏물의 색이 옅어지자 조릿대를 빼내고, 그곳에
종이를 똘똘 만 심지를 대신 꽂은 후 마지막 한 땀을 꿰맸다. 그러
고는 깨끗한 천에 염수를 묻혀서 상처 주위를 닦아냈다.

허임의 옆에는 박유가 가져온 약과 천이 놓여 있었다. 그는 유지
에 약을 얹어서 상처에 붙이고, 종이심지를 꽂은 곳을 피해서 천으
로 소년의 배를 동여맸다. 마무리까지 마친 그는 농부에게 몇 가지
주의사항을 말해주었다.

"상처에 물을 절대로 묻히지 말고, 의원이 주는 약을 잘 바르고
복용해야 하오. 종이심지는 가끔 갈아줘서 뱃속에 상한 물이 고이
지 않도록 하고, 실은 이레 후에 가위로 끊어서 빼내시오. 만약 그
전에 상처가 곪는 것처럼 보이면 즉시 의원에게 데려와야 하오."

농부는 닭똥 같은 눈물을 주르륵 흘리며 털썩 무릎을 꿇더니 절
을 하듯이 허리를 숙였다.

"알겠습니다요, 의원님. 정말 고맙습니다요!"

박춘무는 오후에 있었던 이야기를 듣고서 곤혹한 표정으로 허임
에게 물었다.

"사람의 몸을 바늘로 꿰어서 치료하는 게 옳다고 보는가?"

"군수님도 잘 아시겠지만, 전쟁터를 돌아다니다 보면 참혹한 경
우가 허다합니다. 저는 누가 뭐라고 하던 제가 아는 모든 방법을
동원해서 사람을 살렸습니다. 법도를 따지는 것은 사람이 산 후에

생각해도 될 일 아니겠습니까?"

"정말 모르겠군. 어느 것이 먼저인지……."

"태수님께서 가장 사랑하는 사람이 죽음 앞에 놓여 있다고 생각해 보시지요. 그냥 죽게 놓아둘 것인지, 아니면 법도에서 벗어나더라도 살릴 것인지. 만약 태수님께서 법도를 택한다면, 저는 태수님을 다시는 찾아뵙지 않을 겁니다."

잠시잠깐 생각하던 박춘무가 쓴웃음을 지으며 고개를 저었다.

"아무래도 자네와 난 다시 만나야 할 것 같군. 그런 경우가 닥치면 나는 무조건 사랑하는 사람을 살리려 할 테니까."

임천에서 돌아온 허임은 아무것도 모르는 척 자신의 할 일만 했다. 가끔 송하연을 만나는 것 외에는 다람쥐 쳇바퀴 도는 일상의 연속이었다.

그러는 사이 병신년이 지나고 정유년*이 되었다. 명나라가 진행하는 왜와의 화친은 여전히 교착상태에 빠져 있고, 조정에서는 명나라군의 눈치만 봤다. 그런데 정월이 가기 전 경악할 소식이 들렸다. 이순신을 파직하고 원균을 삼도수군통제사로 삼는다는 것이 아닌가!

이순신이 조정에서 내린 진군 명령이 왜의 첩자 요시라의 간계로 인한 것임을 알고는 날씨와 상황이 좋지 않다는 핑계를 대며 공격을 망설였는데, 윤두수 등 몇 사람이 그걸 빌미로 이순신의 파

* 丁酉年:1597년

136

직을 주장한 것이다. 선조 역시 이때라는 듯 그들의 주장을 받아들였고.

김영국으로부터 그 이야기를 들은 허임은 벌떡 일어났다.

"말도 안 됩니다!"

"왜 그러냐? 듣기로는 원균도 대단한 장수라고 하던데?"

허임은 말하기를 망설였다. 말 한마디가 칼보다 무서운 세상에서 어찌 자신의 심중을 함부로 드러낸단 말인가?

그러나 가슴 속에만 품고 있기에는 너무나 답답했다. 게다가 김영국이라면 믿을 수 있는 몇 사람 중 하나가 아닌가?

허임은 그에게 자신이 아는 이순신과 원균에 대해 말했다. 그러고는 참담한 표정으로 고개를 저었다.

"이 나라를 지킬 수 있는 병력은 수군뿐입니다. 그런데 그토록 중요한 수군의 수장을 원균 같은 자에게 맡기다니요."

허임의 이야기를 들은 김영국은 아연한 표정을 지었다.

"그게 정말이냐?"

"남해 쪽의 사람들이라면 다 아는 사실입니다."

"으음, 그게 사실이라면 보통 문제가 아니군."

허임이 착잡한 표정으로 허공을 응시했다.

"주상과 조정의 결정에 저 같은 의관 따위가 무슨 말을 할 수 있겠습니까? 이제는 그저 이순신 장군께 지나친 벌을 내리지 않을 것과 왜적이 재차 공격하지 않기만을 바라야지요."

허임의 우려를 증명하기라도 하듯 2월이 되자 조정에서 이순신을 잡아들였다. 몇 사람이 나서서 부당함을 간언했지만 선조는 꿈쩍도 하지 않았다. 심지어 도 체찰사 이원익은 이순신이 끝내 잡혀가자 "나랏일을 이제 어찌할 수 없게 되었다."라며 탄식했다.

허임은 왕세자인 광해군은 물론 영의정 유성룡에게조차 실망을 금치 못했다.

왜 그 일을 막지 못했단 말인가!

또한 그 일을 주관한 조정대신들을 원망하는 마음마저 생겼다.

조선에서 가장 뛰어난 장수를 잡아들였다. 육지의 김덕령을 죽이고 바다의 이순신을 잡아들였으니 좋아할 사람들은 왜적뿐. 왜적이 재차 공격을 가해온다면, 그로 인해 백성들이 죽어간다면 누가 그 책임을 질 것인가?

화가 난 허임은 조정대신들에 대한 치료의 명령이 떨어져도 몸이 아프다는 핑계를 대고 가지 않았다. 실제로 마음의 병이 나서 움직이기도 싫었다.

가끔 만나던 오동돈도 찾아가지 않았고, 오직 송하연만 만나서 한숨을 쉬며 세상을 걱정했다. 자신이 걱정해 봐야 세상은 한 치도 변하지 않겠지만, 그렇게라도 풀지 않으면 속이 터져버릴 것 같았다.

* * *

봄이 화살처럼 빠르게 흘러 4월 중순이 되어갈 즈음, 선조가 침을 맞고 뜸을 뜨겠다고 했다.

귀가 울리는 이명증(耳鳴症)과 편허증(偏虛症), 겨드랑이 밑의 기류주증(氣流)으로 고생하면서 약을 먹었지만 낫기는커녕 증세가 점점 심해지자 침과 뜸을 고집한 것이다.

침을 맞는 날이 4월 14일로 정해지자, 김응남과 홍진, 오억령 등 제조들은 그 전날에 선조를 찾아가서 시일을 미루려 했다.

"전하, 명나라 총병이 곧 한양에 들어온다 하옵니다. 전하께서 침을 맞으면 여러 날 조섭을 해야 하니 별궁의 위로연을 거행할 수 없습니다. 날짜를 미루는 것이 어떻겠사옵니까?"

김응남이 사유를 말했으나 선조는 고집을 꺾지 않았다.

"병이 점점 무거워지고 있다. 지금 치료하지 않으면 장차 병으로 인해 폐인이 될지도 모른다. 전년에도 제대로 치료하지 못하였거늘, 올해도 치료하지 않고 그냥 넘긴단 말이냐? 양 총병이 온다 해도, 그가 오는 동안 한두 번은 침을 맞을 수 있을 것이다. 다시 의관(醫官)과 의논하도록 해라."

의관들은 홍진으로부터 선조의 말을 전해 듣고 난감한 마음이었다.

수의인 양예수가 먼저 말했다.

"제조, 성상의 증세에 귀가 울리는 것은 편허(偏虛)의 증세요. 그 증세는 오래되어서 한두 번의 침으로는 치유가 되지 않고, 침을 맞은 뒤에는 여러 날 조리하여야 그 효험을 볼 수 있지요. 만약 침을 맞은 뒤에 조용히 조섭하지 않으면 보탬이 없을 뿐만 아니라 도리어 해로움이 있게 될 것이오."

이공기도 천천히 고개를 저으며 한마디 보탰다.

"더구나 귀가 울리는 증세는 모두 상화(相火)가 위로 치솟아서 일어나는 것인데, 지금은 날씨가 너무 더워서 쑥불의 화기가 반드시 경락(經絡)의 열을 더할 것입니다."

"그럼 뜸을 뜰 수 없단 말이오?"

홍진이 질문을 던지고 의관들을 둘러보자 허준이 말했다.

"일단 서늘해지기를 기다려서 가을에 하는 것이 좋겠습니다."

홍진도 미루는 것을 원하던 터라 순순히 받아들였다.

"알겠소. 일단 전하께 그리 말씀드려 보겠소이다."

제조들이 다시 선조를 찾아가 의관들의 말을 전했다. 하지만 선조의 고집을 꺾진 못했다.

"봄에는 가을을 기다리자고 하더니, 가을에는 또 봄을 기다리잔 말인가? 올해에도 안 되고 내년에도 안 된다면 병이 세월과 함께 갈수록 깊어져서 치유할 방도가 없을 것이다. 날씨가 더우면 옷을 걷고 뜸질하기가 더욱 좋을 것 아닌가? 그대로 시행하도록 해라."

결국 침을 놓고 뜸을 뜨는 일은 예정에 따라 시행하기로 결정되었다.

허임은 그때도 자신이 참여할 수 없을 거라 생각하고 그러려니 했다. 그런데 점심을 먹고 난 지 얼마 되지 않아서 내의원 소속의 참봉이 그를 찾아왔다.

"허 교수님, 주상전하의 침구치료에 대해서 상의해야 하니 지금 즉시 전청으로 오시랍니다."

그 말을 듣는 순간, 허임은 등골에 대침이 박힌 듯 눈꺼풀을 파르르 떨었다.

유후익은 허준과 양예수 등이 이번 치료에는 허임을 참여시키겠다고 하자 극렬히 반대했다.

"허임은 최근 들어서 치료를 등한시 하고 있소이다. 그런 사람을 어떻게 임금의 치료에 참여시킨단 말씀이시오?"

"주상전하께 침과 뜸을 놓으려면 두세 사람만으로는 안 되네. 최소한 넷, 제대로 하려면 다섯은 필요하네. 지금 있는 침의가 모두 여덟인데 그 중 셋은 자리를 비운 상태가 아닌가?"

양예수의 말에 유후익이 난감한 표정을 지었다.

"그건 그렇습니다만······."

그러자 허준이 나섰다.

"전에 봤다시피 허임은 침과 뜸을 뜨는 솜씨가 뛰어나네. 주상께서 뜸을 뜨고자 하시는 이상은 그를 배제시킬 수 없네. 그러니 이번에는 어쩔 수 없이 참여시켜야 할 것 같군."

평상시 조용해서 별다른 말이 없던 정예남도 한마디 거들었다.

"저 역시 허임의 합류를 찬성하는 바입니다."

이공기는 고개를 끄덕이는 것으로 의견을 대신했다. 어쩌면 어의 중 허임이 치료하는 모습을 가장 많이 본 사람이 그였다. 그는 의술이 뛰어난 허임을 천출이라는 이유만으로 배제하는 상황이 영 마뜩잖았다.

심지어 항상 유후익의 편을 들어주었던 김응탁과 이순조차도 이번에는 반대하지 않았다.

"으으음."

의관 대부분이 허임의 합류를 찬성하자, 유후익은 침음을 흘리며 미간을 좁혔다. 그때 허임이 방으로 들어왔다.

"부르셨습니까?"

김영국이 그를 보며 미소를 지었다.

"들어와서 이곳에 앉아라."

* * *

정유년 4월 14일, 허임은 김영국과 함께 침의로서 선조의 치료를 위해 입시하였다.

허임의 기분은 이전과 또 달랐다. 일전에는 임시방편으로 갑자기 나섰다. 그러나 이번은 정식 참여였다. 이제부터는 계속 참여하게 될 터. 느낌부터가 다를 수밖에 없었다.

사시(巳時)가 되자 임금이 별전으로 나왔다.

도제조 김응남, 제조 홍진, 부제조 오억령, 의관으로는 양예수, 허준, 이공기가 나섰고 침의는 김영국과 허임을 비롯한 5명이 나섰다. 허임은 뜸을 뜨는 일을 맡았다.

"어두워서 침을 놓기가 불편하다면 창문을 열어도 괜찮다."

선조의 말에 양예수가 조심스럽게 아뢰었다.

"열어 놓으면 침을 놓을 때에 훨씬 나을 것 같사옵니다."

"그럼 열도록 해라."

내시가 종종 걸음으로 가서 창문 한 칸을 열었다. 아침의 맑은 빛이 방안으로 쏟아져 들어왔다. 방안이 밝아지자 공기도 달라진 듯했다.

김응남이 기회라 생각하고 전날과 비슷한 의견을 말했다.

"신들이 여러 의관과 밖에서 상의한 바에 의하면, 요사이 날씨가 더워지고 있어서 침을 맞기에 온당치 못하다며 모두들 침을 놓고 싶어 하지 않사옵니다. 다시 한 번 생각해 보심이 어떻겠사옵니까?"

그러나 선조는 이번에도 고집을 꺾지 않고 오히려 쐐기를 박듯이 말했다.

"귓속이 너무 시끄럽다. 특히 조용할 때는 더욱 시끄러워서 마치 매미가 곁에서 우는 것만 같다. 여러 번 치료하였지만 이유도 모르고 상화가 울린다고 하니 답답하기만 하다. 그래서 나는 오늘 침을 꼭 맞고자 하니라. 더 말하지 말라."

이번에는 홍진이 나섰다.

"전하. 의방(醫方)에 의하면, 침을 놓을 때는 뜸을 뜨지 않고 뜸을 뜰 때는 침을 놓지 않는다고 하였사옵니다. 이번에 침과 뜸을 함께 실시하는 것은 옳지 못한 것 같사옵니다."

"겨드랑이 밑에 기류증이 있어서 한쪽이 너무 허(虛)하니, 쑥김(艾氣)을 들이는 처방이 좋을 것 같다만."

선조는 홍진의 견해를 받아들이기는커녕 오히려 자신의 생각을 말하며 더욱 강하게 의지를 드러냈다. 그러자 김응남이 다시 말했다.

"전하, 뜸을 뜨면 짓무른 뒤에야 멈춘다고 하였사옵니다. 그러니 정 뜸을 뜨길 원하신다면 쑥김을 잠시만 쏘이는 것이 어떻겠사옵니까?"

"한 번의 쑥김으로 효과를 볼 수 있겠는가?"

"신이 의관 정사민의 말을 듣건대, 우각(牛角)으로 뜨는 뜸은 한 번만으로도 효과를 본 자가 있다고 하였사옵니다. 신도 가슴을 앓는 자가 한 번의 뜸으로 효과를 얻는 것을 본 적이 있사온데, 뜸이란 것은 많이 떠야 효과가 있는 것이 아니라 하옵니다."

"뜸은 침을 놓은 뒤에 뜨는가?"

그 질문에는 김영국이 대답했다.

"먼저 침을 놓아 통기(通氣)를 하고 나서 쑥김을 들이는 것이 좋사옵니다. 경락(經絡)에 이미 침을 놓았는데 바로 쑥김을 들인다면, 이미 열기가 있는 곳에 뜸을 뜨게 되는 것이니 기에 손상이 있을 것이옵니다. 침을 다 놓은 뒤 마지막에 우각으로 뜸을 뜨고 쑥김을 들이는 것이 어떠하겠사옵니까?"

"그에 대해선 침의가 의논하여서 정하도록 해라."

잠시 침의들끼리 상의한 후 김영국이 대표로 말했다.

"모두들 침을 놓고, 뜸을 뜨고, 또 침을 놓는다면 기에 손상이 있을 것이라는 의견이옵니다. 하오니 침을 다 놓은 뒤에 뜸을 뜨는 것이 좋겠사옵니다."

"그것이 좋다면 그렇게 하라. 그리고 오른손의 굴신(屈伸)하는 곳에 이상한 기운이 오락가락하면서 손이 당긴 적이 있다. 오른편 겨드랑이 밑에는 기가 도는 것 같고, 무릎은 늘 시리고 아픈데 오른편이 더욱 심하니라. 그리고 이따금 벌레가 기어가는 것 같은 증상이 있고, 다른 곳은 땀이 나지 않는데도 이쪽 한쪽만 땀이 나는데, 한기가 견디지 못할 만큼 심한 적도 있었느니라."

"아무래도 풍기(風氣)처럼 보이옵니다. 더러는 습담(濕痰)이 소양경(少陽經)에 잠복해 있어서 그러기도 하옵지요. 일단 치료를 먼저 시행하겠사옵니다."

침의들은 이명증을 치료하기 위해서 얼굴의 청궁(聽宮), 예풍(翳). 팔의 외관(外), 중저(中渚), 후계(後谿), 완골(腕骨), 합곡(合谷). 다리의 대계(大), 협계(俠谿) 등의 혈에 침을 놓고, 열을 내리는 통곡과 협계혈을 더하였다.

편허증을 치료하기 위해서는 팔의 견우(肩髃), 곡지(曲池), 통리(通里)와 다리의 삼리(三里) 등에, 또한 겨드랑이 밑에 기류주중(氣流)이 있어서 다리의 곤륜(崑崙), 양릉천(陽陵泉), 승산(承山) 등의 혈에 침을 놓았다.

하체에 침을 놓을 때는 임금의 아랫도리를 보일 수 없는 만큼 병풍으로 앞을 가렸다. 그리고 침을 다 놓은 후 병풍을 치웠다.

"침을 맞는데 아프지도 않고 피도 나지 않는군. 이러고도 효과를 볼 수 있겠느냐?"

다른 때와 달리 통증이 없자 선조가 의아한 표정으로 물었다. 김영국이 그에 대해 설명했다.

"통기(通氣)만 하였사옵니다."

"좌우에 모두 침을 놓았는가?"

"허한 곳에 침을 놓으면 더욱 허해지기 때문에 오늘은 왼쪽에만 침을 놓았사옵니다. 오른쪽은 다음에 놓을 생각이온데, 어떠하겠사옵니까?"

"그대들이 헤아려서 하도록 해라. 다행히 오늘은 귓속의 소리가 한층 줄어든 것 같구나."

그래서인지 선조의 표정도 조금은 밝아진 듯했다.

오시 초, 우각으로 뜸을 뜬 후에야 의관과 제조 등이 별전을 나왔다. 다행히 우려했던 일은 일어나지 않았다. 의관들은 내심 안도하며 내의원으로 향했다.

내의원의 방에 들어가서야 허준이 허임에게 물었다.

"주상을 정식으로 치료해 본 기분이 어떠하냐?"

"같은 환자라 해도 치료하는 일이 이리 다를 거라고는 생각지 못했습니다."

목소리가 조금 까칠하게 튀어나왔는데, 허준이 그 목소리에서 허임의 마음을 엿본 듯했다.

"어째 마음에 안 든다는 투로 들리는구나."

"마음에 들고 안 들고 할 것이 뭐 있겠습니까? 주상전하는 이 나라의 중심이니 그만큼 신경을 더 쓸 수밖에 없지 않겠습니까? 다만 치료를 하기 위해서 여덟 명의 의관이 동원된다는 게 어리둥절할 뿐입니다."

전에 한 치료는 워낙 급박하게 진행한 터라 규모나 분위기가 오늘과는 많은 차이가 났었다.

"한 치의 실수도 용납되지 않는 일이어서 그리 할 수밖에 없는 것이다. 앞으로는 주상의 치료에 참여할 때가 자주 있을 것이니 괜한 일로 마음이 흔들리지 않도록 조심해라."

"알겠습니다."

"내가 작년부터 주상의 명으로 여러 어의들과 함께 『의방신서(醫方新書)』를 정리하는 걸 알고 있겠지?"

"알고 있습니다."

허준은 임금의 명으로 양예수, 정작, 정예남, 김응탁, 이명원 등과 함께 수많은 의서를 보다 보기 쉽고 우리나라의 실정에 맞게끔 정리하고 있었다. 또한 중국에서 사오는 비싼 약재를 대신할 이 땅의 약재를 정리해서 백성들이 병을 치료하는데 부담이 되지 않도록 할 생각이었는데, 다른 누구보다도 허준이 그 일에 가장 큰 관심을 갖고 있었다.

"당분간 어의들과 함께 의서를 정리하는 일에 전념하다 보면 다른 곳에 신경 쓸 틈이 없을 것 같다. 그 동안 처신을 잘해서 네 스승의 이름에 욕됨이 없도록 해라."

"그 일이라면 걱정하지 않으셔도 됩니다. 저 역시 스승님의 이름에 누가 되는 일은 하지 않을 겁니다."

"그리 생각하고 있다면 다행이구나. 그만 가봐라."

"편히 쉬십시오."

허임은 허준에게 허리를 숙여 인사하고 몸을 돌렸다. 그런데 방문이 열리더니 유진하가 들어왔다. 유진하는 이마를 좁힌 채 싸늘한 눈으로 허임을 주시했다. 허임은 그를 본 척도 하지 않고 방을 나갔다.

'네가 아무리 방해해도 소용없다, 유진하.'

'건방진 새끼. 주상전하의 치료에 참여했다고 목에 잔뜩 힘이 들

어갔군. 그래 봐야 화무십일홍(花無十日紅)일 것이니 좋아하지 마라, 허임.'

* * *

정유년 6월이 되자 왜적들이 수백 척의 배를 타고 부산으로 몰려들었다. 뒤늦게 왜적이 재침공을 한다는 걸 안 조정에서는 불이라도 난 것처럼 부산을 떨었다.

즉시 이순신 대신 삼도수군통제사가 된 원균에게 왜적을 공격하라는 명령이 떨어졌다. 그러나 원균은 자신이 통제사가 된 뒤에야 이순신의 말이 옳았음을 알고 미적댔다. 그러면서 전에 이순신이 말했던 것처럼 육지의 군사와 함께 공격하자는 뜻을 밝혔다.

조정에서는 이순신을 몰아붙였던 원균이 이순신과 똑같은 주장을 내세우자 즉시 공격하라는 명령을 내렸다.

7월. 원균이 왜적을 공격했다가 패했다는 소식이 들렸다. 그런데 알고 보니 자신은 뒤로 빠지고 수하의 장수들만 보내서 공격하게 한 것이었다.

도원수 권율은 그 사실을 전해 듣고 불같이 노했다. 즉시 원균을 불러들인 그는 곤장을 쳤다. 군율을 지키지 않는 자들에게 경고를 보내기 위함이었다.

문제가 발생한 것은 그 후였다. 원균이 분함을 참지 못하고 전 수군을 동원해서 무리한 공격을 감행한 것이다.

척후도 보내지 않고, 가진 정보도 부족하고, 군사를 이끄는 수장은 감정에 따라 움직이며 우왕좌왕하니 그 결과가 어떻겠는가?

아니나 다를까 7월 중순, 그토록 막강하던 조선의 수군이 거제도 칠천량 일대에서 풍비박산 났다.

거북선은 모두 침몰하고, 전선 역시 적의 공격에 성한 것이 없었다. 바다는 온통 조선 수군의 시체로 뒤덮여서 동백꽃 붉은 물이 바다를 적신 듯 파랗던 바닷물이 붉게 변했다.

공포에 질린 원균은 싸울 생각도 않고 무작정 도망쳐서 육지로 올라갔다. 그러나 비대한 몸집으로 뒤뚱거리며 몇 걸음 도망치지도 못하고 주저앉으니, 왜적들이 우르르 달려들어서 돼지를 잡듯이 칼을 휘둘렀다.

그 와중에 경상우수사 배설은 아군을 놓아둔 채 십여 척의 배를 끌고서 먼저 도망쳤고, 죽을 때까지 적과 싸운 김완을 비롯해서 적에게 포위된 이억기 등 장수들 대부분은 바다에서 죽음을 당했다.

수군의 대패 소식이 전해지자 조정이 발칵 뒤집혔다. 어이없게도 선조는 원균의 무능함을 질타하기는커녕 수군의 패배를 하늘의 뜻으로 돌렸다.

이순신을 끌어내리고 원균을 통제사로 삼는데 결정적인 역할을 한 윤두수 등은 선조가 책임을 묻지 않자 내심 안도했다.

"하아, 참으로 어이가 없구나."

허임은 우려하던 일이 현실로 드러나자 참담한 마음을 금치 못했다. 수군이 무너졌으니 이제 전라도도 위험했다. 그 말인 즉 어머니의 안전도 위험해졌다는 뜻이었다.

그의 염려를 증명하듯 8월이 되자 왜적이 의령을 장악했다. 뒤이어 진주 일대에 왜적이 개미떼처럼 깔렸다. 이제 왜적들이 전라도로 넘어가는 것은 시간문제일 뿐.

선조는 뒤늦게 이순신을 다시 통제사로 임명해서 남쪽바다로 내려 보냈다. 하지만 함선을 모두 잃은 지금 그가 얼마나 적을 막아낼 수 있을 것인가.

허임이 어머니를 걱정하며 안절부절 못하고 있을 때, 동궁에서 유은선이 찾아왔다. 허임도 한 번쯤 광해군을 만나고 싶던 터였다. 그는 곧장 유은선을 따라서 광해군에게 갔다.

광해군의 표정은 전과 달랐다. 전에 없던 초조함이 겉으로 드러나 보였고, 간간이 신경질적인 표정도 보였다. 명나라에 청한 세자 책봉이 연이어 거부당하자 잠재되어 있던 불안감이 겉으로 표출된 듯했다.

허임은 일단 신문혈(神門穴)에 침을 놓아서 광해군의 답답해진 기분을 풀어주었다. 그제야 마음이 가라앉은 광해군이 씁쓸한 표정으로 입을 열었다.

"그대도 원균이 대패했다는 소식을 들었겠지?"

"예, 저하."

"그대 말이 맞았어. 원균이 설마 그런 정도로 형편없는 자일 줄은 생각도 못했다. 수군의 수장이 배와 부하들을 버리고 육지로 도망치다가 살찐 돼지처럼 주저앉아서 죽다니."

"주상께 말씀은 드려보셨사옵니까?"

"이순신을 잡아들이라는 명이 있었을 때 넌지시 말씀드렸다. 하지만 아바마마께서는 원균에 대한 마음을 접지 않으셨다. 오히려 이순신을 못마땅하게 생각하고 계셔서 말을 꺼내는 것조차 조심스러웠지. 참으로 아쉬운 일이야."

"이제 왜적들이 전라도로 넘어갈 것이옵니다."

"그대의 집이 나주라 했던가?"

"예, 저하. 어머니께서 홀로 계십니다."

"걱정이 많겠구나."

"솔직한 마음으로는 잠이 안 올 지경이옵니다. 해서 아버님 기일이 보름 정도 남았으니 다녀올까 하옵니다."

"그것도 괜찮은 생각이군."

광해군은 고개를 주억거리더니 허임을 똑바로 바라보았다.

"안 돌아오진 않겠지?"

"어머니에 대한 염려만 덜어지면 돌아올 것이옵니다."

"그래, 돌아와야지. 내가 의관 중 진심으로 믿는 사람은 허준과 그대뿐이다. 그러니 반드시 돌아와라."

"예, 저하."

허임이 왕세자를 배알하고 밖으로 나오자 내금위 복장을 한 동막개가 다가왔다. 정말 오랜만에 보는 얼굴이었다.

"엄니 때문에 걱정이지?"

"그래. 마침 아버지의 기일도 다가오고 해서 다녀올 생각이다."

"잘 생각혔어. 가서 안 되겄으믄 말이여, 후딱 다른 곳으로 피난

시켜라."

"그래야지. 너는 어때? 내금위 생활은 할만 해?"

동막개가 쓴웃음을 지었다.

"좀 답답혀. 나는 아무래도 밖에서 싸돌아다는 게 적성에 맞는 것 같당게."

어쩌면 야생의 호랑이를 우리에 가둔 것일지도 모른다. 공연히 금위를 시킨 것인가?

"막개야, 네가 하고 싶은 대로 해. 하기 싫은 일을 억지로 할 순 없잖아?"

"쫌만 더 지내보고. 나가 없어도 될 것 같으믄, 나간다고 혀도 뭐라고 안겄지 뭐."

"그럼 조용해질 때까지만 참아. 지금은 왜놈들이 저하게 무슨 수작을 부릴지 모르니까."

허임의 말에 동막개가 씩 웃었다.

"알었어."

"아, 그리고 갈 때 하연 아가씨를 데려갈 생각이다."

동막개도 송하연을 좋게 본 터라 무척 기뻐했다.

"오메, 어무니가 증말 좋아허시겄구마잉."

"나도 그랬으면 좋겠다."

* * *

왜적의 전격적인 공격에 겁을 먹은 사대부들은 한양 도성에 있던 가족들을 피난시키고 기회를 봐서 자신들도 빠져나갔다. 왜적이 아직 경상도에 있는데도 미리부터 겁을 먹고 도망치기 시작한 것이다.

하지만 선조는 그들에게 벌을 내릴 수가 없었다. 선조 자신부터 왕자와 나인들을 피난시키기 위해 안달하고 있었으니까. 중신들 중 그나마 뜻있는 자들이 왕자의 피난을 중지시킬 것을 간청했지만 선조는 쉽게 받아들이지 않았다.

허임은 김영국을 만나서 자신의 뜻을 밝혔다.

"집에 다녀오겠다고?"

"아버님의 기일이 얼마 남지 않았습니다. 왜적이 전라도로 쳐들어가기 전에 어머니를 만나 뵙고자 합니다."

김영국은 허임이 마음을 굳혔다는 걸 알고 잠시 고민했다. 지금 상황에서 자리를 뜨면 유후익이 가만 있지 않을 게 분명했다. 그렇다고 해서 붙잡아둘 수도 없었다. 허임의 고집이 어디 보통인가?

"얼마나 걸릴 것 같으냐?"

"한 달 정도 걸릴 것 같습니다."

"그럼 이렇게 하자. 듣기로는 명나라군이 남원에 있다고 했다. 며칠 정도는 그들 중에 있는 병자를 치료해 주고 와라. 그러면 누가 트집을 잡아도 변명할 수 있으니까."

일전에도 군병을 치료해 주고 다녔었다. 그리하면 어머니의 걱정도 덜어드릴 수 있을 것 같다. 허임은 김영국의 조언을 순순히 받아들였다.

"알겠습니다. 그리고 가는 길에 하연 의녀도 데려갈 생각입니다."

"너무 위험하지 않을까?"

"작년에 가려다 못 갔는데, 이번에도 가지 못하면 언제 갈 수 있을지 모릅니다. 어머니께서 전부터 기다리시는데 마냥 미룰 수만은 없을 것 같습니다."

"네 마음이 그렇다면 할 수 없지. 그런데 의녀를 데려가려면 허락을 받아야 할 텐데, 그 일은 어찌할 생각이냐?"

"태의 어른께는 말씀드렸습니다. 수의녀도 허락했고요."

김영국은 진심으로 기뻐해 주었다.

"그래? 다행이구나. 그럼 잘 다녀오너라."

허임은 송하연에게 간편한 복장으로 남장을 하게 했다. 먼 길을 가야 했다. 어떤 위험이 도사리고 있을지 아무도 모르는 일. 여인의 복장으로는 너무 위험했다. 송하연도 허임의 뜻을 알고 남장하는 것을 거부하지 않았다.

송하연과 함께 도성을 나선 허임은 곧장 남쪽으로 향했다. 이번에는 여기저기 들를 마음의 여유가 없었다. 초조한 마음이 소슬한 가을 바람과 함께 그의 발걸음을 재촉했다.

* * *

유진하가 허임과 송하연이 함께 떠났다는 것을 알게 된 것은 그날 오후였다. 정월에게 소식을 들은 그는 봉연에게 달려갔다.

"하연 의녀가 허임을 따라갔다는 말을 들었소. 그게 사실이오?"

"그렇습니다, 의관님. 허락이 떨어져서 간 것으로 압니다만, 무슨 문제라도 있습니까?"

봉연이 담담한 표정으로 대답했다.

"아, 아니오. 문제가 있어서 그런 것은 아니고……."

유진하는 말을 흐리며 이를 악물었다.

'빌어먹을! 왜적이 또 공격한다고 해서 가지 않을 줄 알았더니…….'

그러나 두 사람은 지금쯤 도성을 빠져나가서 수십 리 밖을 가고 있을 터, 제지할 마땅한 방법이 없었다.

봉연이 슬쩍 유진하를 쳐다보고는 고개를 숙였다.

"더 볼일이 없으시다면 가보겠습니다. 비빈 마마의 치료 때문에 한가할 여유가 없습니다."

그러고는 곧장 몸을 돌려서 그 자리를 떠나버렸다. 혼자 남은 유진하는 주먹을 움켜쥐고 이를 갈았다.

'너무 방심했어. 교활한 놈, 어디 돌아오기만 해봐라.'

* * *

허임이 송하연과 함께 천안을 지날 즈음, 남원성이 함락되었다는 소문이 들렸다. 당시 명나라 장수는 부총(副摠) 양원이었는데, 겨우 십여 명만이 탈출했다고 했다.

남원이 무너졌다면 전라도의 중앙 관문이 무너졌다는 말과 같았다. 허임은 걸음을 더욱 빨리 해서 쉬지 않고 남쪽으로 향했다.

그리고 그 즈음, 남원성 함락 소식을 접한 조정에서는 대신들이 서로 네 탓 공방을 벌이며 해주나 평양, 성천 등지로 피난 갈 계획을 세우느라 정신없었다. 반대하던 자들조차 이제는 입을 다물었다.

남원이 함락되었거늘 앞서 싸우러 가는 자는 없고, 왕과 대신들부터 겁에 질려 도망갈 생각만 하니, 임진년과 정유년에 조선 땅이 폐허가 된 것도 어쩌면 당연한 일이었다.

다행히 왜적은 임진년처럼 파죽지세로 몰아붙이지 못했다. 명나라 군사가 곳곳에 포진하고 있는데다 조선의 군사도 마음가짐이 전과 달라서 임진년과는 사뭇 판이한 상황이었다. 조정에서도 명나라군이 도성에 있으니 피난 계획만 세웠을 뿐 함부로 움직이지 못했다.

그 사이 허임은 송하연과 함께 나주에 도착했다. 아버지의 기일을 이틀 남겨둔 날이었다.

"어머니!"

방에서 막 나오던 박금이가 허임을 보고는 후다닥 뛰어나왔다.

"어이구, 왜 하필 뒤숭숭할 때 왔어?"

"잘못하면 못 올지 몰라서 서둘렀습니다."

박금이의 눈이 송하연을 향했다. 송하연이 기다렸다는 듯 허리를 숙였다.

"하연이라 합니다."

박금이는 목소리를 듣기 전부터 송하연이 여인임을 알아보았다. 아마도 위험한 길을 생각해서 남장을 한 것이리라.

예절이 몸에 밴 행동. 아름다운 얼굴에 부드러운 눈빛. 박금이는 첫눈에 송하연이 마음에 쏙 들었다.

"어이구, 멀리서 오느라 고생했지? 어서 안으로 들어가자."

조마조마하던 허임의 표정이 그제야 펴졌다. 그는 목소리만 듣고도 어머니의 마음을 눈치 챘다.

'휴우, 다행이네.'

박금이는 궁금한 것이 많을 텐데도 일상적인 것만 물어보았다. 그것도 붙잡아 놓고 묻는 것이 아니라 이런저런 일을 하면서 자연스럽게 물었다. 송하연은 마음 편히 대답했다. 마치 자신의 집에 있는 기분이었다.

허임은 그런 어머니를 보고 혀를 내둘렀다.

'정말 고단수시네.'

어머니는 한 시간 잡아놓고 물어볼 것을 하루 종일 심심할 때마다 물어보았다. 생각나면 물어보는 것이니 특별히 신경 쓸 필요도 없고, 대답하는 사람도 힘들지 않았다. 그래도 궁금한 것은 모두 물어보고 대답을 들을 수 있었다. 정말 대단한 어머니였다.

그렇게 하루가 지나자 박금이의 표정이 더욱 환해졌다. 송하연도 편안한 표정이었고. 남들이 보면 모녀간처럼 보일 지경이었다.

허임도 편한 마음으로 제사를 지냈다.

세상이 전쟁으로 흉흉한데 제사상에 올릴 것이 뭐가 있으랴. 그래도 박금이가 이진사댁에서 얻어 챙겨놓은 것이 있어서 밥과 국은 올릴 수 있었다. 거기다 가을에 딴 감과 대추 등 과실 몇 가지와 금성 포구에서 얻어온 절인 생선을 올리니 그나마 겨우 마음의 모양새가 갖추어졌다.

* * *

제사를 지내고 이틀이 지났을 때, 왜적이 순창까지 밀려왔다는 소문이 들렸다. 하지만 담양에 쌓은 산성이 견고해서 쉽사리 무너지지 않았다. 대신 왜적들은 임실을 거쳐 전주를 함락시키고 백성들을 처참하게 죽였다.

전주에서는 얼마나 많은 사람이 죽었는지 살아있는 사람이 거의 남아있지 않다고 했다.

왜적의 소식을 들은 허임은 더 늦기 전에 박금이를 안전한 곳으로 피난시키고자 했다.

"어머니, 일단 영광 쪽으로 가 계시는 게 어떻겠습니까?"

박금이는 씁쓸한 표정으로 고개를 저었다.

"내가 가면 어디로 가겠냐? 바다 쪽도 언제 어떻게 될지 모르는데, 가봐야 어차피 마찬가지지."

사실이 그랬다. 수군이 전멸한 이상 산속이든 바닷가든, 왜적이 마음만 먹으면 못 닿을 곳이 없었다.

"그럼 저희와 함께 한양으로 가요."

"네 아버지를 여기 놔두고 어딜 가겠냐? 그리고 이 어미가 함께 가면 오히려 너도, 나도 더 위험해진다. 그러니 내 걱정 말고 너 먼저 올라가라."

"어머니……."

"어제 이 진사댁에 잠깐 갔다가 들었는데, 왜놈들이 전처럼 날뛰지 못한다는 말이 들린다는구나. 그렇다면 너무 걱정하지 않아도 될 것 같다. 아무래도 명나라에서 온 군사 때문에 전과는 다른가 봐. 아니면 우리가 모르는 속내가 있든지."

"그래도 이곳에 있으면 위험합니다. 왜놈들에게 남원과 전주에 있던 명나라 군사도 무너졌다고 하잖아요."

"아무리 거세게 타오르는 장작불이라도 장작을 넣어주지 않으면 꺼지는 법이라 했다. 저놈들 하는 짓을 봐선 꼭 장작불처럼 느껴져. 이순신 장군 때문에 전라도를 치지 못해서 한풀이를 하는 것 같아. 정말 그런 거라면 곧 괜찮아질 거야. 그러니 이 어미 걱정 말고 너는 네 일에 전념하도록 해라."

앉아서 천 리를 보는 어머니다. 우리 어머니가 맞나 싶을 정도다. 허임은 걱정되는 와중에도 어머니의 말씀이 맞을 것 같다는 예감이 들었다.

"정말 괜찮으시겠어요?"

"걱정 마라니까. 만약 왜놈들이 이곳으로 온다는 소문이 들리면 네 말대로 잽싸게 피해서 영광으로 가마."

박금이가 아들을 안심시키기 위해서 미소를 지으며 말했다. 허임도 그 말을 들으니 조금이나마 안심이 되었다.

"꼭 그러셔야 합니다. 알았죠?"

"그러어엄. 이 어미는 악착같이 살아서 우리 아들과 며느리와 손자와 오래오래 즐겁게 지낼 거다."

박금이가 손을 뻗어서 허임과 송하연의 손을 쥐었다. 허임과 송하연도 어머니의 손을 마주 쥐었다.

"저도 어머니와 오래오래 행복하게 살고 싶습니다."

떠나기 싫었다. 이곳에서 어머니를 모시고 싶었다. 하지만 어머니가 먼저 자신을 쫓아낼 것이기에 그럴 수도 없었다.

"아암, 그래야지. 그런데 너…… 전쟁 중인데 이렇게 오래 있어도 되는 거냐? 혹시 저번처럼 몰래 도망쳐온 것은 아니지?"

박금이가 아들의 두 눈을 빤히 바라보며 물었다.

허임은 가슴이 뜨끔해서 급히 고개를 저었다.

"아, 아닙니다. 허락받고 왔어요. 정말이라니까요? 믿어주세요, 어머니. 허락받지 않았으면 하연 아가씨가 어떻게 올 수 있었겠어요?"

"그럼 언제 올라갈 거냐?"

"왜적이 언제 올라올지 모르는데, 조금 더 있다가 가면 안 될까요?"

여차하면 자신이 직접 어머니와 송하연을 피신시킬 생각이었다. 그러나 박금이는 그에게 여유를 주지 않았다.

"네가 남는다고 해서 달라질 것이 뭐 있겠냐? 네가 있으면 왜적이 오지 않는다던? 왜적이 몰려오면 네가 다 막아낼 거냐?"

"그건 아닙니다만……."

"이 어미도 너와 함께 있고 싶다. 하지만 지금 당장 며칠 함께 있는 것보다는 전쟁에 이겨서 오랫동안 함께 있고 싶구나. 그러려면 장수가 전쟁터에 열심히 싸워야 하고, 의원은 자신의 자리에서 할 일에 충실해야 할 거라 생각하는데, 너는 어떻게 생각하느냐?"

허임은 말싸움에서 어머니를 이길 수 없었다.

"어머니 말씀이 옳습니다."

"그래도 아직 말귀가 막히지는 않았구나. 그래, 언제 갈 거냐?"

"내일…… 올라가겠습니다."

그때 조용히 앉아 있던 송하연이 말했다.

"제가 여기 남아 있으면 안 될까요?"

허임의 마음에 갈등이 일었다. 그녀가 남으면 어머니가 조금이나마 편해질 것이다. 대신 자신은 두 사람을 걱정해야 한다. 보고 싶은 사람도 두 사람으로 늘어날 것이고.

하지만 고민의 시간은 길지 않았다. 어머니의 표정에 남았으면 하는 마음이 강하게 드러나 있지 않은가. 허임은 어머니의 마음에 반기를 들 용기가 없었다.

"그렇게 하세요. 어머니도 좋으시죠?"

박금이가 처음으로 마음에도 없는 말을 했다.

"이 아이가 남으면 네가 힘들지 않겠느냐?"

* * *

아쉬움과 걱정스러움을 가슴에 묻은 허임은 집을 나섰다. 별 일만 없으면 내려온 김에 운주사까지 가보고 싶었다. 그러나 왜적이

순천에서 화순 쪽으로 넘어오고 있다는 소문이 들렸다. 화순에 갔다가 왜적과 마주치면 큰일이었다.

'이러다 나주까지 넘어오는 것이 아닐까?'

집을 나선 지 얼마 되지도 않았는데 벌써부터 걱정되었다. 발걸음이 떨어지지 않을 정도로 어머니와 송하연이 걱정이 되었다. 하지만 이제 와서 다시 돌아갈 수는 없는 일이었다.

마음을 굳게 먹고 장성에서 고창으로 넘어간 그는 서쪽 바다를 끼고 이동했다. 전주가 함락된 상태여서 서쪽으로 빙 돌아가는 수밖에 없었다. 그럼에도 언제 어디서 왜적이 출몰할지 모르는 터라 될 수 있으면 밤길을 이용했다.

허임이 금강을 앞에 둔 것은 9월이 되었을 때였다. 건너편은 임천과 서천 사이의 한산이었다. 하지만 그는 강을 건널 수가 없었다.

멀리서 콩 볶는 소리가 들렸다. 왜적이 조총을 쏘아대는 소리였는데, 강 건너 한산 쪽에서 나는 듯했다.

왜적이 한산을 공격한다면 임천이 이미 무너졌다는 뜻. 임천이 무너졌다면 부여야 당연히 적의 소굴이 되었을 것이고 공주 역시 무사하지 못할 터. 가슴이 답답하기만 했다.

임천군수였던 박춘무는 인천부사로 승진 발령이 나서 걱정하지 않아도 되었다. 문제는 김 참판댁이었다.

"괜찮은지 모르겠군. 후우우우."

허임은 강을 건너지 못한 채 갈대숲 속에 앉아서 한숨을 길게 내쉬었다.

어떻게 하는 것이 좋을까? 잠시 물러났다가 조용해지면 올라갈까? 아니면 바닷가 쪽으로 가서 강을 건널까?

그가 고민에 잠겨 있는데 피난민으로 보이는 자들 대여섯 명이 강을 따라 내려오는 게 보였다. 허름한 옷을 입고 커다란 보따리를 등에 진 그들은 허임이 있는 곳으로 곧장 걸어왔다. 노인, 장한, 여인, 소년. 모두 일가족인 듯했다.

가까워지고 나서야 갈대숲 속의 허임을 발견한 그들은 멈칫하며 표정이 굳어졌다. 하지만 허임이 혼자라는 걸 알고는 다시 지친 걸음을 옮겼다. 수년에 걸친 전쟁으로 마음마저 피폐해진 그들의 얼굴에는 희망도, 열기도 없었다. 심지어 절망조차 느껴지지 않아서 나무를 깎아 만든 목상 같았다.

얼마나 힘들게 살아야 저런 모습이 될 수 있을까?

삶과 죽음의 의미조차 느끼지 못하고 무의식적으로 피난길을 걷는 사람들. 허임은 그들을 보는 내내 칼바람이 심장을 훑고 지나가는 듯했다.

그들이 바로 앞까지 다가오자 허임이 물었다.

"말 좀 묻겠습니다. 임천에 왜놈들이 쳐들어왔다고 들었습니다. 그곳 소식을 아십니까?"

피난민 일행 중 삼십대로 보이는 장한이 무뚝뚝한 어조로 대답했다.

"그곳에서 내려오는 길이오. 임천은 마을의 반이 탔소. 아마 마을에 남았던 사람들은 거의 다 죽었을 거요."

"왜놈들이 어디까지 올라갔는지 아십니까?"

장한이 고개를 저었다.

"잘은 모르겠소. 왜놈들이 공주와 회덕으로 몰려갔다는 말만 들었소. 그런데 놈들이 저번과는 다르게 사람을 보는 족족 죽이고 있소. 아마 전처럼 생각하고 머뭇거렸던 사람들은 그놈들의 칼에서 벗어나지 못했을 거요."

허임은 그 말을 듣고 가슴이 써늘해졌다.

김 참판댁은 어떻게 되었을까?

그가 잠시 고민하는 사이 장한이 다시 걸음을 옮겼다.

허임도 자리에서 일어났다. 이곳에 주저앉아 있을 순 없었다. 그는 일단 공주까지 가보기로 작정했다. 밤길을 이용해서 접근한다면 왜적의 눈을 피할 수 있을 듯했다.

'김 참판 댁의 사정이라도 알아봐야겠어.'

이틀 후, 허임은 공주에서 오십 리가량 떨어진 칠봉산자락에 도착했다. 산속에서 밤이 되기를 기다린 그는 석양이 지기 시작할 무렵 공주로 향했다.

허임이 걸음을 멈춘 것은 공주성에서 얼마 떨어지지 않은 곳에 이르렀을 때였다. 세상이 캄캄한 시각, 성문 앞에서 화톳불이 타오르고 있는데, 왜적의 복장을 한 자들이 화톳불 앞을 오가고 있었다.

공주성 역시 왜적의 손에 들어갔다는 뜻. 왜적은 사람을 보는 족족 죽인다고 했는데, 성 안에 백성들은 어떻게 되었을까?

그런데 이상하다는 생각이 들었다. 남원이나 전주도 왜적들이 남녀노소 가리지 않고 모조리 죽여서 시체가 산처럼 쌓여 있다고 했다.

전에는 일을 시키기 위해서라도 일부는 살려두었거늘. 지금은 삭초제근(削草除根)이 목적인 것처럼 행동하고 있지 않은가?

조선인의 씨를 말리겠다는 건가? 공포심을 심어줘서 대항하지 못하도록 하겠다는 건가? 왜 생각을 바꾼 거지?

정확한 이유는 알 수 없지만, 어쨌든 두려운 일이 아닐 수 없었다.

'일단 사람을 찾아보자.'

허임은 조심스럽게 인근 마을을 돌아다니며 혹시나 근처에 조선 사람이 있는지 알아보았다. 김 참판은 공주의 권세가이니 사정을 아는 자가 있을지도 몰랐다.

삼경이 다 된 시각. 허임은 이십여 리 떨어진 계곡에서 사람들이 모닥불 가에 모여 있는 것을 발견했다. 남녀노소 모두 십여 명쯤 되었다. 그들은 허임이 부스럭거리며 다가가자 깜짝 놀라서 황급히 모닥불 위에 흙을 끼얹었다.

"끄지 않아도 됩니다."

허임이 다급히 소리쳐서 사람들을 안심시켰다. 계곡 안에 있던 사람들은 그의 말을 듣고도 경계심을 완전히 풀지 않았다. 서너 명의 장정들은 몽둥이와 낫을 들고 허임이 다가오는 것을 노려보았다.

허임은 양팔을 벌려서 적의가 없다는 것을 알리며 다가갔다.

"저는 의원입니다. 왜적이 아니니 안심하십시오."

모닥불 불빛에 그의 모습이 확연히 드러나자, 모여 있는 사람의 뒤쪽에 있던 누군가가 일어나며 말했다.

"아! 저 분, 제가 압니다."

허임도 그를 알아보았다.

"일전에 나에게 치료받았던 분의 아들이 아니오?"

"맞습니다, 의관님. 기억하시는군요."

"반갑소."

정말로 반가워서 눈물이 날 정도였다. 다리를 절룩거리며 앞으로 나서는 자는 삼십대의 장한이었는데, 허임이 분조와 함께 공주에 있을 때 그의 어머니를 치료한 적이 있었다. 그리고 그는 김 참판댁에서 멀지 않은 곳에 살고 있었다.

"어떻게 여기까지 오신 겁니까?"

"나주의 집에 갔다가 한양으로 올라가는 길이오. 혹시 김 참판댁의 사정에 대해서 아는 것 있소?"

"왜적이 몰려온다는 이야기를 듣고 급히 피난을 가신 것으로 압니다."

"어디로 갔소?"

"그건 잘 모르겠습니다."

자세한 사실을 알 수 없어 아쉽긴 하지만, 그래도 피난을 갔다니 다행이다. 미리 피했다면 왜적의 손에서 벗어났을 가능성이 크지 않겠는가. 내심 안도한 허임은 그제야 장한의 다리를 내려다보았다.

"다리는 어쩌다 다친 거요?"

"왜적과 싸우다가 다쳤는데, 아무래도 탄환이 박힌 것 같습니다."

"어디 좀 봅시다."

마음에 약간의 여유가 생긴 허임은 보따리를 풀어 한쪽에 내려

놓았다. 둘러서 있던 사람들은 몽둥이와 낫을 내리고 호기심 어린 눈으로 허임을 바라보았다.

탄환이 박힌 곳은 무릎 위쪽이었다. 허임은 장한의 다리에 침을 놓고, 송곳 같은 칼로 상처를 쩬 다음 집게로 탄환을 빼냈다. 장한은 입에 천을 물고 고통을 참아냈다.

사람들은 허임이 살을 가르는 걸 보고도 무덤덤했다. 평화로울 때라면 칼로 살을 쩨는 걸 이해하지 못했을지도 모른다. 그러나 수년간 이어진 전쟁으로 수많은 사람이 처참하게 죽어갔다. 목이 잘리고, 사지가 떨어져 나간 사람을 보는 게 일상사인 세상. 비릿한 피 냄새에 얼굴 찡그리는 사람이 이상한 판국이다.

신속하게 탄환을 빼낸 허임은 보따리에 든 약초를 바른 후 천으로 싸맸다. 그런데 사람들이 모두 허임의 치료에 신경을 집중한 사이, 일단의 무리가 계곡 안으로 들어왔다.

"왜적이다! 도망쳐!"

뒤늦게 누군가가 눈치채고는 놀라서 소리쳤다. 사람들은 정신없이 보따리를 챙겨 들고는 계곡 안쪽으로 도주했다.

허임도 침통과 칼 주머니를 챙겼다.

곧 조총 쏘는 소리가 계곡 안을 뒤흔들었다.

바로 그때, 막 몸을 돌리려던 허임이 가슴에 심한 충격을 받고 옆으로 꼬꾸라졌다.

"헉!"

망치로 가슴을 후려치면 이런 충격일까 싶다.

'맞았나?'

결국 여기서 헛되게 죽는 건가?

"의원님! 어서 도망치십시오!"

다리를 치료한 장한이 고개를 돌리고 소리쳤다.

허임은 왼쪽 가슴이 얼얼해서 숨을 쉴 수가 없었다. 심장 근처에 정통으로 맞은 듯했다. 도망간다 해서 몇 발자국이나 도망갈 수 있을까?

그는 참담한 표정으로 빨리 가라는 손짓을 하면서 아래쪽을 바라보았다.

저만치 밑에서 왜적들이 올라오고 있었다. 달빛 아래 어슴푸레 보이는 걸로 봐서 숫자는 많지 않은 듯했다.

그때 문득 이상한 생각이 들었다. 숨을 쉴 수가 없고 가슴에서 둔탁한 통증이 느껴졌다. 그런데 그게 전부였다.

'응?'

그는 몸을 틀어서 엎드리며 가슴을 만져보았다. 피가 나왔으면 끈적거릴 텐데, 아무런 느낌도 없었다. 그러고 보니 숨 쉬는 것이 조금 편해진 듯했다. 움직이는데 큰 지장도 없고.

벌떡 일어난 그는 몸을 숙인 채 전력을 다해 달렸다.

그가 총에 맞아 쓰러진 것으로 생각하고 천천히 다가오던 왜적들이 소리를 지르며 조총을 쏘았다.

탄환이 날아와서 바위와 나무에 부딪히는 소리가 날카롭게 귀청을 울렸다. 하지만 허임은 속도를 늦추지 않았다.

얼마를 달렸을까, 허임은 뒤쫓아 오는 사람이 없자 걸음을 멈추고 나무에 기대앉았다. 목구멍에서 거친 숨소리가 솥뚜껑 사이로 김이 뿜어지는 소리처럼 흘러나왔다. 그가 살아 있음을 알려주기라도 하듯 온몸 여기저기서 통증이 밀려들었다. 하지만 그 고통은 대부분 산길을 달리면서 가시넝쿨과 나뭇가지에 긁히고 찔린 상처로 인한 고통일 뿐, 탄환에 맞은 통증이 아니었다.

어떻게 된 거지?

의아해진 허임은 가슴속에 손을 넣었다. 두 개의 주머니가 손에 잡혔다. 하나는 시술용 칼이 담긴 것이고, 하나는 침통이 담긴 주머니였다. 달빛에 비춰보니 침통이 담긴 주머니가 찢어져 있었다.

그는 침통을 꺼내보았다. 침통 두 개 중 하나가 움푹 찌그러져 있었는데, 백가정이 준 은제침통이었다. 그 동안 남들의 욕심을 자극할까 봐 거의 쓰지도 않았는데 이런 식으로 자신을 구해줄 줄 어찌 알았을까.

침통을 움켜쥔 허임은 밤하늘을 올려다보았다.

왜적과 마주친 것이 벌써 세 번째다. 첫 번째는 의병들이 구해주었고, 두 번째는 고성에서 왜적들에게 잡혀 끌려갔다가 전하성이 덕분에 탈출했다. 그리고 이번에는 백가정의 침통이 그의 심장에 구멍이 뚫리는 걸 막아주었다.

"하늘도 아직은 내가 죽는 걸 원치 않나 보구나."

보다 더 많은 사람을 위해서 살아가라는 뜻일까?

한참을 앉아 있던 허임은 침통을 소중하게 품속에 집어넣고 일어났다.

정유년 9월 7일.

진도 벽파진에 있던 이순신은 왜적의 선단이 서해로 향한다는 보고를 받고 자신이 앞장서서 밤에 출동했다. 왜적의 선두함대 55척 중 호위선 13척이 먼저 해남반도 끝자락 어란포에서 발견되었다. 이순신은 야음을 틈타서 적을 공격해 왜선을 모조리 수장시키고 승리를 거두었다.

조선의 수군이 괴멸당했다고 생각했던 왜적들은 이순신이 나타나자 병적인 집착을 보였다. 조선 수군의 병선은 기껏해야 13척에 불과했다.

이순신을 죽일 절호의 기회!

왜적들은 이 기회에 이순신을 반드시 죽여야 한다며 대규모 함선을 이끌고 서해로 향했다.

이순신은 왜적이 몰려온다는 소식을 듣고 벽파진의 진을 우수영으로 옮겼다. 그리고 만반의 준비를 갖춘 채 적이 다가오기를 기다렸다.

9월 15일. 백 척이 넘는 엄청난 적의 함선이 새카맣게 몰려온다는 보고가 들어왔다.

그 보고가 전해지자, 장수는 물론 군졸들 역시 사색이 되었다. 아무리 이순신이 바다의 신이라 해도 10배가 넘는 적을 이긴다는 것은 불가능한 일이었다.

하지만 이순신은 물러서지 않았다. 그가 군사들을 모아놓고 외쳤다.

"죽고자 하면 살 것이오, 살고자 하면 반드시 죽을 것이다*! 이 나라와 가족을 위해 모두 죽음을 두려워하지 말고 싸워라! 죽음을 두려워하지 않는 자만이 살 수 있을 것이다!"

군사들을 향해 외친 이순신은 자신이 선두에 서서 함선을 출동시켰다. 그의 일성에 감동한 장수와 군졸들은 북을 울리며 우수영을 출발해서 울돌목으로 향했다.

물러서도 죽고 싸워도 죽는다. 어차피 죽을 목숨! 왜적들에게 조선의 기개를 보이고 죽으리라!

다음 날, 왜적의 선단이 명량해협을 가득 메우고 울돌목으로 진입했다. 그들이 울돌목 한가운데로 들어왔을 때, 이순신이 공격명령을 내렸다.

----

* 필사즉생 필생즉사:必死則生, 必生則死

"공격하라!"

사방에서 장수들이 따라 외치고, 북소리가 하늘에 울려 퍼졌다.

죽음을 각오한 조선 수군은 적선에 정면으로 맞선 채 포를 쏘아 댔고, 적선에서 포탄이 날아드는 걸 보고도 진세를 흐트러뜨리지 않았다.

울돌목의 좁은 해협에 갇힌 적선은 선두의 배가 불타며 가라앉자 전진을 하지 못했다. 게다가 방향이 남동류로 바뀐 조류가 세고 불규칙해서 더욱 더 움직이기가 힘들었다.

조선 수군은 그들 속으로 뛰어들어서 포탄과 불화살을 쏘아댔다.

불이 붙은 왜선들이 시커먼 연기를 뿜어내며 바다 속으로 가라 앉았다. 왜적들은 날아드는 화살에 맞고 급류에 휩쓸려서 허우적 거리다 죽어갔다.

그때 이순신이 왜적의 수군장 구루시마(來島通總)의 머리를 잘라 서 높이 내걸었다.

"적장이 죽었다!"

와아아아아!

왜적의 사기는 극도로 저하되었고, 조선 수군의 사기는 하늘 끝 까지 치솟았다.

결국 삼십여 척의 전선이 불길을 뿜어내며 가라앉자 뒤쪽에 있 던 왜선들이 물러가기 시작했다.

전쟁을 뒤집는 기적 같은 일이 벌어진 것이다. 단 13척의 배로 133백에 달하는 왜적의 대선단과 싸워서 승리하다니!

그러나 이는 기적이라기보다 한 장수의 집념과 목숨을 내던진 군병들이 이루어낸 결과였다. 지형을 이용한 철저한 계책도 중요했지만, 나라와 가족을 지키기 위해 죽음을 각오하고 결사적으로 싸우지 않았다면 어찌 그런 승리가 가능했겠는가!

* * *

이순신이 명량에서 대승을 거둔 이후, 9월 중순이 넘어가자 왜적들의 움직임에서 이상한 조짐이 감지되었다. 기세등등하던 그들이 북상을 멈추고 후퇴하기 시작한 것이다.

조정에서는 어떻게 된 일인지 알기 위해서 사방으로 통문을 보내 사정을 알아보았다. 간악한 왜적들이 철수하는 척하면서 우회해 한양을 공격할지도 모르는 것이다.

그러나 정확한 이유는 알 수가 없지만, 왜적들이 철수하고 있다는 사실만큼은 분명했다. 그 사실이 확인되자 조정과 한양의 백성들은 그제야 마음을 놓았다. 그리고 명나라군은 철수하는 왜적의 뒤를 쫓았다.

그 무렵, 힘겹게 한양에 도착한 허임은 김영국에게 도착 사실을 보고했다. 다행히 별다른 문책은 떨어지지 않았다. 오히려 유후익과 유진하는 그가 돌아온 것을 못마땅하게 여겼다.

한양에 돌아온 허임은 동막개를 만나려 했지만, 왕세자 광해군이 중전과 함께 성천으로 피난 가 있어서 만날 수가 없었다.

그렇게 10월이 되었을 때 한명련의 치료를 위해 내의를 파견하라는 선조의 명이 떨어졌다.

별장(別將) 한명련은 본래 홍의장군 곽재우와 함께 활약해서 공을 세웠고, 이후에는 김덕령의 좌우별장 중 하나가 되어 왜적을 상대했다.

그 후에는 도원수 권율과 충청방어사의 별장으로서 공주와 회덕이 함락될 때 왜적의 공격을 방어하며 많은 공을 세웠다. 비록 중과부적으로 후퇴하긴 했지만, 그 이후로도 왜적을 숱하게 죽여서 선조에게 인정받았다. 그런데 적과 교전하는 중에 탄환이 엉덩이에 박혀서 한양으로 후송된 상태였다.

내의원에서는 미처 명령이 제대로 전달되지 않아서 아무도 보내지 않았다.

다음 날, 한명련은 치료를 위해서 고향의 집으로 내려가려고 했다. 그 말을 들은 비변사가 그를 위해 호위할 군사를 붙여주고 약물을 지급해 줄 것을 청원했다. 그제야 한명련에게 아무런 조치도 하지 않은 걸 안 선조는 속히 침의를 보내 치료하라는 명령을 다시 내리고, 양피의(羊皮衣) 한 벌을 상으로 내렸다.

"네가 가서 치료해 주도록 해라."

내의원의 수의(首醫)인 허준이 허임을 불러 한명련의 치료임무를 맡겼다. 탄환이 박혔다면 칼을 대어야 하는데, 내의 중 칼을 가장 잘 다룰 수 있는 사람이 허임이었다.

"예, 태의 어른."

허임은 두말없이 궁을 나섰다. 왕궁의 무관 하나가 한명련이 머무는 집을 가르쳐줄 겸 양피의도 건네주려고 허임과 동행했다.

한명련은 서소문 근처의 인가에 머물고 있었는데, 그곳에 도착한 허임은 씁쓸한 마음을 금할 수 없었다.

집은 부서진 곳이 워낙 많았다. 이런 곳에 살면서 겨울의 찬바람을 피할 수 있을까 싶었다. 나라를 위해 싸운 장수가 이런 곳에 머물고 있는데도 누구 하나 신경 써주는 사람이 없으니 참으로 한탄만 나올 뿐이었다.

허임과 무관이 안으로 들어가자, 허름한 옷은 입은 여인이 부엌에서 나왔다.

"어떻게 오셨습니까?"

"내의원의 허임이라 합니다. 주상께오서 한 공의 부상을 치료하라는 명을 내리셨습니다. 한 공께서는 안에 계신지요?"

"예, 계십니다. 잠시만 기다리십시오."

여인이 '주상'이라는 말에 급히 고개를 숙이고는 방 쪽으로 빠르게 걸었다. 그런데 그녀가 부를 필요도 없이 방문이 열리더니, 강인한 인상의 중년인이 절룩거리며 나왔다.

"주상께오서 보내셨단 말인가?"

"그렇습니다."

그때 무관이 나서서 양피의를 건네주었다.

"주상께오서 이걸 한 공께 드리라 하셨습니다."

"이런 망극할 데가!"

한명련이 눈을 크게 뜨더니 공손한 자세로 양피의를 받아들고는 궁이 있는 곳을 향해 절했다. 그러고 나서야 허임과 무관은 방안으로 들었다.

방안으로 들어간 허임은 탄식이 절로 나왔다. 안쪽도 겉과 다를
바가 없었다. 방바닥에서 찬 기운이 느껴지는데 덕지덕지 기운 얇
은 이불만 하나 깔려 있었다.

불을 땔 땔감이 없어서 집을 부수는 판이다. 오죽하면 조정에서
집을 부수지 말라는 명을 내리겠는가. 아궁이에 불도 제대로 지피
지 못하는 판에 덮을 것도 부족한 상황이니 아픈 몸으로 떠나려는
것도 이해할 수 있었다.

허임은 엉덩이에 박힌 탄환을 빼냈다. 제법 깊게 박힌 것이어서
살을 째야만 했다. 그런데도 한명련은 이마를 한두 번 찡그렸을 뿐
나직한 신음도 흘리지 않았다. 임진년에 이순신이 탄환을 뽑기 위
해서 칼로 살을 헤집을 때 꿈쩍도 하지 않았다더니 한명련도 그 못
지않았다.

능숙하게 탄환을 빼낸 허임은 약을 바른 후 천으로 엉덩이를 싸
맸다. 그러고는 한명련에게 궁금한 점을 넌지시 물어보았다.

"듣자하니 공주에서 싸우셨다 들었습니다."

"그랬네."

"혹시 김 참판께서 어떻게 되셨는지 아십니까? 강을 건너셨다고
들었습니다만."

"김 참판? 으음, 그분은 가족과 함께 수레를 타고 서산 쪽으로 가
셨다 들었네."

서산이라면 왜적의 침입을 받지 않은 곳이다. 지금은 어떨지 모
르지만. 내심 안도한 허임은 작금 상황을 한명련에게 물어보았다.

"지금 왜적이 철수하고 있다는 소문이 들리던데, 한 공께서는 어떻게 생각하십니까?"

"그게 좀 이상하네. 놈들에게 어떤 변고가 있지 않고서야 갑자기 물러갈 리가 있나? 남해의 통제사께서 왜놈들을 크게 무찔렀다고는 하지만, 그것 때문이라고 하기에는 시기가 맞지 않아."

"승승장구하던 놈들이 철수해야 할 정도라면 보통 일이 아니겠군요."

"아무래도 그러겠지."

"그럼 당분간은 그놈들도 올라오지 못하겠군요."

"그렇다고 봐야 할 거네. 우리 쪽도 놈들이 다시 올라오도록 놔두지는 않을 테니까."

조정에서 오가는 중신들의 쓸 데 없는 말 백 마디보다 한명련의 한마디가 더 마음에 와 닿았다.

"그럼 쉬십시오. 내일 다시 오겠습니다."

허임은 궁중으로 돌아가면서 무관에게 부탁했다.

"본 사실을 그대로만 말씀드려 주시오. 한 공 같은 장수가 추위에 떨며 지내서야 되겠소? 게다가 나오면서 부엌을 살짝 들여다보니 보리밥으로 죽을 쑤고 있더군요. 많은 사람이 굶는다는 건 알지만, 그렇게 먹고 장수가 어찌 힘을 내서 적과 싸울 수 있겠소?"

무관이 침중한 표정으로 고개를 끄덕였다.

"알겠소. 솔직히 나도 가슴이 아프오."

다음 날, 한명련에게 쌀 5석이 주어졌다. 한명련이 굶다시피 한다는 말을 들은 선조가 급료를 지급하라는 명령을 내린 것이다.

그 이야기를 들은 허임은 그나마 다행으로 생각했다.

임금이 비록 겁이 많고 대신들에게 좌우되어서 간혹 잘못된 판단을 내리긴 하지만 잔정은 많았다. 어차피 벌어진 전쟁, 뒤처리라도 잘하면 얼마나 좋을까?

* * *

한명련을 치료하고 사흘이 지났을 때, 성천에 가 있던 광해군이 한양으로 돌아왔다. 그리고 며칠 후, 나주와 광주가 왜적의 손에 들어갔다는 소문이 들렸다.

허임은 동분서주하며 사실을 알아보았다. 몇 사람에게 물어본 결과 나주가 왜적의 손에 들어간 것은 사실이라는 게 확인되었다.

어머니와 송하연이 걱정된 그는 잠이 오지 않았다. 말씀하신 대로 나주를 떠나셨는지, 혹시나 왜적들에게 당하지는 않았는지 걱정이 태산이었다.

고민하던 그는 다시 내려가기로 작정했다. 어머니와 송하연의 위험을 알면서도 앉아서 기다리고 있을 수만은 없지 않은가. 무사하시기만 하다면야 혼이 나더라도 웃을 수 있었다.

10월 보름, 허임은 간단하게 보따리를 쌌다. 지금까지는 운이 좋아 무사할 수 있었다. 그러나 나주까지 가려면 왜적들의 소굴이 된지역을 통과해야 한다. 그뿐만이 아니다. 어머니와 송하연에 대한 소식을 정확히 알려면 적진으로 들어가야 할지도 모른다. 살아서 돌아온다는 보장이 없는 것이다.

그래도 포기할 수는 없었다.

'꼭 살아계셔야 합니다, 어머니, 하연 아가씨.'

그런데 그가 거처를 나서기 직전 누군가가 찾아왔다.

"허 교수, 계신가?"

허임은 깜짝 놀라고 고개를 쳐들었다. 박춘무의 목소리 같았다. 그는 보따리를 놓고 급히 밖으로 나가보았다. 역시나 박춘무였다.

"부사 어른!"

"잘 있었나?"

"안으로 들어오십시오."

방안으로 들어온 박춘무가 한쪽에 놓인 보따리를 보고 이채 띤 눈을 반짝였다.

"어디 가려고 하던 길인가?"

허임의 눈빛이 흔들렸다. 하지만 그는 마음을 굳게 먹고 사실대로 말했다. 이야기를 들은 박춘무가 착잡한 표정을 지었다.

"그랬군. 내 어찌 자네 마음을 모르겠나? 하지만 내려가려는 걸 잠시 보류했으면 싶네."

"그럴 이유라도……?"

"놈들이 썰물처럼 후퇴하고 있네. 아마 자네가 내려갔을 때쯤이면 나주에 있던 놈들도 물러갔을 거야."

"그래도 아들 된 도리로써 어머니께서 어떻게 되셨는지는 알아봐야하지 않겠습니까?"

"당연히 그래야겠지. 하지만 그 일이라면 자네가 직접 가지 않아도 되네. 내가 장선을 시켜서 알아보도록 하지."

허임은 바로 대답하지 않았다. 남에게 시키는 것보다 자신이 직접 알아보고 싶었다.

박춘무가 어찌 그의 마음을 모를까.

"놈들이 물러난다지만 전체가 이동한 것은 아니네. 사방에 왜놈들의 잔여병력이 남아 있어서 무척 위험한 상황이야. 의관인 자네가 뚫고 가기에는 너무 위험해."

"위험하다고 가지 않을 수도 없지 않습니까?"

"잘 생각해 보게. 위험하지만 않다면 나도 자네를 말릴 생각이 없네. 그런데 만에 하나 자네가 무리하다가 잘못되면 어머니의 마음이 어떠하시겠나? 아마 당신 때문에 자식이 헛되게 당했다며 가슴 아파하시다 병을 얻으실 거네. 건강하게 잘 사는 것도 부모님께 큰 효도라는 걸 알았으면 싶군."

"그거야 그렇습니다만……."

"일단은 어머니의 생사를 확인하는 일이 중요할 것 같네. 어머니께 못 다한 효도를 하는 것은 그 후에 해도 늦지 않다고 보네. 더구나 내가 본 자네는 이 나라에 꼭 필요한 사람이야. 이전에도 수많은 사람을 살렸지만, 앞으로도 많은 사람을 살릴 수 있는 자네를 헛되게 잃고 싶지 않다는 것이 솔직한 내 마음일세."

구구절절 옳은 말이었다. 감정대로 떠났다가 자신에게 무슨 일이라도 생긴다면 아무리 어머니께서 강하시다 해도 슬픔을 이기지 못하실 거다. 그거야말로 불효가 아닌가? 송하연도 슬픔에 잠길 것이고.

허임은 숨을 깊게 들이쉬며 초조한 마음을 가라앉혔다. 그리고 어느 정도 마음이 차분해지자 고개를 숙였다.

"제가 나라와 백성에게 보탬이 될지 어떨지는 모르겠습니다만, 그러한 것을 떠나서라도 어머니에 대한 것은 부사 어른의 말씀이 옳습니다. 그럼 어머니와…… 부인의 소식을 부탁드리겠습니다."

송하연을 부인으로 말할 때는 허임의 목소리가 낮아졌다. 사정을 알지 못하는 박춘무야 그러려니 했지만.

"알았네. 장선이라면 즐거운 마음으로 나서줄 거야."

"감사합니다."

"왜놈들이 철수하고 있으니 나도 가봐야 할 것 같네. 내일이라도 당장 갈지 몰라서 그 전에 자네를 만나려고 찾아왔지. 한 가지 물어볼 것이 있거든."

"말씀하시지요."

"자네가 공주 김 참판의 풍을 치료했다고 했지?"

"예. 그런 적이 있었습니다."

"내 숙부께서 풍에 걸리셨다고 하네. 그래서 풍에 일가견이 있는 자네의 조언을 좀 받았으면 싶네."

"별말씀을 다 하십니다. 제가 도움이 될지 모르겠군요."

"내 많은 의원을 봤지만, 침구술을 자네보다 깊게 파고든 사람은 본 적이 없네. 허준 어의가 약에 관한한 제일이라면, 침구술은 자네가 제일이야."

"과찬이십니다."

"자네가 뭘 모르는군. 이 박춘무도 자존심이 무척 강한 사람이야. 남에게 뒤진다는 생각을 한 적이 거의 없지. 그런데 자네에게만은 두 손 두 발 다 들었다네."

박춘무가 짐짓 질렸다는 표정을 지었다. 허임도 어머니로 인해 바짝 조여졌던 긴장을 풀고 쓴웃음을 지었다.

"그만 띄우시고 물어보고자 하시는 거나 말씀해 보십시오. 너무 높은 곳까지 떠올랐다가 떨어질까 두렵습니다."

* * *

명나라군은 철수하는 왜적을 쫓아서 속속 남쪽으로 내려갔다. 조정은 왜적의 철수를 기정사실처럼 생각하고 군공에 대한 논의와 도망친 관원에 대한 처벌에 열을 올렸다. 그 사이 경상도와 전라도 남쪽에 집결한 왜적들은 방어막을 형성하고 본토의 명령을 기다렸다.

박춘무의 명령을 받고 나주에 내려갔던 장선이 허임을 찾아온 것은 10월이 거의 다 지나갔을 때였다.

다행히 허임의 어머니와 송하연은 왜적이 몰려오기 직전에 마을 사람들과 함께 피했다고 한다.

"내가 나주에 도착했을 때는 왜적이 거의 다 빠져나가고 일부만 남아서 행패를 부리고 있었소. 더구나 허 의관의 집은 나주 외곽의 작은 마을이어서 왜적들이 보이지 않았소. 무사히 피난하셨다면 곧 돌아오시지 않을까 하는 생각이오. 놈들이 완전히 물러갔다는 말이 들리면 사람을 보내서 더 자세히 알아볼 테니 그때까지만 참고 기다려 주시오."

"후우, 정말 다행입니다. 수고하셨습니다."

"별 말씀을. 허 의관 덕분에 살아서 왜놈들과 싸울 수 있었소. 그 은혜에 비하면 이 정도 일은 티끌에 불과할 뿐이오."

허임은 장선의 말을 듣고 불안했던 마음이 조금이나마 가셨다. 아직 어머니와 송하연의 생사를 확인하진 못했지만, 적시에 피하신 것을 보면 무사할 가능성이 컸다.

'아버지, 어머니와 하연 아가씨를 보호해 주십시오.'

마음속으로 돌아가신 아버지에게 빈 허임은 아래쪽의 상황을 물어보았다.

"아래쪽의 상황은 어떻습니까?"

"왜놈들이 얼마나 사람들을 많이 죽였는지 각 성마다 살아 있는 사람을 찾기가 힘든 판이오."

침중한 표정으로 말하는 장선의 얼굴에 짙은 그늘이 졌다. 허임도 지난번에 내려갔을 때 직접 보고 들은 터라 가슴이 아팠다.

"참으로 포악한 놈들입니다."

"그런 놈들과 화친을 논했으니 참으로 원통한 일이외다."

어쨌든 왜적이 남쪽으로 후퇴하면서 팽팽하던 긴장감이 느슨해졌다. 그렇게 동짓달이 지나고 섣달이 되었다. 겨울바람이 매섭게 불던 그때, 내의원의 한 축이었던 양예수가 병마를 이기지 못하고 숨을 거두었다.

내의원은 뜻하지 않은 양예수의 죽음으로 분위기가 바닥까지 가라앉았다. 그가 관여한 의서의 편찬도 잠시 중지되었다.

그 무렵, 선조가 명나라 제독인 마귀(麻貴)를 따라서 남쪽으로 내려가겠다는 결정을 내렸다. 대신들이 반대했지만, 선조의 마음은 확고했다. 선위를 하겠다, 양위를 하겠다, 전위를 하겠다는 말을 시간만 나면 하더니 도성을 왕세자에게 맡기고 남쪽의 백성을 위안하기 위해 내려가겠다는 것이다.

내의원도 덩달아서 바빠졌다. 선조가 남하한다면 내의와 의녀가 절반 이상 따라가야 했다. 누가 갈 것인지, 약은 어떻게 챙길 것인지 부산을 떨며 준비했다. 그 바람에 양예수의 죽음이 흐지부지 묻혔다.

하지만 12월 중순이 되자 선조의 남하 계획이 취소되었다. 명나라 쪽에서 선조의 남하를 반대했기 때문이었다.

열심히 준비를 하던 내의원에서도 모든 논의가 중지되었다. 한발 물러서 있던 허임은 그 상황을 지켜보며 씁쓸함을 금할 수 없었다. 어쩌다가 이 나라의 임금이 명나라 장수의 한마디에 좌우되는 신세가 되었단 말인가.

참으로 한심하고 답답했다.

* * *

무술년*이 되면서 허임은 임금의 가족과 중신들을 치료하면서

....
* 戊戌年:1598년

나날을 보냈다.

추운 날에 침을 놓으면 자칫 한기가 스미어서 기를 상할 수 있었다. 그 때문에 임금의 병은 주로 약을 이용해 다스리고, 뜸도 가끔 뜨는 정도였다. 그 덕에 오히려 유진하가 임금의 약을 조제하는 일에 본격적으로 참여했다.

허임은 시간 여유가 많아지자 별다른 일이 없는 날은 혜민서를 찾아가서 환자를 치료했다. 병자는 많은데 혜민서는 아직 인원이 제대로 보충되지 않은 상태였다. 당연히 의원이 부족할 수밖에 없는 터에 허임이 이삼 일 간격으로 찾아가서 도와주니 혜민서 의원들로서는 고마울 뿐이었다.

임금이나 중신들이야 기가 상하는 걸 꺼리지만, 민초들은 목숨이 오가는 판이니 침과 뜸을 마다할 마음의 여유가 없었다.

그런데 허임이 혜민서에 가는 날이면 오동돈이 졸졸 따라다니면서 반짝이는 눈빛으로 허임이 침구술을 펼치는 걸 주시했다. 허임의 침구술은 가끔 상리(常理)를 벗어날 때가 있는데, 다른 의원들은 그런 허임의 치료법을 사특하게 여겼다. 하지만 오동돈은 허임의 치료법이 수많은 환자를 치료하며 정립된 것이라는 걸 알기에 외면하는 자들이 바보처럼 보였다.

'멍청한 놈들. 허 교수님의 치료법이 수천 명을 고치며 만들어진 것이라는 걸 네놈들이 어찌 알겠어?'

허임도 오동돈이 지켜보면 지나가는 말처럼 왜 그렇게 치료하는지 설명해주었다.

2월 중순의 그날도 허임은 혜민서에 가서 환자를 치료했다. 오전

내내 맡은 일이 없어서 의서를 읽다가 점심을 먹고 내의원을 나온 것이다. 그런데 신시 무렵, 내의원의 참봉이 허임을 찾아서 혜민서로 달려왔다.

"허 의관님, 지금 즉시 내의원으로 들어가셔야겠습니다."

"무슨 일인데 그리 급한 표정이오?"

"제조께서 급히 찾으십니다."

현재 내의원 제조는 예조판서이며 의정부 우참찬인 홍진이 맡고 있었다. 그는 임진년 선조가 의주로 북행할 때 호군으로 어가를 호종한 일이 있어서 허임도 그를 잘 알고 있었다.

그런데 무슨 일로 급하게 찾는 걸까?

어쨌든 그가 급히 찾는다면 사소한 일은 아닐 터. 허임은 환자의 치료를 빠르게 끝내고 참봉과 함께 내의원으로 들어갔다.

홍진은 허준과 함께 있었다. 허임이 들어가자 홍진이 고개를 돌리고 카랑카랑한 목소리로 말했다.

"네가 가서 명나라 장수 양호의 병을 좀 봐줘야겠다. 눈비를 많이 맞고 싸움을 격하게 치르면서 몸이 많이 상했다고 하는구나."

양호는 경략조선순무사(經略朝鮮軍務使)로서 총독 형개와 총병 마귀, 부총병 양원과 함께 명나라 군사를 움직이는 장수였다. 작년 12월에 남쪽으로 내려간 이후 울산성에 이어 도산성을 공격했으나 크게 패하고 얼마 전에 한양으로 돌아온 상태였다.

"예, 제조 어른. 그런데 가보긴 하겠습니다만, 그분이 젊은 저를 탐탁해할지 모르겠습니다."

"그 일은 걱정 마라. 그쪽에서 너를 원한 거니까."

"예?"

허임이 의아한 표정을 짓자 허준이 물었다.

"정주에서 명나라 군병들을 치료한 적이 있었지?"

"예, 그런 적이 있었습니다. 이 어의께서 그들을 치료하실 때 함께 갔었지요."

"양 경략이 그들에게 네 솜씨가 뛰어나다는 말을 들은 것 같다. 그러니 가서 최선을 다해 치료하도록 해라."

그렇게 된 일이었나?

"알겠습니다."

"아! 혹시 모르니 진하와 함께 가도록 해라. 의녀도 한 사람 데려가고."

멈칫한 허임이 고개를 들어서 허준을 바라보았다. 허준도 유진하와 자신이 서로를 싫어한다는 걸 모르지 않을 것이다. 그런데도 함께 가라고 하다니.

허준은 그의 마음을 알면서도 담담히 말했다.

"네 솜씨를 믿지 못해서 그러는 게 아니다. 혼자만 보내면 양 경략이 자신을 무시했다고 생각할지 모른다. 그리고 듣자하니 감기가 심하고 다리에도 이상이 있는 것 같다. 침구술만으로는 부족할지 모르니, 함께 가서 보다 나은 치료법을 다방면으로 생각해 보도록 해라."

허임은 허준의 지시를 거부하려다가 생각을 바꿨다. 짜증 나는 일이긴 하지만 자신이 먼저 유진하를 피할 필요는 없었다.

홍진의 방을 나온 허임은 자신의 방으로 가서 간단한 준비를 마치고 나섰다. 그때 유진하가 의녀를 대동하고 다가왔다. 동행할 의녀는 정월이었다.

"태의께서 함께 가보라 하셨소. 잘하면 그 유명한 허임의 침구술을 구경해 볼 수 있겠구려."

비웃음이 묻어나는 말투. 허임은 한마디 쏘아주고 싶은 걸 참고 몸을 돌렸다.

"오늘 치료는 내가 주관하는 일이라는 것만 잊지 마시오."

유진하는 차가운 눈빛으로 허임을 노려보았다.

잠깐 방심하는 사이에 하연을 데려가 버렸다. 그 일을 알고 얼마나 분했는지 밤새 잠을 못 이루고 이만 갈았다. 스승인 허준이 허락했다는 걸 알고는 허준에게도 속으로 온갖 쌍욕을 퍼부었다.

'흥! 내가 이대로 물러설 줄 알고? 그렇게 알았다면 네놈이 나를 잘못 안 거다.'

* * *

명나라 장수들의 거처가 있는 남별궁에 가자 역관이 따라붙었다. 양호는 나이가 사십대로 몸집이 그리 크지 않고, 눈초리가 위로 솟구쳐서 날카로운 인상을 지닌 자였다. 그런데 창백한 얼굴 때문인지 장수라기보다는 모사처럼 느껴졌다.

"장군의 병을 치료하러 온 허임이라 합니다."

허임이 인사를 하자 역관이 바로 통역을 했다. 얼굴이 창백한 양호가 허임을 직시했다.

"여러 사람에게 그대 이야기를 들었다. 병으로 신음하던 본국의 장수와 병사들을 치료해 주었다면서?"

"예, 대인. 이 나라를 도우러 오신 분들이니 당연히 할 일을 한 것뿐이지요."

"사실 조선의 의술이라고 해봐야 모두 본국에서 건너간 것이 아니더냐? 해서 별다를 게 있을까 싶었다만, 그들이 그대의 의술은 물론이고 마음 역시 훌륭하다며 칭찬을 아끼지 않더군. 그래서 그대를 부른 것이다."

그의 말에서 조선의 의술을 깔보는 마음이 그대로 느껴졌다. 그러나 어느 정도는 사실이고, 이 나라의 의원 중 많은 사람이 그리 생각하니 반론을 편다는 것도 우스운 일이었다.

물론 하고 싶은 말이 없는 것은 아니었다.

'아무리 그래도 침술만큼은 조선에서 중국으로 건너갔다. 그 사실만큼은 당신들도 인정하고 있지 않은가.'

또한 돕겠다고 달려온 명나라군이 조선 땅을 유린하며 백성들에게 또 다른 고통을 준 것을 생각하면, 치료를 해야 하나 하는 생각도 들었다.

하지만 명나라군은 타국까지 달려와서 목숨을 걸고 왜적과 싸우는 사람들이 아닌가. 아무리 우리 백성이 이들에게 괴롭힘을 당했다 해도 저 악랄한 왜적에게 당한 것만 하랴.

'그래, 명나라군은 어차피 떠날 사람들이다. 이들이 병을 고치고 왜적을 더 빨리 몰아내면 그것이 곧 백성을 위하는 길이 아니겠는

가?'

마음을 추스른 허임은 양호의 말에 담담히 답했다.

"그분들이 분에 넘치는 칭찬을 하신 것 같습니다."

"우리 명나라 사람은 은혜를 입으면 잊지 않는다. 그대가 베푼 마음도 잊지 않을 것이다."

"송구할 뿐입니다."

옆에서 듣고 있던 유진하는 양호가 허임을 칭찬하자 속이 뒤틀렸다.

"역관, 치료를 해야 하니 어디가 어떻게 아픈지 말씀해 주시라고 전하시오."

역관이 유진하의 말을 양호에게 전했다. 양호는 날카로운 눈빛으로 유진하를 주시하더니 혼잣말처럼 중얼거렸다.

"젊은 친구가 성질이 급하군."

역관이 통역을 하자 유진하가 슬쩍 고개를 숙였다.

"혹여 치료를 늦추면 대인의 병이 조금이라도 더 심해질까 봐 염려되어서 물어본 것입니다. 기분이 상하셨다면 용서해 주십시오."

"용서해 주고 말고 할 것이 뭐 있는가? 다 나를 위해서 한 말인데."

양호는 유진하의 말을 곧이곧대로 받아들이고 자신의 병에 대해서 말했다.

그의 병증은 홍진의 말과 크게 다르지 않았다. 다만 한기가 침습한데다 패배로 인한 마음의 상처가 더해져서 심화(心火)가 쌓인 것이 다를 뿐이었다. 또한 눈비 속에서 질척한 상태로 며칠을 지내다

보니 오른발이 부어서 아프다고 했다.

"날씨가 아직 풀리지 않았으니 침보다는 약을 쓰는 게 나을 것 같소만, 허 의관 생각은 어떻소?"

유진하가 먼저 자신의 생각을 말했다. 단순히 고뿔에 걸린 거라면 그게 낫다는 걸 허임도 모르지 않았다.

"진맥을 해본 다음 결정하도록 하지요."

허임은 발의 치료를 뒤로 미루고 몸의 병증부터 알아보았다. 고뿔에 걸렸다면 그것부터 먼저 치료해서 열기를 없애고 기가 원활하게 통할 수 있게끔 해야 했다. 그래야 다른 곳의 치료도 수월할 것이었다.

진맥을 해보니 아니나 다를까 고뿔이 제법 심했다. 폐의 상태도 좋지 않았고. 허임은 고뿔을 치료하기 위해서 침은 놔두고 뜸과 약만 쓰기로 했다. 뜸 역시 약기운을 도와주는 정도면 될 듯했다.

유진하도 진맥을 해보고 득의의 표정을 지었다. 약은 자신이 관장하기로 한 만큼 결국은 양호의 주된 치료를 자신이 주관할 수 있게 된 것이다. 더구나 허준으로부터 자세한 이야기를 듣고 미리 약을 조제해 온 터였다.

'너는 냄새나는 발이나 갖고 놀아라, 허임. 후후후후.'

기분이 한껏 좋아진 그는 밝은 목소리로 말했다. 모르는 사람이 보면 둘 사이가 무척 좋은 것처럼 느껴질 정도였다.

"내가 가져온 약이면 될 것 같소, 허 의관. 뜸을 뜰 거면 약을 달일 동안 뜨도록 하시오. 아니면 발을 먼저 치료하시든지."

허임도 그의 마음을 모르지 않았다. 입맛이 씁쓸했다. 하지만 유진하가 밉다고 해서 약이 아닌 침으로 치료하겠다고 억지를 부릴 수도 없었다.

"알겠소. 대인께서는 그쪽으로 누워보시지요."

양호가 역관의 통역을 듣고 요 위에 눕자, 허임이 고개를 돌려 정월을 바라보았다.

"뜸을 뜰 재료는 가져왔겠지?"

"예, 의관님."

무릎을 꿇고 앉아 있던 정월이 다소곳이 말하며 보자기를 풀었다. 그런데 뜸을 뜰 마른 쑥을 본 허임의 이마에 가느다란 주름이 팼다.

그는 쑥을 들어서 손가락으로 비벼보았다. 손가락 끝을 통해서 건조가 덜 된 느낌이 전해졌다.

"이런, 습이 찼군. 어째서 이런 걸 가져왔느냐?"

정월이 깜짝 놀란 표정을 지었다.

"어머, 담아진 것을 가져왔을 뿐인데……. 엊그제 비가 왔을 때 뚜껑을 제대로 닫지 않았나 봅니다. 제가 즉시 가서 다시 가져오겠습니다."

"굳이 그럴 필요 없다. 너는 유 의관과 나가서 약을 달이도록 해라."

"알겠습니다."

정월이 곱게 고개를 숙였다. 고개를 숙인 그녀의 입가에 보일 듯 말듯 미소가 스쳤다. 유진하도 비슷한 표정으로 정월을 바라보았다.

"약이 든 탕기를 가지고 밖으로 나와라."

"예, 의관님."

허임은 유진하와 정월이 나가자 종이를 펼치고 마른 쑥을 한주먹 집어서 얇게 깔았다. 불을 지핀 터라 바닥이 따뜻했다. 마르는데 오래 걸리지는 않겠지만, 그렇다고 해도 바로 마르지는 않을 듯했다.

"대인, 쑥이 마를 동안 발을 먼저 치료해야겠습니다."

역관의 통역을 들은 양호는 순순히 응했다.

"그렇게 해라."

허임은 양호의 바지를 걷어 올렸다. 무릎 윗부분이 통통 부었는데 핏줄이 가늘게 퍼져 있고 불그스름했다.

허임은 뜨끈뜨끈한 열기가 느껴지는 양호의 발을 발목에서 무릎까지 세세히 만져보았다. 그런데 발을 만져보는 그의 표정이 서서히 굳어지고 눈빛이 가라앉았다.

손가락으로 누른 자리가 단단하거나 바로 나오지 않으면 아직 곪지 않았다는 뜻이다. 그런데 어느 순간 손가락이 쑥 들어가는 느낌이 들더니 손을 떼자 원상태로 복구되었다. 단순히 부은 것이 아니라 내부 깊숙한 곳에서 곪았다는 뜻이었다.

"언제부터 이런 상태였습니까?"

"처음에는 붓기만 했는데, 한 닷새 전부터 조금씩 통증이 느껴지더구나."

허임이 고개를 들고 양호를 똑바로 응시했다.

"내부가 곪은 것처럼 보입니다, 대인. 지금 즉시 고름을 빼내야 할 것 같습니다."

통역을 들은 양호가 의아한 표정을 지었다.

"곪았다고? 우리 군중(軍中)에도 의술을 익힌 자가 있어서 내 발의 상태를 살펴보았다. 하지만 그는 침으로 찔러보더니 곪지 않았다고 했다. 곪았다면 종기가 드러나 있거나, 침으로 찔렀을 때 고름이 나와야 맞는 것 아니냐?"

"물론 그렇습니다. 그러나 곪은 곳이 깊으면 어지간하게 침을 찔러서는 곪은 것을 알 수가 없습니다. 그래서 이런 경우 곪은 것을 모르고 지나치는 의원이 많습니다."

"으음, 그래?"

"허락하신다면 지금 고름을 빼겠습니다. 단, 고통이 심할 수 있으니 아프시더라도 조금만 참아주십시오."

양호는 십여 번의 크고 작은 전쟁을 치른 백전노장이다. 침으로 고름을 터트리는 것쯤은 눈에 차지도 않았다.

"병을 치료하기 위해서라면 어쩔 수 없지. 알았다."

"그래도 고통을 최대한 줄이기 위해서 노력해 보겠습니다."

"그렇게 해 준다면 나야 고맙지."

양호의 허락이 떨어지자, 허임은 사발을 하나 가져오더니 옆에 놓고 침통을 꺼냈다. 그는 먼저 무릎 주위에 침을 놓아서 고통 신경을 최대한 차단했다. 그러고는 양쪽에 날이 달린 대침을 꺼냈다.

곁눈질로 그 침을 본 양호의 눈꺼풀이 잘게 떨렸다. 그로선 처음 보는 침이었는데, 그 침이 살을 뚫고 들어간다는 생각을 하자 찌르기도 전에 입술이 말랐다. 전쟁터에서 창칼이 날아드는 것보다 목전에서 가만히 침을 들고 다가오는 걸 보는 것이 더 긴장되는 것이다.

"그, 그걸로 찔러서 속에 있는 고름을 터트리겠다는 거냐?"

"예, 대인."

"꽤 아프겠군."

"침을 놓아서 고통을 반쯤 줄였으니 견딜만할 겁니다. 원치 않으신다면 다른 방법을 모색해 보겠습니다만, 치료하는 동안 고통이 점점 커질 겁니다. 문제는 그렇게 하고도 완치될 가능성이 반반이니 선택은 대인께서 하십시오."

견딜 만할 거라는데 뭐라고 하랴. 겁쟁이 취급을 당할 수는 없는 일 아닌가? 양호는 침을 꿀꺽 삼키고 대답했다.

"네 재주껏 해봐라."

역관의 통역이 끝나자마자 기다렸다는 듯 침이 살을 파고들었다. 양호는 소매 속의 손을 자신도 모르게 꽉 움켜쥐었다. 이를 어찌나 세게 악물었는지 턱이 다 떨렸다.

'크으으윽! 이, 이게 반쯤 줄어든 고통이라고?'

"얼마 전에 한명련 공을 치료하는데, 살을 가르고 탄환을 빼냈습니다. 신음 한마디 흘리지 않으시더군요. 아마 그보다는 덜 아플 겁니다."

조용히 흘러나오는 허임의 말을 역관이 눈치를 보며 통역해 주었다. 양호는 그 말을 듣고 따질 수도 없었다.

그때 허임이 대침을 살짝 비틀어서 곪은 곳을 확실하게 쨌다. 양호가 눈을 부릅뜨고 턱을 치켜들었다.

'헉!'

그의 고통을 아는지 모르는지, 허임의 입에서는 계속 담담한 목소리가 흘러나왔다.

"다행이군요. 고름의 색깔을 보니 아주 심각한 상태는 아닌 것 같습니다. 만에 하나 다리를 잘라야 할 경우가 있을지 몰라서 내심 우려했습니다만……."

통역하는 역관의 표정이 괴이하게 변하고, 양호의 얼굴도 주름 잡힌 애벌레처럼 일그러졌다.

그 동안에도 허임은 사발에 고름을 받아내며 긴장을 늦추지 않았다. 그때 유진하가 들어왔다. 회심의 미소를 감춘 채 방으로 들어온 그는 허임이 다리에서 고름을 빼내는 걸 보고 의아한 표정을 지었다.

"어떻게 된 일이오?"

허임은 그를 보지도 않고 상황을 말해주었다.

"속에서 곪았소. 아무래도 약재를 추가해야 할 것 같소."

"지금 말이오?"

"그럼 지금 해야지 언제한단 말이오? 의녀는 약을 달이는 중이니 수고스럽더라도 유 의관이 뛰어갔다 오시오."

'빌어먹을!'

고름이 나오는 걸 눈으로 보고 있으니 거부할 수도 없다. 유진하는 속으로 욕을 하며 몸을 돌렸다. 허임은 듣지 않아도 그가 어떤 마음인지 잘 알고 있었다.

사실 그의 보따리에는 항상 염증에 쓰는 약이 들어 있었다. 외상에 쓰는 것 외에 복용하는 약까지.

하지만 말하지 않았다. 어차피 전의감까지 달려갔다 와도 시간이 충분하니까. 나중에 누가 알고 속이 좁다고 욕해도 상관없었다.

'너 같은 놈에게 인심을 베풀고 싶은 마음은 조금도 없다. 열심히 뛰어갔다 와라, 유진하.'

허임은 고름이 다 빠져나오자 종이를 말아서 짼 자리에 심지처럼 꽂았다. 고름이 빠진 곳에 악즙(惡)이 차면 빼내기 위함이었다. 그러고는 재차 곪지 않도록 등 뒤 양쪽 기죽마혈에 뜸을 7장씩 떴다. 그가 뜸을 다 떴을 때쯤 유진하와 정월이 약사발을 들고 들어왔다.

* * *

"술을 마시거나, 여인을 품어서는 안 됩니다. 될 수 있으면 화를 내지 마시고 마음을 편하게 가지십시오. 그리고 고름이 빠진 곳에 물이 차면 제가 꽂아놓은 종이심지를 뽑고서 악즙을 빼내야 하니 귀찮더라도 뽑지 마시고……."

허임은 양호에게 몇 가지 주의를 준 다음 내의원으로 돌아왔다. 그 후 매일 두어 번씩 양호를 찾아가서 다리의 상태를 점검하고 종이심지를 갈아주며 악즙을 뽑아냈다.

그렇게 이레 정도 지나자 살이 차오르는 게 느껴졌다. 허임은 안도하며 종이심지를 꼽았다 뽑았다 하는 횟수를 줄였다.

다시 사흘이 흘렀다. 종이심지가 꽂힌 곳에서 누런 진물이 나오기 시작했다. 허임은 그걸 보고 치료가 성공했음을 확신했다.

"그 동안 잘 참으셨습니다. 그래도 완전히 다 낫기 전까지는 제가 말한 사항을 지켜주십시오. 그러지 않으면 다시 곪을 수가 있습니다."

양호도 낫고 있는 게 확연히 느껴져서 허임의 말을 어길 생각이 없었다. 두 번 다시 같은 치료를 받고 싶지 않았으니까.

"수고가 많았다. 조선 땅에 너처럼 젊고 뛰어난 의원이 있는 줄 미처 몰랐구나. 본국의 병사들이 왜 네 재주를 높이 평가했는지 알겠다."

유진하는 닷새만 허임과 함께 했다. 그 후로는 치료에 참여하지 않았다. 가봐야 할 일이 없는 것은 물론이고, 때로는 허임의 심부름만 해야 하니 제풀에 지쳐버린 것이다.

한편으로는 그일 때문에 더욱 더 허임에게 이를 갈았다.

'건방진 놈! 제까짓 것이 뭔데 감히 나를 부려 먹어?'

나중에서야 허임의 행동이 다분히 고의적이라는 것을 눈치챘지만, 그때는 이미 양호의 고뿔이 나아서 허임의 보조역할밖에는 할 일이 없는 상태였다.

그렇게 보름쯤 지났을 때, 양호의 병이 거의 다 나았다는 소식이 들렸다. 여기저기서 허임의 이름을 메아리처럼 속삭이는 소리가 들렸다.

"허임이 제때 치료하지 못했으면 다리를 자를 뻔했다더군."

"종기 치료에는 허임을 따를 자가 없다니까? 젊은 교수가 정말 대단한 실력이야."

다른 어느 때보다 강한 위협감을 느낀 유진하는 입술을 깨물었다. 이러다 자신의 존재가 허임의 그림자에 파묻히는 것이 아닐까? 더구나 최근 들어서 정월이 계속 치근대며 빨리 첩으로라도 받아주길 재촉하니 짜증만 더해졌다.

'더 이상 이대로 놔두면 안 돼. 철저히 밟아서 다시는 일어나지 못하게 해야 해!'

* * *

홍진은 명나라 군영으로부터 치하하는 말이 전해지자 한껏 기분이 좋아졌다.

"수고가 많았다. 네 덕분에 겨우 위신을 세웠구나."

"소관은 할 일을 했을 뿐입니다."

"이제 날이 따뜻해지고 있으니 주상의 병을 치료할 때 침을 쓰게 될 일이 많을 것이다. 도성을 벗어나지 말고 항시 대기하고 있어라."

드디어 자신을 인정해 주는 것인가?

허임은 내심 가슴이 벅찼지만 담담한 표정으로 고개를 숙였다.

"최선을 다하겠습니다."

3월이 되자 도제조 이원익과 제조 홍진이 선조에게 침 치료를 권했다. 선조는 다리가 부어 통증이 심했고, 몸은 한기로 인해서 항상 병에 시달렸다.

"전하. 요즈음 날씨가 추워 한기가 허한 곳으로 들어갈까 염려되어 침놓기를 망설였사옵니다만, 내일은 길일이니 날씨 여부를 봐서 침을 놓는 게 어떻겠사옵니까?"

겨울 내내 약만 복용했던 선조는 그러한 결정을 반기고 순순히 이원익의 뜻을 받아들였다.

"약만 복용했더니 입은 물론 속도 좋지 않군. 고의 생각에도 약보다는 침을 맞는 게 나을 것 같다."

"하오면 내일 날씨를 봐서 결정하도록 하겠사옵니다."

그날 오후, 홍진이 내의원의 의관들에게 명을 내렸다.

"언제 주상전하의 옥체를 살펴야 할지 모르니 의관들은 도성을 나서지 말고, 어쩔 수 없이 나가야 할 경우 반드시 행적을 알려놓도록 하라. 특히 구임*과 침의들은 내의원에서 멀리 가지 말아야 할 것이다."

허임은 도제조와 제조 등이 임금을 만나 침구치료를 허락받았다는 말을 듣고 내의원을 벗어나지 않았다. 그런데 날씨가 좋아지지 않자 차일피일 침구치료가 미루어졌다. 결국 내의원에서는 다시 약을 올리기로 했지만, 선조는 날이 좋아지면 침을 맞겠다며 약을 기피했다.

그렇게 치료가 미루어진 지 사흘이 지났을 때였다. 허임에게 사

* 久任:장기근무직

헌부 대사헌이 된 정창연을 치료하라는 명이 떨어졌다.

허임은 의녀 경문과 함께 정창연의 거처로 갔다. 경문이 나서게 된 것은 정월의 입김이 크게 작용했다. 감기와 같은 병증에는 경문의 솜씨가 좋다면서 그녀가 넌지시 추천한 것이다.

정창연은 기침이 심하고 목이 부어서 침도 제대로 삼키지 못할 정도였다.

진맥을 해본 허임은 먼저 기침을 멎게 하려고 폐수혈에 뜸을 떴다.

그러고는 기침이 가라앉자, 인후의 염증을 치료하기 위해서 천돌과 척택, 신문, 족삼리, 태계혈에 침을 놓고, 소상혈과 엄지손가락 손톱 뒷뿌리에 3대의 침을 놓았다. 복잡하거나 어려운 치료는 아니어서 허임은 편한 마음으로 침을 놓고 뜸을 떴다.

침구치료를 하는 동안 허임은 경문을 시켜서 약을 달이게 했다. 별일이 없을 경우 닷새면 나을 듯했다.

경문이 약을 달여서 가져오자, 허임은 별 의심을 하지 않고 약을 복용시켰다. 정창연이 소태 씹은 표정으로 약사발을 비웠다. 이제 경과만 지켜보면 될 일. 허임은 정창연의 집에서 나왔다.

치료를 시작한 지 나흘째.

"이상하군."

정창연의 상태를 살펴보던 허임은 눈살을 찌푸렸다. 목안의 염증이 심하긴 했지만 악성은 아니었다. 다른 곳에 병증이 있는 것도 아니었고. 자신의 예상대로라면 지금쯤 거의 다 나아져 있어야 했다.

그런데 염증이 예상보다 더디게 가라앉고 있었다. 그것 때문에 정창연은 내심 불만이었고, 지금 내의원에서는 의원을 바꿔보는 게 어떻겠다는 의견마저 나오는 판이었다.

어떻게 된 걸까?

그는 뭐가 잘못된 것인지 하나하나 생각을 더듬어보았다. 자신이 침을 놓고 뜸을 뜬 혈자리에는 이상이 없었다. 약방문에도 이상이 없었다.

체질적인 문제인가?

그렇다면 문제가 복잡해진다.

그때 경문이 약사발을 들고 들어왔다. 전에는 허임이 나간 뒤에 들어왔지만 오늘은 그가 오랜 시간 머무르다 보니 어쩔 수 없었다.

경문이 조심스럽게 약사발을 건넸다. 정창연은 목이 아파서 약을 천천히 마셨다. 한참 만에 약을 다 마신 정창연이 입술을 닦았다. 경문이 약사발을 챙겨 들고 일어섰다. 그녀가 돌아서서 나갈 때 정창연이 말했다.

"약이 아주 쓰지 않은 것은 좋은데, 목이 아파서 마시기가 힘드네. 빨리 좀 나았으면 좋겠군."

허임의 치료가 못미덥다는 투였다. 슬쩍 쳐다보는 정창연의 눈빛에 불만이 떠올랐다.

허임은 미안한 마음에 고개를 숙이고 사과를 하려다가 멈칫했다. 그가 고개를 돌려서 막 방을 나서려는 경문을 불러 세웠다.

"경문아."

"예? 예, 의관님."

"그 약사발을 가져와 봐라."

경문이 미적거리더니 약사발을 들고 왔다. 약사발은 정창연이 깨끗이 비워서 찌꺼기만 조금 남아 있었다.

허임은 손가락으로 찌꺼기를 묻혀서 맛을 보았다. 정창연의 말대로 쓴맛이 강하지 않았다. 그래서 이상했다.

"내가 준 약방문의 약을 모두 넣었느냐?"

"예, 의관님."

모두 넣었다면 상당히 써야 옳다.

허임은 자리에서 일어나 밖으로 나갔다. 경문이 다급한 표정으로 쪼르르 따라 나갔다. 허임은 마당의 약탕기가 있는 곳으로 갔다. 약탕기 위에는 약을 짠 무명천이 막대에 꿰인 채 걸쳐져 있었다. 그는 무명천을 풀고 내용물을 살펴보았다.

엉켜 있는 약재를 손가락으로 집어내며 일일이 살핀 그가 고개를 들어 경문을 바라보았다.

"분명히 제 분량을 모두 넣었느냐?"

"의관님께서 적어주신 대로 가져왔습니다."

"그래? 알았다. 그럼 오후에 다시 보도록 하자."

그날 오후, 허임은 약탕기에 넣기 전 약재를 모두 점검했다. 그리고 자신이 직접 약을 달였다. 약이란 약재의 분량도 중요하지만 온도와 시간도 중요했다. 시간을 줄이기 위해서 너무 빨리 달여도 약효에 차이가 났다.

허임은 약이 다 달여지자 무명을 걸치고 사발에 따랐다. 약이 먹기 좋게 식었을 때 손가락으로 약을 찍어서 맛을 봤다. 오전에 비해서 배 이상 썼다.

허임의 눈이 경문을 향했다.

"솔직히 말해봐라. 정말 오늘 아침까지 약재를 제대로 넣었느냐?"

경문의 표정이 창백해졌다. 고개를 푹 숙인 그녀의 어깨가 잘게 떨렸다.

"야, 약방문을 다시 점검해 봤는데, 제가 그만 숫자를 착각해서 두 냥 넣어야 할 약재를 한 냥밖에 넣지 않았습니다. 용서해 주십시오, 의관님."

"그에 대해서는 나중에 따로 이야기할 것이니 일단 약을 올리도록 해라."

경문은 떨리는 손으로 약사발이 놓인 쟁반을 들고 안으로 들어갔다. 그녀의 뒤를 따라가는 허임의 눈빛이 차갑게 반짝였다.

의녀들은 철저히 교육을 받는다. 내의원에 들어오는 의녀는 더욱 더 그러해서 의관과 다름없는 실력을 지닌 의녀들이 다수였다. 중전과 비빈 등 궁중의 여인과 대신들의 가족 중 여인을 치료하는 일을 그녀들이 맡아야 하니까.

그런데 실수라고? 나흘 동안이나? 이해가 안 되는 일이었다.

'실수가 아니라면 그만한 이유가 있겠지.'

그때 문득 이상한 생각이 들었다. 그러고 보니 의녀들이 자신과 함께 있을 때 유난히 실수가 잦았다. 그것도 평범한 일로 실수를 하곤 했다. 착각을 했다든가, 잊었다든가, 하다못해 건조된 약에 습이 많다든가.

허임의 눈빛이 차분하게 가라앉았다. 그 당시 치료가 한 번이라도 잘못되었다면 모든 책임을 자신이 뒤집어썼을 것이다.

'그럼 좋아하는 사람이 있었겠지.'

지나친 생각일 수도 있었다. 하지만 자신이 아는 누구라면 그 정도 일쯤은 가볍게 생각하고도 남았다.

"크으으, 쓰군."

정창연이 인상을 찡그렸다. 이전까지 마셨던 약보다 훨씬 썼다. 괜히 불평을 했다는 생각이 들 정도였다.

"쓰더라도 참고 드십시오. 이삼 일만 드시면 나아지실 겁니다. 그럼 내일 다시 뵙겠습니다."

허임은 담담히 말하고는, 밖으로 나가는 경문의 뒤를 따라서 방을 나섰다. 그는 경문의 실수를 심하게 추궁하지 않았다. 정말 배후가 있다면 모른 척 놔두는 게 나았다.

'어디 진짜 실수인지 아닌지 두고 보마.'

* * *

"이런! 어찌 일을 그리 서툴게 처리하느냐? 표가 나지 않게 했어야지!"

유진하는 허임에게 꼬투리를 잡혔다는 말을 듣고 정월을 질책했다. 경문의 잘못은 곧 정월의 잘못이었다.

"죄송합니다, 나리. 경문이 그년이 너무 욕심만 앞섰던 것 같습니다."

"앞으로는 놈의 경계가 심해질 것이다. 바보같이 너무 어설프게 처리했어."

유진하가 짜증이 가득 묻어오는 목소리로 질책하자, 정월은 고개를 숙이고 입술을 잘근 깨물었다.

"제가 직접 나서볼게요."

"더 이상은 너만 믿고 기다릴 수 없다. 네가 못하면 내가 처리하겠다."

"한 번만 더 믿고 맡겨주시어요."

정월은 결연한 표정으로 말했다. 더 이상 기다릴 수 없는 사람은 유진하만이 아니었다. 그녀도 기다리는 데 지친 상태였다. 그녀는 더 이상 열여덟 살 풋풋한 나이가 아닌 것이다. 더 늦기 전에 유씨 집안의 사람이 되어야 했다. 허임을 제물로 삼아서라도.

그러나 유진하는 스멀거리는 불안감을 떨칠 수 없었다. 정월만 믿고 기다리다가는 죽도 밥도 안 될 듯했다.

'계집을 믿는 것이 아닌데…….'

이대로 전쟁이 끝나고 나라가 안정되면 허임을 제거하기가 더욱더 어려워질 터, 그 전에 끝장을 내야 한다.

"놈은 내가 처리할 테니 너는 뒤처리를 맡아라."

정월도 더 고집을 피우지 못했다.

"예, 나리. 제가 어떻게 하면 되겠사옵니까?"

"간단해. 그놈이 죽어서도 대단한 사람처럼 취급받는 꼴을 볼 수는 없다. 너는 그놈이 죽으면, 그놈이 밤에 너를 겁탈하려다가 반항하니까 도망갔다고 해라. 그때 그 광경을 본 사람이 분노해서 놈을……."

유진하는 정월에게 해야 할 일을 알려주었다. 이야기를 하는 그의 눈빛이 뱀처럼 차갑고 사악하게 번뜩였다. 오죽하면 정월조차 등골이 서늘했다.

"혹시라도 일이 잘못될 경우 너는 나와 모르는 사이처럼 행동해야 한다. 알았느냐?"

"알겠습니다, 나리. 대신 일을 성공하면 저를 받아주시어요. 천녀가 나리의 답을 기다린 지 벌써 육 년이 넘었습니다."

유진하는 눈살을 찌푸렸다. 그러나 허임의 제거가 먼저였기에 고개를 끄덕였다.

"알았다. 이번 일만 잘 처리되면 너를 우리 유씨 집안의 식구로 받아들이마."

"감사합니다, 나리."

* * *

선조의 병이 오약순기산(烏藥順氣散)을 먹어도 차도를 보이지 않자, 도제조 이원익과 제조 홍진, 부제조 서성이 선조를 찾아가 약의 처방을 아뢰었다.

약은 오약순기산 대신 연년익수불로단(延年益壽不老丹)에 두충과 강즙*, 볶은 모과와 오미자를 첨가하여 올리기로 하고, 바람 불고

---

* 薑汁:생강즙

추우며 비오는 날에는 오가피주에 숙수*를 조금 타서 드시는 것이
좋을 것 같다고 말했다.

그러고는 마지막에야 침을 놓는 일에 대해서 말을 꺼냈다.

"침을 놓는 일은 성상의 증상을 살핀 연후에 의논하여 아뢰는 것
이 어떻겠사옵니까?"

선조는 약을 또 먹어야 하는 것이 마뜩치 않았다.

"날씨가 따뜻해지면 침을 맞는 게 좋겠으니 약은 짓지 마라. 오
가피주는 괜찮을 것 같구나."

선조가 약을 외면하고 침을 맞겠다고 하자 내의원 어의들의 의
견이 분분했다. 겉으로 드러내지는 못하지만 대부분 못마땅한 표
정이 역력했다.

"허어, 침을 너무 자주 맞으시면 기가 허해지실지 모르거
늘……."

"주상께오서 일시적인 치료에만 급급하시니 참으로 걱정이구
려."

"주상께서 싫어하시더라도 지속적으로 약을 권해야 한다는 점을
도제조와 제조께 말씀드려주시구려, 태의."

허준은 어의들의 말을 듣고도 별말을 하지 않았다. 그 역시 침보
다는 약이 더 낫다고 생각했다. 하지만 의술을 펼침에 있어서 지나
치게 한 방면만 고집한다는 것도 좋지 않게 생각했다.

─────────────────────
* 熟水:향이 나는 꽃이나 열매를 끓여서 우려낸 물

치료하는 데 필요하다면 침인들 대수겠는가?

반면 침의들은 입을 닫고 있었지만 내심 쾌재를 불렀다. 임금이 자주 불러주면 침의에 대한 위상이 올라가는 것은 당연지사. 그 동안 괄시받은 걸 생각하면 통쾌하기까지 했다.

"어쨌든 주상께서 침 맞기를 원하시니 날씨를 봐서 침놓는 날을 잡아보도록 하겠습니다, 태의 어른."

김영국이 넌지시 말하자 두어 명이 그를 흘겨보았다. 그러나 허준은 별다른 표정변화 없이 김영국의 의견을 받아들였다.

"알겠네. 그 전에 주상의 증상을 살펴야 하니 침의들이 너무 멀리 가지 않도록 단속해 두게나."

"예. 마침 허임이 치료하던 정 대감의 병이 많이 나아졌다고 합니다. 이제 약만 써도 될 정도가 된 것 같으니 정 대감은 다른 사람에게 맡기고 대기하도록 지시하겠습니다."

그 말을 들은 유후익의 눈매가 꿈틀거렸다.

"굳이 그럴 필요가 있겠나? 어차피 치료를 시작했으니 마저 치료하는 게 좋을 것 같네만."

"저도 그러고 싶습니다만, 허임처럼 뛰어난 침술을 지닌 사람을 주상전하의 치료에서 제외시킬 수는 없지 않겠습니까?"

"자네와 박인령이 있고, 박춘무도 곧 올라올 것 아닌가?"

"어디 사람이 없어서 그런 것이겠습니까? 올 사람이 오지 못할 수도 있고, 저나 인령에게 부득불 입시할 수 없는 일이 있을 수도 있으니 만전을 기하자는 거지요."

김영국의 담담한 답변은 물 흐르듯 해서 유후익도 더 이상 트집을 잡지 못했다.

그때 허준이 그쯤에서 결론을 내렸다.

"그게 좋을 것 같네. 허임을 대신할 사람을 택해서 정 대감께 보내게."

유후익은 허준이 또 김영국의 편을 들자 입을 꾹 닫고 고개를 돌렸다.

'진하는 더 배워야 한다며 참여시키지 않으면서 왜 그놈에 대해서는 관대한지 모르겠군.'

혹시 자신을 견제하는 것 아닐까? 오죽하면 그런 엉뚱한 생각마저 들었다.

그러나 유후익은 자신이 아들을 제대로 보지 못하고 있다는 걸 알지 못했다. 자질이 있는 것은 분명하지만 욕심과 편협함으로 인해서 발전이 정체되어 있다는 걸.

더구나 전부터 유진하는 차가운 약재를 선호하는 허준의 의술보다 양기가 강한 약재를 집중투여하는 양예수의 의술에 마음이 가 있었다. 아무래도 효과가 빨리 나타나니 그만큼 자신을 드러내기도 좋을 거라 생각한 것 같았다.

사실 두 사람의 의술을 잘만 조화시킨다면 금상첨화라 할 수 있었다. 그러나 욕심만 앞서서 음과 양이 조화를 이루기는커녕 이도저도 아닌 맹탕이 되어버렸으니 허준이 어찌 그 변화를 모르겠는가.

그뿐이 아니었다. 최근 들어서 들은 이야기는 허준의 판단을 극심하게 흔들었다.

유진하가 의녀들을 이용해서 사욕을 채우는 것은 물론이고, 심지어 밤에 몰래 통정까지 한다는 것이다. 아직 젊은 나이이니 부인을 멀리 두고 살다 보면 여자가 생각날 수도 있다. 그 정도야 이해 못 할 것도 없다. 문제는 욕망을 해소하는 상대가 의녀라는 것이다.

'차라리 기방을 갈 것이지…….'

제대로 약을 쓴 지 사흘이 지나자 정창연의 병이 거의 다 나았다. 역시나 경문이 달인 약에 문제가 있었던 것이다.

그때 마침 정창연 대감에 대한 치료를 내의 신득일에게 넘기고 임금의 침 치료에 대비하라는 명령이 떨어졌다. 허임은 경문을 비롯한 의녀들에 대해서 의문이 많았지만 그 일을 더 이상 깊게 생각하지 않았다. 그저 유후익과 유진하처럼 자신을 싫어하는 사람들이 의녀를 이용해서 자신을 골리려고 그랬나 보다, 라고 생각하며 실소를 지을 뿐.

그렇게 이제나저제나 임금의 침 치료를 기다리며 3월 중순이 되었을 때였다. 왜적의 수장인 풍신수길이 병으로 죽었다는 소문이 돌았다.

조정에서는 급히 사실 유무를 알아보았다. 그러나 어디에서도 사실이라는 증거는 나오지 않고 인심만 동요되었다. 군사로 징병된 자들이 전쟁이 끝날 거라 생각하고 군영에서 이탈하고 있는 것이다.

허임 역시 그 소문을 듣고 엉덩이가 들썩거렸다. 설령 헛소문이라 해도, 그러한 소문이 도는 것 자체가 왜적의 내부에 뭔가 문제가 있다는 뜻이 아닌가? 그는 전쟁이 끝나면 만사제치고 나주로 내려갈 생각이었다. 인편을 통해서 편지를 보내긴 했지만 그것만으로는 마음이 편치 않았다.

임금에 대한 치료는 차일피일 미뤄지고 전장의 상황은 답보상태였다. 송하연마저 곁에 없으니 마음이 더욱 싱숭생숭했다.

허임은 그날따라 늦게까지 의서를 읽으며 마음을 다스리고 밤이 되어서야 내의원을 나왔다.

3월 중순인데도 밤바람이 제법 서늘했다. 그는 스산한 거리를 터벅터벅 걸으면서 밤하늘의 달을 바라보았다. 둥근 보름달 에 어머니와 송하연의 얼굴이 투영되었다.

'어머니, 하연 아가씨. 조금만 기다려주세요. 풍신수길이 죽었다는 소문이 도는 걸 보니 전쟁이 오래가지는 않을 것 같습니다.'

정말 그리되면 얼마나 좋을까? 전쟁만 끝나면 집으로 내려가서 송하연과 정식으로 혼인도 치를 수 있을 텐데.

그런 생각을 하자 가슴이 뜨거워지고 스산한 거리에 훈풍이 부는 듯했다.

피식, 실없이 가볍게 웃음을 터트린 허임은 고개를 흔들고 자신의 집을 향해 걸음을 내디뎠다. 그때만 해도 그는 정월이 멀찌감치 뒤에서 뒤따라오고 있다는 것을 까마득히 몰랐다. 그녀가 품은 목적도.

그런데 집을 얼마 남겨놓지 않았을 때였다.

섬뜩한 느낌에 머리끝이 쭈뼛 섰다.

'응?'

뒤에서 들리는 나직한 발자국 소리.

등골이 오싹해진 그는 홱 고개를 돌렸다. 어둠 속에서 자신을 향해 달려오는 자가 보였다.

눈 밑을 복면으로 가린 자. 한순간에 그자와의 거리가 일고여덟 자까지 가까워졌다. 달빛을 받은 뭔가가 그자의 손에서 번뜩인다.

'칼!'

허임은 반사적으로 물러서며 오른손을 뻗었다. 동시에 복면인이 한 자 길이의 칼을 뻗으며 그를 덮쳤다.

허임은 칼을 든 복면인의 손을 잡으며 발을 내질렀다.

순간, 팔에 싸한 통증이 밀려들었다. 복면인이 허임의 손을 피하면서 칼로 팔을 그은 것이다.

'흡!'

허임은 고통을 참고 복면인의 손목을 움켜쥐었다. 동시에 복면인의 허벅지를 후려친 발이 옆으로 흐르면서 몸의 균형이 흐트러졌다.

복면인은 그 기회를 놓치지 않고 달려들면서 주먹을 휘둘렀다. 허임이 급히 머리를 숙이면서 왼손으로 날아드는 복면인의 주먹을 막았다.

균형이 흐트러진 허임이 복면인의 몸무게를 이기지 못하고 뒤로 넘어졌다. 두 사람의 몸이 뒤엉켰다. 그 상태에서도 허임은 칼을 잡은 상대의 손을 놓지 않았다. 당황한 듯 복면인이 몸부림치며 손을 빼내려 했다.

허임은 칼을 잡은 상대의 손목을 잡아당기며 입으로 물어버렸다.

"으윽!"

고통에 찬 신음소리와 함께 복면인의 손에서 칼이 떨어졌다.

"이 개자식이!"

화가 난 복면인은 손과 발로 허임을 사정없이 때렸다. 숨이 턱 막힌 허임은 애벌레처럼 몸을 웅크렸다. 그 사이 복면인이 땅에 떨어진 칼을 다시 주워들었다.

허임은 도주하려 했지만 몸이 제대로 움직이지 않았다.

그때였다.

"이노오옴!"

누군가가 외치면서 빠르게 달려오더니 그대로 몸을 날리며 복면인을 후려 찼다.

복면인은 강력한 충격을 받고 한쪽으로 나뒹굴었다.

"임아야! 한쪽으로 피해 있어라이!"

짙은 사투리와 함께 한 사람이 복면인을 향해 달려들었다. 동막개였다.

그는 먼저 복면인의 손을 발차기로 후려차서 칼을 날려버렸다. 그러고는 비틀거리며 일어난 복면인을 향해 번개처럼 손을 뻗었다.

동막개는 왕과 왕세자를 호위하는 내금위에서도 알아주는 고수였다. 어설픈 복면인의 실력으로는 그의 상대가 되지 않았다. 두어 번의 손짓에 복면인이 바닥에 널브러졌다.

"이 도동놈이 으디서 감히 내 친구를 해치려고 혀!"

허임은 나타난 자가 동막개임을 알고 안도의 표정을 지었다. 그의 투박한 사투리가 눈물 날 정도로 반가웠다.

"막개야. 그 놈, 평범한 강도가 아닌 것 같다."

"뭐? 그럼 고의로 너를 노렸단 말이여?"

"아무래도 그런 것 같아. 처음부터 뭘 뺏으려는 게 아니라 죽이려고 했거든."

"그려? 그러니까 강도가 아니라 너를 죽이려고 온 놈이란 말이지?"

동막개는 눈빛을 별빛보다 더 싸늘하게 번뜩이더니 쓰러져 있는 복면인의 옆구리를 발끝으로 내질렀다.

"끄억!"

복면인이 비명을 내질렀다. 그러나 동막개는 눈 하나 깜짝하지 않고 복면인의 두 팔을 뒤로 꺾었다.

"쥑일 놈의 새끼. 으디서 사람을 죽이려고 혀?"

그는 복면인의 복면을 벗겼다. 텁수룩한 수염을 기른 사십대 중년인이었다. 동막개는 벗긴 복면으로 그자의 두 손을 묶었다.

그때 습격자의 얼굴을 본 허임의 눈빛이 서릿발처럼 차가워졌다.

"당신이었군."

* * *

동막개가 허임을 구한 것은 천행이었다. 오랜만에 친구를 만나보려고 임무교대를 하자마자 나왔는데 허임이 사는 집 근처에서 싸우는 자들이 보였다.

처음에는 어떤 놈들이 달밤에 싸우나 했다. 별 일만 없다면 끼어들고 싶지 않았다. 인심이 흉흉한 세상. 한양 도성에서 싸움이 일어나는 일은 길거리 돌멩이만큼이나 흔했다. 때로는 쌀 한 주먹 때문에 칼을 휘두르는 일도 빈번했다. 멋모르고 싸움에 끼어들었다가 귀찮은 일이라도 생기면 자신만 손해였다.

'미친놈들. 싸울 힘이 남았으믄 왜적들허고 싸워야 헐 것 아니여?'

속으로 그들을 욕하는 사이 거리가 가까워졌다. 싸우는 자들의 윤곽이 확연히 드러났다. 그런데 한 사람이 복면을 하고 있는 것이 아닌가?

수상하게 생각한 그는 그들을 향해 다가갔다. 허임의 얼굴을 알아본 것은 그때였다.

'뭐, 뭐여? 저 개자슥이!'

깜짝 놀란 동막개는 전력을 다해 달려갔다. 그리고 복면인을 때려눕힌 다음 한쪽으로 끌고 갔다.

복면인은 험상궂은 얼굴에 눈초리가 치켜 올라가서 독심을 지닌 눈매였다. 아주 오래 전에 허임이 봤던 자, 유씨 의가의 하인인 벌개였다.

"긍게, 내 친구를 죽이라고 사주한 사람이 내의원의 유가 놈이란 말이지?"

"이자가 아직까지 유씨 의가의 사람이라면."

"개자슥. 아새끼가 완전히 미쳐부렀구만."

욕설을 내뱉은 동막개는 발끝으로 벌개의 허벅지 급소를 찍었다. 벌개가 고통을 이기지 못하고 신음을 흘리며 웅크렸다.

"저, 저는 모르는 일……."

"모르긴 뭘 몰러? 유씨 의가의 하인이었다며?"

"저는 오래전에 그곳을 나왔습니다, 나리. 저분을 죽이려고 했던 게 아니라 먹고 살기 힘들어서 도둑질을 하려고 했을 뿐……."

벌개는 악착같이 유진하와의 관계를 부인했다. 그러나 동막개와 허임은 그의 말을 터럭 하나만큼도 믿지 않았다.

동막개가 허임을 향해 고개를 돌렸다. 팔을 천으로 감싸고 있던 허임은 싸늘하게 굳은 표정이었다.

"임아야, 그냥 우리끼리 처리헐 문제가 아닌 것 같은디. 어뜩헐래?"

단순한 강도라면 포도청으로 끌고 가면 끝이다. 그러나 사주를 받고 한 일이라면 그렇게 끝낼 수 없었다. 더구나 사주한 사람이 유진하라면 더욱 더 그럴 수 없었다.

쓸 만한 사람은 대부분 전쟁터로 빠져나간 상황. 작금의 포도청은 유명무실해서 고관의 말 몇 마디면 풀려나는 것은 일도 아니었다.

"그놈을 끌고 내의원으로 가자."

이를 지그시 악문 허임이 단호한 어조로 말했다.

유진하가 자신을 죽이려고 작정한 이상 어물어물 넘길 수 있는 일이 아니다. 언제 또 죽이려할지 모르는 일. 등 뒤에 비수를 놓고 지낼 수는 없다.

이 기회에 끝장을 내는 수밖에. 그가 죽든, 자신이 죽든!

"아무래도 그게 좋겠지?"

동막개도 허임의 의견에 찬성했다. 그러고는 벌개를 은근하게 압박했다.

"솔직히 말하믄 죄를 감해 줄 수도 있을 것잉게, 니 신세 알아서 대답혀. 유가 놈이 시켰지?"

"저, 정말 아닙니다, 나리."

픽!

동막개가 사정없이 벌개의 복부를 차버렸다.

정월은 어둠 속에 숨어서 벌개가 잡혀가는 광경을 바라보았다. 벌개가 허임을 죽이면 연기를 해서 허임이 추악한 자임을 알리는 게 자신의 임무였다. 그러나 벌개가 잡혔으니 자신이 할 일은 더 이상 없었다.

'어떻게 하지?'

당황한 그녀는 안절부절못했다. 유진하에게 달려가서 지금 상황을 알려야 하는데 발이 떨어지지 않았다.

'나까지 휘말려들지 몰라.'

잘못하면 불똥이 자신에게 튈 수도 있다는 불안감, 공포에 몸이 얼어붙었다. 하지만 망설임의 시간은 길지 않았다.

'그래, 나는 못 본 거야. 이번 일에 아무 상관도 없는 거야.'

슬금슬금 뒤로 물러선 그녀는 종종걸음을 쳐서 어둠 속으로 사라졌다.

* * *

동막개는 내의원을 지키는 군졸에게 사정을 간단하게 설명하고 소문을 내지 못하게 했다. 군졸도 대궐을 지키니 금군이라 할 수 있지만 동막개가 내금위 복장을 하고 있는 걸 보고는 기가 죽었다.

허임은 벌개를 한쪽 골방에 처박아 놓고 동막개에게 지키도록 했다. 그러고는 밤늦게까지 불이 켜져 있는 허준의 방으로 갔다.

허준은 병신년에 시작되었다가 정유년에 재차 왜적이 공격하면서 멈췄던 의서를 정리하는 일을 하고 있었다. 정유년 겨울에 양예수가 죽으면서 다른 어의들도 거의 손을 놓다시피 한 작업이었다. 그럼에도 허준은 혼자서라도 완성시키겠다는 듯 끈질긴 의지로 시간이 날 때마다 의서를 파고들었다.

허임도 그 점만큼은 허준에게 감복하지 않을 수 없었다.

"이 밤중에 무슨 일이냐?"

허준은 이경이 거의 다 지나갈 무렵에 찾아온 허임을 보고 의아한 표정을 지었다. 허임이 내의원으로 들어온 후 처음 있는 일인 것이다.

"드릴 말씀이 있습니다."

허준은 허임의 말을 듣고 눈이 휘둥그레졌다.

"유씨 의가의 하인이 너를 죽이려 했다고?"

"예, 태의 어른."

"그가 왜 너를 죽이려 한단 말이냐?"

"그가 저와 무슨 원한이 있어서 저를 죽이려 했겠습니까? 그 일에 배후가 있지 않은 이상은 설명이 되지 않습니다."

허준의 얼굴이 돌덩이처럼 굳어졌다.

"유씨 의가 사람이 시켰단 말이냐?"

"아니라면 갑자기 유씨 의가의 하인이 왜 복면을 쓰고 저를 죽이려 하겠습니까?"

"그의 말대로 단순히 강도질을 하려고 그랬을 수도 있잖느냐?"

"태의어른께서는 그 말을 어느 정도 믿으십니까?"

허임은 차가운 눈빛으로 허준을 직시한 채 답을 기다렸다. 허준의 눈빛이 흔들렸다. 그 역시 자신의 질문이 잘못된 것이라는 걸 모르지 않았다.

"으음, 참으로 알 수 없는 일이구나. 그들이 왜 너를 죽이려 한단 말이냐?"

"이유야 많지요."

"이유가 많다?"

"혹시 유 내의에게 옥소에 대해서 들으신 적이 있습니까?"

허준의 이마에 골이 팼다. 오래전에 들은 이야기지만 잊지 않았다. 허임을 보면 가끔 떠올랐으니까.

"그래, 들었다."

"그가 무슨 이야기를 했는지 모르겠습니다만, 그 옥소는 제 선친께서 지니셨던 것입니다. 그런데 제가 어머니의 병 때문에⋯⋯"

허임은 당시의 상황을 간략하게 설명해 주었다. 허준의 눈이 튀어나올 것처럼 커졌다.

"그게 사실이냐?"

"태의어른께서도 제 선친이 장악원에 계셨던 분이란 걸 잘 아시잖습니까?"

허억봉. 그는 한때 장악원의 전악이었으며 대금에 관한 한 조선 제일이라 불렸던 악사다.

허준도 그의 이름을 알고 있었고, 그의 대금소리를 들은 적이 있었다.

'이런, 멍청한!'

허임의 아비가 처음부터 옥소를 갖고 있었을 거라는 것은 생각도 하지 않았다. 그저 천민인데다 나이마저 어린 허임이 갑자기 옥소를 가져온 것에 대해서만 의심했을 뿐.

그래서 아무리 어머니를 위해서라지만, 어린 나이에 도둑질한 행동이 마음에 들지 않았었다. 처음 백정촌에서 마주쳤을 때의 반항적인 기질도 조금은 눈에 거슬렸었고.

'허어, 이런 어리석은 일이 있나.'

허준이 착잡한 표정을 지으며 어깨를 늘어뜨렸다.

허임은 그 모습을 보면서 몇 마디 덧붙이며 말을 맺었다.

"그때 저를 쫓아냈던 자가 바로 오늘 저를 죽이려 했던 벌개라는 자입니다."

* * *

유진하는 초조한 마음으로 벌개를 기다렸다.

벌써 삼경이 넘어가는데 왜 아무런 연락도 없는 걸까? 아직도 기회를 못 잡은 건가? 기회만 엿보다가 밤을 그냥 보내는 건 아닐까?

'벌개도 나이를 먹어서 몸이 둔해졌어.'

사람을 해치는 일이다. 확실하게 믿을 만한 사람이 아니면 시킬수 없는 일. 그래서 자신의 수족이나 다름없는 벌개를 시켰다. 설령 잘못되어도 벌개는 가족을 생각해서 입을 열지 않을 테니까.

문제는 마흔이 넘은 그의 나이였다. 아무리 힘이 장사였던 벌개라 해도 나이를 먹었으니 근력이 떨어지는 것은 당연한 일이다. 게다가 순발력과 판단력도 떨어질 것이고, 거기다 조심성만 늘어서 매사에 겁이 많아졌을 가능성이 컸다.

'제길, 벌개가 처리 못 하면 다른 놈을 시켜야겠군.'

그가 짜증을 내며 이불 위로 몸을 눕힐 때였다.

탕탕탕!

문 두드리는 소리가 요란하게 들렸다.

'벌개인가?'

아니다. 벌개라면 저렇게 요란을 떨며 찾아올 리가 없다. 허임을 처리하면 멀리 떠나라고 했으니까.

그럼 누군데 이 밤중에 찾아온 거지?

갑자기 불안감이 엄습했다. 손발이 싸늘하게 식었다. 몸을 다시 일으킨 그는 방문을 바라보았다.

잠시 후. 하인의 목소리가 들렸다.

"도련님, 내의원에서 도련님을 찾아왔습니다요. 지금 급히 내의
원으로 들어오시랍니다요."

"그래?"

유진하의 눈빛이 번들거렸다.

'그 자식이 죽었나?'

* * *

유진하가 유후익과 함께 내의원에 도착했을 때는 허준과 허임
외에도 김영국과 신여탁, 정예남이 나와 있었다.

"무슨 일로 이 시간에 급히 부른 것이오? 주상전하께 무슨 일이
라도 생긴 거요?"

유후익이 영문을 알 수 없다는 듯 의아한 표정으로 물었다. 허준
은 냉기서린 늪처럼 가라앉은 표정으로 유후익과 유진하를 바라보
고는, 허임이 습격당한 이야기를 들려주었다.

유후익과 유진하는 허준의 말을 듣고 경악한 표정을 지었다. 특
히 유진하는 눈이 튀어나올 것처럼 커져서 정말로 아무것도 모르
는 사람 같았다.

"벌개가 말입니까?"

"그렇다. 허임이 직접 잡아왔더구나. 벌개가 너희 집 하인인 것
은 맞지?"

"벌개가 저희 집 하인이었던 것은 맞습니다만, 그가 허 의관을

224

죽이려 한 일과 저와는 아무런 상관도 없습니다. 너무나 어처구니
없는 이야기여서 저도 그 이야기를 들으니 손발이 떨립니다."

"정말 아는 바가 없단 말이냐?"

"예, 스승님. 아! 언젠가 이런 적이 있었습니다."

"말해봐라."

"벌개는 저를 어릴 적부터 극진히 따랐습니다. 그런 사람이다
보니, 최근 들어서 제가 모욕당했다는 말을 듣고 무척 분노했었습
니다."

"네가 모욕을 당했다니, 무슨 말이냐?"

"먼저 내의원에 들어간 저보다 천출인 허임이 더 인정받고 있다
는 말을 들은 모양입니다. 게다가 허임이 저를 비웃었다는 말을 어
디서 들었는지, 눈물을 흘리면서 허임을 가만두지 않겠다고 벼르
곤 했습니다. 그때는 화가 나서 그냥 하는 말이려니 했는데, 이런
일이 벌어질 줄이야……."

유진하는 안타깝다는 표정을 지으며 고개를 흔들었다.

허준은 무심하게 가라앉은 눈으로 그런 유진하를 응시했다. 미리
써놓은 서찰을 읽는 것처럼 막힘이 없는 답변이었다. 그래서 더 이
상했다.

살인미수의 범인이 자신의 집 하인이라면 당황하는 게 일반적이
다. 설령 자신과 아무런 상관이 없다 해도. 더구나 어릴 적부터 극
진히 따르던 하인이라 했으니, 그 사람이 그럴 리 없다는 변명이라
도 한마디 하든가, 아니면 걱정하는 표정이라도 지어야 옳았다.

그런데 자신에 대한 변명만 완벽하게 했을 뿐, 하인을 걱정하는

마음은 조금도 엿보이지 않았다. 변명해 줄 생각은 아예 없는 듯
했고.

허준은 그제야 유진하의 진면목을 조금이나마 엿볼 수 있었다.
부유하게 자라서 편협한 마음이 있는 것은 알았지만, 설마 그런 독
심을 지녔을 줄 어찌 알았으랴.

'내가 나이를 먹어 사람을 잘못 봤구나.'

마음이 착잡해진 그는 가래 끓는 목소리로 유진하를 다그쳤다.

"좀 더 깊이 조사해 봐야 자세한 것을 알게 되겠지만, 어쨌든 유
씨 집안의 하인이 저지른 일인 만큼 그에 대한 책임을 완전히 면할
수는 없을 것이다."

그 말에는 유후익이 대답했다.

"내 어찌 그걸 모르겠소, 태의. 우리에게도 하인을 잘못 다스린
잘못이 있으니 허임에게 충분한 보상을 하리다."

허준은 유후익을 차가운 눈빛으로 바라보고는 허임을 향해 고개
를 돌렸다.

"어차피 더 조사를 해봐야 자세한 사항을 알 수 있을 것 같구나.
그 일은 형방에 맡기도록 해라."

허임은 도마뱀처럼 꼬리만 자르고 빠져나가는 유진하를 죽일 듯
한 눈빛으로 노려보았다.

'놈. 빠져나갈 길을 철저히 준비해 두었구나.'

자신을 죽이려할 때부터 실패를 염두에 둔 것 같았다. 그러나 아
직 벌개에 대한 조사가 남아 있으니 실망할 것은 없었다.

"다른 것은 필요 없습니다. 예전에 저에게서 빼앗아간 옥소만 돌

려주시면 됩니다."

허임의 말에 유후익이 의아한 표정으로 물었다.

"옥소? 그게 무슨 말이냐?"

"아드님에게 물어보시면 잘 알 겁니다."

유후익이 고개를 돌려서 바라보자, 유진하가 독사 같은 눈빛을 번뜩이며 냉랭히 말했다.

"말은 똑바로 하시오, 허 교수. 그 옥소는 그대 아버지란 사람이 나에게 준 것이오. 나는 그것이 어디서 훔친 것일지 몰라 간직하고 있었던 것뿐이고. 하지만 그대가 원한다면 돌려주겠소."

아버지가 주긴 했다. 그러나 어쩔 수 없어서 준 것일 뿐 실제로는 빼앗긴 것이나 다름없었다.

"설명을 들으면 세 살배기 아이도 그냥 준 것인지, 빼앗긴 것인지 알 거요. 어쨌든 돌려준다니 그 문제는 더 따지지 않겠소."

따지기도 싫었다. 더러운 놈과 아버지의 유물을 가지고 옥신각신하고 싶지 않았다.

유진하는 소리 없이 입꼬리를 말아 올리며 냉소를 지었다. 그도 이야기가 길어져 봐야 이익될 것이 없다는 것을 모르지 않았다. 마주쳐봐야 분노만 끓을 뿐. 허임에게서 시선을 돌린 그는 허준을 향해 고개를 숙였다.

"스승님, 벌개를 조사하는 일에 대해서는 저도 적극적으로 협조하겠습니다. 그러니 사실을 제대로 밝혀서 엄한 모함이 없도록 해주십시오."

벌개를 문초해서 사실을 확인하기 전까지는 그 어떤 결론도 내릴 수 없는 상황. 허준으로서는 벌개의 신분을 확인한 것만으로 만족하는 수밖에 없었다.

"알았다. 오늘은 그만 돌아가고 아침에 다시 보도록 하자."

유후익과 유진하가 먼저 방을 나서고, 참관인으로 나온 김영국과 신여탁, 정예남도 허준의 방을 나갔다. 방안에 남은 사람은 허준과 허임뿐.

"미안하구나."

한참만에 허준이 입을 열었다.

뜬금없는 말. 그럼에도 허임은 그 말 속에 깃든 뜻을 알아듣고 마음이 씁쓸했다. 의관이 된 지 벌써 칠 년. 이제야 허준의 마음속에 노적처럼 쌓여 있던 자신에 대한 불신을 한 꺼풀 걷어낸 것이다.

"미안해하실 것 없습니다, 태의 어른. 제 성격이 워낙 모나 있다 보니 그리 생각한 것도 당연한 일이지요."

"네 스승이 함부로 사람을 얻지 않는 분이라는 걸 알았으면 너에 대해서도 좀 더 깊게 생각해 봤어야 하는데 그러지 못했다. 나도 이제 늙은 모양이야."

환갑을 코앞에 둔 나이. 그런 말을 할 만도 했다. 그러나 허준의 정열만큼은 나이가 무색했다. 허임은 그 점을 알기에 고개를 저었다.

"태의 어른께서는 아직도 젊으십니다. 그러니 밤새 저 어려운 책을 수십 권이나 읽으시지요."

"그거야 욕심이 많아서 그런 게지. 허허허허."

허준의 입에서 나직한 웃음이 흘러나왔다. 그는 모르고 있지만, 허임이 궁중에 들어온 후 함께 있으면서 처음으로 웃는 웃음이었다.

허임은 그걸 알기에 가슴이 찡하니 울렸다.

"그럼 이만 돌아가서 벌개에 대한 조사 결과가 나오기를 기다려 보겠습니다."

"그렇게 해라."

"그럼 편히 쉬십시오."

허임은 공손히 인사를 올리고 몸을 돌렸다. 그런데 그가 방문을 열려고 하자 허준이 물었다.

"정말 진하가 시켰다고 생각하느냐?"

허임은 자신의 생각을 숨김없이 말했다.

"열에 아홉은 확실합니다. 하지만 증거가 나오지 않으면 밝혀낼 수 없게 되겠지요."

밖으로 나가자 동막개가 기다리고 있었다.

"그 놈이 뭐라고 혀?"

허임은 유진하의 말을 그대로 전해주었다. 동막개는 혀를 내둘렀다.

"오메, 징말 독한 놈이구마잉."

"그래. 전부터 아주 독한 놈이었지. 만만한 상대가 아니야."

"그람 벌개란 넘이 입을 열지 않으믄 그냥 끝나버리는 거여?"

"아니. 끝나는 게 아니라, 이제 시작일 뿐이야. 그 놈은 절대 포기하지 않을 거야. 그런데 방귀가 잦으면 똥이 나오는 법이지."

"흐흐흐, 쪼까 더럽긴 해도 금방 이해되는구마이."

"역시 우리 막개는 똑똑하다니까."

동막개와 허임은 웃음을 지으며 내의원을 나섰다. 그래도 친구가 옆에 있으니 마음이 편했다.

'고맙다, 막개야.'

* * *

아침이 되자 내의원에 알음알음 소문이 퍼졌다.

허임이 습격을 받아서 죽을 뻔했다는 것. 습격자가 유씨 의가의 하인이라는 것. 유씨 의가의 하인이 유진하를 모욕한 허임에게 분노해서 저지른 짓이라는 것 등등. 때로는 사실도 있고, 과장된 이야기도 있었다.

팔을 다친 허임이 내의원에 나가자 사람들이 모두 쳐다보았다. 그러나 허임은 아무 일도 없었다는 듯 태연하게 행동했다. 반면 유진하는, 자신과 일절 상관없는 일이지만 도의적인 책임을 지지 않을 수 없다고 하면서 고개를 숙이고 다녔다. 그 바람에 진실을 알지 못하는 사람 중 상당수가 유진하를 동정했다.

"여기 있소. 약속대로 돌려주겠소."

사시 무렵, 허임을 찾아온 유진하가 옥소를 내밀었다. 푸른빛이 은은하게 흐르는 옥소를 받아든 허임은 가슴이 먹먹했다. 드디어 아버지의 유물을 찾았다. 저승에 계신 아버지가 안다면 얼마나 좋아할까?

"더 이상 이것과 관계된 일로 쓸 데 없는 이야기를 하지 않았으면 좋겠소."

허임은 아무런 대꾸도 하지 않고 옥소를 품속에 집어넣었다. 유
진하도 할 말 다했다는 듯 몸을 돌렸다.

'흥! 건방진 놈. 어디 언제까지 버티나 보자.'

'간악한 놈. 너 같은 놈에게는 고맙다고 말할 생각조차 없다.'

정월은 유진하가 무사히 위기를 벗어났다는 것을 알고 가슴을
쓸어내렸다. 아직 벌개에 대한 조사가 남아 있긴 하지만 돌아가는
걸로 봐서는 크게 걱정하지 않아도 될 듯했다. 유씨 의가가 가문이
욕먹을 일을 보고만 있진 않을 테니까.

'심문하는 자들을 적당히 구워삶겠지?'

그럼 일이 년 정도 고생하는 것으로 끝날 수 있을 테니 벌개도
입을 열지 않을 것이다.

마음이 편해진 정월은 유진하에게 은밀히 연락을 취해서 저녁에
만나자고 했다. 허임을 제거하지 못했으니 자신을 받아주겠다는
약속도 없는 일로 돌릴지 몰랐다. 그러니 어떻게 해서든 자신의 미
래에 대한 확답을 받아놓아야 했다.

그러나 유진하는 남의 눈을 조심해야 한다는 핑계를 대고 만날
날짜를 미루었다.

벌개에 대한 조사는 예상대로 흘렀다. 벌개는 입을 꾹 다문 채 혼
자서 우발적으로 저지른 짓이라 우겼다. 가족의 생사가 유씨 의가
에 달려 있는 그로서는 다른 말을 할 수 없었다.

유후익은 형방의 책임자에게 넌지시 뇌물을 건넸다. 벌개가 벌을

받는 것에 대해서는 상관하지 않았다. 그저 문초를 빨리 끝내서 유씨 의가의 이름이 오랫동안 오르내리는 것을 막고 싶을 뿐이었다.

그의 노력이 헛되지 않았는지 형방에서는 사흘 만에 벌개의 단독범행이라는 결론을 내렸다. 허임은 그 소식을 듣고 코웃음 치며 분노를 삭였다.

"흥! 가진 것이 많은 놈들이라 죄도 피해가는군."

* * *

벌개의 죄가 확정된 그날 오후, 정월은 작심하고 유진하를 찾아갔다. 유진하는 대낮에 자신을 찾아온 정월을 보고 버럭 화를 냈다.

"네년이 지금 여기가 어디라고 함부로 찾아온 것이냐?"

"나리, 벌개의 일도 마무리되었잖습니까? 이제 저에 대한 확답을 주시어요."

"무슨 확답 말이냐?"

"저를 첩으로 받아주신다고 했지 않습니까?"

유진하는 치근대는 정월에게 왈칵 짜증이 났다.

"기다리라고 했잖느냐? 네가 지금 나를 곤란하게 만들겠다는 거냐?"

"저는 더 기다릴 수가 없습니다."

"지금까지 잘 기다려놓고 왜 못 기다린다는 거냐?"

"제 뱃속에 나리의 아기가 있습니다. 조금만 더 지나면 남들이 알아볼 정도로 표가 날 것입니다. 확답을 주시면 여기를 떠나서 나리의 집으로 내려가 있겠습니다."

"뭐야? 아기?"

어차피 작심하고 찾아온 정월은 그 동안 숨겼던 이야기를 마저 꺼냈다.

"지금 뱃속의 아기뿐만이 아닙니다. 제가 왜 임진란 때 임금님을 따라가지 않고 곧장 고향으로 내려간 줄 아십니까?"

"너, 설마……?"

정월은 천천히 고개를 끄덕였다.

"그때 낳은 아들이 벌써 일곱 살입니다. 지금 제 고향에서 부모님과 함께 살고 있습니다."

유진하는 입을 꾹 다물고 정월을 노려보았다.

'이 미친년이!'

"조신하게 행동하면서 나리의 영명에 누가 되지 않도록 하겠습니다. 그러니 제발……."

정월은 아기에 대한 것을 밝히면 유진하도 어쩔 수 없을 거라 생각했다. 그러나 그녀는 유진하를 몰라도 너무 몰랐다.

"네년이 지금 나를 협박하겠다는 거냐?"

"제가 어찌. 저는 다만 나리의 아기를 낳았으니 저를 받아 주십사 하는 것뿐입니다."

"그 아기가 내 아기라는 증거가 있느냐?"

"나리……."

"내 아기인지, 네년이 다른 놈과 배 맞아서 난 아기인지 어떻게 안단 말이냐?"

"저는 나리밖에 없었습니다. 믿어 주십시오."

정월은 유진하의 옷자락을 붙잡고 사정했다. 그러자 유진하가 정월의 손을 뿌리치고는 발로 그녀의 배를 찼다.

힘없이 나가떨어진 정월은 고개를 쳐들고 다시 한 번 애원했다.

"나리, 성아는 정말로 나리의 아기입니다. 제가 어찌 그런 거짓말을 하겠습니까?"

"흥! 내가 모를 줄 아느냐? 네년은 나와 처음 관계를 맺을 때 처녀가 아니었다. 그런데 너를 믿으라고?"

"정말입니다, 나리. 믿어주시어요!"

"창부나 다름없는 천한 년을 그래도 말을 잘 들어서 예뻐해 줬더니, 어디서 그걸 빌미로 나를 협박하려고 해?"

정월은 말문이 막혔다. 유진하가 독하다는 것을 모르진 않았지만, 아기까지 있다는데 자신을 창부 취급할 줄이야.

"어, 어떻게 그런 말을……."

목이메인 그녀는 부들부들 떨면서 유진하를 바라보았다. 입을 열면 그렁그렁 맺힌 눈물이 쏟아질 것 같았다.

"돌아가라. 허튼소리로 한 번만 더 나를 협박하려고 한다면 절대 가만두지 않을 것이니라. 돌아가더라도 죽고 싶지 않으면 주둥이 조심하고."

차갑게 정월을 다그친 유진하는 냉정하게 고개를 돌려버렸다.

정월은 온몸이 부들부들 떨렸다. 자신만큼은 버리지 않을 거라 생각했는데, 힘들어도 유진하의 첩이 되어서 행복하게 살 그날을 바라보며 버텨왔는데…….

"뱃속의 아기가 떨어지지 않으면 당분간 집으로 돌아가 있어라. 혹시 몰라 미리 말해두는데, 그 아기를 내 아기라고 우길 생각은 버려야 할 것이야."

섣달 겨울바람처럼 차가운 유진하의 목소리가 그녀의 가슴을 얼려버렸다. 더러운 창부를 바라보는 것 같은 눈빛에 얼어버린 가슴이 쩍쩍 갈라지는 듯했다.

정월은 사정해봐야 소용이 없다는 것을 깨닫고 온몸에 힘이 쭉 빠졌다. 천천히 일어서는데 관절 마디마디가 모조리 부서지는 듯했다.

'이럴 순 없어. 당신이 나에게 이럴 순 없어! 지금이라도 붙잡고 나를 받아들이겠다고 해!'

그녀는 발악하듯이 속으로 외쳤다. 벌겋게 충혈된 눈에서 끝내 눈물이 주르륵 쏟아졌다. 그러나 돌아온 대답은 그녀의 모든 기대를 일거에 무너뜨려 버렸다.

"천한 년이 주제를 모르면 쥐도 새도 모르게 죽을 수 있느니라. 내 말 명심해."

어떻게 방을 나왔는지 기억이 나지 않았다. 갈기갈기 찢긴 가슴, 온몸의 관절 마디마디가 분해된 것 같았다. 정월은 고개를 푹 숙인 채 힘겹게 걸음을 옮겨서 유진하의 방으로부터 멀어졌다.

너무나 큰 충격으로 머릿속이 멍한 상태. 귓속에서는 조금 전에 들었던 유진하의 목소리만이 메아리처럼 윙윙거리며 반복해서 들렸다.

천한 년, 창부 같은 년, 다른 놈과 배 맞아서 난 아기, 천한 년, 창부나 다름없는 년, 다른 놈과 배 맞아서 난 아기, 천한 년, 더러운 년…….

자신의 고향에는 일곱 살 먹은 아기가 자라고 있었다. 이름은 성아. 유진하의 아기였다. 눈이 큰 것은 자신을 닮았고, 오뚝한 코는 유진하를 닮아서 무척이나 귀여웠다. 언젠가는 그 아이와 함께 유진하의 집에 들어가서 행복하게 살아갈 날을 꿈꿨다.

그런데 신기루였나 보다. 이룰 수 없는 꿈.

'전이었다면 창부 취급해도 참을 수 있어. 하지만 성아를 위해서라도 이제는 참지 않을 거야. 나는…… 창부가 아니야. 성아도 창부의 자식이 아냐! 유진하! 자식을 부정한 너는 아버지가 될 자격이 없어!'

그녀는 피가 나도록 입술을 깨물며 앞에 있는 문고리를 잡았다. 두어 사람이 고개 숙인 그녀를 의아한 표정으로 바라보고 있었다.

"저 의녀, 정월이잖아?"

"무슨 일이지?"

문고리를 잡은 정월의 머릿속에서 순간적으로 갈등이 일었다.

앞의 집무실 안으로 들어가면 돌이킬 수 없는 상황이 된다. 어쩌면 자신도 큰 벌을 받을지 모른다. 그러나 분노와 절망으로 가슴이 새카맣게 타버린 그녀는 갈등을 곧바로 털어내 버렸다.

'그래도 이렇게 살 수는 없어! 유진하, 절대 너를 용서하지 않을 거야!'

마음을 다잡은 그녀는 문을 열고서 안으로 들어갔다. 집무실에서 책을 보던 허준이 고개를 들었다.

"너는 의녀 정월이 아니냐? 무슨 일로 여기를……? 음? 표정이 왜 그러지?"

허준은 그녀의 표정이 이상함을 알고 뒤늦게 의아한 표정으로 물었다. 정월은 그제야 숙였던 고개를 들었다.

"지은 죄를 고하고자 왔습니다, 태의 어른."

유진하는 정월이 허준의 방에 들어갔다는 말을 듣고 부리나케 쫓아갔다.

'이 년이 정말 미쳤구나!'

벌컥, 문을 열고 안으로 들어간 그는 엎드려 있는 정월을 향해 눈을 부라렸다.

"이게 무슨 짓이냐? 감히 어느 안전이라고! 어서 일어나지 못할까, 이년!"

냉랭하게 소리친 그는 당장 끌어낼 것처럼 정월을 향해 달려들었다. 그때 허준이 아무런 감정이 없는 눈빛으로 그를 바라보며 말했다.

"그 아이를 놔두고 나가 있어라."

"스승님?"

"나가라는 말을 듣지 못했느냐?"

"이 계집은 거짓말을 밥 먹듯이 일삼는 못된 계집입니다. 무슨 말을 했는지 모르겠습니다만, 이 천한 계집에게 속지 마십시오!"

"밖에 누구 없느냐!"

허준이 밖을 향해 버럭 소리치자, 직장 이함과 참봉 김이척이 후
다닥 들어왔다.

"예, 태의 어른!"

"유진하를 끌어내라! 당장!"

유진하가 화살을 맞은 것처럼 움찔했다. 허준의 눈빛은 가슴이
시릴 정도로 차가웠다. 목소리는 한겨울의 서릿발 같았다.

처음 보는 모습. 저 계집이 무슨 말을 했기에 저런 눈빛, 표정일
까?

'죽일 년!'

"밖으로 나가십시다, 유 내의."

이함과 김이척이 유진하를 양쪽에서 붙잡고 끌어내려 하자 유진
하가 악을 쓰듯이 외쳤다.

"저는 아무런 잘못이 없습니다, 스승님! 저 계집에게 속지 마십
시오! 저 더러운 계집은 제 첩이 되지 못하자 미쳐서 저에게 보복
하려고 말을 꾸미는 겁니다!"

"뭐하느냐? 속히 끌어내지 않고!"

허준이 이토록 심하게 화를 낸 적은 처음이었다. 이함과 김이척
은 화들짝 놀라서 유진하를 붙잡고 억지로 끌어냈다. 그 와중에도
유진하는 악을 쓰면서 정월의 사악함에 대해 열변을 토했다.

"그 계집은 창녀 같은 계집입니다! 설마 그런 미친년의 말을 믿
으시는 것은 아니시겠지요? 스승님! 저는 아무 잘못도 없습니다!
이거 놓으시오!"

방문이 닫히자 허준은 천장을 올려다보았다. 정월은 많은 말을

하지 않았다. 그럴 만한 시간도 없었고. 하지만 그 말만으로도 무슨 일이 벌어졌는지 짐작하고도 남았다.

"임진년 이전부터 유 내의와 가깝게 지냈사옵니다. 그러다 그분의 아이를 낳았사옵니다. 그리고 지금도 그분의 아이를 뱃속에 지니고 있사옵니다. 저는 처음부터 그분의 명으로 허 교수님을 감시했사옵니다. 하연 의녀를 욕심내던 유 내의께서 하연 의녀가 허 교수님을 좋아한다는 걸 알고 내린 명령이옵니다. 작년에는 인빈마마의 탕약에 수작을 부리라 했는데, 그것 역시 하연 의녀와 허 교수님을 떼어놓기 위함이었사옵니다. 그 후로도 허 교수님의 치료를 수차례 방해하도록 명을 내렸사옵고, 얼마 전 벌개라는 사람이 벌인 사건 역시 유 내의가 허 교수님을 제거하기 위해서 꾸민 일이옵니다. 그 며칠 전 저를 불러서, 만약 허 교수님이 살해당하면 저를 겁탈하다가 의로운 사람의 손에 죽은 것처럼 꾸미라 했사옵니다. 저 역시 죽어 마땅한 죄를 지었습니다만, 유 내의의 사악함은 도를 넘어서 이대로 놔두면 정말로 허 교수님을 죽일 것 같아 이리 고하는 것이옵니다, 태의 어른."

허임의 죽음이 걱정되어서 고한다고 했다. 그러나 꼭 그런 이유 때문만은 아닌 듯했다.

'또 다른 이유가 있겠지.'

그 이유에 대해서 유추하는 것도 크게 어렵지 않았다. 유진하가 한 행동만 봐도, 한 말만 되새겨 봐도, 지금 밖에서 미친 듯이 바락 바락 소리치는 말만 들어도 알만했다.

더러운 계집. 창부. 미친년.

아이를 낳을 정도로 수년간 정을 통한 여자에게 할 말이 아니다. 저런 모욕을 당하고 견딜 수 있는 여자가 얼마나 되랴?

더구나 첩 운운하는 말로써 모든 상황을 정리할 수 있었다.

"묻는 말에 사실대로 답해라. 유진하가 첩으로 받아주겠다고 했느냐?"

이 방에 들어오면서부터 유진하와의 관계를 포기한 정월이었다. 못할 말이 뭐 있으랴.

"예, 태의 어른. 어린 저를 첩으로 삼아주겠다면서 온갖 짓을 다 시켰사옵니다. 하지만 저는 하연 의녀를 언니처럼 좋아했고, 허 교수님을 존경해서 차마 심하게 할 수 없었사옵니다. 제가 아마 명을 대충 처리하지 않았다면 하연 언니와 허 교수님은 진즉 곤란을 겪었을 것이옵니다."

"그런데 이제 마음이 변해서 너를 받아주지 않겠다고 하더냐?"

"유 내의는 자꾸 머뭇거리는 제가 못마땅해서 저를 첩으로 받아주지 않겠다고 했사옵니다. 일곱 살 아이가 있는데도, 지금 뱃속에서 아기가 자라고 있는데도 유 내의는 남의 자식이라며 저를 천하고 더러운 년 취급하고 내쳤사옵니다. 유 내의는 제정신이 아닙니다! 제가 아무리 천한 의녀지만 어찌 사람을 이리 대할 수 있단 말입니까? 흑흑흑흑."

정월은 울음 섞인 목소리로 말하고는 통곡을 하듯이 울음을 터트리며 고개를 처박았다.

허준은 정월의 말을 모두 사실로 받아들이지는 않았다. 정월이 자신의 죄를 덜기 위해서 거짓말을 했을 수도 있었다. 이미 7년이 넘는 긴 시간 동안 남을 속인 여인이 아닌가.

그러나 유진하에 대한 것만큼은 대부분 사실일 거라 생각했다. 그래서 문제가 컸다.

유진하가 벌개를 움직여 허임을 죽이려 했다는 것. 고관들의 치료를 방해했다는 것. 특히 인빈의 약에 처방에도 없는 마황을 넣게 한 것이 사실이라면 대죄인 것이다.

이 일을 어떻게 처리할 것인가?

사실대로 밝히면 한바탕 피의 폭풍이 내의원을 휩쓸 것이 분명하거늘.

덜컹!

방문이 세차게 열리고 유후익이 들어왔다.

"태의, 조금 전에 어이없는 말을 듣고서 이리 뛰어왔소. 이게 대체 무슨 일이오?"

당황과 분노, 참담함이 어우러진 유후익의 얼굴에서는 근엄함도, 오만도 보이지 않았다.

허준은 심해처럼 깊게 가라앉은 눈으로 유후익을 바라보고는 그 사이 생각을 정리했다.

"조용히 하고 저쪽으로 앉게."

"태의, 설마 저 계집의 말을 믿는 것은 아니겠지요?"

"일이 커지는 것을 바라는가?"

"아, 아니오."

흠칫한 유후익은 초조함과 분노가 깃든 눈빛으로 정월을 노려보고는 한쪽에 있는 의자에 앉았다.

허준이 밖을 향해 말했다.

"밖에 이함 있으면 들어오너라."

곧 이함이 굳은 표정으로 들어왔다.

"부르셨습니까, 태의 어른."

"가서 허임을 데려와라. 그리고 유진하를 방에 가두고 나오지 못하게 해라. 만약 말을 듣지 않으면 손발을 묶어서 강제로 방에 집어넣어라. 그리고 내 허락 없이는 아무도 이 방 가까이 오지 못하게 해라."

이함은 힐끔 유후익을 쳐다보고는 고개를 숙였다.

"알겠습니다, 태의 어른."

허임은 허준이 자신을 부른다는 말을 듣고 바로 방을 나섰다. 유진하가 미친 듯이 소리쳐서 무슨 일이 벌어졌는지 정도는 알고 있었다.

그런데 왜 자신을 부르는 걸까? 설마 하연 아가씨와 연관된 것은 아니겠지?

허임은 지레짐작으로 송하연을 걱정하며 허준의 집무실로 들어갔다.

유후익이 앉아 있는 게 보였다. 바닥에는 정월이 엎드리다시피 무릎을 꿇고 있었다.

"저리 앉아라."

허준이 유후익의 맞은편을 가리켰다. 허임이 의자에 앉자 허준이 정월에게서 들은 이야기를 간략하게 풀어놓았다.

유후익이 펄쩍 뛰었다.

"말도 안 되는 소리요! 어찌 저 계집의 말만 믿고…….'

"거짓말인지 사실인지는 대질심문을 하면 밝혀질 일이네. 그리고 진하의 말을 듣고 일을 벌인 의녀는 정월이 뿐만이 아니네. 그 아이들에게도 물어보면 알게 될 일이야.'

"아마 경문이도 그 중 하나겠지요.'

허임이 자신의 짐작을 말했다. 그 말을 듣고 정월이 흠칫해서 고개를 들었다. 허준이 그녀를 바라보았다.

"맞느냐?'

"예, 태의 어른.'

허준의 시선이 다시 유후익을 향했다.

"나는 내의원이 풍비박산 나는 걸 원치 않네. 자칫하면 일이 커져서 많은 의원들이 다칠 거야. 물론 자네 집안은 말할 것도 없고.'

유후익은 입을 꾹 다물었다. 그제야 상황이 자신의 생각보다 심각하다는 것을 깨달은 그는 안색이 흙빛이 되었다. 특히 인빈에게 수작을 부린 것이 밝혀지는 것이야 말로 두려운 일이었다.

"이제 내 의견을 말해보겠네. 나는 이 일을 당사자 몇 명만 처리하는 것으로 끝냈으면 하네.'

"어, 어떻게 말이오?'

유후익이 불안한 표정으로 물었다. 허준은 유후익과 허임을 번갈아보았다.

"유진하는 당연히 가장 큰 책임을 져야 하네. 관직을 삭탈하고 내의원에서 쫓아내는 것은 물론, 앞으로도 관직을 얻을 수 없는 처지가 될 거네."

유후익의 눈이 세차게 떨렸다.

"그, 그건 너무 가혹하오, 태의."

허임 역시 마음에 안 들었다. 그러나 그 이상의 벌을 주려면 다른 사람들까지 연루되지 않을 수 없었다. 자칫하면 책임자인 허준과 봉연마저 다칠지 모르는 것이다.

"가혹하다고? 허임을 죽이라고 사주한 일과 인빈마마의 약에 마황을 몰래 넣게 한 것만 해도 어떤 벌이 떨어질지는 자네가 더 잘 알 텐데?"

"그, 그거야 그렇지만……. 아직 사실로 밝혀진 것도 아니고……."

"지당, 내 성격은 자네가 더 잘 알 걸세. 나는 지금 나 자신에게 무척 실망하고 있다네. 자네가 내 친구라는 이유 때문에 너무 관대하게 처리하는 것이 아닌가, 내의원을 생각한다는 이유로 원칙을 벗어나는 일을 하고 있는 것은 아닌가 하고 말이네."

대놓고 다그치는 것보다도 몇 배는 더 무서운 말이었다. 유후익은 침을 삼키고 말문을 열지 못했다. 그가 어찌 허준의 성격을 모를까?

남들이 뭐라 하던 옳다 생각하면 자기 고집대로 밀어붙이는 사람이 허준이다. 일전에 광해군의 두창을 치료할 때만 해도 많은 사람들이 얼마나 놀랐던가. 간이 배 밖에 나와 있지 않고서야 어찌 그런 일을 할 수 있었겠는가?

게다가 허준이 그리한다고 했어도 위에서 허락이 떨어져야 가능한 일이다. 그로서는 허준에게 제발 그 정도로 무마해 달라고 부탁해야 할 처지인 것이다.

허준은 유후익의 입을 막아놓고 정월을 내려다보았다.

"이 아이가 지은 죄는 크지만, 스스로 고변했고 몸속에 아이까지 배고 있네. 해서 이 아이의 고향 쪽 관청 의녀로 보낼 생각이네. 경문이라는 아이도 그리 처리할 생각이고."

허준이 잠깐 말을 멈추고 허임을 바라보았다.

"너는 어떻게 생각하느냐?"

유진하의 사주를 받아서 자신을 괴롭힌 걸 생각하면 괘씸하기 이를 데 없었다. 그러나 언젠가 봉연에게 들은 말이 있었다. 유진하가 송하연을 괴롭힐 때 정월이 몰래 언질을 줘서 구한 적이 있다고 했다. 그것만으로도 자신에게 해를 입힌 점은 용서할 수 있었다. 더구나 아이까지 밴 산모가 아닌가.

'유진하를 혼자 독차지하고 싶었겠지.'

결국은 버림받고 말았지만.

"정월과 경문에 대한 처리는 그리하는 게 좋겠습니다."

그 말에 정월이 고개를 푹 숙이고 어깨를 잘게 떨었다.

'고맙습니다, 나리.'

허준이 고개를 끄덕이고는 다시 말했다.

"알게 모르게 진하의 사주를 도운 내의원의 관원 두 명 역시 삭탈관직해서 쫓아낼 것이다. 일단은 그 정도로 해서 사건을 마무리

하는 것이 좋을 것 같다. 그리고 지당……."

유후익을 부르는 허준의 목소리가 무거워졌다. 유후익이 눈을 들어 허준을 바라보았다. 주름진 눈꺼풀이 잘게 떨렸다. 머리카락이 하룻밤 사이에 배는 더 하얘지고 얼굴이 푸석해진 것처럼 느껴졌다.

"말해 보시오."

"쉬는 셈치고 당분간 고향에 내려가 있으면 어떻겠나?"

자식이 대죄를 지었다. 부친으로서 책임을 면할 수 없다는 걸 유후익이 왜 모를까? 말이 쉬는 셈 치라는 것이지 근신 명령이나 다름없었다.

"얼마나 말이오?"

"이삼 년 정도면 어떨까 하네만."

허준의 말에 대답하는 유후익의 입술이 파르르 떨렸다.

"알……겠소. 그리하리다."

온몸이 축 처졌다.

'차라리 잘 된 것인지도 모르겠구나.'

아들이 불명예를 안고 쫓겨나면 사람들의 무수한 시선이 창날처럼 자신의 등에 꽂힐 터. 버틸 자신이 없었다.

일이 대충 정리되자 허준이 정월에게 말했다.

"정월은 가서 기다려라. 내 따로 수의녀에게 말을 전할 것이니라."

"예, 태의 어른."

유후익도 십 년은 늙은 것처럼 몸이 축 처져서 집무실을 나갔다.

마지막으로 남은 허임이 나가기 위해 일어서자 허준이 불러 세웠다.

"위에서 허락해 줄지 모르겠다만, 마음에 안 들어도 그 정도로 만족해라."

"이 방을 나간 순간부터 그 일은 잊을 생각입니다. 해야 할 일이 많으니까요."

"잘 생각했다. 이런 일은 오래 붙잡고 있어봐야 너에게도 좋을 것이 없다."

허준도 무사히 일이 마무리된 것을 다행으로 생각했다. 까칠한 성격의 허임이 반발할지 몰라 걱정했거늘.

그때 허임이 넌지시 말했다.

"태의 어른께 부탁 하나 해도 되겠습니까?"

"부탁?"

"유 어의 부자와 관원들이 내의원에서 나가면 들일 사람이 필요하지 않겠습니까?"

"그건 그렇다만. 왜, 괜찮은 사람이라도 있느냐?"

"말 잘 듣고, 실력도 괜찮고, 인간성도 좋은 사람이 하나 있습니다."

"그래? 그런 사람이 있다면 당연히 받아들여야지. 그게 누구냐?"

"혜민서의 오동돈이라는 의관입니다."

악몽(惡夢)

이틀 후. 예조정랑이 혜민서에 찾아왔다.

"봉사 오동돈을 직장으로 승진시키고 내의원의 내의로 임명한다! 맡은 바 임무에 충실히 임하여 주상께서 베푼 성은에 보답하라!"

오오오!

감격한 오동돈은 털썩 무릎을 꿇고 임명서를 받았다.

"성은이 망극하옵니다!"

그는 자신이 내의원에 배치된 것과 직장으로의 승진이 허임 덕분인 걸 알고는, 일이 끝나자마자 다리사이에서 방울소리가 나도록 뽀르르 달려갔다.

"허 교수니이이임!"

허임은 오동돈의 기뻐하는 모습을 보자 그 동안의 마음고생이 훌훌 날아갔다.

"무슨 일이라도 있습니까?"

"다 아시면서. 호호호호."

"하하하, 그거야 오 봉사, 아니지, 오 직장님이 열심히 하셔서 그리된 것인데요."

"에이, 이 세상이 어디 열심히만 한다고 성공하는 세상입니까요? 이끌어주시는 분이 있어야죠."

"이제 소원 성취했으니 혼인해서 떡뚜꺼비 같은 아들 낳는 일만 남았군요."

"그래야죠. 열심히, 아주 열심히 낳을 겁니다요. 호호호호."

* * *

허임과 오동돈이 웃고 있던 그 시각.

힘없이 걸음을 옮긴 유진하는 수원성을 얼마 남겨놓지 않고 있었다. 꿈이 좌절된 그는 모든 탓을 허임과 정월에게 돌렸다.

그 죽일 놈만 아니었어도, 그 천한 년만 아니었어도 자신은 탄탄대로를 걷고 있었을 텐데. 어의가 되고 태의가 되어서 이 나라의 의원들 머리 꼭대기에 앉아 있게 되었을 텐데!

그런데 그 두 년놈이 자신의 앞길을 망쳐 버렸다.

'반드시 죽여 버리겠어! 절대 용서 못 해!'

허임의 고향이 나주라 했다. 담양에서 멀지 않다. 식구가 어머니뿐이라 했으니 지금은 하연 의녀까지 둘뿐일 것이다.

'하연이를 보쌈해서 빼돌리면 그놈이 어떤 반응을 보일지 모르

겠군.'

유진하의 입가로 사악한 웃음이 번졌다. 송하연을 보쌈으로 빼돌려서 허임을 골탕먹일 생각을 하니 기운이 다시 솟았다.

"흐흐흐. 그래, 이대로 물러설 수는 없지."

그때 앞쪽의 커다란 느티나무 뒤에서 누군가가 나왔다. 그 사람을 본 유진하는 자신도 모르게 걸음을 멈추고 눈을 홉떴다. 느티나무 뒤에서 나타난 사람은 다름 아닌 정월이었다.

"네, 네년이!"

유진하는 증오심이 불길처럼 이는 눈으로 정월을 노려보았다.

정월이 차분한 걸음걸이로 유진하를 향해 걸어갔다. 두 손을 양 소매에 넣은 그녀는 유진하의 앞 다섯 자 거리에서 멈춰 섰다.

"나리, 저는 어떻게 되어도 좋아요. 대신 우리 성아를 받아주세요. 성아는 틀림없는 나리의 자식이에요."

"개소리하지 마라, 이년! 어디서 다른 놈의 자식을 낳아놓고 내 자식이라고 하는 거냐!"

"저는 내의원에 들어간 후로 나리 외에는 다른 사람과 잠자리를 한 적이 없어요."

"흥! 그 전에는 했다는 말이군."

정월은 입술을 깨물었다. 유진하의 말이 옳았다. 그러나 자신이 원해서 한 것이 아니다. 관비로 있으면서 어쩔 수 없이 수청을 들었을 뿐이다.

"그것은 제가 내의원에 들어가기 일 년 전 일이에요. 관비의 몸으로 현감의 명을 거역할 수는 없었으니까요."

"창부 같은 년. 그거야 내가 알 바가 아니다. 네년이 낳은 아기가 내 아기가 아니라는 게 중요한 것이지. 당장 죽이고 싶지만 사람이 다니는 길이니 오늘은 참겠다. 다시 한 번만 나타나면 그땐 정말로 죽을 줄 알아라."

유진하는 독사 같은 눈으로 정월을 노려보고는 그녀의 옆으로 비켜가려 했다.

정월이 다시 옆으로 걸음을 옮겨서 그의 앞을 막았다.

"성아는 나리의 아기예요. 그리고 저는 창부가 아니에요."

"이년이 어디서! 비켜!"

유진하는 그녀의 어깨를 잡아서 옆으로 밀치려 했다. 그 순간, 정월이 소매 속에서 손을 빼더니 유진하의 배를 향해 힘껏 뻗었다. 유진하가 정월의 어깨를 잡은 채 움찔하더니 몸을 떨었다.

"네, 네년이……."

정월은 눈물이 흐르는 눈으로 유진하를 쳐다보며 악을 썼다.

"저는 창부가 아니에요! 그리고 성아는 틀림없는 당신 자식이란 말이에요!"

그녀의 손은 유진하의 아랫배에 닿아 있었다. 잘게 떨리는 손을 타고 시뻘건 핏방울이 주르륵 흘러내렸다.

그때였다. 눈을 부릅뜬 채 몸을 떨던 유진하가 정월의 목을 움켜쥐었다.

"주, 죽어라, 이년……."

정월은 그를 떨쳐내려 했지만, 사력을 다해서 움켜쥔 유진하의 손은 쇠갈고리처럼 단단했다.

시간이 흐르면서 두 사람의 발밑에 시뻘건 핏물이 흥건히 고였다. 정월의 눈동자 동공이 서서히 커졌다.

그렇게 얼마나 지났을까, 정월의 몸이 먼저 축 처졌다. 그리고 곧이어서 유진하가 정월과 뒤엉킨 채 앞으로 꼬꾸라졌다.

* * *

"헉!"

헛바람을 들이키며 벌떡 몸을 일으킨 허임은 어둠을 응시했다.

오동돈을 보낸 후 기분 좋게 잠이 들었는데 지독한 악몽을 꾸었다. 등이 땀으로 흠뻑 젖은 듯 싸늘한 느낌에 몸이 잘게 떨렸다.

'후우, 갑자기 웬 악몽이지?'

꿈속에서 아버지가 자신에게 소리쳤다. 그런데 아무 소리도 들리지 않았다. 그는 아버지를 향해 다가갔다. 옥소를 손에 들고서.

'아버지! 제가 옥소를 찾았어요!' 그렇게 소리치면서.

그때 갑자기 바닥이 푹 꺼졌다. 그리고 온갖 소름끼치는 기운이 그를 똘똘 감아버렸다.

숨을 쉴 수가 없었다. 벗어나려고 아무리 발버둥쳐도 벗어날 수 없었다. 벗어나기는커녕 오히려 점점 더 깊이 빨려들었다. 마치 바닥을 알 수 없는 늪에 빠진 것처럼.

심장이 터질 듯했다. 눈이 튀어나올 것 같았다. 지독한 공포가 그를 쥐어짰다. 까마득한 저 위에서는 아버지가 계속 외쳤다. 여전히 소리 없는 외침.

'살려줘요, 아버지! 살려줘요!' 자신도 모르게 그렇게 악을 썼다. 도저히 견딜 수 없는 공포에 몸이 덜덜 떨렸다.

'이대로 죽는 것이 아닐까? 차라리 죽는 게 낫겠어!' 그런 마음이 들 때쯤 겨우 잠에서 깼다.

허임은 자신이 꾼 꿈을 떠올리고는 몸을 부르르 떨었다.

아직 동이 트려면 멀었는데도 더 이상 잠이 오지 않았다. 잠을 자면 또 그런 악몽을 꿀까봐 두려웠다.

결국 뜬 눈으로 아침을 맞이한 허임은 내의원으로 나갔다. 이상할 정도로 일이 손에 잡히지 않았다. 점심도 속이 더부룩해서 억지로 먹어야 했다.

그런데 점심을 먹은 지 얼마 되지 않아서 장한 하나가 장선의 이름을 대고 그를 찾아왔다. 장선이 보냈다면 나주에 다녀온 자일 터. 허임은 두근거리는 마음을 다잡고 그를 만났다.

"의관님의 어머니와 부인이 집으로 돌아오셨습니다."

그 말을 들은 허임은 가슴을 쓸어내렸다. 아마도 어젯밤 꿈이 흉몽은 아니었던가 보다.

하지만 장한의 말은 아직 끝난 것이 아니었다. 장한이 허임을 바라보며 굳은 표정으로 마저 말했다.

"그런데 저…… 부인께서 많이 다치셨습니다."

허임은 심장이 멎을 뻔했다.

"어, 얼마나……?"

"어머님을 보호하려다 왜놈들의 총에 맞았는데, 상태가 많이 안 좋습니다."

김영국에게만 말하고 내의원을 뛰쳐나간 허임은 집으로 가서 봇짐을 대충 싸고는 도성에서 달려나갔다.
'하연 아가씨! 제발, 제발 제가 갈 때까지만 버텨주십시오!'

* * *

도성을 나선 허임은 남쪽을 향해 달렸다. 말이라도 있으면 좋으련만 전쟁이 끝난 지 얼마 되지 않은 지금 말을 구한다는 것은 쉬운 일이 아니었다.

수원, 직산을 지나치며 간간이 쪽잠으로 겨우겨우 몸을 추스른 그는 공주성마저 비켜갔다. 나루터에 도착한 그는 금강을 건너기 위해 배를 기다리며 주막에서 대충 배를 채웠다. 뜻밖의 소식을 들은 것은 그때였다.

"에혀, 아직 젊은 분이 안됐구먼."

"그러게. 청상과부가 된 것도 모자라서 죽을병에 걸리다니. 정말 고운 분이셨는데."

"의원들이 모두 고개를 저었다며?"

"오래 못 사실 것 같다고 했다더군. 김 참판도 참 복이 없다니까. 달랑 하나 있는 딸이 그런 병이 들다니, 쯔쯔쯔."

그릇을 반쯤 비운 허임은 그 말을 듣고 고개를 번쩍 들었다.

공주 일대에서 김 참판이라 불릴 만한 사람이 몇이나 될까.

"혹시 공주의 김 참판 어른을 말씀하시는 것 아니오?"

그가 고개를 돌려서 옆 자리에 앉은 사람들에게 물었다.

"그렇수."

"그럼 그 병에 걸렸다는 분이…… 김 참판댁의 따님이오?"

목소리가 가늘게 떨렸다. 농군처럼 보이는 자가 고개를 끄덕였다.

"맞수. 그분이오."

"무슨 병에 걸렸는지 아시오?"

"그걸 우리 같은 무지렁이가 어찌 알겠수? 듣기로는 아무것도
드시지 못하고 며칠 동안 피를 쏟았다고 하더구려. 우리가 내려올
때 숨이 간당간당해서 이달을 넘기지 못할 수도 있다는 말을 듣긴
했소만……."

허임은 그 이상 묻지 못했다. 자세한 대답을 듣기가 두려워서 물
을 수가 없었다.

'왜 하필이면 지금……'

답답해서 미칠 것 같았다. 다른 때라면 당장 돌아서서 달려갔을
것이다. 하지만 지금은 그럴 수가 없었다. 죽어가고 있다는 하연 아
가씨를 놔둔 채 김지인에게 달려갈 수는 없는 일이 아닌가?

허임이 초조한 표정으로 허공을 바라보고 있을 즈음, 강을 건너
는 배가 도착했다.

"어이구, 배가 도착했구먼. 가세들."

사람들이 배를 타기 위해서 일어나 나루터로 나갔다. 허임도 일
어나야 하는데 발이 떨어지지 않았다. 몸이 부들부들 떨렸다.

"저기, 아까 강을 건넌다고 하지 않으셨우?"

주근깨 가득한 주모가 이상하다는 표정으로 쳐다보며 고개를 갸
웃거렸다. 그제야 허임은 안간힘을 써서 몸을 일으켰다. 나루터를
향해 한 걸음 한 걸음 옮기는 것이 너무나 힘들었다. 마치 발에 만
근 철추가 매달린 듯했다.

어차피 그의 선택은 정해져 있었다. 그런데 왜 이리도 가슴이 찢
어질 것처럼 아프단 말인가.

이를 악문 허임은 억지로 고개를 들었다.

파란 하늘 저 멀리 흘러가는 흰구름에 김지인의 얼굴이 투영되
었다. 아주 오래 전에 봤던 그 얼굴. 뜰에 있는 백매화나무 옆에 서
있던 그 모습이었다.

'죄송합니다, 아가씨. 정말 죄송합니다.'

두 눈에서 넘쳐난 눈물이 두 뺨을 타고 주르륵 흘렀다.

* * *

어떻게 나주까지 왔는지, 며칠이 걸렸는지 생각나지도 않았다.
온몸이 천근만근 무거웠다. 초췌한 얼굴. 다리는 통나무처럼 뻣뻣
했고, 발바닥은 온통 물집이 잡히고 터져서 엉망진창이었다. 하지
만 고통도, 힘든 것도 느껴지지 않았다.

싸리문을 열고 안으로 들어간 허임은 바짝 말라서 쩍쩍 갈라진
입술을 겨우 뗐다.

"어, 어머니."

그가 힘겹게 두어 걸음을 옮기는데 문이 벌컥 열렸다.

"이, 임아야."

어머니는 평소와 전혀 다른 표정이었다. 옛날에 종기 때문에 금방 죽을 것처럼 고생할 때도 저토록 절망에 찬 표정은 아니었거늘.

"어, 어떻게 되었습니까? 하연 아가씨는……."

박금이가 소매로 눈물을 찍어냈다.

"어서 들어와라."

허임은 보따리를 아무렇게나 내려놓고 방으로 들어갔다.

송하연이 깊은 잠에 빠진 사람처럼 말없이 누워 있었다. 창백한 얼굴은 핏기 하나 없었고, 볼은 살이 쏙 빠져서 광대뼈가 툭 튀어나와 있었다. 호흡은 너무나 약해서 숨을 쉬는 것 같지가 않았다.

쓰러지듯이 주저앉은 허임은 떨리는 손으로 송하연의 손목을 잡았다. 맥이 워낙 약해서 거의 느껴지지 않았다.

조심스럽게 손을 내려놓은 그는 이불을 젖혔다. 배를 둘러싼 천이 붉고 누렇게 물들어 있었는데, 축축한 걸 보니 지금도 상처에서 피 섞인 진액이 흘러나오는 듯했다.

"이 어미 잘못이다. 내가 고집만 피우지 않았어도 그놈들을 만나지 않았을 텐데, 그랬으면 이 아이가 내 대신 왜놈들의 총을 맞지도 않았을 텐데……."

박금이가 처연한 목소리로 흐느끼며 눈물을 찍어냈다.

허임은 아무 말도 하지 않고 송하연의 상처를 싸맨 천을 풀었다. 상처에 약초를 붙여놓았는데 그것만으로는 내부가 곪는 것을 막지 못했다. 더구나 탄환이 뱃속에 박혀서 상태를 더욱 악화시킨 듯했다.

얼마나 버틸 수 있을까? 하루? 이틀?

'안 돼! 이대로 보낼 수는 없어!'

속으로 외친 허임은 이가 부서지도록 악물었다.

하늘이여! 너무 가혹합니다! 이제 겨우 행복을 찾은 사람에게 어찌 이런 벌을 내리시는 겁니까!

허임의 눈에서 눈물이 주르륵 흘러내렸다.

'당신을 이대로 보낼 수는 없습니다. 절대, 절대 보내주지 않을 겁니다!'

그때 들릴 듯 말듯 가느다란 목소리가 들렸다.

"오셨군요."

"하연 아가씨!"

허임은 후다닥 자리를 옮겨서 송하연의 머리맡으로 갔다. 그녀가 눈을 반쯤 뜨고 있었다. 힘겹게 밀어올린 눈꺼풀이 만근 바위보다 무거워보였다.

"아무 걱정 마세요. 제가 꼭 치료할 테니까요."

송하연은 허임의 모습을 두 눈에 새기겠다는 듯 뚫어지게 쳐다보았다. 푸른 기마저 도는 창백한 입술, 입꼬리가 잘게 떨리며 위로 말렸다. 그녀가 웃고 있었다.

"그 동안…… 고마웠어요. 당신을 만나…… 너무…… 행복했어요."

"제발 그런 소리 하지 마요. 아가씨는 죽지 않을 겁니다. 제가, 이 허임이 반드시 살려낼 겁니다!"

허임이 울먹거리는 목소리로 소리쳤다.

송하연에게는 그 소리가 아이의 칭얼거림처럼 들렸나 보다. 입
가에 매달린 웃음이 짙어졌다. 그 상태로 눈이 스르르 감겼다. 그리
고…… 떨리던 눈꺼풀이 고요해졌다.

"하, 하연 아가씨! 아가씨!"

깜짝 놀란 허임은 급히 맥을 잡아보았다. 희미하긴 해도 아직 맥
이 느껴졌다.

허임은 자신의 모든 의학지식을 이용해서 미친 듯이 송하연을
치료했다. 치료를 시작한 이후로는 한숨도 자지 않았다.

사흘이 순식간에 흘렀다. 상하기 시작한 내장은 어떤 약을 써도
나아지지 않았다. 침과 뜸으로도 기가 회복되지 않았다. 폐는 기운
을 받아들이지 못하고, 심장은 시간이 가면서 점점 깊은 잠에 빠져
들었다.

하늘은 정녕 자신의 염원을 외면할 생각인가?

하루가 더 지나자, 이제는 허임의 예민한 감각으로도 맥이 느껴
지지 않았다. 그가 송하연의 손을 내려놓자 힘없이 툭 떨어진다.

서서히 식어가는 온기.

송하연을 끌어안은 허임의 몸이 사시나무처럼 떨렸다.

"크흑!"

목에서 억눌린 울음이 터져 나왔다. 눈에서 두레박을 뒤엎은 것
처럼 왈칵 눈물이 쏟아졌다.

그도 모르지 않았다. 더 이상 송하연을 붙잡을 수 없다는 걸. 그
녀의 혼백이 이미 저승의 경계를 넘어갔다는 걸.

어쩌면 송하연은 마지막으로 자신을 보기 위해서 진즉 끊어졌을지 모를 숨을 악착같이 붙잡고 버텼던 것인지도 모른다.

그래도, 아무리 그래도 이렇게 보낼 수는 없거늘!

"끄으으으."

꽉 막힌 목구멍을 뚫고 통곡이 으스러진 채 흘러나왔다.

이렇게 보낼 줄 알았으면 한순간이라도 내 사람임을 확인할 걸 그랬다. 다시 못 볼 눈빛일 줄 알았으면 좀 더 옆에서 보고 있을 걸 그랬다. 그녀가 없는 하늘 아래서 숨을 쉬어야 한다는 것이 너무나 고통스럽다.

아직도 그녀는 내 가슴 속에 있는데, 그녀를 향한 내 사랑은 아직도 이렇게 뜨거운데, 어떻게 그녀를 보낼 수 있단 말인가!

"이제 그만 보내줘라, 얘야."

보다 못한 박금이가 처연한 목소리로 말했다.

한참 만에 송하연을 조심스럽게 내려놓은 허임은 가슴을 움켜쥐고 일어났다. 심장이 찢어지는 듯했다.

그는 어머니의 흐느껴 우는 소리를 들으며 방을 나섰다. 눈에서 끊임없이 눈물이 흘러내렸다. 온몸이 울어댔다.

'하연 아가씨!'

* * *

허임은 송하연을 아버지의 무덤에서 멀지 않은 곳에 묻었다. 아버지를 만나러 갈 때면 언제든 볼 수 있는 곳에.

"어머니, 운주사에 가볼까 합니다."

그가 달라붙은 입술을 뗀 것은 송하연이 죽고 닷새가 흘렀을 때였다.

박금이가 걱정스러운 표정으로 아들을 바라보았다. 그녀도 이번 만큼은 한양 길을 재촉하지 못했다. 할 수가 없었다.

"그래, 그 아이를 위해서 극락왕생을 빌어주는 것도 좋겠구나."

"죄송합니다, 어머니."

"네가 왜 죄송하다는 거냐? 이 어미가 미안하지. 에혀, 전생에 무슨 죄를 지어서 이러는지 모르겠구나."

아침나절에 집을 떠난 허임은 곧장 운주사로 향했다. 터벅터벅 걷는 모습이 마치 혼이 빠져나간 허수아비 같았다. 눈은 초점 없이 허공을 응시했고, 어깨는 쇳덩이를 짊어지고 있는 것처럼 축 처졌다. 그럼에도 발걸음은 규칙적으로 운주사를 향해 나아갔다.

유시 무렵, 도암면으로 들어서자 저만치 돌담 안쪽에 만개해 있는 하얀 목련화가 보였다. 무의식중에 걸음을 늦춘 허임의 눈빛이 흔들렸다. 목련화를 본 순간 무표정한 그의 얼굴에 아련함이 떠올랐다.

'하연 아가씨……'

당신은 하얀 목련 같은 분이었습니다.

매년 봄, 하얗게 피어나는 목련을 보면 당신 생각이 나겠지요.

바람에 흔들리는 목련화가 당신의 손짓처럼 느껴지겠지요.

하얀 목련화 사이로 꽃술이 보이면 미소 짓던 당신의 모습이 떠오르겠지요.

봄이 가면서 목련화가 져도, 제 가슴에 피어 있는 목련화는 사시사철 하얗게 미소 지을 겁니다.

영원히, 이 세상이 다하는 날까지.

하연 아가씨, 당신은 나의 모든 것이었으니까요.

습기 찬 눈빛으로 목련화를 보던 허임은 고개를 들어서 하늘을 올려다보았다. 쪽빛 하늘을 가르며 두루미 두 마리가 날아가는 게 보였다.

자신도 저렇게 훨훨 날아갈 수 있으면 얼마나 좋을까?

운주사로 통하는 계곡 입구에 들어선 허임은 걸음을 우뚝 멈췄다.

수많은 불탑과 불상이 서 있는 자리에는 부서진 잔재만이 가득했다. 무너지고 부서져서 겨우 흔적만 남아 있는 탑, 머리가 썽둥 잘리고 허리가 부러진 불상들이 사방에 널려 있었다. 어떤 것은 뿌리까지 뽑으려 한 듯 초석마저 밖으로 드러난 채 쪼개져 있었다.

"맙소사."

왜적들이 화순에 침입했다는 말을 듣긴 했었다. 운주사까지 왔을지도 모른다는 생각을 해보기도 했었다. 하지만 설마 이 정도로 파괴되었을 줄은 생각도 못했다.

왜도 부처를 따르는 사람들이 많다 들었는데, 어떻게 이런 일이 벌어졌단 말인가?

'운주사는 괜찮은지 모르겠군.'

그가 걱정하는 것은 운주사의 법당만이 아니었다. 운주사에는 많은 사람들이 있었다. 승려와 향객만 있는 것이 아니었다. 도를 공부하는 사람도 다수라고 했다. 그 중에는 이임성도 있을 것이고.

그들은 괜찮은 걸까?

터벅거리던 걸음이 빨라졌다.

염려했던 대로 대웅전과 천왕전, 요사채 등 건물 대부분이 불에 탄 상태였다. 신비함을 간직하고 있던 운주사가 폐허가 된 것이다.

허임은 자신의 가슴처럼 황폐해진 운주사를 보고는 망연자실했다. 온몸의 기운이 쭉 빠진 그는 그을음이 묻어 있는 바위에 주저앉았다.

오십 명이 넘던 승려들은 모두 어디로 갔을까? 설마 왜적들에게 죽은 것은 아니겠지?

그가 한참 동안 넋이 반쯤 빠진 모습으로 불에 탄 대웅전을 바라보고 있을 때였다. 반쯤 탄 요사채 뒤쪽에서 한 사람이 고개를 내밀며 나왔다. 넝마나 다름없지만 승복이 분명한 옷을 걸친 승려였다.

"시주는 무슨 일로 여기에 오셨는가?"

"저는 허임이라 합니다. 스님께선 본래 이곳에 계셨던 분입니까?"

"그렇다네. 빈승은 청담이라고 하네."

"다른 분들은 어떻게 되었습니까? 혹시 이임성이라는 분에 대해서 아십니까?"

"나무아미타불 관세음보살. 탁발을 다녀왔더니 이 모양이 되었지 뭔가. 많은 스님들이 죽고 살아 있는 사람은 아무도 없더군. 시주가 말한 이 시주도 없었네. 아마도 왜적이 쳐들어오자 잠시 피한 것 같네."

마치 남의 이야기를 하듯이 담담히 말하는 청담스님은 쉰쯤 되어보였다. 허임은 그런 청담의 모습이 이상하게 느껴졌다. 함께 불공을 드리고 식사를 같이 하고 함께 잠을 잤던 승려들이 죽었는데도 어떻게 저리 담담할 수 있단 말인가?

"많은 분들이 돌아가셨는데 스님은 슬프지도 않으십니까? 분노의 마음도 없으십니까?"

"내가 슬퍼하고 분노하면 죽은 사람들이 살아나는가?"

"그건 아니지만……."

"빈승 역시 처음에 처참한 광경을 봤을 때는 무척 슬펐다네. 분노에 치를 떨고 몇 날 며칠 잠을 이룰 수 없었지. 그런데 주지스님부터 사미승까지 모두를 모아서 다비식을 치르고 나서 깨달았다네. 삶이란 것도, 죽음이란 것도 그저 세상 흐름의 일부일 뿐이라는 걸 말이야."

말하는 청담스님의 눈은 바람 한 점 없는 호수처럼 고요했다. 허임은 그 눈을 보고는 그냥 하는 말이 아님을 알았다. 세상사에 달관한 자의 눈빛을 설명해 보라면 청담스님의 눈을 말해주면 될 것 같다.

극한의 상황에서 깨달음을 얻은 걸까?

하지만 자신은 아직 아픔에서 벗어날 만한 곳에 올라서지 못한 상태였다.

"모르겠습니다. 어떤 것이 옳은지. 평범한 저로서는 그저 슬플

때 슬퍼하고 분노할 때 분노할 뿐이지요."

고요한 눈으로 허임을 바라보던 청담스님은 허임에게 깊은 사연
이 있음을 알고 조용히 물었다.

"시주는 이곳에 무슨 일로 찾아왔는가?"

허임은 초점 없이 허공을 응시했다. 아무 말이 없는데도 청담스
님은 조용히 기다려주었다.

"제 목숨처럼 사랑했던 여인이 있었습니다. 그 여인은……."

허임의 입에서 나직한 목소리가 쥐어짜듯이 흘러나왔다. 간간이
격해진 감정을 다스리기 위해 숨을 잠깐 멈췄을 뿐 면면부절 이어
졌다.

청담스님은 그가 말을 끝맺을 때까지 반쯤 눈을 감고 염주만 굴
렸다. 그래서인지 허임의 감정도 시간이 가면서 차분하게 가라앉
았다.

이야기를 끝맺었을 때는 어느새 서쪽으로 기운 해가 주홍빛으로
물들어 있었다.

"그래서 하연 아가씨의 극락왕생을 빌고, 제 마음을 다스리기 위
해서 이곳에 왔습니다. 오기 전 왜적에게 침탈당했다는 말을 듣긴
했지만 이렇게까지 되었을 줄은 생각도 못했습니다."

말을 마친 허임은 땅만 바라보았다.

청담스님은 염주를 굴리며 그런 허임을 지그시 내려다보았다.

"시주가 살아있음에도 이유가 있고 다른 이의 죽음에도 이유가
있으니, 너무 자책하지 마시고 그만 일어나게나."

그러나 허임의 귀에는 그의 말이 단순한 위로로 들릴 뿐이었다.

송하연은 자신 때문에 죽었다. 자신이 조금만 더 깊게 생각하고 고집을 피웠다면 그녀가 죽지 않았을 것이다.

그녀에게 미안하고, 미안하고, 또 미안할 뿐이다.

청담스님은 표정만 보고도 허임의 마음을 짐작했다.

"집착하는 것은 근심이 되고, 집착할 것이 없는 사람은 근심도 없다고 했네. 시주는 지금 무엇에 집착하고 있는가? 하나 물어보세. 시주가 집착하는 것을 그 여시주가 바랄 거라고 보는가? 아니면 그저 시주 혼자서 집착하는 것인가? 만약 시주 혼자 집착하는 것이라면, 저승에 가있는 여시주도 결코 편안할 수가 없을 것이네."

허임의 어깨가 잘게 떨렸다. 하지만 그뿐, 허임이 여전히 입을 꾹 다물고 있자, 스님은 고개를 미미하게 젓고는 몸을 돌렸다. 요사채 뒤쪽으로 향하는 그에게서 나직한 목소리가 흘러나왔다.

"번뇌가 어디에서 일어나는 것인지 안다면 곧 번뇌를 버리고 마음을 비울 수도 있을 게야. 나무아미타불 관세음보살."

어깨의 떨림이 커졌다.

'내가 하연 아가씨를 잊지 못하는 것이 정말 집착에 불과한 것일까? 하연 아가씨는 바라지 않는데 나 혼자 집착하고 번뇌하고 있는 건가?'

모르겠다. 정말 모르겠다.

허임은 두 손으로 얼굴을 감싸 쥐고 무릎에 파묻었다.

집착을 버리고 번뇌의 마음을 비운다?

말은 쉽다. 하지만 자신의 가슴속에 들어찬 하연은 단순한 집착도, 번뇌도 아니다. 그래서 비우기가 더욱 더 힘든 것이다. 아니, 설령 비우는 게 옳다 해도 그 자신이 그녀에 대한 마음을 버리고 싶지 않았다.

* * *

요사채는 삼분의 이가 불타버리고 뼈대와 벽 일부만 남았다. 그 뒤쪽의 공양간은 시커멓게 그을리긴 했어도 사람이 지낼 수 없을 정도는 아니었는데, 그곳에는 작은 방이 하나 붙어 있었다. 청담스님은 바로 그곳에서 지냈다.

당분간 운주사에서 머물기로 작정한 허임은 청담스님과 함께 지내기로 했다. 청담스님도 마다하지 않았다.

허임은 불탄 잔재를 치우고, 땔감을 마련하고, 부서진 석탑과 석불들을 정리했다. 조각난 석탑과 불상을 치울 때마다 그 하나하나에 자신의 가슴속에 응어리져 있는 집착과 번뇌를 담으려고 노력했다.

간혹 미소를 짓는 불상의 머리를 발견할 때는 마음이 숙연해졌다. 왜적들이 억지로 때려서 얼굴이 만신창이가 된 불상을 보면 가슴이 아팠다.

소박하다 못해 가끔은 미소가 절로 나오는 얼굴이 새겨진 불상이다. 부처님의 근엄한 모습과는 전혀 다른 평범한 얼굴들.

왜적들은 왜 이런 불상과 석탑을 파괴한 걸까? 왜?

도무지 이해할 수가 없었다.

궁금함을 참지 못한 허임이 청담스님에게 그 이유를 물었다. 묵묵히 허임을 지켜만 보던 청담스님이 착잡한 표정으로 말했다.

"운주사는 단순히 부처만 모시는 곳이 아니네."

문득 이임성의 말이 떠올랐다. 운주사 일대에는 도를 닦는 사람도 많이 있었다고 했다.

"혹시 칠성사상과 관련이 있습니까?"

청담스님의 눈빛이 출렁거렸다. 허임이 칠성사상을 꺼낸 것에 조금은 놀란 듯했다.

"그렇다네. 이곳은 지형적으로 길게 뻗은 백두대간의 기운이 운집해서 칠성과 어우러지는 곳이네. 까마득한 옛날부터 전해지는 신기(神氣)가 서린 곳이지. 그래서 먼 옛날 조상들께서 그 기운이 흐트러지지 않게 하려고 이곳에 천불천탑을 세웠던 것이네."

"그럼 왜적이 그걸 알고 파괴했단 말입니까?"

"특별할 것도 없는 불상과 석탑을 이토록 철저히 파괴한 걸 보면 그럴지도 모르겠네. 누군가가 이곳에 대해서 발설했다면 왜의 술사(術士)들이 절대 가만 두지 않으려 했을 테니까 말이야."

그제야 허임은 운주사가 파괴된 상황을 조금이나마 이해할 수 있을 것 같았다.

"그럼 불상과 석탑을 다시 세워야겠군요."

그렇게 하면 기를 다시 모을 수 있을 거라 생각했다. 하지만 청담스님은 의외로 처연한 표정을 지으며 고개를 가로저었다.

"아쉽게도 너무 심하게 파괴되면서 기가 사방으로 흩어져 버렸다네. 물 항아리가 깨져서 안에 든 물이 모래 위로 쏟아진 꼴이지."

모래 위로 쏟아진 물은 다시 주워담을 수 없다. 불상과 석탑을 세워도 기운을 모을 수 없다는 말.

그래서 아픔이 깃든 눈빛이었던가?

허임 역시 안타까웠다.

"참으로 아쉬운 일이군요."

"어쩌겠는가? 그 또한 부처님의 뜻이라면 따르는 수밖에. 나무아미타불 관세음보살."

불호를 외는 청담스님의 표정이 그 어느 때보다 어둡게 느껴졌다.

"언젠가는 이 땅에 지금보다 더한 혹독한 시련의 시기가 닥칠 거네. 우리 민족의 뿌리와 같은 기운이 흐트러졌으니, 벗어나려면 꽤 오랜 세월이 걸릴 거야."

* * *

한 달이 지나자 계곡 안쪽이 얼추 정리가 되었다. 인근 마을로 돌아온 민초들이 도와준 덕에 일이 빠르게 진행된 것이다.

운주사와 계곡이 대충 정리되자 허임은 산속에 있는 불상과 석탑을 살펴보았다. 그곳 역시 왜적에 의해 파손된 것이 많았지만 그래도 운주사와 계곡보다는 덜했다.

그때쯤에는 허임의 마음도 많이 안정된 상태였다. 시간 날 때마다 송하연과 전하성의 극락왕생을 빌고, 어머니의 건강도 빌었다. 이미 죽었을 거라 생각되는 김지인에 대해서도 미안한 마음으로 극락왕생을 빌었다. 그러면서 자기 자신의 내면을 더욱 공고히 다

져갔다.

　구슬땀으로 운주사를 적신 지 한 달 보름째. 허임은 청담스님에
게 가슴으로만 품고 있던 일을 청했다.
　"스님, 동원(東垣)에 이르기를, 기는 정신의 근체(根蔕)가 된다 했
습니다. 사람을 치료하는데 있어서 무엇보다 중요한 것이 기를 다
스리는 일이지요. 소생이 그간 노력하여 혈자리와 의술의 기교는
어느 정도 알게 되었습니다만, 기를 다스리는 능력은 아직 미진합
니다. 저에게 기에 대한 가르침을 내려주십시오."
　함께 지낸 지 어느덧 사십오 일이다. 청담스님이 운기에 대해 공
부했다는 걸 아는 것은 어렵지 않았다. 그것도 상당한 수준에 이른
듯 느껴졌다.
　다만 이임성의 수련과 청담스님의 수련은 다른 면이 많았는데,
아마도 용호비결이 아닌 선가나 불가에서 전해오는 운기법을 익힌
듯했다.
　청담스님은 허임의 행동을 지켜본 터라 허임이 사특한 마음으로
기를 배우려는 것이 아님을 모르지 않았다. 말 그대로 의학의 성취
를 위해, 환자의 치료를 위해 배우려는 바가 큰 듯했다. 그러한 이
유라면 가르쳐주지 못할 것도 없었다.
　"기를 다스리려면 먼저 느껴야 하네. 그런데 기라는 것은 실체가
보이지 않다 보니 마음에 따라 많이 좌우되지. 정녕 기에 대해 공
부하고 싶다면 마음부터 비워야 하네. 시주는 스스로 생각할 때 마
음을 비웠다고 생각하는가?"

"그 동안 많이 노력했습니다. 완벽하게 비우지는 못했지만 그로 인해 실수할 정도는 아니라는 생각입니다."

청담도 그 점은 인정했다.

"좋네. 그렇다면 내 아는 대로 가르쳐 주지."

"감사합니다, 스님."

"기를 느끼려면 마음을 비운 상태에서 정신을 집중해야 하네. 단 정신을 집중한다는 것이 집착으로 변질 되어서는 안 된다는 점을 명심하게나. 그리되면 자칫 몸이 크게 상할 수도 있으니까."

"명심하겠습니다."

허임은 수련 장소로 칠성바위를 택했다. 주위가 고요하고 근처에 칠성을 이루는 바위가 있어서 왠지 모르게 다른 곳보다 마음이 안정되었다.

청담스님의 가르침을 떠올리며 가부좌를 틀고 앉은 그는 양 손을 무릎 위에 자연스럽게 얹고 하늘을 보게 했다. 눈은 가만히 감되 의념만으로 가슴을 본다는 마음을 가졌다. 그리고 혀를 입천장에 붙인 후 잡념을 떨쳤다.

운기를 할 때 조신(調身), 조식(調息), 조심(調心)은 서로 조화를 이루어야 한다고 했다. 억지자세를 취해봐야 방해만 될 뿐. 허임은 그의 말대로 무리하지 않으면서도 자세를 제대로 취하기 위해 노력했다.

그렇게 그럭저럭 자세가 잡히자 호흡을 시작했다. 들이쉴 때는 면면부절 깊게 들이쉬고, 내쉴 때는 천천히 길게 내쉬었다. 다만 억지로 끝까지 들이쉬거나 내쉬지는 않았다. 이제 초보나 다름없는 그였다. 무리하는 것은 자칫 해가 될 수 있다고 했다.

허임은 수련 시간을 처음에는 일각 정도, 그 다음부터는 조금씩 늘려갔다. 어차피 단 기간에 익힐 수 있는 것이 아니었다. 급하게 마음먹지 않고 일단 기초적인 것부터 배웠다.

허임은 아침 이른 시간과 저녁 무렵, 하루에 두 번씩 수련을 행했다. 한 달이 지나자 심장에서 팔 쪽으로 기의 흐름이 미약하게 느껴졌다. 공기와는 또 다른 따뜻한 기운. 처음에만 해도 허임은 자신이 정말 기가 흐르는 것을 느끼는 것인지, 아니면 상상으로 인해 착각하는 것인지 알 수 없었다.

그런데 두 달이 지나기 전에 기운이 명문을 통해 들어와서 단전에 고이는 듯하더니, 석 달째에는 자신이 이끄는 대로 독맥을 따라 올라가는 듯했다. 아직 자신이 진짜 이끄는 것인지, 단순히 그렇게 느껴지는 것인지 확실치는 않았다. 다만 분명한 것은 뭔가가 이동한다는 것이었다.

청담스님의 말씀에 의하면, 그것이 바로 '기'이며 시간이 좀 더 지나면 자신이 원할 때 언제든 느낄 수 있을 것이라 했다.

그는 기 수련에 더욱 매진했다. 이제는 기감을 느껴보겠다는 목적을 떠나서 그 자체로 재미가 있었다. 그렇게 넉 달이 지나자 입안의 천장에 붙인 혀를 통해서 기운이 임맥과 통하는 듯 느껴졌다.

허임은 의식하지 못하고 있었지만, 그 당시 운주사에서의 생활은 그의 삶이나 의술에 있어서 지극히 중요한 역할을 했다. 파편처럼 부서져서 흩어졌던 마음을 다잡았고, 어렴풋이 깨닫고 있던 보사법을 천(失), 지(地), 인(人)의 바탕 위에 우뚝 세울 수 있었으니까.

* * *

가을바람이 소슬하게 불어대던 9월 어느 날. 허임은 운주사가 내려다보이는 바위 위에 서서 하늘을 올려다보았다.

명나라와 조선의 집중적인 공세에 밀린 왜적이 남쪽으로 집결해서 마지막 저항을 하고 있다는 소문이 들렸다. 지금 같은 상황이라면 머지않아서 전쟁이 끝날 것 같았다.

'다행이군.'

문제는 자신이었다. 한양을 떠나온 지 벌써 반 년. 아마 내의원에서는 자신의 지위를 박탈했을지도 몰랐다. 아니 박탈 정도가 아니라 잡아들이라는 명령이 떨어졌을지도 모른다.

후회는 없었다. 송하연을 잃었는데 무슨 정신으로 의술을 펼친단 말인가?

어릴 적부터 꾸어온 꿈도 덧없게만 여겨졌다. 무엇을 위해서 그토록 매달렸는지 이제 생각해 보면 실소만 나올 뿐이다.

'그냥 흐르는 대로 살자. 아등바등 쫓아가 봐야 나 자신만 구차할 뿐……'

쓴웃음을 지은 그는 고개를 내렸다. 저 아래쪽에서 자신을 부르는 소리가 들렸다.

"의원님!"

앳된 목소리. 두 달 전부터 운주사에서 생활하기 시작한 정아라는 소년이었다. 전쟁통에 부모를 모두 잃고 이곳까지 흘러들어온 아이였다. 정아와 같은 사연으로 운주사에 들어온 아이가 다섯 명이었는데, 그 중에서도 유독 정아가 그를 따랐다.

"무슨 일인데 그리 급하게 달려오는 거냐?"

"헉헉, 나주에 사시는 의원님의 어머님께서 사람을 보내셨습니다."

"어머니께서?"

아버지 제사 때 다녀왔으니 아직 한 달도 되지 않았다. 대체 무슨 일 때문에 사람을 보낸 걸까?

걱정이 되었다. 혹시 어머니가 아픈 것 아닐까?

어쨌든 내려가 보면 알 일.

"그분은 아직도 아래에 계시냐?"

"예. 청담스님께서 의원님을 모셔오라고 하셨습니다."

"그래? 알았다. 내려가자."

운주사는 그 동안 불에 탄 건물을 뜯어내고, 타다만 요사채 한쪽은 사람들이 기거할 수 있도록 보수해 놓은 상태였다. 그래봐야 나무를 잘라서 벽을 막고 황토를 바른 정도에 불과했지만.

그래도 어쨌든 방 세 개를 그렇게 만들어서 고아가 된 아이 다섯과 운주사의 살림을 맡아줄 보살 둘이 머물게 되었다.

허임이 운주사로 내려가자 사십대쯤으로 보이는 사람이 요사채에서 기다리고 있었다. 이 진사댁의 하인인 오각이었다.

"이걸 허 의원의 어머니께서 주셨수."

오각이 누런 종이로 된 서찰 하나를 내밀었다. 다행히 어머니에게 무슨 일이 생긴 것은 아니었다.

한양에서 너를 찾는 사람들이 왔다. 10월 보름까지 돌아오지 않으면 모든 권한을 박탈하고 죄인으로 호송할 거라고 하는구나. 이 어미는 네 의견을 존중한다만, 그렇다고 해서 네가 죄인이 되는 것도 바라지 않는다. 그 정도면 새아기도 극락왕생했을 것이니 이제 그만 네 길을 갔으면 싶다. 어쩌면 저승에 가 있을 새아기도 네가 그러기를 바랄 것 같구나.

매우 조심스러운 글이다. 행여나 자신이 반발할까 봐 노심초사해서 적은 듯했다. 그럴 필요까지는 없는데…….

'예, 어머니. 제가 어찌 어머니의 뜻을 거스르겠어요?'

흐르는 대로 살겠다는 결심을 한 터였다. 한양으로 돌아가는 것도 자연스런 흐름일지 모른다.

* * *

운주사를 나선 허임은 나주로 가서 어머니를 만났다. 다녀간 지 한 달도 되지 않았는데 그 사이 몇 년은 더 늙으신 듯했다. 죄송하고 또 죄송했다.

박금이는 미소를 지으며 눈물을 흘렸다. 보는 순간 아들이 절망에서 벗어났다는 것을 알 수 있었다. 아들의 고집스러운 성격이라면 몇 년은 갈 줄 알았는데, 생각보다 훨씬 빠르게 자신을 되찾은 것이다.

'감사합니다, 칠성님. 칠성님께서 보살펴 주신 덕에 우리 아들이 슬픔에서 벗어났습니다.'

운주사가 칠성님을 모시는 곳이라는 소문을 들은 그녀는 매일 새벽 칠성님께 빌었다. 그런데 마침내 아들이 가슴에 응어리진 슬픔을 털어내고 일어섰지 않은가. 고맙고 고마웠다.

허임은 집에서 열흘을 보내며 어머니의 마음을 풀어준 후에야 집을 나섰다. 박금이는 기꺼운 마음으로 아들을 보냈다.

허임은 한양으로 올라가는 길에 공주에 들러서 김 참판 댁의 상황을 알아보았다. 김지인은 자신이 임천에서 강을 건넌 그날로부터 사흘 후에 숨을 거두었다고 한다. 나주의 집에 도착한 그날인 듯했다.

이미 짐작하고 있던 터라 전과 달리 급격한 마음의 격동은 느껴지지 않았다. 그래도 미안한 마음과 아픔은 여전히 앙금처럼 남아서 고개가 절로 숙여졌다.

'부디 극락왕생하셔서 행복하게 지내십시오, 아가씨.'

떠나가는 사람들

찬바람이 불기 시작하던 10월초, 도성으로 들어선 허임은 내의원을 향해 느긋하게 걸음을 옮겼다. 욕심도, 급박함도 없는 태평한 모습이었다.

문득 이임성이 떠오른 그는 방향을 틀어서 이임성의 집으로 향했다. 이임성은 부인을 놔둔 채 운주사로 갔었다. 그런데 왜적이 침입하자 운주사에서도 떠난 그였다. 자신이 한양을 떠날 때까지 집으로 돌아오지 않았었는데 소식이라도 있는지 궁금했다.

다행히 허임은 이임성의 집에서 그의 소식을 알 수 있었다. 아주 확실하게.

문을 두드리자 이임성의 부인 정씨가 그를 맞이해 주었다.

"부인, 그 동안 잘 지내셨습니까?"

"어서 오세요, 허 의관님."

"이 형의 소식은 아직도 없습니까?"

허임이 걱정스러운 표정으로 물었다. 그런데 부인 정씨가 묘한 웃음을 지었다. 그때였다. 안채의 방문이 열렸다.

"어이구, 이게 누구신가? 그 유명한 허 의관 아니오?"

활짝 웃으며 문 밖으로 머리를 내민 이임성을 보고 허임은 실소를 지으며 집안으로 들어갔다. 운주사에서 도망치더니 부인 곁으로 돌아온 듯했다. 정말 다행이었다.

"바쁘신 허 의관께서 어쩐 일이오?"

"운주사에 갔더니 도망쳤다고 해서 쫓아온 거요."

이임성의 눈이 동그래졌다.

"엉? 운주사에 갔었소?"

"그렇소. 청담스님만 계시더군요. 그래서 한동안 청소 좀 하고 왔지요. 그런데 이 형은 어찌 된 거요?"

이임성이 쓴웃음을 지었다.

"한 달 전에 돌아왔소. 일단 방으로 들어오시구려."

허임은 신발을 벗고 안으로 들어갔다. 이임성도 다탁이 있는 곳으로 자리를 옮겼다. 그제야 허임은 이임성에게서 전과 달라진 것이 있음을 알았다.

심하게 절룩거리는 다리. 오른쪽 다리가 거의 구부러지지 않고 있었다.

"그 다리는 어찌 된 거요? 운주사에서 다쳤소?"

"운주사에서 도망친 후 남쪽으로 내려가서 왜적들과 싸웠소. 나름대로 도를 익혀서 그깟 왜적들쯤 가볍게 물리칠 수 있을 거라 생각했는데, 의외로 쉽지가 않지 뭐요. 게다가 도를 익혀서는 조총의 탄환을 막을 수 없더구려."

허임은 고개를 흔들었다. 전에는 도를 익혀서 종기를 낫게 한다고 설치더니, 이번에는 전쟁터에 가서 도를 자랑한 모양이다.

"어디 좀 봅시다."

이임성은 다리를 내밀었다. 허임이 보니 탄환이 무릎 근처에 맞아서 무릎뼈가 상해 있었다. 그 바람에 무릎 관절이 제대로 구부러지지 않아 절룩거릴 수밖에 없게 된 듯했다.

"그래도 이만한 게 다행이오. 이형이야 그다지 걱정할 것 없지만, 많이 다쳤으면 부인이 고생했을 것 아니오?"

이임성이 소탈하게 웃었다.

"하하하, 나도 그게 좀 걱정이었소. 사실 이렇게나마 걸어 다닐 수 있는 것이 얼마나 다행인지 모른다오. 하마터면 뒷간도 마음대로 못 가고 요강만 끌어안고 지낼 뻔했으니 말이오."

그때 부인 정씨가 차를 가지고 들어오며 눈을 흘겼다.

"정말 다행이에요. 이제 서방님도 마음대로 돌아다니지 못하실 테니까요."

"응? 그렇게 되나요? 하하하하."

허임은 오랜만에, 정말 오랜만에 마음 편히 웃음을 터트렸다. 이임성은 꿍한 표정으로 허공만 바라보았고.

그렇게 한참 농담조로 이야기를 나누던 중에 허임이 물어보았다.

"어디로 내려갔었소?"

"강진 쪽으로 갔었소. 순천과 보성 쪽은 왜적이 너무 많아서 가까이 가지도 못했소."

"이형이 보기에는 어떻게 될 것 같소? 전쟁이 끝날 것 같소?"

"내가 올라오기 전, 풍신수길이 진짜로 죽었다는 말을 들었소. 전에도 그런 소문이 있었지만 헛소문이었는데, 이번에는 진짜인 것 같소."

"3월에 돈 소문은 나도 들었소. 그런 소문이 돌 때는 그만한 이유가 있을 거라 생각했지요. 아마 저번 8월에 돈 풍신수길이 죽었다는 소문은 사실일지도 모르오."

"어쩐지 순천 예교에 있는 왜적들이 방어만 하면서 우왕좌왕한다 했소. 풍신수길이 진짜로 죽었으면 전쟁도 곧 끝날 거요."

허임도 이임성과 같은 생각이었다. 왜적들은 풍신수길의 명령으로 조선을 침공했다. 명령주체가 죽었다면 철수할 가능성이 컸다.

허임은 그 후로 한 시간가량 이런저런 이야기를 나누고는 이임성의 집을 나왔다.

허임의 집은 문이 굳게 닫혀 있었다. 다른 사람이 들어가지 못하도록 나무 막대를 대고 못을 박은 상태였다. 그리고 옆에 출입금지를 알리는 경고문이 붙어 있었다.

허임은 나무막대와 경고문을 떼어내고 방안으로 들어갔다. 자신이 떠날 때와 별 차이가 없었다. 먼지만 조금 쌓여 있을 뿐.

그는 이불에 등을 기대고 팔베개를 한 채 비스듬히 누워서 눈을 감았다. 송하연의 얼굴이 어슴푸레 떠올랐다. 그의 입가에 희미한 미소가 걸렸다.

'하연 아가씨, 제 걱정은 마십시오. 하연 아가씨가 항상 제 가슴

속에 있으니 이제는 저도 흔들리지 않을 겁니다.'

* * *

"허 의관니이임!"

오동돈이 눈물을 글썽거릴 것 같은 눈으로 허임을 보며 달려왔다.

허임은 담담하게 웃어주었다.

"그 동안 잘 지내셨죠?"

"저야 그렇죠 뭐. 좌우간 잘 오셨습니다. 태의 어른께서 요즘 고민이 많으셨는데, 허 의관님이 오셨으니 좋아하실 겁니다. 들어가시죠."

허임은 허준의 집무실이 보이자 숨을 들이쉬었다. 완전히 무단은 아니지만 오랜 기간 자리를 비웠으니 욕먹을 각오를 단단히 해놓아야 했다.

역시나 허준은 오동돈의 말과 달리 무척 못마땅한 표정이었다.

"왔느냐?"

"죄송합니다, 태의 어른."

"네 사정을 모른 바는 아니다만, 그로 인해 내가 제대로 일을 하지 못했다. 앞으로 또 이런 일이 벌어지면 그때는 가차 없이 죄를 물을 것이야."

"알겠습니다."

허임은 담담히 답하며 고개를 숙였다. 그 모습을 빤히 바라보는 허준의 눈빛에 이채가 떠올랐다. 그러잖아도 신경이 예민한 면이 있는 허임이 아닌가? 심한 마음고생을 해서 전보다 더 어두워졌을지 모른다 생각했다. 그런데 의외로 눈빛과 목소리가 맑았다.

"그래도 다행이군. 눈빛이 썩 나쁘지 않은 걸 보니 그 동안 정신줄을 놓고 지내진 않은 것 같구나."

허임은 쓴웃음을 지었다.

"폐허가 된 운주사에 들러 한동안 지내면서 놓아주는 법을 조금 배웠습니다."

"운주사가 폐허가 되었다? 허어, 그게 정말이냐?"

허준이 놀란 표정을 지었다. 그도 담양과 인연이 깊어서 화순에 있는 운주사에 가본 적이 있었다. 운주사에는 도가를 공부하는 자들이 머물고 있었는데, 그 역시 정기신(精氣神)과 관련된 도가에 약간의 뜻이 있어서 그들과 이런저런 이야기를 나누어본 적이 있었다.

허임은 운주사의 상황을 대략적으로 말해주었다. 허준의 얼굴이 침통하게 굳었다.

"허어, 참으로 안타까운 일이구나."

"이미 엎질러진 물, 어쩌겠습니까? 그래도 힘을 합쳐서 정리는 해놓았으니, 뜻있는 분이 힘을 쓴다면 겉모습이나마 조금이라도 되찾을 수 있겠지요."

허준은 고개를 느릿하게 끄덕였다. 허임의 말대로 자신이 아쉬워한다 해서 되돌릴 수 있는 일도 아니었다.

"네 말이 맞다."

착잡한 표정으로 아쉬움을 털어낸 허준은 화제를 돌렸다.

"저번 9월에 침을 놓으려 했으나 너와 박춘무가 출타 중이어서 다음으로 미루었다. 그게 내일이니라. 하지만 이번에 너는 참석할 수 없을 것이니 그리 알고 있어라."

"예, 태의 어른."

"그만 가보아라. 오랫동안 자리를 비웠으니 이것저것 할 일이 많을 것이야."

"그럼 나가보겠습니다."

허임은 인사를 올리고 몸을 돌렸다. 그때 그의 등 뒤에 대고 허준이 말했다.

"어쨌든 잘 돌아왔다."

허임의 입가에 가느다란 미소가 걸렸다.

'고맙습니다, 태의 어른.'

김영국은 죽었던 사람이 돌아온 것처럼 반가워했다.

"반 년 동안 너 때문에 내가 얼마나 간을 졸였는지 아느냐? 하마터면 찬이 없을 때 졸여진 내 간을 빼서 먹을 뻔했다."

"죄송합니다."

"그래, 갔던 일을 잘 처리했느냐?"

"예. 아마 그녀도 저승에서 편히 지내고 있을 겁니다."

"앞으로도 좋은 여자를 만날 수 있을 거다. 네 마음을 모르는 바는 아니다만, 산다는 것이 꼭 한 길만 있는 것은 아니니라."

허임은 담담히 웃기만 했다. 김영국은 그런 허임을 보고 고개를 설레설레 저었다.

"고집쟁이에게 그런 말하는 내가 그렇지. 그런데 유진하에 대한 소식을 들었는지 모르겠구나."

"무슨 일이 있었습니까?"

허임은 모르고 있었다. 그가 모르고 있다는 걸 안 김영국이 두 사람의 죽음에 대해서 이야기해 주었다.

"유진하가 의녀인 정월이 하고 함께 죽었다. 뭐 의좋게 강물에 함께 뛰어든 것은 아니고……."

그 이야기를 들은 허임은 마음이 씁쓸했다. 유진하가 죽은 것이야 마음 쓸 것도 없었다. 하지만 정월의 죽음은 안타까웠다. 혼자 죽은 것도 아니고 뱃속의 아기까지 죽었지 않은가? 결국 한 사람의 잘못으로 애꿎게 부모와 자식이 함께 죽은 것이다.

'유진하, 죽어가면서까지 용서받지 못할 죄를 저질렀구나.'

* * *

무술년 10월 5일. 점심 무렵 왕세자가 참석한 가운데 선조가 침실에서 침을 맞았다. 박춘무도 그날 함께 입시했는데, 허임은 허준의 말대로 그날 입시하지 않고 오동돈과 함께 봉연을 만났다.

봉연은 송하연의 이야기를 듣더니 눈물을 하염없이 흘렸다. 송하연을 아는 몇몇 의녀도 눈물을 훔치기 바빴다.

"비록 그렇게 보내긴 했지만 제 가슴 속에는 선명히 살아있습니다."

담담히 말하는 허임의 눈은 깊이를 알 수 없는 해저처럼 깊고 고요했다. 그 눈을 본 오동돈이 고개를 옆으로 꼬고 의아한 표정으로 말했다.

"어째 허 교수님의 눈을 보니 도라도 익힌 분 같습니다요."

"정말 그렇게 보입니까?"

"그렇다니까요?"

"도를 익히지는 않았지만, 도에 대한 공부는 조금 했지요."

"도를 배우면 허풍이 심해진다고 하던데……."

그런 사람도 없진 않았다. 이임성도 조금은 그런 면이 있으니까.

"오 의관도 도를 공부해 보지 않겠습니까?"

"에이, 저는 괜찮습니다. 제가 도를 배우면 봉연이 싫어할 겁니다."

오동돈이 손사래를 치며 거부하자, 봉연이 넌지시 농담을 건넸다.

"그건 오라버니 말씀이 맞아요. 지금보다 허풍이 더 심해지면 어떡하라고요?"

오동돈이 머쓱한 표정을 짓자, 한바탕 웃음이 터져 나왔다.

선조에게 침을 놓고 물러나온 박춘무는 곧장 허임을 찾아왔다. 그도 다른 사람에게 허임의 일을 들었는지 무척이나 안타까워했다.

이런저런 이야기를 나누며 한참을 보낸 박춘무는 만나야 할 사람이 있다면서 내의원을 나갔다. 그리고 그 직후 동막개가 찾아왔다.

"멀쩡히서 다행이구마이."

"그럼 내가 어떻게 된 줄 알았어?"

동막개가 씩 웃었다.

"찾아가볼까 하다가 안 갔어야. 임아 너라면 털고 일어날 줄 알았당게."

피식 웃은 허임이 동막개에게 물었다.

"요즘은 지내기 어때?"

"인자 어느 정도 익숙해졌는디, 그래도 답답한 건 마찬가지여. 전쟁만 끝나면 나와서 고향으로 내려갈까, 고민이당게."

"그래? 그럼 그 일에 대해선 전쟁 끝나고 다시 이야기하자. 아무래도 전쟁이 오래 갈 것 같지 않거든."

* * *

선조는 그 후 10월 9일 오시(午時)에도 다시 침을 맞았다. 다행히 침을 맞은 것이 효과를 봤는지 선조의 병증이 빠르게 나아졌다.

오랜만에 몸이 가벼워진 선조는 당시 입시해서 침을 놓았던 박춘무를 부평부사로 삼았다. 침술이 뛰어난 그를 한양에서 조금이라도 더 가까운 곳으로 이동시킨 것이다.

그렇게 하루하루가 지나는 사이 남쪽에서는 격렬한 싸움이 벌어졌다. 마지막 불꽃을 태우기라도 하듯 명나라와 조선의 연합군은 왜적을 몰아붙였다. 그러나 왜적도 성을 쌓아놓고 결사적으로 버텼다.

그러는 사이 찬바람이 불면서 겨울이 닥쳤다. 왜적의 수장인 소서행장은 사신을 보내, 풍신수길이 죽었으니 철병할 거라며 화친을 청했다.

조정에서는 왜적을 완전히 쫓아내기라도 한 것처럼 한시도 쉬지 않고 권력싸움에 여념이 없었다. 특히 유성룡을 탄핵하는 상소와 간언이 끊이지 않으니 선조는 골머리를 싸맸다.

결국 견디다 못한 선조도 유성룡을 파직했는데, 그것만으로는 모자랐는지 삭탈관직하라는 요청과 상소가 뒤를 이었다.

안동에 있던 유성룡은 자신을 향한 온갖 소문이 다 돌자 참담한 마음을 떨칠 수 없었다. 특히 자신을 탐욕한 간적으로 취급하자, 자신이 싫어했던 정철과 비교되어 비참한 마음이 더 했다.

"지난번에 논자들이 계함*을 가차 없이 공격하면서도 탐비(貪鄙)로는 지목하지 않았다. 나의 처신이 저 계함에 미치지 못했단 말인가?"

언제인가, 그가 정철이 최영경을 죽인 일에 대해서 말했을 때, 종사관 서성이 그렇지 않다고 극력 변론한 적이 있었다. 그때도 그는, 정철이 항상 떳떳하게 그 일을 해명해도 최영경의 죽음이 정철 때문이었다고 여겨왔기 때문에 답하지 않았다. 그런데 지금에 와서 생각해 보니 정철은 입이 곧아 자기가 한 일은 절대 숨기지 않는 사람이었다. 그렇다면 그의 말이 옳았다는 뜻이 아니겠는가.

탄식이 절로 나왔다.

"이제야 계함의 마음을 알 것 같구나."

정철이 죽을 당시에 많은 사람들이 그를 간적으로 칭했다. 그를

* 季涵:송강 정철

잘 모르는 사람들도 부화뇌동하여 정말 그를 간적이며 소인으로 여겼다. 평소 정철을 안다는 사람들조차 여론에 현혹되어 그를 소인으로 여기고 의심했을 정도니…….

유성룡은 그러한 여론의 무서움을 알기에 허탈해졌다. 수많은 조정중신과 선비들이 연일 자신을 탐욕하며 자신밖에 모르는 간적으로 내모는 상소를 올리고 있었다. 그렇다면 결국 자신 역시 정철처럼 간적으로 취급될 것이 아니겠는가 말이다.

그렇게 고관들이 유성룡을 파멸시키기 위해서 사력을 다할 즈음, 남해 바다에서는 마지막 풍운(風雲)이 일고 있었다.

* * *

"진 도독, 왜적이 배를 타고 나갔다 합니다. 이는 놈들이 구원병을 요청하기 위해 나간 것이 분명합니다. 놈들이 나간 지 나흘이 지났으니 아마 내일쯤이면 많은 군사가 나올 것입니다. 우리가 먼저 나아가 유리한 지형을 점하고 싸운다면 반드시 이길 수 있을 것입니다."

이순신은 결연한 표정으로 말하고 명나라 수군제독 진린을 횃불이 이는 눈으로 바라보았다. 그는 진린이 적장(敵將) 소서행장으로부터 많은 예물을 받고 있다는 것을 알고 분통해했지만 아무런 내색도 하지 않았다. 지금은 왜적과 싸워야 할 때이지 아군끼리 싸울 때가 아닌 것이다.

진린은 탐탁지 않은 마음이면서도 눈치를 보면서 조심스럽게 이순신을 달랬다.

"장군도 지금 화친이 진행되고 있는 것을 알 거요. 그 일이 끝나기 전까지는 허락할 수 없소이다."

"제독, 왜적은 우리 조선을 참혹하게 침탈했습니다. 조선의 장수로서 어찌 저들을 두 눈 뜨고 보내줄 수 있겠소이까? 우리 조선의 장수와 군졸들의 가슴 깊은 곳에는 가족을 잃은 한이 산더미처럼 쌓여 있소이다. 허락해 주시오, 제독! 이 이순신은 바다에 나가 죽는 한이 있어도 저들을 그냥 보낼 수 없소이다!"

절절하게 말하는 이순신의 눈에서 소리 없이 눈물이 흘러내렸다. 진린은 그 모습을 보고 가슴에 쇳덩이가 들어찬 기분이었다. 거부하면 평생 태산처럼 무거운 짐을 짊어지고 살아야 할 것만 같았다.

"정말 승리할 수 있겠습니까?"

"승리할 수 있습니다. 반드시 승리할 것입니다! 저 원수들만 무찌를 수 있다면 죽어도 한이 없습니다!"

"좋습니다. 그럼 이 장군의 뜻에 따르도록 하겠소이다."

무술년 11월 18일, 조선의 수군과 명나라 수군은 밤새도록 노를 저어 날이 밝기 전에 노량에 도착했다. 19일 새벽, 그들이 유리한 지형을 점하고 있는데 과연 수백 척의 왜선들이 나타나기 시작했다.

이순신은 왜적이 공격 범위에 들어오자 공격 명령을 내렸다.

"공격하라!"

"왜놈들을 공격하라!"

쿵! 쿠궁! 콰광! 따당! 따다당!

포성과 조총 소리, 북소리, 고함 소리가 뒤엉켜서 바다를 뒤흔들었다.

조선군과 명군의 합격에 말려든 왜선들은 불길이 붙고 부서져서 노령의 거친 물살에 수장되었다. 셀 수 없이 많은 시신과 부서진 파편이 바다를 뒤덮고, 그 위로는 화살과 포탄이 쉴 새 없이 날아갔다.

새벽녘 인시(寅時)부터 시작된 싸움은 사시(巳時)가 다 되도록 이어졌다. 그러던 어느 순간, 직접 나서서 화살을 쏘며 수하들을 독려하던 이순신이 비틀거렸다.

"장군!"

"괜찮으십니까, 장군?"

곁에 있던 장수들이 깜짝 놀라서 급히 그를 붙잡았다.

"지금은 싸우는 것이 급하니…… 나의 죽음을 알리지 마라."

이순신은 쥐어짜는 목소리로 말하고 이를 악물었다. 하지만 그도 잠시, 몸을 부르르 떤 이순신이 검을 움켜쥔 채 눈을 감았다.

"장군! 정신 차리십시오!"

"맙소사! 장군!"

장수들은 이순신의 몸에서 맥이 느껴지지 않자, 하늘이 무너진 것 같은 충격에 눈물을 쏟아냈다. 그때 이순신의 조카 이완이 급히 그들을 말렸다.

"장군께서 돌아가신 것을 알려서는 안 됩니다! 살아계신 것처럼 싸우십시오!"

누군가가 재빨리 옷과 방패로 이순신을 가렸다. 또 다른 누군가는 힘차게 북을 두드렸다.

모두들 눈물을 흘리면서 진군을 외쳤다.

"적을 공격하라!"

"멈추지 말고 쏴라!"

싸움이 절정으로 치달을 때 진린이 탄 배가 위험에 처한 것이 보였다. 조선의 수군들은 일제히 그곳으로 배를 몰았다. 이순신이 탄 배도 북을 치며 그곳을 향해 내달렸다.

또다시 수십 척의 왜선이 침몰했다. 얼마나 많은 사람들이 죽었는지 푸른 바닷물이 붉게 물들었다.

왜선들은 더 버티지 못하고 먼바다 쪽으로 선수를 돌려 도망쳤다.

겨우 목숨을 구한 진린은 즉시 이순신의 배로 다가왔다. 그는 자신을 구해준 것에 대한 감사의 인사를 하기 위해 이순신을 찾았다.

그제야 이완이 숙부인 이순신의 죽음을 알렸다.

"숙부님께서는 싸움 중에 돌아가셨습니다!"

진린은 벼락이라도 맞은 것처럼 벌떡 일어나다가 세 번이나 넘어지고는 "장군은 죽은 뒤에도 나를 구해주었구나!"하면서 통곡했다.

그제서야 이순신의 죽음을 알게 된 조선군과 명군의 배 위에서 통곡소리가 터져 나와 바다와 하늘을 뒤흔들었다.

향년 54세. 이순신은 그날 최후까지 왜적을 물리치고 숨을 거두었다.

이순신의 영구는 아산으로 옮겨졌다. 영구가 지나가는 곳마다 통곡이 끊이지 않았다. 통곡소리는 천 리를 이어졌다. 날씨가 추운데도 선비는 물론이오, 일반 백성과 군졸, 남녀노소 모두가 통곡하면서 이순신의 영구가 지나가는 길에 제사를 지냈다.

* * *

왜적이 물러갔다는 소식과 함께 이순신의 전사 소식을 들은 허임은 한동안 멍한 표정으로 하늘만 바라보았다.
'하늘도 무심하구나.'
찬바람이 옷섶을 파고들었다. 몸이 후드득 떨렸다.
그때 저만치에서 오동돈이 뛰어왔다.
"허 교수님, 태의께서 모두 모이시라는 전언입니다요."

허준의 집무실로 가자 넓은 탁자 주위로 내의와 침의들이 앉아 있었다.
"아직 마지막 정리가 남아 있긴 하나, 마침내 왜적이 물러가고 나라가 평온을 되찾았소. 물론 곳곳에 상처가 많아서 치유되려면 오랜 세월이 걸릴 것이오. 하지만 그것 역시 시간이 지나면 차차 나아질 것이고, 그 일은 조정대신들이 힘써 일할 일이니 우리 의원들은 의원으로서의 책무를 다해야 할 것이오."
허준의 잔잔한 목소리에 사람들이 모두 고개를 주억거렸다.
"지금 왕세자비의 옥체에서 원손이 탄생하기 직전이오. 모두들 만전을 기해서 사소한 실수도 없도록 조심해야 할 거요."

광해군은 오랜 세월 자식이 없었다. 전쟁으로 인해 떨어져 지낸 기간이 길었기도 하고, 광해군의 몸이 약해서 씨를 품을 기회가 적었던 것도 원인 중 하나라 할 수 있었다. 그런데 마침내 왕세자비가 임신을 했고, 출산이 코앞이었다.

12월 초. 왜적이 물러간 시기에 원손이 탄생하자 조정이 활기에 넘쳤다. 내의원도 바빠졌다. 특히 의녀들은 만에 하나라도 왕세자비와 원손에게 이상이 생기지 않도록 신경을 곤두세웠다.

선조는 원손의 탄생을 종묘에 고하고, 비변사의 의견을 받아들여서 대사면령을 내렸다.

그 와중에도 조정에서는 연일 상소가 끊이지 않았다. 전쟁 때 죄를 지은 자들은 온갖 수단 방법을 다 써서 벌을 벗어나려 했고, 권력을 쥔 자들은 손에 쥔 권력을 빼앗기지 않으려고 발버둥쳤다.

허임은 그들의 짓거리가 한심스럽기만 했다. 전쟁 와중에 볼 것 못 볼 것, 들을 것 못 들을 것 다 겪은 그가 아니던가. 그는 귀 막고 눈 가린 채 환자를 치료하는 일에만 전념했다.

그 사이 그토록 치열했던 무술년이 지나가고 기해년*이 되었다.

* * *

허임은 조정이 진흙탕싸움을 벌이든 말든 환자를 치료하는 일에

---

* 己亥年: 1599년

만 충실했다. 어차피 고관들의 싸움에 의관 따위는 끼어들 여지도 없었다.

그러한 싸움은 봄이 되어도 멈추지 않았다. 언제 전쟁을 치렀느냐는 듯 문관들은 무관들을 괄시하고, 이리 뭉치고 저리 뭉쳐서 아귀다툼을 벌였다. 그들은 지금이 아니면 상대파벌을 이길 수 없다는 듯 사력을 다했다.

임금을 호종하지 않았다는 것. 백성을 팽개치고 먼저 피난 갔다는 것. 왜적과 싸우지 않고 도망쳤다는 것. 전쟁 중에 백성의 고혈을 짜내며 괴롭혔다는 것. 상국인 명나라를 모욕했다는 것 등등. 7년에 걸친 전쟁으로 인해서 상대를 비난할 사유가 무수히 많으니 기회라면 기회였다.

그런 와중에 황해도 수안에 있는 중전의 몸에 병이 들었다. 처음에만 해도 단순한 감기 같았는데, 시일이 가면서 약을 써도 낫지 않고 점점 심해졌다. 선조는 중전의 병이 심해진 4월 말이 되어서야 어쩔 수 없다는 듯 한양으로의 환도를 허락했다.

선조는 윤4월이 되면서 병이 더욱 깊어졌다. 하지만 고집스럽게 의원의 진맥을 받지 않고 약만 들게 했다.

내의원의 의관들은 그런 선조의 태도에 노심초사했다. 그러잖아도 중전의 병이 낫지 않아서 초조해하는 상황이었다. 그런데 만에 하나 임금이 잘못되기라도 하면 의관이 모든 책임을 져야 할지 모르는 것이다.

한편, 민초들은 고관들이 개싸움을 하던, 닭싸움을 하던, 임금이 아프든 말든 신경 쓸 겨를이 없었다. 그들은 그러한 일보다도 비가 오지 않는 것이 더 걱정이었다. 파종을 하긴 했는데 3월부터 비가 내리지 않더니 5월이 되도록 빗방울을 구경할 수 없었다. 4월에 윤달이 끼었으니 무려 석 달 이상 비가 오지 않은 것이다.

극심한 가뭄이었다. 물이 흐르던 계곡에선 풀만 자랐다. 들판의 풀은 누렇게 말라버렸다. 파종해 놓은 곡식도 대부분이 말라죽고 겨우 목숨을 부지한 것마저 죽기 직전이었다.

기우제도 소용없었다.

하늘이 벌을 내리는 듯했다.

민초들은 절망에 빠져서 하늘만 바라보았다. 그들은 지난 날 추위와 배고픔 속에서 어떠한 참상이 벌어졌는지 기억하고 있었다.

식인의 계절.

혹시라도 악몽의 그 상황이 재현될까 봐 너무나 두려웠다.

하늘은 온 나라가 두려움에 덜덜 떨던 한여름이 되어서야 비를 내려주었다.

5월 말, 사흘간 쏟아진 비는 대지를 흠뻑 적셨다. 그러나 이미 파종된 곡식은 칠팔 할이 말라죽은 후였다. 민초들은 조정의 고관들이 서로의 목에 칼을 들이대든 말든 한 포기의 곡식이라도 더 살리기 위해서 구슬땀을 흘렸다.

그 즈음, 동막개가 허임을 찾아왔다.

"나 말이여, 오위장이신 한명련 장군을 따라서 북쪽으로 가기로 혔어."

"정말?"

"어. 아무래도 그게 내 적성에 맞을 것 같아. 그 냥반도 마음에 들고."

한명련이라면 허임도 잘 안다. 자신이 엉덩이에 박힌 탄환을 빼 준 사람이 아닌가.

용맹함으로는 조선 전체를 따져도 열 손가락 안에 들어가는 장 수가 바로 그였다. 전란 때 그 어떤 장수보다 큰 공을 세운 용장(勇 將). 그러한 공으로 오위장까지 올라서 문신들에게 집중 견제를 받 았던 사람이 바로 한명련인 것이다.

이번 5월 초만 해도, 여러 문신들이 한명련의 출신이 비루하다며 오위장을 체차*시켜야 한다고 난리를 쳤다. 전란 때 왜적들에게 가 장 큰 두려움을 줬던 장수들 중 하나인 용장을 말이다.

결국 한명련은 자신이 먼저 북쪽으로 가겠다고 나섰다. 그제야 문신들은 충신 운운하면서 한명련의 북행을 반겼으니, 참으로 한 숨만 나올 뿐이다.

"잘 생각했다. 그분이라면 너와 잘 어울릴 거야."

"너도 그렇게 생각하지?"

"그래. 막개 너는 호랑이야. 한명련 공도 호랑이지. 한 산에 호랑 이가 두 마리 있으면 안 되지만, 큰 호랑이하고 새끼호랑이는 괜찮 을 거야."

"어? 그거 말 되네잉."

---

* 遞差:다른 사람으로 바꿈

"그리고 북쪽에는 바다가 없잖아. 배를 타고 싸우는 것보다는 말을 타고 싸우는 게 너에게는 더 잘 어울려."

"하하하, 그건 맞어. 사실 그게 좋아서 가는 건디, 귀신 같이 알아부렀네잉!"

허임으로서는 동막개가 떠난다는 게 너무나 아쉬웠다. 북방으로 가면 언제 다시 볼 수 있을까? 영영 못 보는 것은 아닐까?

하지만 아쉽다고 붙잡아놓을 수도 없는 일. 환한 웃음으로 보내주었다. 다시 만나지 못한다 해도 자신의 가슴속에는 영원히 살아 있으리라.

동막개는 그로부터 닷새 후에 한양을 떠났다. 그가 떠난 후로도 답답하고 짜증 나는 일이 많았지만, 항상 그런 것만은 아니었다.

기해년 6월 중순, 김영국이 공을 인정받아서 양천 현감으로 임명되었다. 조정대신들은 하찮은 의관이, 그것도 어의가 아닌 침의 따위가 실직(實職)인 수령에 임명된 것을 불쾌하게 생각했다.

하지만 허임과 오동돈은 그 일이 진심으로 기뻤다. 두 사람과 신여탁은 김영국을 찾아가서 진심으로 축하해 주었다. 품계는 전과 같은 6품이지만 수령이 되었다는 것은 동반에 올랐다는 말이었다.

"축하합니다."

"어이구, 현감 나리. 앞으로 잘 모시겠습니다요."

"하하, 이거 쑥스럽구나."

김영국이 쑥스러운 표정을 지은 것은 그 날이 처음이었다.

좋은 일은 그뿐만이 아니었다. 6월이 가기 전에 오동돈이 혼인을

올린 것이다. 오동돈은 쑥스러워하기는커녕 좋아서 입이 귀밑까지
찢어졌다. 봉연의 얼굴에도 연분홍 복사꽃이 피었다.

* * *

허준이 허임을 부른 것은 오동돈이 혼인식을 올리고 사흘이 지
났을 때였다. 허준의 집무실로 들어가자 도제조인 우의정 이항복
이 함께 있었다.

"부르셨습니까, 태의 어른."

"어서 오너라."

허준은 짧게 대답하고는 이항복을 향해 고개를 돌렸다.

"우상께 들은 대로라면 허임이 가장 적합할 것 같습니다. 우상의
생각은 어떻습니까?"

이항복은 어두운 얼굴로 고개를 끄덕였다. 그도 허임의 실력에
대해서는 잘 알고 있었다. 광해군의 분조와 함께 서남행시 치료를
받은 적이 있었으니까.

"태의가 어련히 알아서 택했겠소. 의견대로 따르리다."

허준이 다시 허임을 바라보았다. 영문을 모르고 있던 허임이 의
아한 표정으로 물었다.

"무슨 일입니까, 태의 어른?"

"전 도원수이셨던 권율 장군께서 병이 낫지 않아 사경을 헤매고
계신다는구나. 네가 가서 진맥을 하고 치료를 해보도록 해라."

그제야 허임은 상황을 이해할 수 있었다. 이항복은 권율의 사위

가 아닌가. 아마도 장인인 권율의 건강이 걱정되어서 내의원의 의원을 보내려는 듯했다.

허임은 권율을 그리 대단하게 생각하지 않았다. 권율이 용맹하고 뛰어난 장수인 것은 분명했다. 행주대첩을 승리로 이끌어서 한양을 수복할 수 있는 전기를 마련한 것은 대단한 공이라 할 수 있었다. 이합집산하던 장수들을 모아서 왜적과 끝까지 싸운 것도 작지 않은 공이었다.

하지만 몇 가지 사안에 대해서만큼은 권율을 옹호할 수 없었다. 아니 원망마저 했다. 특히 조헌과 칠백 의사의 죽음, 김덕령의 죽음, 진주성 수만 백성이 죽어간 참사에 대해서는 절대적으로 권율의 책임이 크다고 생각했다.

이순신의 파직을 방관한 것도 결과론적으로는 엄청난 피해를 야기한 셈이니 도원수였던 권율의 책임을 묵과할 수 없었다.

그러나 잘잘못 이전에 권율도 나라를 위한 충정만큼은 누구 못지않은 용맹한 장수였다. 자신의 안위를 위해 도망만 가던 자들과는 확연히 달랐다. 하거늘 그의 치료를 꺼려할 이유가 뭐 있으랴.

"예, 태의 어른."

허임은 담담히 대답했다. 그런데 허준이 묘한 지시를 내렸다.

"갈 때 내의원 복장이 아닌 평복을 하도록 해라."

허임은 의아했지만 그런 말을 할 때는 그만한 이유가 있을 거라 생각하고 묻지 않았다.

"알겠습니다."

그때만 해도 허임은 왜 이항복이 직접 허준을 통해서 부탁하듯이 말했는지, 허준이 왜 그런 명령을 했는지 알지 못했다.

* * *

허임은 평복으로 갈아입고 권율의 집이 있는 양생방*으로 향했다. 이항복이 붙여준 하인 하나가 그를 안내했다.

권율의 집은 침울한 분위기였다. 의원이 올 줄 알았는지 하인들은 별다른 질문도 없이 그를 안으로 안내했다. 집안의 살림살이는 도원수를 지낸 사람답지 않게 검소했다.

방안으로 들어가자 누워 있는 권율이 보였다. 남원 운봉에서 만날 기회가 있었음에도 만나지 못했었다. 불렀을 때 가지 않은 것에 기분이 상했는지, 아니면 일개 의원을 만날 시간이 없을 정도로 바빴는지 내막은 알 수 없었다. 어쨌든 그날 보지 못하고 이런 모습으로 만나게 된 것 또한 운명이 아니겠는가. 허임은 씁쓸한 표정으로 권율을 살펴보았다.

기골이 장대하던 권율이건만 늙고 병에 시달리면서 옛 모습은 흔적도 찾아보기 힘들었다. 부리부리하던 눈에서 쏟아지던 형형한 눈빛은 온데간데없고 병자의 혼탁한 눈빛만 남아 있었다. 황달기가 심한 눈, 복수가 찬 배. 관절도 부어 있고, 무더운 날씨로 인해서 욕창마저 생긴 상태였다.

고통이 상당할 텐데도 별반 표정이 없는 걸 보니 그조차 느끼지

----

* 養生坊: 한성부의 서부 9방 중 하나

못하는가 보다. 그 모습을 보니 마음이 착잡해졌다.

아직 세상에는 자신이 손댈 수 없는 환자가 무수히 많았다. 어지간한 병은 대부분 치료할 수 있을 거라 생각했는데, 지나가던 개가 들으면 배꼽을 잡고 웃을 일이었다.

착잡한 눈빛으로 한참 동안 권율을 살펴본 허임은 손목을 잡고 맥진을 해보았다. 반 식경쯤 지나 허임이 손목을 놓자, 옆에 있던 젊은 유생이 초조한 목소리로 물었다.

"어떻소, 의관?"

그는 권율의 중형*인 권순의 아들로 권율의 부인이 아들을 낳지 못하자 후사를 맡기기 위해 입양한 권익경이었다.

허임은 일단 권율의 몸을 옆으로 눕혀놓고 권익경을 바라보았다.

"솔직한 대답을 듣고 싶으십니까?"

권익경은 그 말만으로도 대충의 상황을 짐작하고 눈빛이 흔들렸다.

"말씀해 주시오."

"오랜 전란 동안 외방에서 고생하시며 제대로 보살피지 못한 바람에 몸이 피폐해질 대로 피폐해져서 병이 너무 깊게 들었습니다. 비기**가 있는 것은 물론이고, 어떻게 손을 쓸 수가 없을 정도로 오장육부 곳곳이 상해서 제 기능을 발휘하지 못하고 있습니다. 두어 달만 일찍 손을 썼다면 조금이라도 명을 늘릴 수 있었을지 모르겠

----

* 仲兄:둘째형
** 肥氣:적취(積聚) 중 간과 관련된 덩어리

습니다만, 지금은 전설의 명약이 있다 해도 회복되기가 어려워 보입니다."

냉정한 그의 판단을 듣고 권익경이 머뭇거리며 물었다.

"태의이신 허준 의관도 불가능하겠소?"

어찌 들으면 상대의 자존심을 건드리는 말일 수도 있었다. 그러나 권익경은 남의 기분을 따질 형편이 아니었다. 허임도 개의치 않고 담담하게 대답했다.

"태의께 방법이 있다면 당장이라도 도움을 청해야지요. 일단 제가 진맥한 바를 말씀드려보겠습니다."

"고맙소. 만약 태의께서도 고칠 수 없다면 어떻게 하실 거요?"

"고통과 괴로움을 최소화 시켜서, 가시는 길 편하게 해 드리는 것 정도가 제가 해 드릴 수 있는 최선의 방책입니다. 일단 오늘은 침과 뜸으로 고통을 가라앉히도록 하고, 돌아가서 태의께 말씀드리지요. 그리고 제가 간 후로도 주기적으로 몸을 돌려서 등의 욕창이 심해지지 않게 해 주십시오."

허준은 허임으로부터 권율의 상세에 대한 말을 듣고 탄식했다.

"허어, 그 정도였단 말이냐?"

"솔직히 며칠이나 버틸지 모르겠습니다."

허준은 허임의 진맥을 존중했다. 허임의 성격을 생각할 때 그런 말을 했다는 것은 권율이 죽음을 벗어날 수 없다는 뜻이나 다름없었다.

"참으로 안타까운 일이구나. 네 말대로 정말 오장육부가 온전치 못할 정도의 상태라면 나로서도 손쓸 방법이 없다."

"그럼 내일 가서 그리 말하겠습니다."

허준의 방을 나온 허임은 내의원을 나와서 자신의 거처까지 천천히 걸었다. 많은 생각이 들었다.

얼마나 많은 사람들이 권율의 지원을 받지 못해서 죽어갔던가. 그 생각을 하면 분했다. 도원수가 아무리 막중한 자리이고 모든 일을 다 돌볼 수 없다는 걸 모르진 않았다. 그가 분한 것은 충분히 구원할 수 있는데도 손 한 번 뻗지 않아서 수많은 의병들이, 백성들이 죽었다는 사실 때문이었다.

그런데 오늘 권율을 만나보고 오니 그러한 분함조차도 덧없게 느껴졌다.

그는 날이 더워도 언제 적이 공격해 올지 모른다며 갑옷을 벗지 않았다고 했다. 그때의 흔적이 온몸 구석구석에 낙인처럼 남아 있었다. 의원이 아니면 알 수 없는 상흔들이.

'후우우, 하긴 그때의 일이 어찌 권율 장군만의 잘못이겠는가? 그 이전 왜적에게 침입의 빌미를 준 자들, 백성들을 내팽개치고 도망친 자들이야말로 천벌을 받을 자들이지.'

문신들은 권율과 장수들이 왜적과 싸우고 있을 때, 안전한 곳에서 입만 나불거리며 장수들의 거취를 좌우했다. 그러고도 전쟁이 끝나니 다시 싸우고 있었다. 도망쳤던 장수들은 온갖 변명을 늘어놓으며 권력에 붙어서 자신의 안위를 도모하고 있고.

입안이 무척이나 썼다.

'개자식들!'

* * *

기해년 7월 6일. 권율이 세상을 떠났다.

7월 7일 아침. 권율의 죽음에 대한 소식을 들은 선조가 부의를 내리면서 안타까운 표정으로 물었다.

"병이 그처럼 심중했다면 정원이 의견을 물어보고 의원과 약을 보내 주었어야 마땅했다. 그런데 왜 그리하지 않았느냐?"

그러자 승정원에서 답을 올렸다.

"신 등은 권율의 병이 심중하다는 말을 듣고 즉시 주상께 의견을 물어보려고 하였으나, 권율은 1품의 관직을 지내지 못했고, 또 그 몸이 한양에 있어 원수(元帥)로서 진중에 있을 때와는 다르기 때문에 규례(規例)에 구애되어 감히 말씀드리지 못하였습니다."

권율이 임시직인 도원수를 지냈을 뿐, 정식 1품 관직을 지내지 않았으니 임금께 말하지 않았다는 것이다.

참으로 가당치 않은 변명이었다. 토사구팽(兎死狗烹). 전쟁이 끝났으니 가치가 떨어졌단 말인가? 문관들이 무관을 어떻게 생각하는지 생생히 알 수 있는 말이었다.

허임은 권율의 타계 소식을 듣고 마음이 무거웠다.

"허 교수님, 들었습니까요? 권율 장군께서 돌아가셨다는군요."

오동돈이 다가와서 안타깝다는 투로 말했다. 허임은 씁쓸한 표정으로 고개를 끄덕였다. 그 일을 자신만큼 잘 아는 사람이 누가 있을까?

"나도 들었습니다."

"듣자하니 도제조께서 의원을 보내려 했는데, 대신들이 규례에 어긋난다며 허락하지 않은 모양입니다요. 허, 그거 참."

그래서 이항복이 개인적으로 허준에게 부탁해서 자신을 보냈다. 그 사실은 아직 아는 사람이 없었다.

"토끼사냥이 끝나면 사냥개가 필요 없어지니 잡아먹는다지 않습니까? 전쟁이 끝났으니 문신들의 눈에 장수가 보이겠습니까?"

오랜만에 까칠함이 느껴지는 말투.

흠칫한 오동돈은 재빨리 좌우를 둘러보고는 나직이 말했다.

"쥐새끼들이 돌아다닐지 모르니 조심하십쇼."

허임은 쓴웃음을 지었다. 그 동안 나름대로 수양을 닦았다고 생각했는데 아직 멀었나 보다. 이만한 일로 감정을 드러내다니.

그는 기분 전환도 할 겸 화제를 돌렸다.

"어제 보니 봉연 수의녀에게 태기가 있는 것 같던데, 어찌 된 일입니까? 혼인한 지 한 달밖에 안 되었는데요?"

오동돈이 머쓱하게 웃으며 뒷머리를 긁적였다.

"그게 말이죠. 저번 봄에 날씨가 워낙 좋아서 꽃구경을 갔거들랑요."

"꽃구경하고 태기하고 무슨 상관입니까?"

허임이 의아한 표정으로 물었다. 오동돈은 허임이 정말 모르는 것처럼 묻자 답답해서 대충 사정을 설명했다.

"이십 리쯤 걸었더니 봉연이 다리가 아프다며 쉬었다 가자고 해서 근처 갈대밭으로 들어갔는데……."

혼인(婚姻)

가을바람이 불면서 온 산이 단풍 옷으로 갈아입기 시작할 무렵, 허임은 제사를 지내기 위해서 나주로 향했다. 그 어느 해보다 외롭고 쓸쓸한 길이었다.

이 넓은 세상천지에 단 한 사람이 없을 뿐인데 모든 것이 다르게 보였다. 하얀 구절초도, 자주색 각시취꽃도 예전처럼 아름답게 보이지 않았다. 텅 빈 가슴을 훑고 지나가는 산들바람조차도 갈퀴처럼 날카롭게 느껴졌다.

그저 그녀만 없을 뿐인데…….

제사 이틀 전 나주에 도착한 허임은 밝은 표정으로 어머니를 대했다. 박금이도 아무 일 없었다는 듯 예전과 다름없이 행동했다.

이틀 후, 제사가 끝나자 박금이가 넌지시 말했다.

"전에 말했던 은이가 아직 혼자라는구나. 이 어미는 너만 좋다면 그 아이와의 혼인을 추진해 볼까 한다. 나이가 스물세 살이라 조금 많긴 하지만 전쟁 때문에 늦어진 것이니 괜찮지 않을까 싶다."

허임은 아직 송하연을 잊지 못한 상태였다. 그러나 언제까지 혼자 살 수는 없었다. 대가 끊어지게 할 수는 없는 일이 아닌가.

"어머니께서 정 원하신다면 그렇게 하세요."

그제야 박금이의 표정이 환하게 펴졌다.

"알았다. 그럼 내 그리 알고 있으마."

허임은 어머니가 좋아하는 모습을 보고 잘한 결정이라 생각했다. 하연 아가씨도 이해해주겠지.

그런데 은이라는 여인의 나이를 들으니 문득 궁금해졌다.

"어머니, 그럼 처음에 말씀하셨을 때 나이가 몇 살이었어요?"

"은이 나이? 열여섯이었지."

집을 나선 허임은 아버지의 산소를 찾아갔다. 그리고 송하연의 무덤에도 가보았다. 어머니가 벌초를 했는지 깨끗하게 정리되어 있었다. 그는 팔베개를 하고 무덤에 기댄 채 비스듬히 누워서 눈을 감았다.

'하연 아가씨. 제가 혼인을 할지 모르겠습니다.'

머릿속에서 송하연이 밝게 웃었다.

'잘하셨어요.'

'죄송합니다.'

'미안해할 것 없어요. 혼인을 하지 않으면 제가 더 미안해지잖아요.'

'딸을 낳으면 하연 아가씨의 이름을 붙일 생각입니다. 허락해 주실 거죠?'

송하연은 밝게 웃으며 고개를 끄덕였다.

* * *

허임은 오각을 내의원으로 보내서 혼인식 때문에 귀경이 한두 달 정도 늦어진다는 소식을 전했다. 그리고 10월 중순, 마을 사람들을 모아놓고 조촐하게 혼인식을 올렸다.

조은이는 박금이의 말대로 참하고 조용한 여자였다. 허임은 가슴에 송하연을 품고 있는 것이 그녀에게 미안했지만 그것만큼은 자신도 어쩔 수가 없었다.

첫날 밤. 그는 부인에게 자신이 먼저 송하연에 대해서 말해주었다. 그리고 양해를 구했다.

"미안하오. 당신이 뭐라 해도 나는 그녀를 잊을 수 없을 것 같소. 대신 그 외의 일에 대해서는 당신에게 최선을 다하리다."

소매로 눈물을 찍어낸 조은이는 젖은 눈으로 고개를 끄덕였다. 그녀는 차라리 다행이라고 생각했다. 혼인을 하는데도 무뚝뚝하게 보일 정도로 무덤덤한 허임을 보고 감정도 없는 사람인 줄 알았다. 조금은 무섭게 느껴지기도 했고, 앞으로 살아갈 날이 걱정이었다. 돌부처를 서방으로 모시고 살아가야 할지 모르니까.

한편으로는 '설마 맞으면서 사는 것은 아니겠지?' 하는 생각마저 들었다. 옆집 옥이는 혼인을 한 지 사흘이 지나면서부터 매일 멍이

들도록 맞았다고 하지 않던가?

그런데 서방이 될 사람은 돌부처가 아니었다. 무서운 사람도 아니었다. 맞을 걱정은 하지 않아도 될 것 같았다.

살아가다 보면 언젠가는 그 정을 자신에게도 나누어주는 날이 있지 않겠지?

그리 생각하니 너무나 기뻤다.

"저는 괜찮습니다, 서방님."

"고맙소."

혼인식을 올린 지 열흘 후, 허임은 조은이에게 어머니를 부탁하고 가벼운 마음으로 집을 나섰다.

* * *

경자년* 1월이 되자 선조의 병증이 심해졌다.

침을 놓고자 해도 날씨가 추워서 놓을 수가 없었다. 결국 내의원에서는 제조의 명으로 삼미도적산(三味導赤散)과 좌금환(左金丸)을 준비했다. 일단 약을 먼저 올리고 날씨가 풀리면 침을 놓을 생각이었다. 그러나 며칠이 가도록 날씨가 풀리지 않는데다 외방 수령직에 있는 김영국과 박춘무도 도착하지 않아서 차일피일 미루어졌다.

허임은 욕심을 부리지 않고 환자들을 치료하는 일에 열중했다. 참여하면 좋고, 참여하지 못하면 그만이었다.

....

* 更子年:1600년

1월 19일에 홍진과 유희서가 다시 임금을 배알하고 나온 후 어의와 침의들을 불러들였다. 그때는 양천에 있던 김영국과 부평의 박춘무도 올라온 상태였다.

의관들이 모이자 홍진이 물었다.

"날씨가 어떤가? 침을 놓을 만하겠는가?"

김영국이 걱정스러운 표정으로 말했다.

"아직은 너무 춥습니다, 제조. 이런 날씨에 침을 놓으면 자칫 한기가 스밀까 봐 걱정됩니다."

"길일 하루 전에 혈단자를 입계하는 것이 예이네. 길일을 가려보니 25일이 좋은데, 그 사이 날짜가 많이 남아서 날씨가 어찌 될지 모르겠군. 임시로라도 좋은 날을 잡아 놓는 것이 좋을 것 같은데."

박춘무가 그의 의견에 찬성했다.

"그것도 나쁘지는 않을 것 같습니다."

"그래? 그럼 어디 혈을 의논해 보세."

다음 날, 홍진과 유희서가 선조를 배알했다. 사정을 설명하자 선조가 눈살을 찌푸리며 말했다.

"오늘이라도 침을 놓을 수 있는지, 아니면 날씨가 따뜻하기를 기다려서 놓아야 하는지를 김영국에게 하문하라. 만일 순월*사이에 놓을 수 없다고 하면, 김영국은 수령이니 도로 내려 보냈다가 다음에 올라오게 해야 한다. 그리고 혈을 의논한 것은 미리 알고 싶으

---

* 旬月:열흘이나 보름 사이

니 말해보도록 해라."

혈을 말하고 임금의 침전을 나온 홍진과 유희서는 김영국을 만나서 물어보았다.

"주상께서 그리 말씀하시는데, 어떻게 했으면 좋겠는가?"

"침을 놓을 때 의대를 벗으셔야 하는데 날씨가 아직 춥습니다."

"그래? 그럼 언제쯤이 좋을 것 같은가? 가까운 시일에 가능 하겠나?"

김영국이 박춘무와 허임을 바라보았다. 박춘무는 대답을 허임에게 미루었다.

"허 교수는 어찌 생각하는가?"

허임이 망설이지 않고 대답했다.

"지금 상황이면 이달 안에는 힘들 것 같으니 다음 달 십 일 안에 날씨가 따뜻해지면 그때 침을 놓는 게 좋겠습니다."

김영국과 박춘무도 동감이라는 듯 고개를 끄덕였다. 침의들의 의견이 일치하자 홍진도 결정을 내렸다.

"흐음, 그렇다면 하는 수 없군. 자네들은 임지로 내려갔다가 그 때쯤 다시 올라오도록 하게."

"예, 대감."

"알겠습니다."

홍진이 허준을 향해 물었다.

"태의는 그 동안 어떻게 했으면 좋겠소?"

"침을 놓을 시기가 많이 남았으니 그 사이에 탕약을 진어해서 병을 다스려야 할 것 같습니다. 전에 올린 도적산은 약효가 약한 것 같으니, 청심환에다가 목통(木通), 연교(連翹), 적복신(赤茯神)을 가미시켜 다섯 번 복용하도록 진어하는 것이 좋을 것 같습니다."

"알았소. 그럼 그리 말씀 올리겠소이다."

홍진은 다시 의관들의 의견을 선조에게 올렸다. 선조는 침놓는 시기가 미루어지는 게 마음에 들지 않았지만 순순히 따랐다.

선조의 감기 증세는 2월까지 계속되었다. 게다가 인음증*까지 더해졌다. 그럼에도 선조는 고집스럽게 어의들이 진맥하는 것을 받아들이지 않았다. 약에 지겨워진 그는 침을 맞고 싶었다.

그런데 3월이 다가오면서 감기증세가 좋아지자 침놓는 일이 흐지부지 되었다. 그로부터 얼마 되지 않아서 우려하던 일이 벌어졌다.

* * *

한여름 무더운 6월이 되면서 그러잖아도 좋지 않았던 중전의 병이 점점 심해졌다. 광해군은 매일 중전을 찾아가 문안했다. 때로는 하루에 두 번도 가고, 가지 못할 때는 자신의 거처에서 한숨을 쉬며 걱정했다.

중전의 병이 깊어지자 시약청(侍藥廳)이 차려졌다. 도제조와 제조, 부제조, 내의원의 의관을 비롯해서 의방에 능통한 신하들이 모여서 중전의 병에 대해 논의했다. 특히 내의원 의관과 의녀들은 신

---

* 引飮症:물을 자주 마시는 증세

경을 바짝 곤두세운 채 중전의 병을 치료했다.

그러던 어느 날, 허준이 들어가서 병세를 묻자 중전이 힘없는 목소리로 자신의 병에 대해 말했다.

"별로 아픈 곳은 없으나 음식이 먹고 싶지 않고, 밤엔 잠을 잘 수 없으며, 온몸이 나른하여 앉으나 누우나 편안하지 못하다. 음식을 대하면 구토부터 먼저 나고 숨이 가쁘며, 목에서 가르릉거리는 소리가 조금 나고, 맥(脈)은 부(浮)하고 삭(數)하여 한 번 숨 쉬는 동안 7번이나 뛴다. 아마도 심열(心熱), 담열(痰熱), 서열(暑熱)이 번갈아 괴롭혀 원기가 부족한 탓으로 비(脾)·폐(肺)·심(心) 세 기관이 병난 것 같다."

허준은 그 말을 듣고 착잡한 표정을 지었다. 맥에 대해서는 의녀들에게 들어서 알고 있었다. 병세에 대해서도 들은 바가 있었다. 하지만 오늘처럼 구체적으로 들은 것은 처음이었다.

중전의 병은 자신이 손을 쓸 수 없는 상태였다. 아마도 오랜 세월 황해도에서 지내며 병이 깊어진 듯했다. 참으로 아쉽고 안타까운 일이 아닐 수 없었다. 진즉 한양으로 불러들여서 집중적으로 치료했다면 이토록 심각하게 진행되지는 않았을 것을.

다음 날, 도제조 김명원이 선조를 문안했다.

"옥체는 좀 어떠시옵니까?"

"평안하니 너무 걱정 마라."

"내전(內殿)을 진료할 의녀를 수련비(秀蓮妃)로 하였는데 의녀 애종은 문자를 알 뿐만 아니라 의술이 동기들보다 우수한 듯하니, 앞

으로는 함께 들어가 진후(診候)하게 하는 것이 좋을 것 같아 감히
아룁니다."

선조는 그 말을 듣고 고개를 저었다.

"듣건대 애종은 천한 여인이라 하더군. 헌기*의 의술이 있다 해
도 내전에 출입하게 할 수 없다."

"하오나 지금처럼 급박한 때에는 중전의 곁에 의술이 뛰어난 의
녀가 있어야 하지 않겠사옵니까?"

김명원이 계속 주청하자 선조는 못마땅한 마음인데도 결국 허락
했다.

"그렇다면 들여보내도록 하라."

6월 26일, 중전의 병세가 심각해지자 내의원 제조 김명원 등은
물러가지 않고 계속 남아서 약을 시약했다. 그런데 다음 날, 중전의
증세가 갑자기 위급해지는가 싶더니, 신시에 숨을 거두고 말았다.

중전 박씨는 선조의 정비로 아이를 낳지 못해서 선조에게 박대
를 받았다. 그러나 다른 비빈이 낳은 아이를 자신의 자식처럼 애지
중지하면서 길렀고, 비빈들을 다독이며 내전을 평화롭게 했다. 구
중궁궐 내전의 다툼이 창칼을 든 전쟁보다 더 치열하다는 말도 박
씨가 중전의 자리에 있을 때만큼은 해당 사항이 없었다. 오죽하면
어느 누구 하나 중전을 원망하는 사람이 없어서 관음보살이라는
말을 들을 정도였다.

....
* 軒岐:의술의 원조라는 헌원과 기백

그런 중전이 숨을 거두었다는 소식이 전해지자 곳곳에서 통곡소리가 터져 나왔다.

내의원의 의관과 의녀들은 모두 엎드려서 죄를 청했다. 조정에서는 연일 시약청 의원과 의녀를 벌 주라 청했지만 선조는 허락하지 않았다.

* * *

중전 박씨, 의인왕후의 장례는 장지를 정하는 것만 몇 달이 걸렸다. 그 후 12월 22일이 되어서야 겨우 장례가 끝났다.

본래부터 병이 있던 광해군은 의인왕후의 죽음 후 몸이 더욱 약해졌다. 겨울이 오면서부터 기침이 끊이지 않더니, 가슴이 답답해지면서 심장박동이 무척 빨라지는 증세에 시달렸다.

중전의 죽음으로 분위기가 밑바닥까지 가라앉아 있던 내의원에서는 왕세자의 병에 촉각을 곤두세웠다. 그러나 그들의 노력에도 불구하고 신축년*이 되도록 왕세자의 해수** 증세와 정충증***은 나아지지 않았다.

1월이 지나고 2월이 되어도 왕세자의 병이 나을 기미가 보이지 않자 내의원의 제조가 찾아가 문안을 드렸다.

"해수가 오래되어서 증세가 가볍지 않다 들었습니다. 의관이 들

....
* 辛丑年:선조34년:1601년
** 咳嗽:기침
*** 怔忡:심장 고동이 무척 빠른 증세

어가서 진맥을 할 수 있도록 허락해 주십시오."

광해군이 날카로운 목소리로 대답했다.

"해수 증세는 나았소. 정충증이 가라앉지 않아 출입을 못하니 괴롭긴 한데, 진맥을 하고 약을 논하는 것은 필요 없소."

"정충증 외에 다른 증세가 있을까 염려가 되옵니다. 자세히 살펴보고 약을 논의하고 싶습니다, 저하."

"약을 논의하는 것도 하지 마시오. 그 동안 낫지 않았는데 또 약을 쓴다 해서 낫겠소? 그만 가보시오."

광해군은 냉랭하게 거절하고 내의원 제조 등을 보내버렸다.

그는 어머니처럼 여겼던 의인왕후가 숨을 거두면서부터 신경이 극도로 날카로워졌다. 조정의 대신들 중 자신을 왕세자로 여기지 않는 자들이 상당수였다. 명나라가 계속 왕세자 책봉을 허락하지 않고 있기 때문이다. 이러다 부왕의 마음이 바뀌기라도 하면, 닭 쫓던 개 지붕 쳐다보는 꼴이 될지 몰랐다.

'그렇게 놓아두지 않을 거다.'

그는 자신을 인정하지 않는 자들의 이름을 마음속에 각인하듯이 하나하나 새겼다.

"저하, 허임이라도 불러오리까?"

유은산이 광해군의 눈치를 보며 말했다. 광해군은 눈살을 찌푸리더니 말없이 고개를 끄덕였다.

그날 밤, 허임은 유은산을 따라 동궁으로 갔다. 광해군과의 만남은 오랜만이었다. 본래 왕세자의 병을 치료하면 그에 관한 사항을 모두 글로 써서 임금께 올려야 했다. 일 년 전, 왕세자를 치료하고도 서계하지 않았다며 임금이 불같이 화낸 적이 있었는데, 그때부터는 더욱 철저해져서 전과 달리 마음대로 치료할 수도 없었다.

"혼인을 했다면서?"

"예, 저하."

"늦었구나."

"전란을 겪다 보니 그렇게 되었사옵니다. 환후는 어떠하신지요? 기침은 조금 나아졌다 들었습니다만, 아직도 심장의 고동이 빠르옵니까?"

"그래. 가슴이 답답한 느낌이 들면서 기가 치밀어 오르고 몸이 달아오르는 것만 같다. 약을 먹어도 쉽게 가라앉지 않는구나. 사실 해수 증세도 조금은 남은 것 같고 말이다. 기침을 하면 목이 칼칼해. 그래서 너를 부른 거다. 이렇게 약만 먹다가는 없던 병도 생기겠다."

광해군이 약만 복용하게 하는 어의들을 향해 투덜댔다. 그럴 때는 과거의 광해군을 보는 듯했다. 그러나 눈빛과 말투가 예전과는 달랐다. 눈빛은 날카로워졌고 말투에는 가시가 있었다. 허임은 그 차이를 느끼고 함부로 말하지 않았다.

가만히 광해군을 살펴본 허임은 진맥을 해보았다.

"기침을 하면서 목이 칼칼한 것은 마음이 항상 긴장되어 있기 때문이옵니다. 지금의 병은 결국 모두 전하의 불안감 때문이 아닌가 하옵니다."

"불안감이라……."

"『침구자생경(鍼灸資生經)』에 이르기를 '마음에 사기가 왕성하면 가슴이 느닷없이 심하게 아프고, 심기(心氣)가 부족하면 가슴이 답답하고 두려운 마음이 들며 잘 잊어버린다.'고 하였사옵니다. 아마 가슴이 답답한 것이나 기가 치밀어서 몸이 달아오르는 증세가 있는 것도 결국은 그로 인한 것처럼 보이옵니다."

"침으로 고칠 수 있겠느냐?"

"지금의 병은 단순하게 침을 놓는 것만으로는 힘드옵니다. 침과 함께 기경팔맥에 뜸을 놓아보도록 하겠사옵니다."

십이경맥이 강물처럼 흐르면서 전신의 기혈을 공급한다면, 기경팔맥은 호수처럼 원기를 간직한 경락이다. 지금 같은 광해군의 병증이라면 효과가 있을 듯했다.

"그래? 그럼 그렇게 하도록 해라. 언제 할 생각이냐?"

"제조와 태의께 말씀드리고, 내일 시행토록 하겠사옵니다."

"굳이 그들에게 말할 필요가 있느냐?"

"작년의 일을 잘 아시지 않사옵니까? 또 그런 일이 생기면 두 번 다시 전하를 못 뵐지도 모르옵니다."

광해군은 실소를 지으며 허임을 슬쩍 째려보았다.

"훗, 그럼 안 되지. 알았다, 상의하고 내일 오도록 해라."

허준은 허임의 말을 듣고 미간을 좁혔다.

"왕세자 저하께 침구치료를 하겠다고?"

그가 허임에 대해 마음을 연 것과 치료에 대한 문제는 또 달랐다. 그 동안 약치료를 해왔는데 이제 와서 침구치료를 한다는 것도 마음에 걸렸다.

작년 가을부터 내의원 첨정이 된 이순과 내의 신득일도 못마땅한 마음을 그대로 드러냈다. 허임에게 묻듯이 말하는 그들의 목소리에 살짝 날이 섰다.

"허 의관, 약 치료 중에 침구치료를 하는 것이 옳다고 생각하는가?"

"잘못하면 역효과가 나서 저하의 옥체가 상할지도 모르오."

허임도 그들의 마음을 모르지 않았다. 약을 주로 쓰는 의관들 입장에서는 기분이 나쁜 일일 수도 있었다. 무시당하는 기분일 수도 있고.

아마 전이었다면 허임도 굽히지 않고 자신의 주장을 펼쳤을 것이다. 그러나 운주사에서의 생활 이후로 마음을 다스릴 수 있게 된 그는 두 사람의 말을 담담하게 받아들이고 자신의 생각을 말했다.

"왕세자께서 원하시는 치료를 해드리는 것도 나쁘지는 않을 것 같습니다. 지금까지의 약치료와 침구치료가 어울려서 병이 낫는다면 그 또한 좋은 일 아니겠습니까?"

이순과 신득일도 그 말에는 별다른 반론을 꺼내지 못했다. 그때 생각에 골몰해 있던 허준이 말했다.

"치료할 자신은 있느냐?"

"완치에 대해서는 이 자리에서 자신할 수 없습니다만, 침과 뜸으로 가슴과 심장, 위를 치료하면 어느 정도 효과는 볼 수 있을 것으로 보입니다. 일단 뜸을 위주로 하는 치료이니 날씨 문제도 크게 걸릴 것은 없다고 봅니다."

허준도 더 이상 반대하지 않았다.

"알았다. 제조께는 내가 말해볼 테니 일단 해보도록 하자."

미시 무렵, 제조 홍진과 허준, 신득일, 허임이 왕세자를 찾아가 뜸 치료를 시행했다.

허임은 일단 담천(痰喘) 증상을 완화시키기 위해서 등 쪽의 고황 수혈(膏肓)과 폐수혈, 요추 옆의 신수혈(腎兪穴)에 뜸을 떴다. 그리고 합곡혈(合谷穴)과 손목의 태연혈(太淵)에 침을 놓았다.

잠시 시간이 지나자 간헐적으로 나오던 기침이 신기하게도 뚝 멈추고, 숨 쉬는 것도 편안해진 듯 보였다.

허준 등은 '설마 뜸과 침을 놓았다고 해서 멈춘 것은 아니겠지?' 하면서도 내심 놀라워했다. 어의에 오른 그들이 어찌 침구에 대해서 모를까. 그러나 안다는 것과 실행한다는 것은 다른 문제였다.

광해군의 상태를 다시 살펴본 허임은 팔맥교회혈의 하나인 내관과 공손혈을 자침하였다. 내관은 수궐음심포경의 배속혈로 오그라든 가슴을 풀어주는 효과가 있었다.

그는 먼저 침을 얕게 찔러 득기한 뒤, 세 번을 찌르고 한번을 돌리며 천천히 뽑아내고 침 구멍을 눌렀다.

답답한 가슴 속에서 기가 치밀어 오르는 것을 다스리기 위함이었는데, 그것이 바로 기경팔맥의 보사법인 소산화 투천량법(燒山火透天凉法)이었다.

허임이 치료를 마치고 잠시 시간이 흐른 후, 허준이 나서서 맥진을 해보았다. 그의 눈초리가 순간적으로 떨렸다. 의외였다. 단지 뜸을 뜨고 침을 두어 군데 놓았을 뿐인데 맥이 전과 다른 것이다.

"저하, 맥이 전보다 더 안정된 것 같사옵니다. 지금 상태에 맞게 끔 약을 올릴 터이니, 마음을 너무 쓰지 마시고 편안하게 지내시면 서 복용하시면 오래지 않아 낫을 것이옵니다."

"알았소. 나 역시 가슴이 트인 것처럼 느껴지는구려. 오랫동안 괴롭히던 병이 가라앉았으니 이제야 좀 살 것 같소. 진즉 뜸을 뜰 걸 그랬나 보오."

광해군이 살짝 비틀어서 말하자 허준의 입가에 쓴웃음이 맺혔 다. 사실 그도 허임의 침구치료가 이 정도까지 즉각적으로 반응을 보일 줄은 생각지 못한 터였다. 그러니 허임의 치료에 대해서 마땅 히 할 말이 없었다.

'허허허, 진정 의술의 세계는 끝이 없구나.'

* * *

허임의 왕세자 치료 이후로 다시 침구에 대한 논의가 활발하게 전개되었다. 실무를 담당하는 의관들이야 곱지 않은 시선을 보내 는 자들이 많았지만, 조정의 대신들인 제조들의 생각은 그들과 달 랐다. 그들은 방법이야 어떻든 효과를 보이는 치료법에 마음이 갈 수밖에 없었다. 아마 굿을 해서 병이 고쳐진다면 의관들 자리를 무 당으로 대체했을지도 몰랐다.

3월이 되어 선조의 병을 치료할 때, 그들의 그러한 마음이 그대 로 드러났다. 도제조 김명원을 비롯한 제조와 부제조는 선조 치료에 침을 놓기로 결정한 것이다.

내의원에서는 즉시 양천현감인 김영국을 불러들였다. 그리고 허준, 이공기를 비롯한 어의와 김영국, 허임을 비롯한 침의를 모아놓고 임금의 치료에 대해 논의했다.

"날은 25일쯤부터 시작하는 것이 적당하겠습니다."

김영국의 말에 김명원이 물었다.

"침구치료는 어떻게 하는 것이 좋겠는가?"

김영국은 대답을 허임에게 미루었다.

"허 교수 생각은 어떠한가?"

"주상의 병이 깊으니 여러 차례 침을 맞아 경맥을 통하게 해서 허한(虛寒)과 사기(邪氣)가 모이는 곳을 본 다음, 그곳에다 우각구(牛角灸)를 떠서 진기를 보충하는 게 좋겠습니다."

"흠, 좋은 생각이네. 도제조, 그렇게 하는 것이 좋을 것 같습니다."

그때 이공기가 눈살을 찌푸리고 말했다.

"침과 뜸을 한 날에 시행하면 자칫 무리가 갈지 모르네."

"그래서 일단 침을 먼저 놓고 뜸은 나중에 떴으면 합니다. 침을 놓는 것도 몇 차례 걸쳐 놓아야 하니 큰 이상은 없을 듯합니다."

허준이 그 말에 고개를 끄덕였다.

"그렇다면 괜찮을 것 같군."

대충 의견이 정리되자 김명원이 결정을 내리듯 말했다.

"알았네. 그럼 주상께 그리 말씀드리겠네."

3월 24일 도제조 김명원과 제조 유근, 부제조 윤돈이 선조를 배알했다. 선조는 의관의 의견을 전해 듣고는 순순히 허락했다. 본래부터 약보다 침을 선호했던 선조는 그들의 결정이 반가웠다.

내의원에서는 먼저 혈단자를 올렸다. 그리고 3월 25일 진시, 편전에 왕세자가 입시하고, 도제조 김명원, 제조 유근, 부제조 윤돈, 의관 허준, 이공기, 침의 김영국, 허임이 입시하여 침을 놓았다. 진시에 시작된 치료는 사시쯤 끝이 났다.

치료는 3월 27일과 29일, 4월 2일에도 했는데, 그때도 허임이 김영국과 나서서 치료를 주관했다. 달라진 것이라면 29일 치료부터 유학(幼學)인 남영도 참여했다는 점이었다.

남영은 유성룡의 추천을 받아서 나이 50이 넘어 벼슬길에 오른 사람으로 말수가 적고 차분한 성격이었다.

* * *

비가 오면서 치료가 하루, 이틀 연기되었다. 그런데 날씨가 좋아진 4월 7일, 윤두수가 숨을 거두었다. 윤두수의 죽음 소식을 들은 선조는 침통한 마음으로 치료를 미루려 했다.

"아무래도 오늘은 안 될 것 같구나. 약방에 그리 알리도록 해라."

그 소식을 들은 김명원 등 제조들이 선조를 배알했다.

"삼가 들으니 오늘 대신이 죽어 침을 맞기가 미안하다는 하교를 하셨다고 들었사옵니다. 삼가 성상의 마음을 생각하니 감격스럽기 그지없사옵니다. 하교를 전해 듣고 의관들과 상의해 보니, 성상께서 침을 맞고 뜸을 뜨시는 것은 이미 날을 살펴서 날을 배정한 것으로서, 지난 번 비가 와서 하루를 연기했으니 오늘은 꼭 침을 맞으셔야 한다고 하옵니다. 또 9일에 일곱 차례 침을 맞으셔야 하는데, 그날은 천의일(天醫日)이니 침가(鍼家)들이 가장 길일로 치는 날이라 하옵니다."

"그런가?"

선조가 솔깃한 표정을 지으며 반문했다. 김명원은 대답 대신 말을 이어서 또 다른 이유를 댔다.

"9일에 침을 맞으시면 그 다음날 뜸을 뜨시고, 7일간 조섭하신 후 18일 조서를 맞이하는 거둥에 구애됨이 없을 것이옵니다. 그런데 오늘 만일 연기한다면 그 간에 맞으신 침의 효력이 이어지지 않을 것 같아 매우 염려되옵니다. 더구나 내일은 상현일(上弦日)이어서 침가에서 꺼리는 날이라 하옵니다. 계속 연기하다 보면 조서를 맞이하기 위한 거둥 전에 성상의 조리하시는 기간이 이레가 못될 것 같사옵니다."

"으음, 그래?"

"성상의 병환을 치료하는 것이 하루가 급하여 실로 국사를 살피는 것과는 비교할 일이 아닙니다. 오늘 침을 맞으시는 것이 어떻겠사옵니까?"

결국 선조도 김명원의 설득에 마음을 바꿨다.

"알겠다. 그럼 오늘 침을 맞도록 하겠다."

사시 무렵, 허임은 다른 의관들과 함께 편전으로 입시했다. 윤두수의 죽음으로 다른 날과 달리 분위기가 무척 무거웠다. 하지만 허임은 신경 쓰지 않고 치료에만 열중했다. 임금을 치료하는 일이었다. 자칫 실수라도 하면 나락으로 떨어지는 것은 한순간이다. 다른 일에 신경 쓸 여유가 없었다.

뒤늦게 임금의 치료에 함께한 남영은 젊은 허임이 앞에 나서서 흔들림 없이 선조를 치료하는 걸 보고 놀라 마지 않았다. 더구나 허임의 침술은 무척 정묘하고 특이했는데, 그 효과마저 남다르니 어찌 감탄하지 않을 수 있겠는가.

'허어, 젊은 나이에 이름이 알려진 이유가 있었구나.'

다행히 4월 9일은 날씨가 쾌청했다. 사시 무렵, 왕세자가 편전에 입시한 가운데 선조에 대한 마지막 침 치료가 무사히 끝났다.

다음 날 진시, 왕세자의 입시 하에 허임과 김영국은 선조의 팔에 있는 견우(肩髃)와 곡지(曲池) 두 혈, 발의 삼리(三里)와 절골(絶骨) 두 혈에 우각구를 떴다.

뜸을 뜨는 것은 허임이 주도했다.

선조는 이미 침을 일곱 차례나 맞은 상태였다. 혈의 수효가 많은 데다 본래 허열(虛熱)이 있었기 때문에 조심했다. 작구(灼灸)는 쑥 심지가 매우 작지만, 우각구는 쑥심지가 매우 크기 때문에 피부는 타지 않으면서도 뜨거운 기운은 배나 더했다. 잘못하면 허열이 더 심해질 수도 있으니 조심하지 않을 수 없었다.

허임은 모두 6곳에 각기 7장씩, 모두 42장의 우각구를 떴다. 사기(邪氣)가 모이거나 허한(虛寒)한 곳이 있으면 아시혈*에 뜸을 뜰

....

* 阿是穴 : 통증이 있는 부위의 혈

생각이었는데, 다행히 아무 일도 벌어지지 않았다.

　아무리 간이 큰 허임도 임금을 치료하는 일에 무사태평한 마음일 수는 없었다. 더구나 보름에 걸쳐 일곱 번이나 침을 놓았고, 7장의 우각구를 뜬 치료였다. 그는 무사히 치료가 끝나자 속으로 안도의 한숨을 쉬었다.

　'후우, 이제 끝났군.'

*　*　*

　다행히 치료 결과가 좋아서 선조도 만족한 표정이었다. 결과를 지켜보던 내의원의 책임자들 모두 안도했다.

　그런데 며칠 뒤, 안심하고 있는 그들의 뒤통수를 치려는 듯 선조가 감기 증세를 보였다. 그날 오전까지 아무 이상이 없다는 말에 안심하고 있던 내의원 의관들은 또다시 신경이 곤두섰다. 감기야 침놓고 뜸을 뜬 것과 관련이 없었지만, 말 많은 사람들이 이유를 붙여대자면 무슨 말을 못할 것인가.

　선조는 허준과 견림에게 입진(入診)하도록 명했다. 선조를 직접 진찰한 허준은 인삼청폐산(人參清肺散)에다 방풍(防風) 1돈, 백출(白朮) 5푼을 가미하고, 반하(半夏)를 배로 넣어 5첩을 진어(進御)했다.

　다행히 다음 날이 되자 선조의 병세가 많아 나아졌다. 초조하게 결과를 지켜보던 내의원 의관들은 다시 한 번 가슴을 쓸어내렸다.

　하지만 18일이 되자 다시 감시 증세가 악화되었다. 내의원에서는 인삼청폐산 대신 보중익기탕(補中益氣湯)에다 몇 가지 약재를 섞어서 진어했지만 선조의 병은 별 차도를 보이지 않았다.

의관들은 다시 초조한 마음으로 선조의 병증을 주시했다.

한편, 허임은 그러한 상황을 보면서 마음이 씁쓸했다. 왕의 증세에 일희일비하는 의원들의 신세가 애처로울 지경이었다.

마음이 답답해진 그는 오동돈을 만났다. 작년 봄, 오동돈과 봉연 사이에 아들이 태어났다. 오동돈은 그 후로 제법 무게를 잡고 다녔다. 그래 봐야 천성이 어딜 가겠는가마는.

"허허허, 교수님. 아들놈이 요즘 제법 말을 합니다요."

그래도 그 말을 할 때는 조금 부러웠다.

"벌써요?"

"뭐 많은 말은 못합니다만, 엄마 아버지는 합죠."

그거야 어떤 아기나 다 하는 말이다. 특별할 것도 없다. 그래도 아버지의 입장에서는 정말 신기한 일이었다. 아무리 똑똑한 아버지도 마찬가지일 것이다.

얼마 전에 응애응애 하던 놈이 말을 하다니! 얼마나 신기한가?

"부인은 편안하십니까?"

"예. 그런데 집에만 있으니 심심한가 봅니다. 둘째 언제 만들 거냐고 묻더군요, 허허허."

"벌써요?"

허임은 같은 질문을 두 번이나 했다. 물론 뜻은 달랐지만.

"늦었으니 서둘러야죠. 그런데 교수님은 아직 소식 없습니까요?"

경자년 가을 제사를 지내러 나주에 갔다가 열흘 동안 머물고 왔다. 아이가 생겼다면 연락이 있었을 텐데 아무런 소식도 없었다.

"제가 씨를 잘 못 뿌리나 봅니다."

"흐흐흐, 방법을 가르쳐 드릴까요?"

허임은 피식 웃었다. 그러면서도 넌지시 고개를 들이댔다.

"어디, 어떤 방법인지 말씀해 보십쇼."

* * *

8월이 되어서 제사를 지내기 위해 나주로 내려갔던 허임은 한 달 정도 머물고 한양으로 올라왔다. 그는 평상시와 다름없이 환자들을 치료하며 겨울을 보냈다.

그런데 해가 지나고, 임인년* 4월이 되었을 때 나주에서 오각이 허임을 찾아왔다. 부인이 임신을 했다는 것이었다.

허임은 즉시 오각과 함께 나주로 내려갔다. 부인의 배는 이미 눈에 띄게 불러 있었다. 그는 아무래도 첫 아기인 만큼 신경이 쓰이지 않을 수 없었다. 박금이도 다른 때처럼 빨리 올라가라고 닦달하지 않았다.

허임은 하루가 다르게 불러오는 부인의 배를 보면서 오동돈의 마음을 이해했다. 그도 가끔은 '뱃속에 있는 아기가 언제부터 자신을 알아볼 수 있을까?' 하는 생각을 하며 궁금해 했다. 아버지가 되

....

* 王寅年:선조35년:1602년

면 바보가 되는 것은 그나 오동돈이나 다르지 않았다.

그해 6월 중순, 마침내 아이가 태어났다. 허임은 아이의 이름을 정영(廷榮)이라 지었다. 그 사이 한양에서는 자리를 비운 침의에 대해서 명이 내려졌다.

의관은 한양에 모여서 상하(上下)의 병을 구제하여야 하는데, 침을 잘 놓아 명성이 높은 의관 김영국, 허임, 박인령 등이 모두 임의로 고향에 물러가 있거늘 불러 모을 생각을 하지 않으니, 갑자기 침을 쓸 일이라도 있게 되면 어떻게 할 것인가? 내의와 제조 등은 그 직책을 다하였다고 말할 수 있겠는가? 즉시 그들을 불러들이라 하라.

7월 초, 한양에서 파발이 도착하자 허임은 짐을 쌌다. 태어난 지 얼마 되지도 않은 아기를 놔두고 떠나는 게 마음에 걸렸지만 가지 않을 수도 없었다. 박금이와 조은이는 걱정 말라며 편안한 표정으로 허임을 보내주었다.

그런데 허임이 한양에 도착했을 때, 한양에서는 큰일이 치러지고 있었다. 다름이 아니라 선조가 왕비를 맞이하기로 한 것이다.

허임이 한양에 도착한 지 이틀 후인 7월 13일. 왕세자 책봉에 대한 주청을 이런저런 이유로 미루고 중궁 책봉부터 서둘렀던 선조가 마침내 19세의 김씨를 왕비를 책봉했다.*

....

* 그가 바로 훗날 영창대군의 어머니의 인목대비다.

비어 있던 왕비 자리가 채워지는 대경사에 한양이 술렁거렸다. 허임은 그 상황을 보면서 광해군을 걱정했다.

어머니 같던 인의왕후가 숨을 거둔 지 2년. 그 자리를 이제 19세의 여인이 차지했다. 광해군은 그 일을 어떻게 받아들이고 있을까?

'여차하면 시끄러운 일이 벌어질지도 모르겠군.'

만에 하나, 새로운 왕비가 아들이라도 낳게 된다면 문제는 더 커진다. 광해군을 못 마땅하게 생각하는 선조가 어떤 선택을 할지 모르는 것이다.

광해군이 순순히 받아들일까?

글쎄다. 자신이 아는 광해군은 순종만 하는 사람이 아니었다. 영리하고 조용하지만 화를 내면 불길 같은 사람. 때로는 가슴 속에 차가운 얼음을 품고 있는 사람. 아마 광해군은 순순히 승복하지 않을 것이다.

'그럴 경우 한 치 앞도 보이지 않는 싸움이 벌어지겠지.'

그런 일이 벌어지지 않기만 바라는 수밖에.

결국 허임은 한 달 만에 궁중을 도망치듯이 빠져나왔다. 제사를 핑계로 나오긴 했지만, 그보다는 살얼음판 같은 궁중분위기가 답답했기 때문이었다.

조정대신들은 한시도 쉬지 않고 닭싸움을 하고 있었다. 게다가 왕비의 책봉 이후 알게 모르게 냉기가 흘러서 숨 쉬는 것조차 조심해야 했다. 잘못 휘말리면 한순간에 나락으로 떨어질지 모르는 상황. 허임은 차라리 속 편하게 며칠 일찍 나와서 나주로 내려가 버렸다.

'뭐라고 하면 욕 좀 먹지 뭐.' 그런 마음으로.

* * *

허임은 계묘년* 제사를 지내기 위해서 다른 때보다 한 달 일찍 한양을 나섰다. 이제 막 커가는 아기가 보고 싶어서 참을 수가 없었다. 오동돈이 눈치 채고 은근슬쩍 놀렸지만 아랑곳하지 않았다.

그런데 허임이 가족과 나주에 머무는 동안 사건 하나가 터졌다.

8월 23일, 경기감사가 조정에 치계하였다.

"유성군(儒城君) 유희서가 조상의 묘에 제사를 지내기 위해 말미를 받아 포천에 있었는데, 화적들이 돌입하여 가슴을 찔러 살해하였습니다."

선조는 탄식하며 경연을 하루 정지했다.

"유희서가 도적에게 살해당했다 한다. 조시(朝市)를 정지하는 일을 거행하지는 않더라도 오늘 경연을 여는 것은 우선 멈추라."

조정중신들은 전 안동부사였던 황극중 등 재신들이 도적에게 죽음을 당하자 순찰을 강화하고 수상한 자를 잡아들이도록 청했다. 선조 역시 윤허하고 즉시 도적을 잡아들이도록 명을 내렸다.

또한 선조는 왕자인 순화군 이보가 사람들을 무참하게 죽인 죄에 대해서 조사했다. 순화군은 이미 사람을 죽이고 한양으로 끌려

---

* 癸卯年:선조36년:1603년

왔는데, 한양에 와서도 사람들을 죽이고 때리며 포악질을 일삼았고 있었다.

그러던 9월 중순 경, 광주(廣州)에서 몇몇 도적들이 잡혔다. 도적의 대장은 설수라는 자였는데, 광주에서는 그들을 심문하여 그들과 김덕윤이라는 자가 바로 유희서를 죽인 살해범이라는 것을 밝혀냈다.

범인들을 잡는데 결정적인 역할을 한 사람은 유희서의 아들인 유일이었다. 그는 아비의 복수를 위해서 도적들을 추적한 후 염탐한 끝에 살해범을 찾아낸 것이다. 그런데 그는 살해범들이 바로 임해군의 종이라는 걸 알고 처음부터 끝까지 범인들의 문초하는 일을 주시했다.

그런데 이해할 수 없는 일이 연이어 일어났다. 심문할 때 멀쩡하던 자들이 하룻밤만 지나면 하나씩 죽어나가는 것이 아닌가.

광주에 갇혀 있던 설수도, 설수의 증언으로 붙잡힌 김덕윤의 종 춘세도, 개성에서 잡혀 의금부로 호송된 황복이란 자도 감옥에서 갑자기 죽어버린 것이다.

포도대장 변양걸은 보고를 받고 깜짝 놀라서 관원들을 다그쳤다.

"대체 이게 어찌 된 일인가?"

종사관 김석이 자신의 생각을 말했다.

"이는 옥졸 누군가가 범인과 내통하여 입을 막은 것이 분명하옵니다."

변양걸은 이를 갈았다. 공초에서 나온 이름은 모두 하나로 귀결

되고 있었다.

임해군 이진. 바로 그가 사주한 일이었다. 유희서에게는 애생이라는 애첩이 있었는데, 그 애첩을 욕심낸 임해군이 사람을 시켜서 유희서를 죽인 것이다.

당시 임해군은 남의 노비를 사사로이 자신의 밑으로 받아들여서 패악을 일삼았는데 누구도 말릴 수 없을 정도였다. 아마도 그가 사람을 시켜서 증인들의 입을 막은 것이 분명했다.

'왕자라는 자가 그런 사악한 짓을 저지르다니.'

변양걸은 임해군의 짓임을 확신하고 있었다. 이미 유희서를 죽인 범인들을 공초해서 사실이 모두 드러난 상태였다. 임해군이 비록 왕자로서 막강한 권세를 부리고 있지만 이번 일 만큼은 빠져나갈 수 없을 거라 생각했다.

문제는 임해군을 공격하기가 쉽지 않다는 점이었다. 임금은 큰아들인 임해군을 전부터 감싸고돌았다. 이번 일이라 해서 그러지 말란 법이 없었다.

'완벽한 증거를 잡아야 되거늘.'

증인만 죽지 않았다면 충분히 승산이 있었다. 그런데 그들이 모두 죽었으니 난감한 일이 아닐 수 없었다.

고민하는 변양걸을 보며 김석이 말했다.

"이번 일은 모른 척하십시오. 잘못하면 장군만 다칩니다."

변양걸은 그 말을 듣고 이번 사건을 밝히기로 더욱 강한 결심을 굳혔다. 그러나 증인이 죽으면서 범인에 대한 결론을 내리는 일이 차일피일 미루어졌다. 그러던 와중 변양걸을 고뇌케 하는 일이 하나 벌어졌다. 순화군에 대한 조사가 완료되었는데, 선조가 순화군의 죄를 대부분 그의 종과 노비, 그를 따르는 자들의 탓으로 돌려버린 것이다.

"순화군이 거리낌 없이 사람을 살상한 것은 놀랍기 그지없다. 그런데 이는 모두 종들과 무뢰한 무리들이 종용했거나 유도한 탓일 것이다. 심한 자는 짐짓 섬기는 척 아첨하여 사귄 뒤에 제가 미워하는 사람을 잡아다가 마구 때리도록 부탁하고, 잔악한 행동을 부리게 하여 화풀이를 한다고 한다. 그런데 법부(法府)가 제대로 금하지 못하고 유사(有司)가 고하지 못하므로, 백성들이 원망하면서도 호소할 길이 없으니 지극히 통탄할 일이다."

조정 대신들 중 뜻 있는 사람들은 임금의 그 말을 듣고 통탄을 금치 못했다.

죽은 사람은 순화군이 직접 매질을 해서 죽인 것이었다. 사람을 개구리 잡듯이 때려죽이고도 술을 마시며 즐기는 자가 바로 순화군이었던 것이다. 하거늘 아들이라는 이유로 악독하기 그지없는 순화군을 비호하다니.

변양걸은 선조의 의중을 짐작하고도 조사를 멈추지 않았다. 제아무리 왕자라 해도 죄를 지은 이상 벌을 받아야 했다.

* * *

허임이 한양으로 돌아온 것은 10월 중순이었다. 그때는 이미 임해군이 종들을 사주해서 유희서를 죽였다는 소문이 한양 일대에

쫙 퍼진 상태였다.

오동돈으로부터 한양의 뒤숭숭한 분위기에 대해 들은 허임은 고개를 설레설레 저었다. 그도 임해군의 악독함은 전부터 숱하게 들은 터였다. 왜적에게 쫓겨서 함경도로 도망간 와중에도 백성들을 괴롭히며 악독한 짓을 일삼은 임해군이 아닌가. 전쟁이 끝난 지금 조용히 지낸다면 그것이 이상한 일이었다.

'임금이 왕자들의 악독함을 키웠어.'

임해군은 해가 지나 갑진년*이 되어도 별 다른 문책이 떨어지지 않자 간이 더욱 커졌다. 그의 종들은 세상이 자신들을 어찌하지 못한다 생각했는지 더욱 악독해졌다.

어느 날, 임해군의 종 삼십여 명이 옥에서 죽은 김덕윤의 시신을 가지고 유희서의 집으로 쳐들어갔다. 그들은 김덕윤의 시신을 유희서의 어머니 김씨와 며느리, 손녀들에게 내던지고는, 그녀들의 머리채를 잡고 때리며 '김덕윤의 시신을 먹어라'는 등 악독한 말을 쏟아 부었다.

겁에 질린 유희서의 어머니의 며느리, 손녀들은 놀라서 부르짖으며 밖으로 도망쳤다. 임해군의 종들은 그녀들을 쫓아가서 다시 때렸다. 그때 이웃들이 사정을 알고 소리쳐서 도와주지 않았다면 어떤 끔찍한 일이 벌어졌을지 아무도 몰랐다.

유희서의 어머니 김씨가 그 사실을 사헌부에 알리자, 분노한 대

----

* 甲辰年: 선조37년: 1604년

신들은 임해군의 종들을 잡아들여서 벌을 주어야 한다고 떠들어
댔다. 선조도 그들을 법에 따라 죄를 주라고 했다. 그러나 임해군에
대해서만큼은 아무 조치도 하지 않았다.

　임해군의 종들이 유희서의 집에 난입한 후에야 범인 중 하나인
박삼석에 대해 다시 심문했다. 그런데 박삼석은 모든 죄를 죽은 사
람에게 전가시키고는, 전에 했던 대답과 다르게 자신은 잘 모른다
는 말만 되풀이했다. 그뿐이 아니었다. 유희서의 아들인 유일이 변
양걸과 짜고 거짓진술을 받았다고 모함했다.

　선조는 이때라는 듯 유일과 변양걸을 잡아들였다. 살해범의 말만
듣고 유희서의 아들과 포도대장을 잡아들인 것이다.

　변양걸은 통분을 금치 못하며 자신이 아는 사실을 모두 말했다.
유일 역시 한스런 마음으로 임해군의 죄상을 털어놓았다.

　하지만 선조는 두 사람의 말은 처음부터 들을 생각이 없었다. 그
는 오히려 유일이 증언을 조작해서 임해군을 모함하고 아비의 애첩
을 죽이려 했다며 가두어버렸다. 그리고 변양걸 역시 국문하였다.

　그 광경을 보고도 재신들은 입을 꾹 다문 채 한 마디도 제대로
하지 못했다. 그때 이덕형이 상소를 올려서 임금의 잘못된 행동에
대해 신랄하게 비판했다.

　그 직후 선조는 이덕형을 파직시켰다.

　허임은 상소를 올린 이덕형이 영의정에서 파직되었다는 말을 듣
고 안타까움을 금할 수 없었다.

"세상이 어떻게 되려고 이 모양인지 원……."

얼마 후 영의정에 임명된 이항복도 이덕형의 말이 곧 자신의 말
이라며 영의정직을 사양했다. 그러나 선조는 그의 청을 받아들이
지 않았고, 이항복은 거듭 글을 올리며 영의정직을 사양했다.

구구절절한 이항복의 말 중 일부는 많은 사람들을 감탄시켰다.
그가 영의정직을 세 번째 사양하면서 선조에게 자신의 마음을 내
보였을 때였다.

이덕형은 할 말을 한 신이옵고, 신은 할 말을 못하고 있는 이덕형이
오니, 그 마음을 따져본다면 하나이면서 둘이고, 자취를 논한다면 둘이
면서 하나인 것이옵니다. 따라서 신이 이덕형과 바뀌었다면 신도 이덕
형과 마찬가지로 하였을 것이옵니다. 죄가 드러나지는 않았지만 어찌
차마 잘못을 숨길 수 있겠사옵니까.

선조는 그 글을 보고도 이항복의 청을 받아들이지 않았다. 이항
복마저 곁을 떠난다면 권력만 탐하는 무리들 사이에 홀로 남겨진
다는 것을 아는 것이다.

* * *

유희서 사건은 선조의 건강에도 큰 타격을 주었다. 억지로 임해
군을 보호하기 위해서 유일과 변양걸을 내쳤는데, 조정의 대신들
의 반발이 예상보다 훨씬 거세서 정신적으로 견디기가 힘들었다.

그래서인지 이항복이 영의정직을 세 번째 사양한 4월 24일 이후 지속적으로 침을 맞았다.

임금이 매일같이 침을 맞자 내의원의 의관과 침의들은 극도로 긴장한 채 항상 대기했다. 허임도 대부분 입시하였는데, 26일은 숙직을 해서 27일 세 번째 치료에서 빠졌다. 그런데 하필 그날 문제가 터졌다.

"오른쪽이 평소에 허했다. 침을 맞아도 될지 모르겠구나."

침을 맞던 선조가 평소 자신의 몸 상태를 말했다. 의관의 대표라 할 수 있는 허준이 그 말에 답했다.

"그러시다면 제조들과 상의를 해보겠사옵니다."

"굳이 그럴 필요까지는 없다. 의관들의 의견을 말해보라."

"하오나……."

"침을 놓는 것은 의관들이 아닌가?"

선조가 거듭 의관의 의견을 묻자 허준이 침의들에게 물어보았다.

"어찌했으면 좋겠는가?"

김영국이 고민하다가 답했다.

"지금까지 침을 놓으면서 이상이 없었으니 크게 상관은 없을 듯 보입니다."

남영도 고개를 끄덕였다. 허준은 침의들의 의견을 받아들여서 선조에게 말했다.

"일단 침을 놓아보고 이상이 있으면 즉시 멈추겠습니다."

"알았다. 그럼 그리하도록 해라."

그날은 다행히 별일 없이 지나갔다. 하지만 허임은 돌아온 김영국에게 그 말을 듣고 흠칫했다.

"그게 정말입니까?"

"그래. 그런데 왜 그런가?"

"본래 노했을 때나 술을 마셨을 때, 일을 많이 했을 때, 배가 부를 때, 배가 고팠을 때, 깜짝 놀랐을 때는 될 수 있는 한 침을 놓지 않아야 한다고 했습니다. 또한 오장육부의 기능이 쇠약한 사람이나 오랜 병으로 몸이 허약해진 사람에게 침을 놓으면 원기가 손상될 수 있습니다. 그렇다면 허한 곳 역시 침을 놓으면 안 된다고 봐야 하지 않겠습니까? 이상이 없었다니 다행이긴 합니다만, 나중에 문제가 되지 않을까 모르겠습니다."

"으음, 그 점은 미처 생각 못했군."

"어차피 침을 놓았으니 지켜보면서 대응하는 게 좋겠습니다."

"알았네. 내일부터는 자네도 참석해야 하니 잘 살펴보도록 하게."

"알겠습니다."

선조는 5월 4일까지 7번에 걸쳐 침을 맞았다. 마지막 치료를 무사히 끝낸 의관들은 편전을 나와 내의원으로 돌아갔다. 그런데 그 후 사헌부에서 치료 상황을 적은 서계를 보고 선조를 찾아왔다.

"옥후(玉)가 미령하시어 침을 맞게까지 되었으니, 잠깐 사이라 해도 더없는 신중을 기해야 함은 물론, 반복해서 참작 상의하여 모두의 의논이 귀일된 다음에야 바야흐로 침을 놓을 수 있는 것입니다. 그런데 전일 3차 침을 맞으실 때, 상께서 '오른쪽이 평소에 허했다.'는 분부가 있었으니, 어의는 즉시 나가서 제조에게 말하여 침을 놓는 것이 합당한지를 자세히 의논해서 미진한 점이 없게 했어야 할 것입니다. 설령 의논할 것이 없다는 분부가 계셨다 해도 거듭 품하여 반드시 제조와 의논했어야 할 것인데, 침의들이 바로 자신들의 의견대로 경솔하게 계달하여 오른쪽에도 침을 맞으셨으니, 매우 해괴하고 놀랍기만 합니다. 그날 입시(入侍)했던 어의와 침의들을 모두 잡아다가 국문하여 죄를 씻게 하소서."

그러나 선조는 사헌부의 의견을 받아들이지 않았다. 7차례의 침치료로 지친 것도 있었고, 자신이 그럴 필요 없다 했으니 이제 와서 벌을 주기도 애매했다.

"잡아다가 국문할 것까지는 없다."

"전하!"

"침 치료가 끝났으니 기다리면서 증세를 보도록 하는 게 좋겠다."

내의원에서는 그 일이 알려지자 갑론을박이 벌어졌다. 대부분 약을 주로 쓰는 의관들이 목소리를 높였다.

"결국 침의들 때문에 우리들까지 벌을 받을 상황이 되지 않았습니까?"

"너무 침을 자주 놓았습니다. 이제는 약으로 대신하는 게 좋겠습니다."

그 동안 지나친 침치료를 못마땅해했던 어의들이 즉각 침치료의 중단을 주장했다. 침의들은 그에 대해서 아무런 반론도 제기하지 못했다. 허임도 입을 다문 채 결정만 기다렸다. 사실 침을 자주 놓은 것은 분명했다. 게다가 실수까지 저질렀으니 비록 그날 자신이 참석하지 않았다 해도 할 말이 없었다.

허준 역시 선조가 좋아한다고 해서 너무 자주 침을 놓는 것 같아 불안하던 터였다. 또한 약을 쓰는 어의들의 불만도 생각해야 했다.

"알겠소. 그럼 앞으로 당분간은 약을 쓰도록 합시다."

도제조 유영경과 제조 심희수, 부제조 윤돈도 허준의 결정을 받아들였다.

"그럼 어떤 약을 쓸 생각인가?"

유영경이 물었다. 허준이 대답했다.

"형방패독산(荊防敗毒散)을 쓰는 게 좋을 것 같습니다."

약을 쓴 후 열흘 정도가 지나자 선조의 귓가 마비증과 인후증이 조금 나아졌다. 선조도 마음에 드는지 같은 약을 몇 첩 더 지을 것을 지시했다.

초조하게 결과를 기다리던 내의원 의관들은 또 한 번 가슴을 쓸어내렸다.

* * *

부인이 둘째 아기를 임신했다는 소식을 4월에 듣고도 허임은 선조의 병 때문에 내려갈 수가 없었다. 아기는 괜찮겠지? 부인은 아프지 않겠지? 그는 초조한 마음을 달래며 선조의 병이 낫기만 기다렸다.

그렇게 7월 초가 되었을 때, 허임은 나주에서 올라온 소식을 듣고 흐뭇한 웃음을 지었다. 둘째 아들이 태어난 것이다. 생일은 첫째인 정영보다 열흘 정도 늦었다.

'둘째는 세영(世榮)이라고 지어야겠군.'

미리 이름부터 지어놓은 그는 7월 말이 되어서 여유가 생기자 곧장 나주로 내려갔다. 내려간 김에 제사까지 지내고 올 생각이었다.

다행히 아기는 별 이상이 없었다. 그런데 부인의 몸이 생각보다 좋지 않았다. 허임은 부인의 병을 돌보며 9월 초까지 나주에 머무르다가 부인의 병이 많이 나아지자 나주를 출발했다. 마음은 더 머물고 싶었지만 예정된 임금의 침 치료가 있어서 올라가지 않을 수 없었다.

9월 22일. 선조의 오랜 지병인 두통과 이명증을 치료하기 위해서 어의 허준과 조흥남, 침의 김영국과 허임, 남영이 입시하여 선조에게 침을 놓았다.

무사히 침 치료를 마치고 내의원으로 돌아온 의관들은 여유롭게 시간을 보냈다. 이제 다음 치료일은 24일이었다. 하루 정도는 느긋하니 쉬어도 되었다.

허임 역시 해가 지자 오동돈의 집에 가서 밥을 얻어먹고 밤늦게까지 이야기를 나누었다. 다음 날은 숙직을 해야 하는 터라 그날만큼은 마음껏 쉬었다.

다음 날 오후, 허임은 의관들 대부분이 퇴청한 후 책을 읽으며 시간을 보냈다. 오랜만의 숙직이었다. 그 동안 못 읽은 책을 마음껏 읽어보기로 하고 몇 권을 책을 서탁 위에 쌓아 놓았다.

반쯤 열린 창문으로 시원하다 못해 차갑게 느껴지는 바람이 불어오는 밤. 창 밖에서는 가을이 가는 것을 아쉬워하는 밤새소리만이 들려왔다.

허임은 잠시 책을 덮고 차를 따라 마셨다. 책을 읽다 보니 어느덧 1경(밤7시~9시) 말을 지나고 있었다.

'아이들은 잘 지내고 있겠지?'

손가락을 꼬물거리며 자신을 바라보던 아기를 생각하니 웃음이 절로 나왔다. 언제 크나 걱정이 태산 같았는데 큰놈은 어느새 두 돌이 지났다. 얼마 전 제사 때 보니 곧잘 뛰어다녔으니 조금만 더 크면 말썽깨나 피울 듯했다.

'어머니도 심심할 새가 없으시겠군.'

둘째까지 생겼으니 심심하기는커녕 정신이 없을 것 같았다.

그렇게 허임이 어머니와 부인, 아이들을 생각하고 있던 그 시각, 침전에서는 뜻밖의 상황이 벌어지고 있었다.

네가 조선 제일이다

"으으윽!"

잠을 자던 선조는 두 손으로 머리를 감싸며 신음을 흘렸다. 한쪽 머리가 깨질 것처럼 아팠다. 그 동안 앓아 오던 편두통(偏頭痛)이 갑작스럽게 발작한 것이다.

밖에서 내시가 신음소리를 듣고 조심스럽게 물었다.

"전하, 많이 편찮으시옵니까?"

선조는 대답할 시간도 아깝다는 듯 밖을 향해 소리쳤다.

"침을 맞아야겠으니 직숙*하는 의관(醫官)을 불러라. 어서!"

"예, 전하!"

깜짝 놀란 내시는 급히 대답하고 내의원으로 달려갔다.

....

* 直宿:숙직

허임은 연락을 받은 즉시 침과 간단한 의료도구를 챙겨서 편전으로 향했다. 행궁 근처에 거처가 있던 허준과 남영도 연락을 받고 급히 입궁했다.

허임이 먼저 편전에 도착하자, 당직을 서고 있던 승지가 안에 아뢰었다.

"의관만 단독으로 입시(入侍)하는 것은 온당치 못하니 입직한 승지 및 사관(史官)이 함께 입시하는 것이 어떻겠사옵니까?"

"침을 맞으려는 것이 아니라 증세를 물으려는 것이니, 승지 등은 입시하지 말라. 의관은 왔느냐?"

"허임(許任)이 지금 합문(閤門)에 와 있사옵니다."

"들여보내라."

허임이 먼저 들어가고, 뒤이어 도착한 왕세자와 허준, 남영이 2경(밤9시~11시) 3점(點)에 편전(便殿)으로 들어가 입시하였다. 그들이 자리하자 선조가 물었다.

"침을 놓는 것이 어떻겠는가?"

증세만 묻겠다며 승지의 입시를 거절한 선조였다. 그런데 갑자기 침을 놓는 것에 대해 묻자 허준이 흠칫해서 고개를 들었다. 그러나 상황이 상황인 만큼 그도 망설이지 않았다.

"증세가 긴급하니 상례에 구애받을 필요는 없을 것 같사옵니다. 다만 어제도 침을 맞았사온데 여러 차례 침을 맞으시는 것이 죄송할 뿐이옵니다."

"괜찮다. 침은 어찌 놓을 것인가?"

"침의들은 항상 말하기를 '침을 놓을 때는 반드시 열기를 해소시킨 연후에 통증을 다스려야 된다.'고 했사옵니다. 소신이 침법을 잘 알지는 못합니다마는, 그들이 말하기를 전부터 그리했다기에 아뢰는 것이옵니다. 허임도 평소 말하기를 '경맥을 이끌어낸 후 아시혈(阿是穴)에 침을 놓아야 한다.'고 했는데, 그 말이 일리가 있는 듯하옵니다."

오래 전, 허준은 허임에게 편두통을 침으로 치료할 수 있다는 말을 들은 적이 있었다. 사실 여부를 확인해 보지는 못했지만 이제는 믿는 수밖에 없었다.

"알았다. 병풍을 쳐라."

선조가 명하자, 내관들이 즉시 병풍을 쳤다. 당시 왕세자 및 의관은 방안에 입시하고 뒤늦게 달려온 제조 이하 신하들은 모두 방 밖에 있었다.

남영이 조심스럽게 혈을 정하자 허임이 침을 들었다. 남영도 침 놓는 것만큼은 허임을 인정하고 있었다. 아마 김영국이 있었다 해도 허임에게 침을 맡겼을 것이다.

급작스런 상황인데도 허임은 무심하게 느껴질 정도로 냉정하게 침을 놓았다.

뒷머리 아래쪽 머리털 경계에 있는 풍지혈(風池穴), 이마 모서리 옆쪽의 두유혈(頭維穴), 두유혈에서 한 치 반 옆에 있는 본신혈(本神穴), 모두 머리에 있는 위험한 혈이다. 그런데도 느리지도 빠르지도 않게 일정한 속도로 침을 놓는다. 그 모습을 보고 있으면 실수라는 것을 아예 생각도 않고 있는 듯했다.

게다가 손놀림이 어찌나 부드럽고 자연스러운지 그와 침과 환자

몸의 경맥이 하나가 된 것만 같았다.

침과 기의 흐름을 일치시키는 경지.

허임은 숨을 열 번 정도 내쉴 동안 꽂아두고서 기를 끌어당긴 후에야 침을 뽑았다. 옆에서 그의 치료하는 모습을 지켜보던 허준과 남영은 속으로 감탄을 금치 못했다.

'정말 대단하구나.'

'뱃속이 온통 간으로 된 것 같군. 저 위험한 자리를 어떻게 저리 자연스럽고 태연하게 침을 놓을 수 있단 말인가?'

허임이 침을 모두 놓고 물러서자 허준이 물었다.

"어떻사옵니까, 전하?"

두어 번 눈을 깜박인 선조가 고개를 돌려서 허임을 바라보았다.

"정말 신기할 정도구나. 많이 가라앉아서 오히려 아프기 전보다 더 편한 것 같다."

허준은 내심 안도하며 고개를 숙였다.

"편하시다니, 참으로 다행이옵니다."

"이제 그만 쉬어야겠다. 그만 물러가도록 해라."

"예, 전하."

허준과 허임, 남영이 자리에서 일어났다. 일어나는 허임을 향해 광해군이 미미하게 고개를 끄덕였다. 마치 '잘했다'라고 칭찬하는 듯했다.

허임은 보일 듯 말듯 고개를 숙이고 뒤로 물러나왔다.

방에서 밖으로 나오자 제조와 부제조가 안도하는 표정으로 바라보았다. 그들도 안에서 들리는 말을 들은 것이다.

"그만 가서 쉬게. 내일 보도록 하지."

남영은 먼저 자신의 거처로 돌아가고, 허임은 허준과 함께 내의원으로 향했다. 행궁을 빠져나올 즈음 허준이 하늘을 보며 불쑥 말했다.

"별빛이 유난히 밝군. 저렇게 밝은 북극성을 보는 것도 오랜만인 것 같아."

뜬금없는 허준의 말에 허임이 고개를 돌렸다. 허준이 이렇게 감상적인 사람이었나 싶었다. 그 동안은 목석인 줄로만 알았는데.

"밤공기가 찬 걸 보니 금방 겨울이 닥칠 것 같습니다."

"그래, 그럴 것 같다."

허준은 담담히 대꾸하고는 허임을 향해 고개를 돌렸다. 그러고는 담담한 표정으로 말했다.

"오늘 하는 걸 보니…… 네가 침구에 관한 한 조선 제일이라는 것을 인정하지 않을 수 없구나."

몇 마디에 불과했다. 목소리도 나직했다. 그러나 허임은 그 말을 듣는 순간 심장이 멎는 줄 알았다. 처음에는 온몸이 싸늘하게 식는 것 같더니 곧 가슴에서 불덩이가 올라와 목이 메었다.

다른 사람도 아닌 허준의 말이다.

조선 제일침(朝鮮第一針)!

허준이 드디어 자신을 인정한 것이다.

허임은 문득 스승인 임영의 얼굴이 떠올랐다. 임영이 그를 향해 웃으며 말하고 있었다.

'그래, 침으로는 네가 조선 제일이다!'

허임의 나이 서른다섯 때였다.

* * *

한밤의 갑작스러운 침 치료 이후 선조는 거의 매일, 때로는 하루 걸러서 오시와 미시 무렵에 별전에서 침을 맞았다. 침을 놓는 것은 언제나 허임이었다. 김영국과 남영도 침놓는 것은 그에게 맡기고 나서지 않았다.

마지막으로 침을 놓은 날은 29일이었다. 그 날은 침을 맞은 후 제조 이하 재신들과 의관들에게 술을 내렸다. 오랜 세월 앓아온 편두통과 이명증 등이 가라앉은 것에 흡족한 표정이었다.

윤구월이 지나고 10월이 되었을 때였다. 선조의 편두통이 발작한 지 두 달째 되던 23일, 선조가 비망기*로 알렸다.

지난번 편두통을 앓아 침을 맞을 때의 약방 도제조인 좌의정 유영경에게는 내구마(內廐馬) 1필을, 제조 평천군(平川君) 신잡과 도승지 박승종, 침의 허임과 남영에게는 각각 한 자급(資級)을 가자하라. 김영국은 승직시키고, 어의 허준에게는 숙마(熟馬) 1필을 하사하고, 조흥남은 실직(實職)에 붙이라. 이등 장무관들에게는 각기 아마(兒馬) 1필씩을,

----

* 備忘記:임금이 명령이나 의견을 적어서 승지에게 전하던 문서

탕약 사령들에게는 각각 목면 2필과 포자(布子) 1필씩을, 고직(庫直), 서원(書員)에게는 각각 목면 1필과 포자 1필씩을 사여하라.

"허 교수니이이임!"

오동돈의 목소리를 들은 허임은 실소를 지으며 고개를 흔들었다. 나이 마흔이 넘어서도 변함이 없는 오동돈이었다. 어쩌면 그래서 좋아하는 것인지도 모르지만.

"무슨 일인데 그리 바쁘게 뛰어오시는 겁니까?"

허임의 방으로 뛰어 들어온 오동돈은 벌게진 얼굴로 허임을 빤히 바라보았다.

허임이 눈을 좁히며 짐짓 다그치듯 물었다.

"왜 아무 말씀도 안 하시는 겁니까?"

그제야 오동돈이 말했다.

"축하합니다요!"

"축하요? 뭘 말입니까?"

"당, 상, 관이 되셨습니다요!"

당상관?

한동안 허임은 자신이 잘못 들었나 했다. 교수직은 종6품이다. 정3품 이상이 되어야 당상관이다. 한 번에 7품계나 올라갈 수는 없는 것이다. 정상적인 상황이라면 말이다.

"그, 그게 무슨 말입니까?"

아무리 생각해도 믿을 수 없는 말이어서 다시 물었다. 그러자 오동돈이 마치 자신이 당상관이라도 된 것처럼 감격에 차서 글썽거리며 말했다.

"임금님께서 비망기로 명하셨다 합니다. 저번 9월의 치료에 나선 모든 사람들에게 상을 주셨는데, 허 교수님께는 통정대부(通政大夫)를 가자하셨다고 합니다요!"

그제야 허임은 오동돈의 말이 사실임을 알고 몸이 굳었다. 하지만 곧 뜨거운 열기가 심장을 태울 것처럼 밀려들더니 몸이 잘게 떨렸다.

당상관! 자신이 당상관 통정대부가 되었다!

허준이 당상관이 된 것을 보고 그저 막연히 꿈만 꾸었던 자리. 그 자리에 자신이 올랐다.

갑자기 가슴이 먹먹해지고 감격이 울컥 치밀었다.

'스승님! 어머니!'

* * *

내의원 내의들은 선조의 비망기에 대한 내용을 전해 듣고 침의들을 부러움과 질시의 눈빛으로 바라보았다.

전만 해도 침의의 임무는 내의의 치료를 보조하는 것이었다. 그런데 언제부턴가 나란히 서는 위치까지 올라오더니, 최근 들어서는 침구술이 우선시 되는 일이 잦았다. 그리된 것에는 김영국과 허임의 영향이 컸다. 특히 허임의 침구술은 허준과 김영국조차 인정하는 판이었다.

"빌어먹을! 이러다 내의원의 의관들을 모두 침의로 뽑겠군."

"젠장! 지금이라도 침을 배워야 하나?"

허준은 내의들의 불평불만을 듣고 노한 목소리로 다그쳤다.

"어허! 어찌들 이러는가? 같은 의원들끼리 서로서로 위해 주어도 부족할 판에 질시를 하다니! 이제 곧 중전께서 아기씨를 낳을 텐데, 이러다 부정이라도 타면 그대들이 책임질 건가?"

평소 조용하던 허준이 화를 내자 내의들은 입을 다물고 고개를 돌렸다.

더구나 허준의 말대로 중전 김씨가 임신 중이었는데 한 달 안에 출산을 할 듯했다. 사사로운 일로 의관들끼리 다투다가 일이라도 터지면 그야말로 큰일이 아닐 수 없었다.

내의들의 불평불만은 허임의 귀에도 들어왔다. 그러나 허임은 일절 표정변화를 보이지 않고 전과 다름없이 행동했다. 어차피 이제는 어떤 어의도 자신을 함부로 대할 수 없었다.

그런데 선조가 비망기로 알리고 닷새가 지났을 때였다. 사헌부 장령 최동식이 청을 올렸다.

"옥후(玉)가 미령하시어 오래도록 조섭 중이거늘, 해를 넘겨도 회복되지 않고 있사옵니다. 따라서 그 직분을 제대로 수행하지 못한 의관들은 벌을 받아야 마땅한데도, 도리어 한 번의 치료를 이유로 특별히 상을 내리셨습니다. 침의 허임은 6품직 교수이고 남영은 7품관인 장흥고 직장인데, 어떻게 직분상의 조그만 공로 때문에 갑자기 통정대부(通政大夫)의 가자를 제수할 수 있단 말입니까? 모두가 매우 경악스럽게 여기고 있으니 개정하소서."

사헌부는 그 후로도 몇 번에 걸쳐서 허임과 남영의 가자 개정을 주장했다. 특히 천출인 허임의 가자에 대해서 적극적으로 반대했다. 그러나 선조는 사헌부의 청을 단호하게 거부했다.

"해가 되는 일이 아니니 번거롭게 논하지 말라. 윤허하지 않는다."

* * *

몇 번의 사헌부 청이 거부되자 내의들은 그 일에 더 신경 쓰지 않고 출산을 앞둔 중전의 안전에 만전을 기했다. 그런데 11월로 접어들어 열흘이 흘렀을 때 수의녀 애려가 굳은 표정으로 보고했다.

"아무래도 아기씨가 이상합니다."

"무슨 말이냐? 아기씨가 이상하다니?"

"너무 약하십니다. 더구나 첫 아기라 난산일 가능성이 보이는데, 그럴 경우 위험할 수도 있습니다."

"뭐야? 그 정도로 약하단 말이냐?"

"예, 태의 어른."

허준은 보고를 받고 즉시 의관들을 불러 모아서 대책을 논의했다. 논의를 끝낸 의관들은 일단 최생단(催生丹)을 비롯해서 몇 가지 약을 써보기로 했다.

그 소식을 듣고 허임이 허준에게 말했다.

"난산일 경우 침으로 해결할 수 있는 방법이 있습니다."

허준은 금시초문이라는 표정으로 허임을 바라보았다. 하지만 곧 고개를 저었다. 사실이라 해도 침은 약과 달라서 몸에 직접 시술해야 한다. 그 점이 마음에 걸렸다.

"다른 사람이라면 몰라도 중전이시다. 옥후에 이상이 생기면 큰일이니 침은 아직 생각할 때가 아니야."

허임도 허준의 마음을 모르지 않았다. 출산 때 침을 쓴다는 것은 전례가 없다시피 했다. 그럼에도 그가 말한 것은 최악의 경우가 닥칠 때를 대비하기 위함이었다.

전란 중 그가 치료한 수많은 병자들 중에는 임산부들도 있었다. 본의 아니게 아기를 받아주던 와중에 난산을 겪은 것이 대여섯 번은 되었는데, 사산된 적도 있었다.

가슴이 아팠던 그는 나름대로 고민해 보았다. 마의로 지낼 때 말도 난산일 경우가 있었지 않던가. 그때마다 다루는 방법이 있었다. 또한 산파를 여러 번 맡아본 사람들에게는 그들만의 독특한 난산 해결방법이 있었다.

그는 자신이 보고, 듣고, 아는 방법을 종합해서 몇 가지 해결책을 생각해보고 시험해 보았다. 다행히 그 와중에 난산을 보다 쉽게 해결할 수 있는 방법을 찾아낼 수 있었다.

난산에는 손이 먼저 나오는 횡위(橫位)와 발이 먼저 나오는 족위(足位)가 있다, 그럴 때는 가는 침으로 태아의 손바닥이나 발바닥 서너 곳을 한두 푼 깊이로 살짝 찌른 후, 소금을 침구멍에 바르고 문지른 다음 가볍게 밀어 넣는다. 그렇게 했더니 태아가 움츠러들어서 순산했었다.

'하긴 중전께는 그런 방법을 쓸 수 없겠지?'

또는 소금을 산모의 배에 바르는 방법도 있고, 산모의 새끼발가락 끝에 뜸을 뜨는 방법도 있었다.

'그 정도는 괜찮을 것 같은데…….'

허임이 여러 가지 방법을 떠올리고 있는데, 허준이 그의 어깨를 툭 쳤다.

"너무 걱정 마라. 최생단(催生丹)을 쓰면 난산은 막을 수 있을 거다. 문제는 아기씨의 몸이 약하다는 건데, 약을 잘못 쓰면 역효과가 날까 봐 당장 어떻게 할 수가 없구나."

11월 17일, 이경부터 중전 감씨의 산통이 시작되었다. 어의들은 만약을 대비해서 한시도 자리를 뜨지 않고 대기했다. 내전에서 흘러나오는 신음소리가 커질 때마다 밖에서 대기하는 사람들의 가슴이 석 달 가뭄에 시달린 논바닥처럼 바짝 말라서 쩍쩍 갈라졌다.

중전의 산통은 축시(丑時)가 지나도록 이어졌다. 산파를 맡은 수의녀, 의녀, 상궁의 힘을 북돋는 목소리도 점점 지쳐갔다. 그렇게 인시(寅時) 정각이 되었을 무렵, 의녀 하나가 밖으로 나왔다. 사색이 다 된 표정이었다.

허임은 의녀의 표정만 보고도 상황을 짐작할 수 있었다. 아니나 다를까 의녀가 허준에게 속삭이듯이 말했다.

"아기씨가 거의 다 나왔는데 숨결이 느껴지지 않습니다."

허준은 물론 어의들의 얼굴이 돌덩이처럼 굳어졌다. 그때였다. 갑자기 내전이 조용해졌다. 중전의 신음도 멈췄고, 힘을 북돋던 사람들의 목소리도 들리지 않았다.

중전이 난산 끝에 낳은 아기는 공주였다. 그러나 밖으로 나온 공주는 이미 숨이 끊어진 상태였다.

우려했던 상황이 닥치자 내의원은 또 한 번 숨을 죽였다. 아기가 사산 되는 것은 가끔 있는 일이었다. 그러나 그 대상이 중전의 아기라는 게 문제였다.

그 동안 적자가 없던 임금이 얼마나 기다린 아기던가. 그 아기가 죽어서 나왔으니 내의원의 책임이 없다할 수 없었다. 그나마 다행인 것은 죽은 아기가 공주라는 사실이었다.

만약 왕자였다면 무슨 일이 벌어졌을까? 의관들은 그 생각만으로도 간담이 서늘해졌다.

보고를 받은 선조는 침통한 마음뿐이었다. 많은 왕자와 공주가 있지만 중전의 몸에서 나온 아기는 처음이었다. 그 동안 많은 일을 겪으며 힘든 와중에도 중전의 몸에서 왕자가 태어나기만 기다리며 버텨왔거늘.

광해군은 슬픔에 차 있는 선조에게 문안을 올렸다. 선조는 광해군의 문안을 건성으로 대하고 오래 만나주지도 않았다. 그럼에도 광해군은 이를 악물고 삼시(三時) 세 번을 계속 찾아갔다.

누구도 알지 못했다. 광해군이 어떤 마음으로 찾아갔는지.

그의 나이 어느덧 서른. 그런데도 명나라에서 세자 책봉을 허락하는 일이 아직까지 미루어지고 있었다. 언제 허락할지도 알 수 없는 상황.

그는 중전이 임신했다는 말을 들었을 때부터 지금까지 한시도 마음 편히 자본 적이 없었다. 가슴은 이미 다 타서 하얀 재만 남은 상태였다.

'누가 나에게 손가락질을 할 건가?'

문안을 드리고 동궁으로 돌아가는 광해군의 눈빛은 깊게 가라앉아서 찬 서리가 내린 한겨울 호수의 얼음판처럼 그 속을 엿볼 수가 없었다.

'다음 대 왕위는 나의 자리다. 그 자리를 탐하는 자는 누구든 용서치 않으리라.'

* * *

중전이 죽은 공주를 낳고 여드레쯤 지났을 때, 명나라 예조에서 세자 책봉에 대한 자문이 왔다. 그 내용을 본 조정 대신들은 한숨을 쉬었다.

벌써 네 번째. 이번에도 세자 책봉을 허락하지 않았다. 문제는 그 이유였다. 임해군이 범용(凡庸)하며 적의 포로가 되어서 민심이 흩어졌다지만, 아직 덕을 잃었다는 어떠한 말도 없고, 광해군이 뛰어나다는 것 또한 마땅한 증거가 없으니 장자(長子) 추대의 원칙을 어길 수 없다는 것이다.

하긴 임해군에 대해서 열 중 하나밖에 적지 않았으니 명나라에서 그에 대해 알 리가 없었다. 임해군이 백성 죽이는 것을 가볍게 여기는 포악무도한 자라는 걸 안다면 명나라에서 어찌 '실덕(失)의 근거' 운운할 것이며, 세자 책봉을 미루겠는가.

물론 임금으로서는 사실을 적을 수 없었을 것이다. 지금도 임해군을 보호하기 위해서 죄 없는 사람들을 잡아 가두는 판인데 어찌 그런 말을 적겠는가.

 결국 이 상태라면 명나라에서 보낸 자문대로 세자 책봉은 몇 년 더 걸릴 수밖에 없었다.

 광해군은 실망하지도, 화를 내지도 않았다. 입을 꾹 다문 채 그에 대해서는 아무 말을 하지 않았다. 그가 무슨 생각을 하는지, 어떤 마음인지 아무도 몰랐다. 심지어 세자빈조차 알 수 없었다.

 표정조차 드러나지 않아서 그를 본 사람들 중에는 '광해군이 세자 책봉을 포기했나보다.'라고 생각하는 자들마저 있었다. 하지만 광해군에 대해서 아는 사람들은 그 모습을 보고 두려움을 느꼈다.

 살짝만 올라서도 푹 꺼질 것 같은 살얼음에 발을 딛는 기분이랄까?

 그럼에도 광해군은 똑같은 표정으로, 똑같은 말투로 하루도 빼지 않고 선조를 문안했다. 선조는 자신의 행위가 훗날 어떤 비극을 낳을지 상상도 못하고 있었으니…….

 어쩌면 훗날의 비극이 이때부터 싹을 틔웠는지도 모를 일이다. 이미 싹이 터서 자라고 있는지도 모르고.

* * *

 을사년* 7월이 되어서야 선조의 병이 차도를 보였다. 그리고 8월

....
* 乙巳年: 선조38년:1605년

이 되었을 때는 경연(經筵)을 할 수 있을 정도로 회복되었다.

중전에게서 또다시 태기(胎氣)가 보인 것은 그 즈음이었다. 중전을 담당하는 의녀에게 그 말을 들은 수의녀 애려가 직접 중전의 상태를 확인하고는 허준에게 달려와 전했다.

"태의 어른, 중전마마께서 회임(懷妊)하셨습니다."

"그래?"

허준은 즉시 선조에게 사실을 알렸다. 선조는 무척 기뻐했다. 하지만 전처럼 사산을 할까봐 지나치게 들뜨는 것을 경계했다.

바로 그날, 허임은 도성을 나서서 나주로 달려갔다. 아마 하루만 늦었어도, 아니 반나절만 늦었어도 못 나왔을지 몰랐다.

날듯이 가벼운 걸음으로 나주에 도착한 그는 이제 겨우 돌이 지난 둘째 아기와 마당을 뛰어다니고 있는 큰 아들을 보고 싱글벙글했다. 어머니도 건강했는데 어느새 흰 머리가 반은 될 듯했다.

정영과 세영, 두 아들을 바라보는 허임의 표정은 마치 세상을 다 얻은 듯했다. 꿈꾸었던 당상관이 되고 두 아들까지 얻었으니 더 바랄 것이 없었다.

"요즘 궁궐이 시끄럽다며?"

"어머니도 아세요?"

"그러엄. 이 어미도 귀가 뚫려 있는데 왜 못 듣겠냐?"

그랬다. 어머니는 눈치도 빠르고 귀도 밝았다. 거기다 판단도 빨라서 가끔 허임을 감탄시켰다.

"혹시라도 한양에 올라가자는 말은 하지 마라. 나는 여기가 좋다.”

허임도 올라가자는 말을 할 생각이 없었다. 전에는 올라가서 함께 살았으면 싶었다. 그런데 돌아가는 형세가 영 마음에 안 들었다.

사대부 양반들보다 더 싫은 것은 왕자의 종들이었다. 그들은 수십 명씩 떼 지어 몰려다니며 제 마음대로 행동했다. 심지어는 사람을 두들겨 패고, 때로는 죽이기도 했다. 들리는 소문으로는 죽여서 땅에 묻는다는 말조차 있었다.

그런 곳에서 사느니 차라리 한가하고 인심 좋은 나주에서 지내는 게 나았다. 자신 역시 일 년에 서너 번은 내려올 수 있으니 헤어져 지내는 아쉬움도 덜했다.

“당신은 어떻소?”

허임은 슬쩍 아내의 뜻을 떠보았다. 그녀는 조용히 웃으며 어머니를 바라보았다.

“저는 어머니의 뜻에 따르겠습니다.”

허임이 짐짓 뿔난 말투로 투덜거렸다.

“그럼 나 혼자 또 홀아비처럼 지내야겠군.”

하지만 눈치가 귀신인 박금이의 눈을 속이지는 못했다.

“네가 아무리 그래 봐야 안 올라갈 거다.”

허임은 집에 머무는 동안 인근 마을의 환자들을 치료했다. 그리고 열흘 째 되던 날 집을 나섰다. 그는 가는 길에 선친과 송하연의 묘를 들렀다. 두 사람의 묘는 전보다 더 깨끗하게 단장되어 있었다. 그는 그곳에서 두 식경 정도 머물고는 엉덩이를 털고 일어났다.

허임은 한양에 도착하고 나서야 중전의 회임 사실을 알았다. 얼마 지나지 않아서 겨울이 다가오자 시약청이 임시로 차려졌다. 내의원에서는 전과 같은 일이 벌어지는 것을 방지하기 위해서 의녀를 상주시키고 매일매일 중전의 몸을 살펴보고 보고를 받았다.

내의들은 멀리 가지 못하게 하고 항시 대기해야만 했다. 여인의 치료는 의녀가 맡는다지만, 진맥의 결과를 듣고 상태에 대한 최종 판단을 내리는 것은 어의였다.

다행히 겨울이 지나가도록 중전은 건강했다. 뱃속의 아기도 별다른 이상증후가 발견되지 않았고.

허임은 중전도 중전이지만 광해군이 더 염려되었다. 중전이 왕비로 책봉된 때부터 광해군의 마음은 얼어붙어 있었다. 중전이 공주를 배었을 때는 사람들과 대화하는 것조차 기피하는 것처럼 보였었고. 그러다 중전이 공주를 사산한 후에야 표정이 미미하게나마 펴지지 않았던가.

그것이 곧 광해군의 마음이었다. 남에게 드러내지는 않았지만 아마 속이 타들어가고 있었을 것이다. 그런데 중전이 또 아기씨를 가졌으니 마음이 어떻겠는가.

'후우, 임금께서도 왕세자 저하와 거리를 두는 눈치던데.'

그렇게 병오년*이 되었을 때였다. 내의원은 물론이고 행궁 전체

....
* 丙午年:선조39년:1606년

가 들썩거렸다. 놀랍게도 선조가 허준을 부원군으로 삼고 정1품 자급인 보국숭록대부(輔國崇祿大夫)를 가자한 것이다.

문신들이 벌떼처럼 왱왱거리며 일어났다.

"주상전하! 의관이 전하의 옥후를 평안케 하는 것은 마땅히 해야 할 일이옵니다. 아무리 그의 공이 크다 해도 자급을 보국으로 올려 대신과 같은 반열에 세운 것은 명기(名器)를 욕되게 하는 일이옵니다. 숭록만 해도 전고에 없던 일인데 보국이 웬 말이란 말이옵니까? 그 자리가 어떤 자리인데 허준이 차지할 수 있겠습니까? 속히 개정하소서!"

개정의 이유로 전례에 없던 일임을 내세운 것은 하나의 핑계일 뿐이었다. 그들은 일개 의원이, 그것도 서출이 정1품인 보국숭록대부가 되었다는 것 자체를 받아들일 수 없었다. 아마 허준이 서출만 아니었어도 그리 법석을 떨지는 않았을 것이다.

선조는 문신들의 청을 받아들이지 않았다. 그러나 사간원과 사헌부가 연합해서 매일 탄핵하자, 9일이 되어서야 하는 수 없이 윤허하고 보국숭록대부의 가자를 미루었다.

그 이야기를 전해들은 허임이 허준에게 물었다.

"아쉽지 않으십니까?"

허준은 묘한 미소를 지으며 반문했다.

"내가 아쉬워하는 것처럼 보이느냐?"

"의관으로서는 처음 있는 일로 알고 있습니다. 충분히 아쉬워할 만한 일이 아닙니까?"

"나에게 복이 있다면 다시 오를 수 있을 것이고, 여기까지가 나의 한계라면 내가 아무리 원한다 해도 이루어지지 않을 거다. 나는 그저 하늘의 뜻에 따를 뿐이니라."

환갑이 훌쩍 넘은 허준은 욕심을 부리지 않았다. 자신이 욕심을 부린다고 해서 될 일이 아님을 아는 것이다.

"그보다 중전마마와 아기씨의 건강이 더 걱정이구나. 이번에도 난산을 한다면 앞으로는 아기 낳기가 더욱 힘들어질 텐데……."

다행히 아직까지는 문제가 없었다. 이제 출산까지 남은 기간은 두 달 정도. 그 안에 이상이 없도록 만전을 기해야 했다.

* * *

병오년 3월 초, 중전이 왕자를 낳았다.

중전도, 왕자도 건강했다. 그제야 내의원의 의관과 의녀들은 안도하며 원자의 탄생을 축하했다.

하지만 그 일을 모두가 축하하는 것만은 아니었다. 광해군은 왕자가 탄생했다는 말을 듣고 허공을 바라보았다.

'끝내……'

세자 책봉이 되지 않은 상태에서 왕자가 탄생하다니.

그는 안다. 이제 부왕의 마음이 흔들릴 것이다. 임해군을 제치고 자신이 인심을 얻을 때부터 탐탁지 않게 여겼던 부왕이 아닌가. 자신을 왕세자로 삼은 것도 전쟁이 아니었으면 어림없는 일이었다.

"아바마마, 이제 어찌하시렵니까?"

나직이 흘러나오는 목소리.

선조에게 묻는 말이 아니다. 자기 자신에게 묻는 말이다.

이제 부왕께서는 어떤 선택을 할 것인가? 그 생각을 하니 초조해졌다. 싸늘한 통증이 머리를 바늘처럼 찔러댄다.

찌푸린 이마, 좁혀진 그의 눈에서 차가운 눈빛이 흘러나왔다.

'그냥 물러서지는 않을 겁니다. 그럴 수는 없습니다.'

절대로!

이를 지그시 악무는 광해군의 눈이 가늘게 떨렸다.

광해군의 마음과 달리 조정에서는 영의정 유영경을 필두로 대신들이 대군 탄생을 축하하며 선조에게 진하례(陳賀禮)를 거행해야 한다는 청을 올렸다. 선조는 한두 번 거절하다가 못이기는 척 대신들의 뜻을 받아들여서 7일 후 진하례를 거행하도록 했다.

광해군은 그 와중에도 선조에 대한 문안을 빠뜨리지 않았다. 선조가 광해군을 보는 눈빛은 눈에 띌 정도로 이전과 달랐다. 광해군도 그 차이를 느끼고 있었다.

광해군은 시일이 가면서 말수가 적어졌다. 옆에서 지켜보던 세자빈 유씨가 그의 마음을 간파하고 걱정스러운 표정으로 말했다.

"저하, 마음을 너무 쓰시다 몸이 상할까 염려되옵니다."

"나는 괜찮소. 그보다 언제 큰처남을 부르도록 하시오. 그에게 할 말이 있소."

세자빈 유씨는 멈칫했다. 하지만 광해군의 굳은 표정을 본 그녀는 순순히 고개를 숙였다.

"알겠사옵니다, 저하."

세자빈의 큰오빠 유희분은 광해군보다 11살 연상이었다. 그는 임진란 때 부친인 유자신과 함께 광해군을 호종한 적이 있었는데, 지난 3월 종3품인 홍문관 전한(典翰)에 임명된 상태였다.

그로부터 이틀 후, 유희분이 광해군을 찾아왔다. 신시쯤 찾아온 그는 유시 말에 동궁을 나왔다. 무슨 이야기가 오갔는지 몰라도 그의 눈이 뱀처럼 차갑게 번뜩였다.

* * *

광해군이 유희분에게 은밀한 명을 내릴 즈음, 선조는 좌의정 기자헌과 마주했다.

"지금 명나라에서 왕세자 책봉을 허락하지 않고 있다. 차라리 의(曦)라면 적자이니 저들도 순순히 응해 주리라 생각하는데, 좌상은 어떻게 생각하는가?"

기자헌은 그 말을 듣고서야 임금이 자신을 부른 이유를 눈치 챘다.

임금이 그러한 생각을 한 것은 단순히 명나라에서 왕세자 책봉을 허락하지 않고 있는 것 때문이 아니다. 전부터 임금은 왕세자 광해군을 마뜩치 않게 생각했다. 그러나 장자인 임해군의 행실이 워낙 포악하고 인심을 잃은 데다, 전쟁으로 인해 흔들린 백성들의 마음을 진정시키기 위해서 어쩔 수 없이 광해군을 왕세자로 인정했던 것이었다.

그러던 차에 새 왕비의 몸에서 왕자가 나왔으니 왕세자를 바꾸고 싶은 것이리라.

'그래서 이전에 명을 내리실 때 그리 하셨던 건가?'

얼마 전, 예조에서 관학(官學) 유생들이 세자 책봉을 청하는 정문(呈文)에 대한 상소를 올린 적이 있었다. 그때 임금께서는 전교를 내리면서 '천명이 있다면 인위적인 수고를 할 필요가 없다.'고 하며 미적거렸었다. 그런데 이제 보니 다른 마음을 먹고 있었던가 보다.

말 한마디 잘못하면 임금의 미움을 받을지도 모르는 일. 하지만 기자헌은 자신의 마음을 속이지 않았다. 잘못된 판단에 대해서 동조할 마음도 없었고.

"전하. 광해군 마마를 왕세자로 세운 지 오래된 데다, 백성들의 인심이 워낙 견고하여서 돌릴 수가 없사옵니다."

"정말 그렇게 생각하는가?"

선조는 기자헌의 말이 마음에 안 들었다. 기자헌도 그 마음을 모르지 않았지만 직언을 서슴지 않았다.

"신이 어찌 허황된 말을 아뢸 수 있겠사옵니까. 이는 동쪽에 있는 낙산을 밀어내고 인왕산을 그 자리로 옮기려는 것과 같사옵니다. 불가하옵니다."

인왕산은 서쪽에 있다. 낙산을 밀어낸 자리에 인왕산을 옮겨놓는 일은 현실적으로 불가능하다. 15년 동안 동궁의 자리에 있는 광해군을 밀어내고 왕자 이의(영창대군)를 왕세자로 삼을 수 없다는 뜻이다.

기자헌의 뜻이 워낙 강경하니 선조도 한발 물러섰다.

"좌상이 그리 말하니 좀 더 생각해 봐야겠군."

"감읍하옵니다."

기자헌은 안다. 임금의 뜻이 얼마나 강한지. 좀 더 생각해 본다고 했지만 마음이 쉽게 바뀌지는 않을 것이다.

씁쓸했다. 얼마 전에 봤던 왕세자의 얼굴이 수척하게 느껴지던 이유를 이제야 알 것 같다.

'저하께서는 이미 주상의 뜻을 알고 있었구려.'

모두가 기자헌과 같은 생각은 아니었다. 내의원 도제조인 영의정 유영경은 선조의 마음을 알고 왕자 의를 왕세자로 책봉하는 일에 적극 찬성했다.

"어차피 명나라에서 책봉을 윤허하지 않는다면 헛심만 쓰는 꼴이 될 것이옵니다. 차라리 왕자님을 왕세자로 책봉하는 것이 훨씬 더 빠르고 나라의 국력이 덜 소모되는 일일 것이옵니다."

선조는 유영경의 말이 마음에 들었다.

"영상의 말이 옳다. 문제는 대군의 나이가 너무 어리다는 점이다."

"당장 전위하는 것이 아닌데 무슨 문제가 있겠사옵니까? 왕세자께서 열 살 정도 되면 성상께서 섭정을 하며 가르침을 내려도 될 것이옵니다."

"그도 그렇구나. 그대가 많이 도와줘야 할 것 같다."

"황공하옵니다, 전하."

기자헌은 임금과 정사를 쥐고 흔드는 유영경의 마음이 일치한다는 것을 알고는 4월 23일 사직을 청했다. 그러나 선조는 사직을 허락하지 않았다.*

* * *

기자헌이 사직을 청하던 그 시기, 선조의 병이 심해졌다. 그러다 4월 25일, 내의원 제조 등이 문안하니 선조는 평안하다고 답하고는 비망기로 내의원에 명하였다.

"귓속이 크게 울리니 침을 맞고자 한다. 혈(穴)을 의논하는 일은 침의가 전담해서 하도록 하라. 요즘 보면 불필요한 의논이 너무 많다. 만약 침의가 간섭을 받아 그 재주를 모두 발휘하지 못하면 효과를 보지 못할 수도 있으니 제조 등은 관여하지 마라."

문신인 제조들이 침놓는 일까지 간섭하는 경우가 잦았기에 그리 명한 것이다.

의관들은 그 말을 듣고 통쾌한 마음이었다. 어설픈 지식으로 치료를 좌우하려는 제조들이 많았다. 때로는 의관의 말을 듣지 않고 자신의 주장을 고집하는 재신도 있었다.

웃기지도 않았다. 글 몇 줄 읽고 선비 행세하는 것과 뭐가 다르단 말인가?

선조의 명이 전해지자 허준은 혈에 대한 논의를 침의들에게 전

---

* 그 후로도 기자헌은 열세 번에 걸쳐 사직을 청하지만 선조는 윤허하지 않는다.

적으로 맡겼다.

허임은 김영국, 남영 등 침의들과 함께 혈의 위치, 침을 놓을 수
와 방법 등을 의논했다. 언제부턴가 침구치료는 허임이 주도했다.
김영국과 남영은 그런 상황을 당연하다는 듯 받아들였다.

침의는 침의들끼리 통하는 게 있었다. 병증에 따른 혈을 아는 것
등 보편적인 지식도 침술에서 중요한 부분이지만, 침을 놓는 기술
과 감각 역시 무시할 없는 부분이었다. 때로는 손끝의 놀림 한번,
한 푼 깊이 차이로 효과가 달라지기도 하는 것이다. 김영국과 남영
은 그런 부분에서 허임을 따라갈 수 없다는 것을 인정하고 있었다.

그들이 인정하는 것은 기술적인 면뿐만이 아니었다. 병증에 대한
대처 방법 역시 허임의 의견에 감탄할 때가 한두 번이 아니었다.

전란을 겪으며 온갖 환자 수만 명을 치료한 허임이 아닌가. 그 기
간 동안 그보다 많은 사람을, 많은 병증을 경험해 보고 치료한 의
관은 아무도 없었다. 그때의 경험과 운주사에서의 생활은 그러잖
아도 실력이 뛰어난 그에게 날개를 달아준 셈이었다.

먼저 혈에 대한 의논을 마친 침의들은 수의인 허준을 비롯한 어
의들과 전체적인 치료에 대해서 논의했다.

어의들은 선조가 침구치료를 선호하는 것이 마음에 들지 않았
다. 하지만 임금이 처음부터 침을 맞겠다고 한 이상 다른 의견을
제시할 수도 없었다.

다음 날 사시, 왕세자와 도제조 유영경, 제조 허욱, 부제조 윤방.
기사관(記事官) 임장, 박증현, 김성발. 어의 허준, 조흥남, 이명원. 침

의 김영국, 남영, 허임이 별전에 입시하였다.

김영국이 혈을 잡고 허임이 침을 놓았다.

이명증(耳鳴症)은 선조가 오랫동안 앓아온 병 중 하나였다. 좋아졌다가도 때론 심해지기도 해서 시시때때로 침도 맞고 약을 복용하기도 했다. 그러던 차에 병증이 심해지자 침을 집중적으로 맞고자 한 것이다. 선조가 그러한 결정을 내린 것에는 편두통이 침으로 나은 점도 크게 작용했다.

치료는 사나흘 간격을 두고 계속되었다. 혈은 김영국과 남영이 번갈아 잡고 침은 허임이 놓았다. 그런데 침 치료가 끝나가던 5월 7일, 선조의 손가락에도 이상이 생겼다. 오죽하면 붓조차 제대로 잡을 수 없어서 자신이 쓰던 글을 세자에게 대신 쓰게 했다.

5월 8일. 왕세자와 제조, 의관들이 입시하자 선조가 손에 대해 말했다.

"이 손도 마저 침을 맞아야 할까 보다. 괜찮겠느냐?"

허준이 침의들을 바라보았다.

"주상전하께서 침을 계속 맞고 있으니 염려되는 바가 없지 않네. 어디 생각을 말해 보게."

처음부터 제조 등을 배제한 채 침의에게 치료방법을 논의하라고 했던 터였다. 굳이 제조 등과 상의할 필요도 없이 침의들이 결정하면 되었다.

"저 역시 그 점이 걱정됩니다. 허 의관의 생각은 어떤가?"

김영국도 허준의 말에 동의하며 허임에게 공을 넘겼다. 이미 선조의 손가락을 살펴본 허임은 그들의 고민을 간단하게 풀어주었다.

"손은 침을 맞을 필요 없이 뜸을 뜨는 것이 더 좋을 것 같사옵니다, 전하."

"흠, 그래?"

"예, 전하. 일단 침 치료를 끝낸 후 미시(未時)쯤 뜸을 뜨는 게 어떻겠사옵니까?"

머뭇거림이 없는 시원시원한 허임의 대답에 선조는 쾌히 허락했다.

"알았다. 그리하도록 해라."

미시 초, 허임은 의관들과 함께 별전에 입시해서 선조의 양손에 뜸을 떴다.

손가락 속혈(屬穴)인 손등에서 손목으로 2치 올라간 곳에 있는 외관(外)의 2혈, 손가락 사이 상도, 중도, 하도혈(上都,中都,下都穴) 좌우 각 3곳, 엄지손가락 두 번째 마디의 대골공혈(大)의 2곳, 가운데 손가락 두 번째 마디의 중괴혈(中魁穴) 2곳, 집게손가락과 약지의 두 번째 마디의 오호혈(五虎穴) 4곳에 모두 뜸을 뜨자 신시(申時) 정각이 거의 다 되었다.

"전하, 이후로 차도가 미미하면 다시 한 번 뜸을 떠야 하오니 언제든 하명하소서."

선조는 손가락을 움직여보더니 만족한 표정을 지으며 허임을 바라보았다.

"당장 처음처럼 괜찮아지진 않았지만 어제보다는 훨씬 나은 것 같다. 내일 정황을 봐서 다시 명을 내리도록 하겠다."

* * *

선조의 병은 조금 나아지는 듯하다가 다시 오락가락했다. 짜증이
난 선조는 마침 내시 최언준에게 아픈 손을 초정수에 담그면 좋다
는 말을 듣고는 그에 대한 일을 내의원 제조 등과 상의했다.

"손을 초수*에 담그면 좋다고 한다. 의관들에게 생각을 물어보도
록 해라."

"예, 전하."

별전을 나온 유영경은 허준을 비롯한 의관들에게 선조의 말을
전했다.

"양평군은 어떻게 생각하시오? 초정수가 정말 효험이 있다고 보
시오?"

유영경은 영의정이지만 나이가 허준보다 열 살 정도 아래였다.
더구나 보국숭록대부의 가자가 미뤄지긴 했지만 허준은 선조의 신
임이 두터운 사람. 함부로 대하지 못했다.

"초정수보다는 온천수가 좋을 것 같습니다, 영상."

"그래요? 알겠소. 그럼 즉시 온양으로 사람을 보내서 온천수를
떠와야겠구려."

----

* 椒水:초정약수

유영경은 결정이 나자마자 관원을 온양으로 보내서 온천수를 떠오게 했다. 그리고 다음 날 선조를 만나 아뢰었다.

"전하, 의관들과 상의해 보니 초정수보다 온수(溫水)에 담가 씻으면 근맥이 풀어져 효험을 볼 수 있을 것이라 하옵니다. 해서 어제 본원의 관원으로 하여금 온양(溫陽)으로 달려가게 하였는데 오늘 새벽에 물을 떠서 지금 가져 왔사옵니다."

"그래? 알았다."

선조는 온양에 있는 온천수를 하루 만에 떠오자 그 사실만으로도 흡족한 표정을 지었다. 그러나 온천수에 손을 담그는 것도 선조의 병을 낫게 하지는 못했다.

온천수를 이용해서 치료한 지 닷새 후인 5월 23일. 선조는 자신의 증세를 내의원에 전했다.

"온천수에 담갔더니 기운이 다리에서부터 어깨와 귀밑까지 오르내릴 뿐 아니라, 시고 아프기까지 하구나. 다시 침을 맞고 뜸을 뜨고자 하니 의논하도록 하라."

그 말을 전해들은 유영경이 즉시 허준을 비롯한 내의원의 의관들을 불러 모았다.

"주상께서 침구치료를 받고자 하시오. 어떻게 했으면 좋겠소?"

내의들은 다른 때처럼 약으로 치료하자는 고집을 피우지 않았다. 어떻게 치료해도 선조의 증세가 쉽게 낫지 않을 거라는 걸 알기 때문이었다.

결국 허준도 원론적인 답변을 하는 수밖에 없었다.

"일단 성후를 자세히 살핀 연후에 침구치료 여부를 결정하는 게 좋을 것 같습니다."

도제조 유영경과 제조 허욱, 부제조 최천건은 선조를 뵙고 의관들의 말을 전했다.

그러나 선조는 고집을 꺾지 않고 더욱 강하게 침구치료를 원했다.

"침술은 침의에게 물어서 그에게 기술을 다하게 해야지 다른 사람이 간섭하게 해서는 안 된다. 또 손가락의 병 역시 냉약*을 많이 복용해서 그런 것 같으니 염려되는 바가 크다. 가을에 가서 침구치료를 집중적으로 받고자 하니, 외방에 침술을 지닌 자가 있거든 모두 불러다가 수시로 의논하라."

"예, 전하."

유영경과 허욱의 말을 들은 의관들은 심각한 표정으로 머리를 맞댔다.

"허어, 주상전하의 병이 오래가서 큰일이구려."

"침구치료를 집중적으로 받으면 몸이 상하실지도 모릅니다. 그에 대해서는 다시 말씀드려보는 게 어떻겠습니까?"

그때 허임이 말했다.

"침구치료를 하기 전에 먼저 습냉한 기운을 제거하는 것이 문제

---

* 冷藥:차가운 성질의 약

일 것 같습니다. 방법이 하나 있긴 한데 전하께서 윤허하실지 모르겠습니다."

유영경이 허임을 바라보았다.

"방법이 있다고? 어디 말해봐라."

"털 담요로 몸을 싸서 땀을 흘리게 하십시오. 그리하면 몸에 깃들어 있던 습냉한 기운이 빠져서 병을 이기는 데 도움이 될 것입니다."

"호오, 그래?"

"날이 더우니 털 담요로 몸을 감싸면 열이 무척 많이 날 겁니다. 일단은 참을 수 있는 데까지 참아보시고 도저히 안 되겠으면 다음에 다시 해보라 하십시오."

"알겠다. 그런데 그 방법이 정말로 효험이 있을지 모르겠구나. 양평군은 어찌 생각하시오?"

유영경이 허준에게 물었다.

허준은 본디 냉한 약을 주로 쓰는 사람이었다. 하기에 이번 선조의 하교에서 '냉약'이라는 말이 나오자 말을 조심했다. 그는 허임의 방법이 비록 임기응변처럼 보이지만 나름대로 효과를 발휘할거라는 생각이 들었다.

"해보아도 나쁘지는 않을 것 같습니다. 다만 그리하면 원기가 손상될지 모르니 그에 맞는 약을 준비하도록 하겠습니다."

"그래요? 알았소. 그럼 전하께 말씀드려보리다."

다음 날, 유영경의 말을 전해들은 선조는 털 담요로 몸을 감쌌다.

푹푹 찌는 무더운 여름에 털 담요로 감싸고 있으니 죽을 맛이었다. 땀을 어찌나 많이 나는지 머리가 어지럽고 기운이 쭉 빠졌다.

혹시 허임 이놈이 임금을 놀리려고 거짓말을 한 것이 아닐까? 오죽하면 그런 생각마저 들었다.

그것이 사실이라면 절대 용서하지 않겠다!

속으로 이를 갈던 선조는 도저히 견딜 수 없자 털 담요를 벗어냈다. 온몸이 땀에 흠뻑 젖어서 소나기라도 맞은 듯했다.

그런데 묘했다. 땀을 비 오듯 흘리고 났더니 전보다 몸이 편한 것처럼 느껴지는 것이 아닌가?

"흠, 효험이 있긴 있나 보구나."

허임을 원망하던 마음을 저 멀리 내던진 선조의 표정이 조금 밝아졌다. 선조의 땀을 닦던 궁녀들도, 내시들도 남몰래 안도했다.

최근 들어서 화도 잘 내고 정신적으로 불안정하게 보이는 임금이었다. 자칫 잘못되면 공연한 불똥이 자신들에게 튈지도 모르는 것이다. 그때 마침 유영경이 문안하며 증세를 물었다.

"전하, 옥후의 증상은 어떻사옵니까?"

"털 담요로 몸을 싸서 땀을 흘린 뒤에 냉한 증세가 많이 나은 것 같다. 그래도 아직 남은 기운이 있는 것 같구나. 열을 감당하지 못하고 벗어버렸는데, 다시 쓰고서 땀을 더 내어 보고자 한다."

선조는 그리 말하고 그날 다시 털 담요로 몸을 감쌌다. 그런데 묘하게도 증세가 조금 나은 후로는 전처럼 많은 땀이 나지 않았다.

아무래도 털 담요를 이용해서 치료하는 것은 그 정도가 한계인 듯했다.

6월 15일. 선조가 광해군을 자극하기라도 하듯 동부승지 유간에게 명령을 내렸다.

"대군(大)에게 경중(京中)의 노비 30, 외방노비 170, 전답 100결(結)을 특별히 사급(賜給)하라."

광해군은 그 말을 전해 듣고 가만히 눈을 감았다 떴다.

아무리 적자(嫡子)라지만 갓난아기에게 하사한 것치고는 그 양이 상당했다. 선조의 왕자에 대한 사랑을 엿볼 수 있는 대목. 그래서 더 불안했다.

'아바마마, 저를 막다른 길로 내몰지 마시옵소서.'

선조가 왕자 '의'를 왕세자로 책봉하려 한다는 말이 귀에 들렸다. 우려했던 일이 현실로 드러난 것이다.

하지만 그는 순순히 물러날 생각이 없었다. 15년, 그 동안 보이지 않는 괄시를 받으면서도 참아왔다. 조정의 중신들 중 상당수는 자신이 명나라로부터 왕세자 책봉을 받지 못하자 아예 왕세자로 여기지 않는 자마저 있었다. 지금 왕자 '의'를 왕세자로 옹립하려는 중신들 대부분이 그러한 자들이었다.

'훗날 너희는 두 눈에서 피눈물을 흘리게 될 것이다.'

선조와 광해군

조정에 암중 회오리가 돌기 시작하던 9월 중순, 예정되었던 선조의 침구치료가 시작되었다. 왕세자가 입시한 가운데 내의는 허준과 조흥남, 이명원이, 침의로는 김영국, 허임, 남영, 유계룡이 참여했다. 유계룡은 전부터 맥결에 능통하다는 의견이 있어서 이번 치료에 합류한 자였다.

남영이 혈을 잡고 허임이 침을 놓았다. 한동안은 아무런 일도 없이 무난하게 진행되었다. 그렇게 한 식경쯤 지나 이명증 치료를 위해서 머리에 침을 놓을 때 유계룡이 한 마디 했다.

"왜 침을 바로 꽂거나 뽑지 않으시는 거요?"

갑자기 그가 입을 열자 김영국이 재빨리 제지시켰다.

"그만한 뜻이 있으니 조용히 하시오."

유계룡은 그제야 자신의 실수를 눈치채고 입을 닫았다. 허임은 별다른 동요 없이 선조에게 말했다.

"전하, 숨을 들이쉬시옵소서."

선조가 숨을 들이쉬자 허임이 재빨리 침을 뽑고 손가락으로 구멍을 막았다. 기가 새어나오는 것을 보호하기 위함이었는데, 그러한 침술이 바로 허임이 나름대로 정립한 보사법 중 보법(補法)이었다. 때로는 숨을 내쉬게도 했는데, 그때는 침을 세 번에 걸쳐서 빼내는 사법(瀉法)을 시행할 경우였다.

그런데 선조도 궁금했나보다. 일단 머리에 침을 놓는 일이 끝나자 허임에게 물었다.

"침을 꽂거나 뺄 때 잠깐씩 멈칫거리고, 때로는 숨을 내쉬게 하고 들이쉬게 하던데, 그리 하는 뜻을 말해보아라."

"침을 놓고 기를 일어나게 한 다음 먼저 양경의 기를 통하게 하고서 음경의 기를 통하게 해야 하옵니다. 거기에 보사법을 쓴다면 훨씬 더 좋은 효험을 기대할 수 있사옵니다. 하온데 병증에 따라 기를 보(補)해야 할 경우가 있고, 사(瀉)해야 할 경우가 있어서 그리한 것이옵니다."

"호오, 그래? 어쩐지 너의 침술이 남다르다 했더니 그런 점에서 차이가 있었구나."

"황공하옵니다."

치료는 사시 초에 시작해서 사시 말에 끝이 났다.

별전에서 물러나온 의관들은 곧장 내의원으로 돌아갔다. 자신의 방으로 들어간 허임은 차를 마시며 조금 전의 치료를 되새겨 보았다. 크게 잘못된 곳은 없었다. 유계룡이 중간에 나서서 잠깐 집중을 방해하긴 했지만 그 정도에 흔들리지는 않았다. 오히려 그로 인해서 임금께 칭찬을 들었으니 전화위복이라고나 할까?

문제는 임금의 상태였다. 고질병으로 인해서 약해진 몸에 온갖 증세가 고개를 내밀고 있었다. 단단한 항아리도 한계를 넘는 충격을 받으면 깨지듯 사람의 몸도 마찬가지다. 지금 상태에서 조금만 더 심각한 병이 생기면 한순간에 무너질 가능성이 컸다.

'아무래도 내년은 더 바빠질 것 같군.'

내년을 걱정하던 허임이 점심을 먹기 위해서 방을 나서려는데 오동돈이 찾아왔다. 무엇 때문인지 굳은 표정이었다.

"무슨 일이라도 있소?"

"조금 전 동궁의 유 내관께서 오셨다 가셨습니다."

그 말에 흠칫한 허임이 오동돈을 직시했다.

"유 내관께서? 뭐라 하셨습니까?"

오동돈이 머리를 가까이 들이밀고는 나직이 말했다.

"신시쯤 동궁으로 드시랍니다요."

"이유에 대해선 말씀하지 않았습니까?"

"예, 당상관 어른."

이유를 말하지 않았다는 것은 병 때문에 부른 것이 아니라는 소리다. 임금에 대한 치료 상황을 묻고자 하는 걸까?

'그런 이유도 있겠지.'

하지만 반드시 그런 이유 때문만은 아닌 듯했다.

"알겠습니다."

"저, 혹시 몰라서 말씀드리는 건데, 요즘 분위기가 좋지 않습니다. 조심하십시오."

오동돈이 조심스럽게 입을 열었다. 허임도 그가 무슨 말을 하려
는지 짐작하기에 슬쩍 고개를 끄덕였다.

"저도 압니다."

허임은 신시 초에 오동돈을 대동하고서 동궁으로 향했다. 명목은
왕세자를 진맥하기 위함이었다. 수의인 허준에게는 이미 허락을
받아놓은 상태였다.

동궁으로 가자 유은선이 슬쩍 오동돈을 쳐다보고는 허임을 향해
고개를 숙였다. 그도 이제는 당상의 자급을 받은 허임을 함부로 대
하지 못했다.

"들어가시지요."

허임이 마주 고개를 숙이고는 유은선을 따라서 광해군의 거처로
들어갔다. 오동돈도 의료도구가 든 보따리를 들고서 따라갔다.

안으로 들어간 허임은 광해군을 향해 허리를 숙였다.

"그간 평안하셨사옵니까?"

"네 눈에는 어떻게 보이느냐? 내가 평안한 것처럼 보이느냐?"

그렇지 않았다. 살이 조금 빠진 듯 보였고, 눈도 전보다 더 들어
간 듯했다.

"심화(心火)만 다스리면 나아지실 것처럼 보이옵니다."

광해군의 마음을 엿보고 하는 말이다. 함부로 입 밖에 내기가 어
려운 말인데도 망설임 없이 내뱉는 허임을 보고 광해군이 입꼬리
를 비틀었다.

"그 배짱은 여전하구나."

"천성이 어디 가겠사옵니까?"

"저 치는 믿을 만한 사람이냐?"

광해군이 눈길로 오동돈을 가리키며 물었다. 허임이 담담한 미소를 지으며 대답했다.

"저에게는 목을 걸 수 있는 친구가 둘 있사옵니다. 그 중 하나는 전에 저하 곁에 머물렀던 막개이고, 다른 하나가 바로 오 직장이옵니다."

"흠, 그래? 알았다."

입구 쪽에 조용히 서 있던 오동돈은 감격에 겨워서 어깨를 잘게 떨었다. 가슴이 먹먹하고 눈에 습이 가득 차서 앞이 잘 보이지 않았다.

'감사합니다, 당상관 어른!'

그때 광해군이 물었다.

"아바마마의 환후는 어떠시냐?"

"오늘부터 치료를 시작했으니 당장은 뭐라 말씀드리기가 그렇사옵니다. 다만 서너 번 더 치료를 하고 나면 전보다 훨씬 편해지실 것은 분명하옵니다."

"그래? 다행이구나."

말은 다행이라고 하는데 목소리는 왠지 차가웠다.

"많은 대신들이 대군의 탄생을 축하하면서 엉뚱한 생각을 하는 것 같다. 너는 어떻게 생각하느냐?"

"무슨 말씀인지 모르겠사옵니다. 그저 소신은 이 나라에 왕세자 저하는 한 분뿐이라 알고 있을 따름이옵니다."

"그 마음, 변치 않았으면 좋겠구나."

광해군의 목소리가 미미하게나마 부드러워졌다. 허임이 고개를 들었다.

"저 같은 의관이 무얼 알겠습니까마는, 그래도 이것 하나만은 분명히 말씀드릴 수 있사옵니다. 제가 비록 천출이긴 하나, 믿음을 주신 분을 외면할 만큼 비겁한 놈은 아니옵니다."

광해군의 입술에 보일 듯 말듯 미소가 떠올랐다.

"만약 내가 너에게 어떤 명령을 내린다면, 그게 어떤 일이든 받아들일 수 있느냐?"

드디어 우려했던 질문이 떨어졌다. 대답 여하에 따라 심장을 찌르는 비수가 될 수도 있는 질문.

허임은 숨을 한번 깊게 들이쉰 후 입을 열었다.

"천륜을 거스르지 않는 명령이라면 따르겠사옵니다. 인의를 벗어나지 않는 명령이라면 따르겠사옵니다. 제 능력에 닿는 일이라면 따르겠사옵니다."

광해군이 모호한 눈빛으로 허임을 보더니 쓴웃음을 지었다. 왕세자를 옹호하긴 하나 잘못된 명령까지 따르지는 않겠다는 뜻이다.

허임의 고집을 잘 아는 그는 더 이상 밀어붙이지 않았다.

"그렇다면 너에게는 그런 명령을 내리지 말아야겠구나. 요즘 세상에는 괜찮은 사람을 얻기가 힘들거든?"

"그리 평해 주시니 감읍하옵니다."

"단, 만약 어떤 일이 생기거든 나서지 마라. 그 점만큼은 반드시 명심해야 할 것이다."

부드러워졌던 목소리에서 다시 냉기가 흘렀다. 광해군의 마음을 허임인들 어찌 모를까. 그는 허리를 숙이며 확고하게 답했다.

"일개 미천한 의관이 나선다 한들 무슨 일을 할 수 있겠사옵니까? 걱정 마소서."

허임은 동궁을 나선 후에야 숨을 크게 내쉬었다. 등이 땀에 젖어 있었다. 그래도 그는 나은 편이었다. 오동돈은 떨리는 사지를 진정시키기 위해 사력을 다해야 했다. 눈치가 빠삭한 그였다. 잠깐 사이에 목숨이 몇 번이나 오락가락했다는 걸 왜 모를까?

'휴우우우, 이 양반 곁에 있다가는 내가 정말 제 명에 못 죽지.'

그렇다고 해서 허임의 곁을 떠날 생각은 눈곱만큼도 없었다.

'미안하오, 봉연. 나는 하늘이 두 쪽 나도 이 양반을 떠날 수 없을 것 같소. 이해해 주시구려.'

네 차례에 걸친 침구치료는 별 탈 없이 무사히 끝났다. 선조의 상태도 예상했던 것보다 훨씬 좋아져서 모두가 만족했다. 심지어 침구치료를 못마땅해했던 의관들조차 입을 다물었다.

이제는 내의원의 누구도 허임이 이 나라 최고의 침의라는 것에 이의를 달지 못했다.

치료가 끝나자 김영국은 자신의 임지로 내려가고, 남영도 장흥고 직장이라는 본연의 자리로 돌아갔다. 시간 여유가 생긴 허임은 혜민서를 오가면서 환자들을 치료했다. 간혹 고관대신들에게서 치료를 부탁하는 청이 들어오곤 했는데, 일부분은 그들을 피하고자 하는 마음도 있었다.

* * *

겨울이 지나고 정미년* 3월이 되자, 선조가 대군 이의의 첫 번째 생일을 맞이하여 노비와 땅을 또 하사했다.

"대군에게 경중노비 50, 외거노비 150, 전답 200결을 사급하라."

단순한 생일선물이 아니었다. 어찌 보면 만인에게 자신이 '의'를 총애한다는 것을 알리고자 하는 것처럼 보이기도 했다. 왕세자로 책봉할 수 있다는 것을 미리 선전하듯이.

광해군도 그 점을 잘 알고 있었다.

이미 영의정 유영경을 비롯한 소북파들이 왕자 이의를 세자로 옹립하기 위해 물밑 작업을 한다는 말이 들려오는 판이었다. 이대로 가면 왕세자의 자리가 이의에게 넘어가는 것은 기정사실이었다. 물론 광해군은 그리되도록 바라만 볼 생각은 추호도 없었다.

'어린 이의가 왕위에 오르면 왕비와 어린 왕을 너희들 마음대로 주무를 수 있다고 생각했겠지. 하지만 절대 그리되지 않을 것이다.'

광해군이 서산으로 넘어가는 해를 보며 하루, 하루 가슴 속의 칼을 갈던 그 시기. 내의원의 침의들은 선조의 봄 치료를 위한 논의에 분주했다. 그리고 3월 21일, 선조가 편복(便服)으로 침실에 나아

---

* 丁未年:선조40년:1607년

가 침을 맞았다.

치료는 28일까지 하루 간격을 두고 총 5번에 걸쳐 시행되었다. 그때도 허임이 침구치료를 주도했다. 그런데 지속된 치료에도 몸 상태가 크게 회복되지 않자, 선조가 제조들을 재촉했다.

"찾아보면 뛰어난 의원들이 있을 것이다. 그들을 한양으로 불러 들여서 쓰도록 하라."

여러 가지 방법을 쓰다 보면 자신의 병을 고칠 수 있지 않을까 하는 바람 때문이었다.

허임은 그에 대해서 별 다른 반대를 하지 않았다. 그가 아무리 고집이 세다 해도 임금이 내린 결정을 뒤집을 수 있을 정도는 아니었다. 다만 걱정인 것은, 어설프게 침을 배운 자들이 함부로 침을 놓다가 자칫 임금의 몸을 더 상하게 하지 않을까 하는 점이었다.

침을 잘못 놓으면 기가 상하고, 심하면 정신을 잃거나 죽을 수도 있다. 뜸도 잘못 뜨면 큰 해를 입을 수 있다. 침을 놓아서는 안 되는 곳, 뜸을 떠서는 안 되는 곳을 제대로 알고, 깊이나 양 역시 적절하게 조절해야 한다.

그런데 그가 본 침의들 중에서는 그 모든 것을 제대로 아는 사람이 거의 없었다. 심지어 박춘무나 김영국도 침을 놓는 깊이의 의미를 잘 모르는 것 같았다. 아마도 기의 운행을 정확히 모르기 때문인 듯했다.

'혈을 의논할 때 철저히 따져보면 괜찮겠지.'

허임은 단순히 그렇게만 생각했다. 그러나 때로는 그가 생각도 못한 일이 벌어지곤 했다.

* * *

5월이 되어서 사람의 쓸개를 빼내 가는 도적 때문에 조선 땅이 한바탕 시끄러워졌다. 분노한 선조는 범인을 잡는 자에게는 중한 상을 주거나, 승직시키거나, 면천시키는 일 등을 마련하라고 형조에 명했다.

그 즈음, 13일에 풍원 부원군 유성룡이 숨을 거두었다. 선조는 유성룡이 죽자 동부승지 이유홍을 내려 보내고 사흘간 조시(朝市)를 정지하였다.

7월에는 창덕궁에 호랑이가 출몰해서 사람들의 간담을 서늘하게 했다. 오죽하면 선조가 비망기로 홍경신에게 명령을 내렸다.

내가 듣건대, 창덕궁 안에서 어미 호랑이가 새끼를 쳤는데 그 새끼가 한두 마리가 아니라고 한다. 지금처럼 초목이 무성한 때에는 군대를 풀어 잡기는 어렵다고 하더라도 발자국을 찾아내어 제거하는 방법이야 어찌 없겠는가. 발자국은 찾아내지 않고 말만 꾸며서 책임만 모면하려고 하니, 이는 작은 일이기는 하나 우리나라 사람들이 이와 같이 매사에 허풍만 떨고 용맹스럽지 못하다는 것을 미루어 알 수 있다. 짐승 한 마리도 아직까지 잡지 못하니 남왜(南倭), 북적(北狄)과 마주치면 풍진(風塵)만 바라보고도 도망가는 일이야 괴이하게 여길 것도 없다. 대장과 종사관을 모두 추고하라. 그리고 '호랑이 새끼를 길러 우환을 부른다.'고 옛사람이 경계하였다. 만약 밤중에 나타나서 시중 여염집에 들어가기라도 한다면, 틀림없이 와전되어 많은 사람을 현혹시키는 폐단이 생길 것이다. 병조로 하여금 군사를 많이 내고 군령을 더욱 엄히 하여 꼭 잡게 하라.

8월 초에는 밤 5경(更)에 구름이 갈라진 틈 사이로 상태(上台)의 남쪽에 별 하나가 보였는데, 창백색(蒼白色)인 별에 한쪽으로 치우친 꼬리가 붙어 있었다. 참으로 괴이했다.

그리고 8월 말, 가을이 되었다.

내의원 의관들은 임금에 대한 침구치료를 하기 위해서 혈을 의논했다. 이번에는 채유종이라는 의원이 가세했다. 그는 박춘무처럼 임진란 때 의병장을 지냈던 자로 침술에 능통했다. 다른 점이라면 박춘무와 성격이 달라서 자신의 고집을 쉬이 꺾지 않는다는 것이었다.

"혈 중에서는 자주 놓아도 되는 곳이 있고, 자주 놓아서는 안 되는 곳이 있소이다. 어찌 그 점을 생각하지 않고 침을 놓는단 말이오?"

허임이 채유종의 말에 반박했다.

"물론 그 말씀도 맞습니다. 하지만 때로는 집중적으로 침을 놓아서 기를 터줘야 할 때가 있습니다."

"어험! 나는 그렇게 배우지 않았소이다. 허 의관만이 아는 침술보다는 아무래도 옛 사람들로부터 전해진 것을 따르는 것이 옳지 않겠소이까?"

채유종은 선조의 명을 받고 제조들이 불러들인 사람이다. 도제조인 유영경은 일단 그의 주장에 힘을 보탰다.

"하루에 놓는 혈을 줄이는 대신 두 번 정도 더 치료하면 될 것 아닌가? 결국 합해 보면 차이가 없으니 그리하도록 하세, 허 의관."

허준은 의서 편찬에 힘을 쏟으면서 침을 놓는 일에서는 한발 물러서 있었다. 이번 역시 침의들에게 맡기고 별 다른 의견 제시를 하지 않았다. 어차피 침술에 대해서는 그보다 침의들이 더 깊게 알았으니까.

허임도 유영경이 강하게 채유종의 침술을 비호하자 더 이상 반박하지 않았다. 남영과 유계룡도 채유종의 방법을 찬성하고 있었다. 김영국이라도 있으면 함께 나서서 반대하겠는데, 하필 이번에는 김영국이 임지에서 올라오지 못한 상태였다.

'설마 그 정도로 무슨 큰일이 나진 않겠지?'

일단 혈단자를 먼저 올리고 8월 29일부터 침을 놓기 시작했다. 치료는 9월 2일, 4일, 6일에 시행되었다. 선조는 사시에서 오시 사이에 편복(便服)으로 편전(便殿)에 나가서 침을 맞았다.

혈은 남영이 잡고 침은 채유종이 놓았다. 그런데 9월 6일 선조가 의아해하며 물었다.

"침혈(鍼穴)을 감하는 것은 채유종의 말에서 나온 것인가, 아니면 다른 어의의 입에서 나온 것인가?"

유영경이 채유종의 말을 전했다.

"채유종이 '언제나 심수(心腧)와 폐수(肺腧)는 서너 번밖에 침을 놓지 못한다.'고 하였사옵니다. 해서 침혈을 의논할 때 손에 속한

혈 중에 심폐와 관련된 3, 4혈은 예정된 대로 행하고 심수와 폐수 양혈(兩穴)은 감하고자 한 것입니다."

"그래? 알았다. 그럼 그리하도록 해라."

그 후 9월 19일까지 다섯 차례나 더 침을 맞았다. 총 9차례에 걸쳐서 침을 맞은 것이다. 평소 많이 맞을 때 7차례 침을 놓았으니 그때보다 두 차례를 더 맞은 셈이었다.

허임은 선조를 진맥해 보고 표정이 어두워졌다.

'침을 너무 오래 맞아서 기가 허해졌어.'

자신이 염려한 경우 중 하나였다. 임금은 나이가 들고 오랜 병으로 인해서 몸이 쇠약해진 상태였다. 그런 상태에서 기의 손실은 무척 좋지 않았다. 같은 손실이라 해도 젊고 건강한 사람과 비교해서 충격이 상대적으로 클 수밖에 없는 것이다.

치료를 모두 마치고 내의원으로 돌아온 허임은 허준을 만났다.

"태의 어른, 주상께 기를 북돋을 수 있는 약을 올리시는 게 어떻겠습니까?"

허준이 의아한 눈으로 허임을 쳐다보았다. 허임은 약에 관해서 함부로 말하지 않는다. 십여 년 동안 들어본 적이 서너 번에 불과할 정도다.

"무엇 때문에 그러느냐?"

"겉으로 보이는 것과 달리 경맥에 기가 너무 약하게 흐릅니다. 당장 큰 이상은 없게 보입니다만, 정상이 되기 전에 충격을 받는다면 자칫 기의 흐름에 이상이 생길 수가 있습니다."

"그래? 그런데 네 말을 들어보니 기가 흐르는 것을 정확히 알아보는 것처럼 들리는구나."

"십 년 전에 운기법을 배운 적이 있습니다. 지금도 잊지 않기 위해서 간간히 공부하고 있지요. 덕분에 기의 흐름 정도는 알아볼 수 있습니다."

허준의 주름진 눈이 조금 커졌다.

"허어, 너에게 그런 재주가 있는 줄 몰랐구나. 알았다. 내 네 말을 참조해서 약을 올리마."

* * *

선조가 몸조리를 하는 동안 조정 대신들 사이에서 냉기가 흘렀다. 노장파와 소장파로 갈라진 대북파와 소북파가 복심(腹心)에 품고 있던 칼을 드러내기 시작한 것이다.

왕세자 책봉 때문이었다. 이산해와 이이첨, 정인홍을 중심으로 한 대북파는 광해군을, 유영경과 남이공, 김신국을 중심으로 한 소북파는 이의를 밀었다.

허임은 조정에서 벌어지는 칼 없는 전쟁을 바라보며 마음이 무거워졌다. 누가 이기든 타격이 클 수밖에 없는 전쟁이었다. 더구나 선조의 건강 상태가 좋지 않은 상황. 자칫하면 그 불똥이 의관들에게 떨어질 수도 있었다.

그런데 10월 9일. 마침내 우려하던 일이 벌어졌다. 새벽에 일어난 선조가 방 밖으로 나가다가 정신을 잃고 쓰러진 것이다.

"전하!"

상선 최언준이 대경해서 급히 달려갔다. 선조는 정신을 잃고 아무런 움직임도 없었다.

"속히 내의원으로 달려가서 의관을 들라 하라! 내전과 동궁에도 연락하고!"

아침 문안을 드리기 위해 행궁으로 향하던 광해군은 선조가 쓰러졌다는 소식을 듣고는 타고 있던 수레에서 내려 달려갔다.

영의정 유영경을 비롯한 내의원 제조와 기사관(記事官), 어의 허준, 조흥남, 이명원이 입시하고, 말을 전하는 내관과 약을 가진 의관들이 침전 밖 대청에서 대기했다. 중전의 부친인 연흥 부원군 김제남도 들어왔는데, 부르기 전에 자신이 먼저 입시했다.

침의는 입시하지 않았다. 허임 역시 들어갈 수가 없었다. 그때까지도 침구란 보조수단으로 인식되어 있어서 위급지경에는 부르지 않았다. 갑작스럽게 정신을 잃는 것은 기와 관련된 일일 가능성이 큰데도 막상 기를 다스리는 침술을 배제한 것이다.

"어떤가?"

유영경이 초조한 표정으로 허준을 바라보았다. 선조는 아직 정신을 잃고 있는 상태였다.

허준은 가져온 약 중 청심원(淸), 소합원(蘇合元), 강즙(薑汁), 죽력(竹瀝), 계자황(鷄子黃), 구미청심원(九味淸), 조협말(皂), 진미음(陳米飮) 등 약을 번갈아 올렸다.

잠시 후, 선조가 정신을 차렸다. 눈을 뜨고 주위를 둘러본 선조는 당황함이 역력한 표정으로 소리쳤다.

"이, 이게 어찌된 일이냐? 무슨 일이 일어났던 것이냐?"

광해군이 그 모습을 보고 좌우를 향해 손을 저었다. 나가 있으라는 뜻. 유영경을 비롯한 제조들과 허준 등 의관도 합문(閤門) 밖으로 나갔다.

광해군은 사람들이 나간 후에야 조용한 목소리로 말했다.

"새벽에 기가 막히면서 쓰러지셨사옵니다, 아바마마."

"그랬느냐?"

선조는 들릴 듯 말듯 나직한 목소리로 반문하며 눈을 감았다. 광해군은 그 모습을 물끄러미 바라보며 고개를 숙였다. 슬픔이 깃든 표정이었지만 눈빛은 무심했다.

선조는 정신이 온전해지자 제조들에게 명령을 내렸다.

"조금 전 나의 증세가 무엇 때문에 이와 같았는지 의관에게 하문하라."

유영경이 내의원에 들어가서 의관과 상의한 후 돌아와서 아뢰었다.

"오늘은 날씨가 몹시 추운데 아침 일찍 기동하시어 한기가 밖에서 엄습한 탓으로 그렇게 된 것입니다. 이런 증세는 그리 대단한 것은 아니니 인삼순기산(人蔘順氣散) 1복(服)을 속히 진어하는 것이 좋을 것 같사옵니다."

"알았다. 아뢴 대로 하라."

"또한 의관들은 '오늘은 날씨가 몹시 추우니 한기가 없는 곳에 전좌하여 조섭하시는 것이 좋겠다.'고 하였사옵니다."

"전부터 번열* 때문에 방안에 전좌할 수가 없다. 의관에게 입진 (入診)하라 이르라."

"예, 전하."

선조는 임해군과 정원군, 인성군, 의창군을 궐내에 들어와 유숙하게 했다. 위급한 경우를 겪자 언제 무슨 일이 벌어질지 모른다는 걱정이 앞선 것이다.

아니나 다를까, 신시에 선조의 호흡이 가빠졌다. 도제조 유영경, 제조 최천건, 부제조 권희, 기사관과 어의들이 입시하고 내관, 의관 등도 다시 입시하였다. 선조가 오래도록 깨어나지 못하자 청심원, 소합원, 강즙, 죽력, 계자황 등 약을 번갈아 올렸다.

잠시 시간이 지나자 선조의 호흡이 조금 안정되었다.

그 동안 조정중신들은 숨을 죽인 채 경과를 지켜보았다. 아직 왕세자 책봉에 대해서 아무런 결정도 나지 않은 상황. 만에 하나 임금이 이대로 승하하기라도 하면 서로 간의 운명이 갈릴 판이다. 그들은 나직한 기침소리만 나도 흠칫할 정도로 신경이 곤두서 있었다.

초경** 무렵, 선조의 호흡에 다시 문제가 생겼다. 대기하고 있던

---

* 煩熱:가슴이 답답하고 열이 나는 증상

** 初更:밤7시~9시

의관들이 전과 같은 약을 번갈아 올렸다. 그러나 오래도록 호흡이 가라앉지 않고 가래도 성하자, 이진탕(二陳湯)에 천남성(天南星), 방풍(防風), 맥문동(麥門冬), 박하(薄荷)를 가미하여 1복을 달여 올렸다. 다행히 반쯤 진어한 후에야 가래가 조금 가라앉았다.

광해군은 동궁으로 돌아가지 않고 대내에 머물며 선조의 곁을 지켰다. 부왕의 건강을 지켜보고자 하는 자식의 마음일 수도 있었다. 하지만 속내는 조금 달랐다. 언제 어느 때 어떤 상황이 발생할지 모르는 만큼 자리를 뜰 수가 없었다. 자신이 없을 때 유영경 일파가 허튼 수작을 꾸밀지도 모르는 것이다.

* * *

내의원에서는 선조의 증세를 놓고 여러 가지 의견이 나왔다. 결론은 허준이 내렸다.

"아무래도 풍증의 초기처럼 보입니다."

유영경이 의관들의 의견을 그대로 선조에게 전했다. 선조는 자신이 풍에 걸렸다는 것을 쉽게 인정하지 않았다.

"의관들은 풍증이라고 말하나, 내 생각에는 명치 사이에 담열(痰熱)이 있어서 그런 것 같다. 망령되이 너무 찬 약재를 쓰다가 한 번 쓰러지면 다시 떨치고 일어날 수 없을 것이다. 미음조차도 제대로 마실 수가 없으니 몹시 우려된다. 지난날의 시술(施術)이 족히 귀감이 될 만하니 이처럼 하지 마라."

또한 자신의 또 다른 증세에 대해서도 말했다.

"감기의 여독이 아직도 남아 있어 때때로 발작할 적이 있다. 속 골이 몹시 아프니 적합한 약을 쓰고자 한다."

내의원 의관들은 선조의 말을 전해 듣고 허준의 눈치를 살폈다. 찬 약재를 선호하는 허준이 아니던가. 임금의 말에서 허준을 책망하는 뜻이 담긴 것처럼 느껴진 것이다.

허준은 크게 신경 쓰지 않았다. 자신은 그 동안 최선을 다했다. 지금의 결과가 나온 것은 자신의 잘못 때문이라기보다 어쩔 수 없는 결과일 뿐. 그 동안 오죽 약을 많이 복용하고 침을 많이 맞았던가. 그 정도라면 약이 병을 만들 판이었다.

"정말 찬 약재 때문에 주상의 병이 낫지 않는다고 보느냐?"

허준이 허임을 향해 물었다. 허임이 어깨를 으쓱했다.

"약에 대해서 제가 어찌 태의의 의견을 판단할 수 있겠습니까? 기왕 물어보실 거면 침구에 대해서 물어보시지요."

허임의 너스레에 허준이 쓴웃음을 지었다.

"그래, 괜한 질문을 한 것 같구나. 하지만 이것 하나만큼은 분명하게 말할 수 있다. 나는 의원으로서…… 단 한 번도 최선을 다해보지 않은 적이 없다."

말을 맺는 허준의 두 눈에서 굳센 자부심이 느껴진다. 허임이 어찌 모를 것인가. 지난 40년, 허준은 어의로서 인구에 회자되는 전설과 같은 일을 수없이 이루어냈다. 경쟁의 산을 넘고 전란의 강을 건너서 확고부동한 이 나라 제일의 의원이 된 것이다.

그 일이 어찌 자질만으로 설명될 수 있는 일이던가.

허임은 허준의 마지막 말을 듣고 가슴이 찡하니 저려왔다.

과연 자신은 최선을 다했던가?

곰곰이 씹어보면 그렇다고 말할 수는 없었다. 때로는 짜증도 났고, 화도 났다. 그럴 때마다 회피한 적이 있었다. 자주 그런 것은 아니었지만.

어찌 보면 자신이 더 사람다운지도 모르겠다.

'그건 태의 어른이 이상한 겁니다.'

아무리 의원일 때만 따진다 해도 그렇지, 사람이 어찌 수십 년 동안 최선을 다하며 산단 말인가?

"왜 그런 눈으로 보느냐? 내 말이 거짓처럼 느껴지느냐?"

"아닙니다. 그런 태의시니 그 방대한 의학서적을 정리하시는 거겠지요. 저 같으면 한 권도 제대로 쓰기 힘들 것 같은데 말입니다."

"어찌 내가 사람처럼 보이지 않는다는 말처럼 들리는구나."

'잘 아시는군요. 제 말이 바로 그 말입니다.'

허임은 목구멍까지 기어 나온 그 말을 눌러놓고 고개를 저었다.

"제가 어찌……?"

그때 허준이 불쑥 말했다.

"풍증이 아니라 해도 언제 침구를 써야 할지 모른다. 항상 대기하고 있어라."

"예, 태의 어른."

"다른 침의들이 간간이 내의원에 들어오긴 한다만, 내가 믿을 수 있는 침의는 허임, 너뿐이니라."

* * *

쓰러진 지 이틀이 지나서야 선조는 자신의 증세가 무척 심각함을 알고 심기가 크게 상했다. 뿐만 아니라 정신적으로도 많이 흔들렸다.

이러다 갑자기 숨이 끊어지면 어떻게 한단 말인가? 정신을 잃어서 아무 말도 남기지 못한 채 이 세상을 떠난다면, 과연 이 나라는 어떻게 될 것인가?

더구나 매일처럼 곁에서 지내는 광해군을 볼 때마다 가슴이 서늘했다. 자신이 싫어한다는 것을 알면서도 어떻게 저리도 표정 변화가 없단 말인가. 정말 독한 놈이었다.

"아바마마, 심기를 가라앉히시옵소서. 소자는 자칫 또 정신을 잃을까 두렵사옵니다."

"나는 괜찮다."

말은 그렇게 했지만 가슴이 많이 답답했다.

그때 광해군이 말했다.

"아바마마께서 잘못되면 이 나라가 흔들리옵니다. 그리 되면 아직 미련한 소자가 무슨 일을 할 수 있겠사옵니까?"

선조의 입술이 잘게 떨렸다. 수많은 나날을 귀계와 간계 사이에서 줄타기하며 살아온 그였다. 광해군의 말에 송곳이 숨겨져 있다는 것을 그가 어찌 모르겠는가.

"너는 어리지 않다."

"아무리 장성한 아들도 부모의 눈에는 어린아이처럼 보인다 했

398

사옵니다. 아바마마 앞에서는 그저 소자나 의 아우나 어린아이일 뿐이옵니다. 차이라면, 소자는 소자의 의사에 따라 움직일 수 있는 나이옵고, 의 아우는 아직 말도 못하는 아기라는 것이옵지요."

가시가 숨겨진 광해군의 말에 선조가 움찔하며 광해군을 바라보 았다.

"나에게 따로 하고 싶은 말이라도 있느냐?"

광해군이 천천히 고개를 들었다. 따뜻한 자식의 눈빛 대신 차가 운 원망만 담긴 눈빛이 선조를 향했다.

"소자가 어찌 자식 된 도리로써 아바마마께 할 말이 없겠사옵니 까? 다만 소자의 말이 심기를 흔들까 봐 함부로 입을 열기가 두렵 사옵니다."

이불 속에 든 선조의 손끝이 잘게 떨렸다.

광해군의 가슴에는 무슨 말이 담겨 있을까?

알고 싶었다. 듣고 싶었다. 하지만 자신이 예상한 말이 흘러나올까 봐 두려웠다. 그는 주먹을 움켜쥐고 최대한 담담하게 입을 열었다.

"말하기 힘들다면 그만 가서 쉬어라."

* * *

광해군이 침전에서 나가고 한 시간 정도 지났을 때였다. 말없이 깊은 생각에 잠겨 있던 선조가 좌승지 최염에게 명령을 내렸다.

"삼공을 명소(命召)하라."

명소란 나라에 중대사가 있을 때 정승을 은밀히 부르기 위해서

주는 증명패이다. 그 패가 있는 자만이 왕을 만날 수 있다. 그러니 증명패를 주고 삼정승을 비밀리에 부르라는 뜻이었다.

선조의 명령이 떨어지자 최염이 명소를 삼정승에게 보냈다. 명소를 받은 영의정 유영경과 좌의정 허욱, 우의정 한응인이 그 즉시 궁궐로 들어왔다.

그들은 편전 앞의 차비문(差備門)에 모여서 선조의 명을 기다렸다. 선조가 최염에게 말했다.

"삼공에게 빈청*으로 가서 모여 있으라고 하라."

"예, 전하."

선조가 비망기로 삼공에게 일렀다.

나는 본디 질병이 많아서 평일에도 모든 정무(政務)를 감당하기가 어려웠다. 더구나 지금은 병에 걸린 지 1년이 다 되어 가는데 조금도 차도가 없어 정신이 혼암(昏暗)하고 심병이 더욱 침중하다. 이러한 데도 왕위에 그대로 있을 수 있겠는가? 세자가 장성하였으니 고사에 의해 전위(傳位)해야 할 것이다. 만일 전위가 어렵다면 섭정(攝政)하는 것도 가하다. 군국(軍國)의 중대사를 이처럼 하지 아니할 수 없으니 속히 거행하는 것이 좋겠다.

'맙소사!

----

* 賓廳:고관의 회의실

유영경은 머리꼭대기에 벼락을 맞은 듯했다.

선조가 말하는 왕세자는 이의가 아니었다. 광해군. 현 세자를 말함이었다. 그 동안 왕자 이의를 세자로 옹립하기 위해 온갖 술수를 다 부려 사람을 끌어모았거늘, 이게 무슨 청천벽력이란 말인가!

유영경 등이 절박한 마음으로 답하였다.

신들이 삼가 비망기를 보고 놀라고 황공하여 무슨 말씀을 여쭤야 할지 모르겠사옵니다. 상께서 여러 달 동안 조섭하시어 쾌히 회복되지는 않았다 하더라도 점차 수라를 드시어 원기가 회복되어 가니, 온 나라 신민이 상께서 평상시와 다름없게 나아지기만을 간절히 바라고 있사옵니다. 그런데 갑자기 이런 명을 내리시니 신들은 몹시 걱정스러운 마음 금할 수 없사옵니다. 군국(軍國)의 기무(機務)는 조섭 중에 계시더라도 적체된 것이 없으니, 바라건대 이런 점은 염려하지 마시고 심기를 화평하게 하여 조섭에 전념하소서. 그리하시면 종묘와 사직이 은밀히 도와서 성후(聖候)가 저절로 강녕하게 될 것이옵니다. 이는 신들의 소원일 뿐만 아니라 군신(群臣)의 뜻이 모두 이와 같사옵니다. 전섭(傳攝)의 명을 거두어 주소서!

선조는 그들이 간절히 청해도 마음을 바꾸지 않았다. 자신이 이의를 총애하는 마음은 여전했다. 아마 십 년만, 아니 오 년만 더 살 자신이 있어도 결코 그런 명령을 내리지 않았을 것이다.

그러나 자신의 몸은 한계에 도달해 있고, 왕비는 아직 경험이 없으며, 왕자는 너무 어렸다. 반면 광해군은 임진란 때부터 16년 동

안 온갖 세상풍파를 다 겪으며 살아오지 않았는가 말이다. 상대가
되지 않았다.

유영경은 임금에게 받은 비망기를 다른 재신들에게 알리지 않았
다. 허욱과 한응인은 물론 최염도 모른 척했다. 사실을 알리면 대북
파가 벌떼처럼 일어날 것은 불을 보듯 훤한 상황. 아직은 알릴 때
가 아니었다. 선조가 자리를 털고 일어나면 반격할 기회는 언제든
지 있었다. 그때까지만 참으면 되었다.

그런데 유영경 등이 바로 알리지 않자, 중전이 좌부승지 홍경신
에게 명을 내렸다.

"삼공을 빈청에 모이게 하라."

유영경 등이 다시 빈청으로 모이자, 중전이 언서(諺書)로 내지(內
旨)를 내렸다.

상께서 병중에 계신 지 거의 1년이 다 되어가니 심기 불편함이 전일
보다 배나 더하다. 지금 전섭의 명을 따르지 않는다면 심기가 더욱 손
상되어 환후가 더욱 위중하실까 우려된다. 대신은 상의 명을 순순히 따
르라.

삼공이 답하였다.

신들은 삼가 내전의 하교를 보고 황공스러운 심정을 가눌 길이 없습
니다. 신들의 민망한 마음은 이미 비망기에 대한 회계에 모두 아뢰었습

니다. 달리 무슨 말을 아뢰어야 할지 모르겠습니다.

중전이 다시 언서로 답했다.

그대들이 임금께 올린 말은 지극하다. 그러나 지금의 상황은 지난날에 비교할 수 없다. 만일 이 일로 인하여 심려를 많이 쓰시는 바람에 상의 성후가 더욱 손상된다면 후회해도 소용이 없을 것이니 몹시 민망스럽다. 다시 바라건대, 대신은 지금의 형편을 깊이 생각하고 힘써 상의 명을 받들어서 옥체를 조섭하는 소지를 만들라. 그러면 몹시 기쁘고 다행스러운 일이라 하겠다.

하오나 중전마마. 지금 상황에서 전섭은 결코 옳은 일이라 할 수 없사옵니다. 재고하여 주시옵소서.

유영경은 한 가닥 끈이라도 잡아보고자 간절한 마음으로 사정했다. 하지만 임금과 왕비의 마음을 되돌리기에는 역부족이었다.

그럴 수밖에. 선조가 왜 갑자기 전섭의 명을 내렸는지 모르는 이상 그들로서는 방법이 없었다.

다음 날, 그들은 방향을 조금 틀어서 전섭 문제만큼은 심사숙고해 달라는 뜻으로 답하였다. 선조도 그에 대해서는 알았다고 응했다.

한편, 광해군은 병조로 하여금 대궐의 호위를 엄히 하라 하령했다. 임금의 병환이 깊어지면 혹시라도 간인들이 엉뚱한 생각을 품을지 모른다는 게 겉으로 드러난 사유였다. 그러나 속뜻은 재신들이 엉뚱한 마음을 품지 못하도록 견제하기 위함이었다.

* * *

10월 중순이 지나갈 즈음, 내의원에서는 용뇌(龍腦)가 들어간 영신환(寧神丸)을 진어하게 했다. 선조는 그 약이 마음에 안 들었다.

"새로 지어들인 영신환을 복용한 지 벌써 여러 날이 지났다. 그러나 그 약 속에는 용뇌 1전(錢)이 들어 있다. 용뇌는 기운을 분산시키는 약이니 어찌 장복할 수 있겠는가. 더구나 지금처럼 추운 시기에는 서늘한 느낌이 들어서 더욱 좋지 않은 듯싶다. 필시 의관들이 오용한 것으로 보이는 즉, 넣지 않으려고 하는데 어떻겠는가?"

"원하신다면 넣지 않겠사옵니다."

내의원에서는 즉시 영신환에서 용뇌를 뺐다.

허임은 그 상황을 전해 듣고 고개를 갸웃거렸다. 그러잖아도 임금은 얼마 전부터 찬 약을 싫어했다. 태의가 그 사실을 모를 리 없건만 왜 용뇌를 넣은 걸까? 태의가 아니라 다른 사람이 넣은 건가?

이런저런 생각을 하던 허임은 광해군의 말을 떠올리고 흠칫했다.

'설마 나서지 말라고 하신 것이……?'

* * *

차디 찬 겨울바람이 강하게 불어대는 11월 9일. 선조는 겨울이 깊어가도록 곁에서 떠나지 않는 광해군을 보고 못마땅한 표정으로 명을 내렸다.

"세자가 동궁을 놔두고 이런 엄동설한에 허술한 냉방에 와서 유숙하고 있으니 내 마음이 편치 않다. 더구나 내 병은 하루 이틀에 회복될 것이 아니니 지금부터는 평상시처럼 동궁에 물러가 유숙하도록 하라."

축객령에 가까운 말투. 광해군의 어깨가 가늘게 떨렸다. 하지만 그는 공손히 절을 올린 후 밖으로 나갔다.

그날 오후, 광해군이 다시 문안해서 아뢰었다.

"문안드리옵니다. 성후가 편치 못하시니 소자의 심정이 매우 절박하옵니다. 다행히 종묘사직의 도우심을 입어 점점 차도가 있으시니 이 기쁜 마음을 어찌 모두 아뢸 수 있겠사옵니까. 아침에 삼가 물러가 유숙하라는 분부를 받드니 감격스러운 마음 금할 수 없사옵니다. 그러나 아바마마의 옥체가 아직까지 회복되지 않으셨는데 어찌 소자가 물러가 유숙할 수 있겠사옵니까. 더구나 천추가절(千秋佳節)이 하루를 격해 있으니 더욱 물러가 있을 수가 없사옵니다. 양전*의 탄신이 지난 후에 다시 성후를 살펴 잠시 물러갔다가 돌아오는 것이 어떻겠사옵니까? 삼가 바라옵건대 성상께서는 변변치 못한 소자의 마음을 굽어 살피시옵소서."

끝까지 붙어 있으려는 광해군을 보고 선조가 눈살을 찌푸리며 짜증스런 표정으로 답했다.

"매번 나의 말을 어기려 하는구나. 좋다. 그럼 탄일이 하루 남았

* 兩殿:왕과 왕후

으니 그 후 물러가 유숙하도록 하라."

"성은이 망극하옵니다."

광해군은 담담한 표정으로 물러나왔다. 그러나 마음은 피를 토하는 심정이었다.

광해군은 사흘 후 동궁으로 돌아갔다. 그날, 장령 유경종이 비망기 문제로 당시 승지와 주서(注書), 사관(史官)을 탄핵했다

"국가의 대소사는 비밀에 관계되는 것이라고 하더라도 삼사(三司)가 몰라서는 아니 되옵니다. 하물며 비밀에 해당되지 않는 일이라면 달리 할 말이 있겠사옵니까? 지난번 상께서 비망기로 삼공에 하문하실 때, 정원이 비밀로 하고 즉시 전하지 아니하여 삼사로 하여금 전혀 알지 못하게 하였으니 매우 놀라운 일이 아닐 수 없사옵니다. 당일 해당 승지와 주서를 함께 파직시키어 뒤 폐단을 막으소서! 사관은 상번과 하번이 기록한 일을 서로 보이는 것이 규례인데, 지난번 삼공에 내린 비망기는 하번이 그 초책(草冊)을 비밀로 하여 상번으로 하여금 알지 못하게 하였다 하옵니다. 참으로 놀라운 일이 아닐 수 없사옵니다. 당일 해당 사관을 파직시키소서!"

선조는 상소를 일부만 윤허하였다.

"그들을 모두 추고하라."

그때만 해도 그 일이 또 다른 바람의 시작이라는 걸 알지 못했다.

다음 날에는 사간 송석경이 어의 허준을 탄핵했다. 뒤이어 대사간 유간과 정언 구혜, 집의 유희분 등이 줄기차게 자책하며 죄를

청했다.

대부분 허준이 찬 성질의 독한 약을 함부로 써서 임금의 병이 낫지 않는 것이라며 마치 자신의 잘못인 것처럼 말했는데, 그것은 핑계일 뿐이었다.

그저 만에 하나 잘못될 경우를 생각해서, 남들이 할 때 자신도 잘못을 뉘우치는 것처럼 시늉을 내는 것일 뿐.

그러나 이유야 어찌 되었든 그로 인해서 허준의 입지가 점점 줄어들었다.

* * *

날씨가 점점 추워지자, 조금씩 나아가던 선조의 몸이 감기로 인해서 다시 약해졌다. 언제부턴가 선조는 의관들에게 짜증을 냈다. 병이 낫지 않으니 못 미더운 듯했다.

심지어 허준의 약조차 시간이 갈수록 마음에 안 들어 했다.

"사탕원(砂糖元)을 들이자마자 또 사미다(四味茶)를 청하니 내일은 또 무슨 약과 무슨 차를 계청하려고 하는가. 의관 허준은 실로 의술에 밝은 양의(良醫)인데 최근 들어서는 약을 쓰는 것이 경솔해져서 신중하지 못하다."

"일 년 간 쓴 약에 침해를 당했으니 혈육(血肉)의 몸이 어찌 손상된 바가 없겠는가. 이로 인하여 병이 가중될까 염려스럽다."

그렇게 무신년*이 되었다. 선조의 감기는 많이 나아졌지만 다른 병은 여전했다. 그로 인해서 내의원에서는 거의 하루도 빼지 않고 각종 약을 올렸다.

지난 해 말부터 내의원에는 오십 대의 박지지라는 새로운 의원이 이이첨의 추천을 받아서 들어와 있었다. 최근 들어 허준의 약이 마음에 안 들었던 선조는 약을 박지지에게 맡겼다.

하지만 박지지의 약도 선조의 병을 고치지는 못했다.

선조가 약에 의존하며 하루하루를 보낼 때였다. 1월 18일, 경상도에 내려가 있던 정인홍이 유영경을 탄핵하는 상소를 올렸다. 주된 내용은 광해군을 왕세자로 책봉해야 한다는 것이며, 전섭의 일을 숨긴 유양경 등을 파직하라는 상소였다.

선조는 정인홍의 상소를 불쾌하게 여겼다. 유영경도 즉시 반론을 펼쳤고, 삼사(三司), 정원, 예문관이 모두 소장을 올려 정인홍 등을 공격했다.

선조가 그들의 뜻을 받아들이니, 양사(兩司)가 드디어 정인홍의 유배를 청했다. 선조는 기다렸다는 듯 윤허하였다.

그러나 대북파의 반발도 만만치 않았다. 충청도 유생과 경상도 진사 등 대북파가 움직인 자들이 일제히 유영경을 탄핵하고 정인홍을 옹호했다.

계속되는 상소에 짜증이 난 선조가 몇 마디 말로 불편한 심기를

....

* 戊申年 : 선조 41년 : 1608년

408

그대로 드러냈다.

"정인홍이 세자로 하여금 속히 전위(傳位)를 받게 하려고 하였으
니, 그 스스로 모의한 것이 세자에게 충성을 다하는 것이라고 여겼
겠지만 실은 불충함이 극심하다!"

정원에 알린 말은 구구절절 더 길었지만, 나머지는 자신의 뜻을
부연 설명하기 위한 핑계에 불과했다.

광해군은 그 말을 전해 듣고 무심한 눈빛으로 허공을 응시했다.
선조의 말에는 그를 향한 비수가 심어져 있었다. 짜증이 나는 바람
에 숨기고 있던 마음을 그대로 드러낸 것이다.

허공을 한참을 바라보던 그가 세자빈에게 말했다.

"처남에게 사람을 보내서 오늘 밤 조용히 찾아오라 하시오."

* * *

어스름이 깔릴 무렵, 방을 나선 허임은 불이 켜져 있는 허준의 방
을 바라보았다.

임금의 신망이 흔들리고 있는데도 허준은 의서와 씨름하는 일에
만 매달려 있었다.

'칠순이 다 된 나이에 정말 대단하시군.'

수백 권의 의서를 읽고 정리하는 일이다. 그 의서의 내용과 허준
자신이 수십 년 간 익힌 의술을 비교한 후, 보탤 것은 보태고, 고칠
것은 고쳐서 새로운 책을 만들어내야 한다. 자신에게 하라고 하면
때려죽여도 못할 것이다.

더구나 자신은 생도일 때를 제외하고는 침구와 관련된 의술에 전념해서 허준처럼 수많은 의서를 섭렵하지 못한 터라 하고 싶어도 할 수가 없었다.

고개를 설레설레 저은 허임은 내의원을 정문을 향해 터벅터벅 걸음을 옮겼다.

요즘 들어서 마음이 심란했다. 왕세자 책봉을 둘러싼 조정의 다툼은 절정을 향해 치달리고 있었다.

그런 분위기가 싫었다. 거기다 임금이 의원을 믿지 않으니 기운이 빠졌다.

'나주로 돌아가서 마음 편히 환자나 치료하는 게 나을지도 모르겠구나.'

하지만 그것도 보내줘야 갈 수 있었다. 일단 의관이 된 이상은 자신의 마음대로 할 수 없었다.

* * *

광해군은 정인홍의 상소로 조정이 시끄러워지자 선조를 찾아가 비통한 심정을 아뢰었다.

"소자가 못난 자질로 감당하지 못할 지위에 있다 보니 밤낮으로 근심만 쌓이고 당황할 뿐이옵니다. 지난번 상의 미령함으로 인하여 갑자기 전섭(傳攝)한다는 명을 내리시니 신은 죽고 싶은 마음뿐이었사옵니다. 그런데 뜻밖에도 정인홍이 입에 담지 못할 말을 만들어 위로 천청(天聽)을 번거롭혔사옵니다. 성상의 하교에 '이로 인해서 지친* 간에 부득불 의심하여 틈이 생기겠다.'고 하셨으니 천하에 어찌 이런 일이 있을 수 있겠사옵니까.신은 만 번 죽는 것 이외에는 다시 상달할 바가 없으니 황공하여 땅에 엎드려 통곡할 뿐입니다.＂

그제야 선조도 조금 풀어진 표정으로 답했다.

＂근래 인심이 극히 흉하더니 기필코 조정에 일을 일으키려고 불측한 말을 만들어 내는 자가 많으니 몹시 마음이 아프다. 세자는 명위(名位)가 이미 결정되어 나와 세자 사이에 조금도 틈이 없다는 것은 하늘이 아는 바이다. 누가 감히 흉역한 마음을 두겠는가. 저 소인들이 스스로 흉악한 계책을 꾸며 조정을 괴란시키고 부자(父子)를 이간시키려고 하였으니 그 마음이 몹시 흉참하다. 그러나 이는 입에 담을 것도 못 되니, 세자는 안심하고 치지도외**하라.＂

＂황공하옵니다!＂

고개를 숙이고 편전을 나선 광해군의 눈빛이 차갑게 번뜩였다.

'명위가 이미 결정되었다 하셨사옵니까? 그렇다면 왜 모두에게 그렇게 말하지 못하는 것이옵니까. 왜 중신들에게 유교 내리신 바를 알리지 못하시는 것이옵니까?'

* 至親:가까운 친족, 부자
** 置之度外:내버려두고 상대하지 않음

백성들 속으로

그날은 2월 초하루였다. 미시 무렵, 밥맛이 없어 제대로 식사를 못하는 선조를 위해서 수라간에서 특별히 찹쌀밥을 올렸다.

의외의 일이었다. 몸이 허약해져서 찰진 것을 제대로 씹어 삼키지 못하는 임금에게 찹쌀밥이라니. 그러나 찹쌀이 몸에 좋은 음식인 것은 분명한 만큼 상궁이나 궁녀 누구도 제지하지 않았다.

선조는 입맛이 없어도 배를 채우기 위해 찹쌀밥을 억지로 몇 숟가락 입에 넣었다. 그런데 억지로 씹어서 삼키려던 그의 얼굴이 갑자기 빨갛게 달아올랐다. 마치 주먹만 한 덩어리가 목구멍에 끼어서 목이 콱 막혀버린 것 같았다.

"끄으으으."

"전하!"

중전 김씨와 상궁들이 화들짝 놀라서 급히 붙잡았다.

"주상전하!"

내시가 깜짝 놀라서 급히 달려갔다.

그러잖아도 기가 약했던 선조가 아닌가. 갑작스러운 상황은 기의 흐름마저 막아버렸다.

눈을 부릅뜨고 몸을 한 차례 부르르 떤 선조가 옆으로 쓰러졌다. 겨우 선조의 몸을 붙잡은 중전이 밖을 향해 소리쳤다.

"여봐라! 어서 밖에 있는 의관을 들게 하고 어의를 불러라!"

차비문 밖에서 상시 대기하고 있던 의관이 급히 침전으로 들어왔다. 비상상황이어서 예의를 차리고 자시고 할 틈도 없었다.

당황한 의관은 선조의 맥을 살펴보았다. 맥이 미세하게 뛰긴 하는데 금방이라도 끊어질 것 같았다.

의관은 급히 청심원을 개어서 선조의 입술 사이로 흘려 넣었다. 그가 응급처치를 하는 동안 정원과 사관이 어찌할 바를 모르고 허둥지둥 차비문(差備門) 안으로 들어왔다. 그리고 곧 이어서 허준과 조흥남, 이명원이 들어오고 광해군이 들어왔다. 모두들 합문 밖에서 기다리고 의관들만 안으로 들어갔다.

허준은 강즙, 죽력, 도담탕(導痰湯), 용뇌소합원(龍腦蘇合元), 개관산(開關散) 등을 들여와서 진어케 했다. 그러나 지난 10월에 이어서 다시 한 번 막힌 기맥은 쉽게 뚫리지 않았다.

"어떤가, 어의?"

광해군이 합문 밖에서 진맥을 한 허준을 향해 물었다. 허준은 선조의 손을 놓고 밖으로 나갔다. 대답하는 그의 입술이 잘게 떨렸다.

"저하, 이미 맥이 끊겨서 어쩔 수 없게 되었사옵니다."

"방법이 없단 말인가?"

"힘닿는 데까지 해보긴 하겠으나, 소신의 재주가 미천하여 확실하게 말씀드릴 수가 없사옵니다."

"어떻게든 해봐라. 필요한 것은 없는가?"

"기를 돌리기 위해서 열을 북돋는 약을 써볼까 하옵니다. 지나치게 열이 오를 수도 있으니 열을 가라앉힐 약을 미리 준비해 놓아야 할 것이옵니다."

광해군이 즉시 명을 내렸다.

"들었느냐? 열을 치료할 수 있는 약을 미리 준비해 놓아라!"

안으로 들어간 허준은 막힌 선조의 기를 뚫기 위해서 약력이 강한 약들을 재차 복용시켰다. 그러나 그 어떤 약도 선조의 맥을 전처럼 되돌리지 못했다.

그렇게 얼마나 지났을까, 허준이 어깨를 축 늘어뜨린 채 임금의 소생불가를 알렸다. 곧 중전이 명을 내려서, 밖에 모인 대신과 원임 대신들을 모두 불러들였다.

원임 대신 및 삼공과 도승지 유몽인, 주서 김시언, 봉교 이정이 침전 안으로 들어왔고, 좌승지 최염, 우승지 이형욱, 좌부승지 이경함, 우부승지 이덕온, 동부승지 유희분, 가 주서, 조국빈, 검열 박해 등은 중문(中門) 안으로 들어와서 기다렸다.

곧 대신과 원임 대신들이 울면서 밖으로 나왔다. 그리고 왕세자 광해군이 임금의 승하를 알렸다.

"내전께서 하교하시기를 '지금 성상이 정침에서 승하하셨다.'고 하니, 참으로 망극하다!"

"전하!"

"전하아아아!"

안에서 시작된 곡성이 밖으로 퍼지자, 궁궐 뜰에 있던 자들마저도 모두 통곡했다.

내의원에 있던 허임도 통곡소리를 듣고 선조가 승하했음을 알았다. 그 순간 그는 슬픔보다 의문이 떠올랐다.

만약 자신이 갔으면 살릴 수 있었을까?

침전으로 약재를 가져가는 의관에게 상황을 듣고 선조의 상태를 대충은 짐작하고 있었다. 기도가 막히는 충격으로 기의 흐름이 막힌 듯했다.

그런 경우는 약을 쓰는 것보다 침을 쓰는 것이 나았다. 물론 무조건 낫게 할 수 있다는 것은 아니었다. 다만 가능성이 높다는 것이지.

"당상관 어른! 임금께오서 승하하셨다 합니다요!"

오동돈이 문을 벌컥 열고 들어오더니 떨리는 목소리로 말했다. 허임은 그제야 자리에서 일어나 밖으로 나갔다. 이미 많은 사람들이 밖으로 나와서 통곡하고 있었다. 허임도 오동돈과 함께 무릎을 꿇고 통곡했다.

통곡하던 중에 또 하나의 의문이 떠올랐다. 아침에 도제조 등이 문안했을 때 평안했다고 했다. 물론 급사는 경중을 따지지 않고 갑자기 찾아오는 것이긴 하지만 선조의 죽음은 의외라 할 정도도 느닷없었다. 더구나 그에게 관여하지 말라고 했던 광해군의 말이 그 의문을 더욱 증폭시켰다.

임금께선 정말 자연사한 것일까?

정말 기도가 막힌 것 때문에 그리 된 것일까?

광해군은 어릴 적, 자신이 죽은 것처럼 보인 사람을 침과 뜸으로 살렸다는 걸 안다. 그런데 왜 자신을 부르지 않은 걸까?

왜, 왜 하필이면 찰지어서 삼키기 힘든 찹쌀밥을 임금에게 올린 걸까?

* * *

선조의 죽음이 알려지고 통곡소리가 한양 도성을 울릴 때, 궁궐에서는 중전이 대신들에게 물었다.

"국사는 잠시도 폐할 수 없으니 계(啓)자를 동궁에게 주어 제반 일을 처리케 하는 것이 어떤가?"

대신들이 심의하여 대답하였다.

"명이 지극하시니, 국가의 복입니다. 그리 하소서."

"옥새(玉璽)와 계자를 모두 동궁에게 주어야 하는가, 별도로 옥새를 전하는 절차가 있어야 하는가?"

"중전께서 편의대로 옥새를 전해 주셔도 괜찮은 것으로서 어떤 절차가 있는 것은 아니옵니다."

그 말을 듣고 왕세자가 하령했다.

"옥새와 계자를 전해 주시니 망극한 중에 더욱 망극하다. 대신에게 말하라."

대신들이 회답했다.

"신들도 망극하옵니다."

416

광해군은 옥새를 사양하는 뜻을 대신에게 하령했다. 그러나 대신과 중전은 옥새와 계자를 전달하는 것이 옳다는 것을 굽히지 않았다. 결국 두어 번의 사양 끝에 광해군이 옥새와 계자를 받았다. 그 후 선조의 염습을 위한 절차가 끝나자, 지평 신광립과 정언 구혜가 아뢰었다.

"1년이 넘도록 시약(侍藥)하였으나 약을 쓴 것이 효험이 없어 마침내 승하의 슬픔을 당했으니 어의를 잡아다 추국하소서!"

"아뢴 대로 하라."

광해군은 그들의 뜻을 받아들였다.

선조가 승하한 다음 날, 무신년 2월 2일.

중전이 선조가 남긴 유교(遺敎) 1봉(封)을 내렸다. 외면에 '유영경, 한응인, 박동량, 서성, 신흠, 허성, 한준겸 등 제공(諸公)에게 유교한다.'고 적혀 있었다.

부덕한 내가 왕위에 있으면서 신민들에게 죄를 졌으므로 깊은 골짜기와 연못에 떨어지는 것 같은 조심스러운 마음이었는데 이제 갑자기 중병을 얻었다. 수명의 장단(長短)은 운명이 정해져 있는 것이어서 낮이 가면 밤이 오는 것처럼 감히 어길 수 없는 것이다. 성현도 이를 면하지 못하였으니 다시 말할 것이 뭐 있겠는가. 단지 어린 대군이 미처 장성하는 것을 보지 못하게 되었으니 이 때문에 걱정스럽다. 사람의 마음은 헤아리기 어려워서 내가 불행하게 된 뒤에 어떤 일이 있을지 모르니, 만일 사이한 소문이 있게 되면, 원컨대 제공들이 대군을 애호하고 고생스럽더라도 견디어주길 부탁한다.

유영경 등 일곱은 모두 왕자와 부마의 인속(姻屬)들이었다. 그런데 바로 그 유교로 인하여 일곱 명의 화(禍)가 시작되었던 것이니, 선조의 부탁이 그들에게는 불행이 아닐 수 없었다.

대신들은 왕위를 비워둘 수 없다며 속히 왕위에 오르는 대례(大)를 행해야 한다고 주장했다.

"아직 푼 머리를 묶지도 않았는데 그리 말하니 참으로 망극하여 따를 수가 없다."

광해군은 그리 말하며 극구 사양했다. 그러자 대신들이 계속 왕위에 오를 것을 청했다.

"왕위는 하루도 비워서는 안 되는 것이니 여론을 거절하지 마소서. 신들이 두 번이나 청하였는데도 윤허 받지 못했으니, 신들은 걱정스럽고 망극한 마음 견딜 수가 없사옵니다. 삼가 바라건대 특별히 종사의 중함을 생각하시어 속히 응당 행해야 할 대례를 행하소서!"

"여러 신료들이 이토록 강요하니, 더욱 애통하고 망극하기 그지없다."

광해군은 거듭 사양했다. 하지만 대신들이 재삼재사 거듭 청하자, 결국 그들의 뜻을 받아들여 왕위에 오르기로 했다.

그날 경시*.

....

* 庚時: 오후 4시 30분~5시 30분

도승지 유몽인, 좌승지 최렴, 우승지 이형욱, 좌부승지 이경함, 우부승지 이덕온, 동부승지 유희분, 기사관 김시언, 이정, 가주서 조국빈, 기사관 박해가 입시하였다.

광해군이 면복을 갖추고 대정에서 네 번 절한 뒤, 동계*로 올라가서 선조의 유교(遺敎)를 받았다.

내가 부덕한 몸으로 오랫동안 나라를 맡아 오면서 온갖 험난한 일을 두루 겪었으므로 항상 환란을 걱정하는 조심스러운 마음을 지녀 왔다. 이제 말명**으로 부탁하는 것은 대점***의 조짐이 가까워졌기 때문이다. 생각건대 너는 인효(仁孝)한 성품을 타고났기 때문에 신민(臣民)들의 기대를 한 몸에 모으고 있으니, 이는 실로 국가의 경사인 것으로 내가 다시 무슨 걱정할 것이 있겠는가. 본조(本朝)를 섬김에 있어서는 네가 정성을 다하여 주야로 게을리하지 않기 바라며, 동기를 사랑함에 있어서는 내가 살아 있을 때처럼 하여 시종 간격이 없게 하라. 외적의 침입에 대처할 방도를 더욱 공고하게 하고, 사대(事大)하는 예절을 극진히 하라. 이는 부자(父子) 사이의 깊은 정 때문에 하는 말이 아니라, 종묘사직을 위한 원대한 계책이니라. 하늘은 환히 드러내기 마련이니 반드시 경명(景命)을 내리는 보답을 저버리지 않을 것이고, 백성들 또한 노고가 극심했으니 이럴 때에 조금 편안하게 해 주어야 한다. 나의 지극한 마음을 깊이 유념하여 너는 덕을 배양하도록 애써 힘쓰고 노력하라.

....

* 東階:동쪽 계단. 존귀한 사람이 오르내림

** 末命:마지막 명

*** 大漸:임금의 병세가 위독한 상태

유교를 받은 광해군은 전상(殿上)에 있는 어좌의 동쪽에 섰다.

"어좌에 오르소서!"

통례 김권, 도승지 유몽인을 필두로 여러 신하들이 어좌에 오를 것을 청했다. 광해군은 몇 번이나 어좌에 오르는 것을 사양하고 전상에서 행례를 치르려 했다. 그러나 신하들은 끝까지 어좌에 오를 것을 간청했다.

그 동안 대신들은 밖에서 대기한 채 광해군이 어좌에 오르기만 기다리고 있었다.

"대신들이 모두 문 밖에 있는데 어좌에 오른 뒤에 입시하려고 하옵니다. 어좌에 오르소서!"

권협, 이형욱, 최렴, 송응순, 유영경, 박승종, 이효원 등이 계속 어좌에 오르기를 청했다.

결국 광해군은 해가 지기 직전이 되어서야 어좌에 올랐다.

대정에 있는 신하들이 모두 만세를 부른 다음 머리 조아려 절했다.

드디어 광해군의 시대가 열린 것이다.

* * *

광해군이 왕위에 오르자마자 조정대신들은 유영경 등을 삭직시키고 임해군을 처벌할 것을 주장했다. 광해군은 유영경을 삭탈하고 문외출송(門外出) 시켰으며, 임해군도 교동으로 이배시켰다. 또한 자신의 정통성은 인정받기 위해서 이호민과 오억령을 승습사로 명나라에 보냈다.

그렇게 3월이 되자 사간원과 사헌부의 허준에 대한 본격적인 논죄가 시작되었다.

"허준(許浚)은 본디 음흉하고 외람스러운 사람으로, 수의(首醫)가 되어 약을 쓸 때 사람들의 말이 많았사옵니다. 옥체가 미령한 뒤에도 조심하여 삼가지 않고서 망령되이 한기를 높이는 약을 씀으로써 마침내 천붕(失崩)의 슬픔을 초치시켰으니, 다시 국문하여 율에 의거하여 정죄(定罪)하소서!"

광해군은 국문에 대해서는 거부했다. 사헌부는 허준을 멀리 귀양 보낼 것을 청했다. 그러나 광해군은 그 역시도 거부했다. 대신 삭직(削職)시키고 문외출송 하는 정도로 끝냈다.

그럼에도 양사는 줄기차게 허준을 벌 줄 것을 청했다. 광해군은 삭직 정도로 충분하다며 윤허하지 않았다.

하지만 양사의 청이 한 달이나 이어지자, 어쩔 수 없이 허준을 귀양 보내기로 했다.

허임은 허준이 의주로 귀양을 가게 되었다는 말을 듣고 은근히 화가 났다. 문신들은 허준을 무척이나 못마땅하게 생각했다. 그들이 집요하게 청을 올려서 귀양을 보내려는 것도 그 때문일 것이 분명했다.

허임은 삭직 되어서 집에 가 있는 허준을 찾아갔다.

"태의 어른, 어찌 아무 변명도 안 하시는 겁니까?"

그가 답답하다는 투로 말하자, 허준이 담담하게 웃으며 답했다.

"나라의 주인을 병으로부터 지켜내지 못했으니 벌을 받는 게 당연한 일 아니냐? 서운해 할 것 없다. 전부터 그래왔던 일이니까."

"그래도 삭직되었으면 그것으로 끝낼 것이지, 왜 귀양까지 보낸단 말입니까?"

아무리 전부터 그래왔던 일이라 해도 불만이 없지는 않을 것인데 허준은 오히려 웃음을 보였다.

"어쩌면 잘된 일일지도 모르겠다. 당분간 조용한 곳에서 집필에만 매달릴 수 있게 되었으니 말이야."

그 말을 들은 허임은 어이가 없었다. 정말 어쩔 수 없는 분이다. 귀양을 가는 판국에 조용히 의서를 집필할 수 있게 되었다고 좋아하다니.

하긴 그런 면이 있으니 자신이 좋아하는 것일지도 모른다.

"정말 괜찮으시겠습니까?"

"네가 보기에는 어떠냐? 이십 년은 더 살 것처럼 보이지 않느냐?"

피식, 실소를 지은 허임은 더 이상 이러쿵저러쿵 하지 않았다.

"부디 건강하십시오. 그래야 저도 태의 어른이 지은 의서를 구경할 수 있을 것 아닙니까?"

허준은 조용히 미소를 지었다. 칠순의 노인이 짓는 미소치고는 무척 해맑다는 생각이 들었다.

"마음에 안 들더라도 이곳을 지켜다오. 조선 제일의 침의인 네가 이곳을 지키고 있어야 나 역시 마음 편하게 떠날 수 있을 것 같구나."

허임의 입가에 쓴웃음이 걸렸다.

자신이 떠날지 모른다 생각한 것 같다. 어느 정도는 사실이었다. 조정 재신들의 암투에 질린 그는 허준마저 귀양을 가게 되자 갈등하고 있던 터였다.

"언제까지 있을지는 저도 모릅니다. 최대한 빨리 돌아오셨으면 좋겠군요."

*　*　*

허준이 떠난 빈자리는 컸다. 하지만 허임은 허준의 부탁대로 내의원을 떠나지 않았다. 광해군은 오랜 세월 병을 달고 살아온 터라 허임 역시 바쁜 나날을 보내야 했다.

그렇게 6월이 넘어가자 조정에서 임해군을 사형시켜야 한다는 목소리가 높아졌다. 하지만 광해군은 한 달이 넘도록 이어진 조정 대신들의 요구를 받아들이지 않았다.

허임은 광해군의 마음을 이해했다. 임해군이 아무리 포악한 짓을 저질렀다 해도 차마 형을 죽일 수는 없었던 것이리라.

그러던 중 명나라에서 차관*을 보냈다. 광해군의 왕위 계승에 문제를 제기한 명나라에서 자신들이 직접 상황을 알아보겠다면서 파견한 것이다.

광해군은 명나라 차관에게 대답할 말에 대해서 고민했다. 차관은 먼저 임해군을 만나보려고 할 것이 분명했다. 가장 좋은 방법은 차

....
* 差官:어떤 사실을 알아보기 위해 파견하는 관리

관과 임해군을 만나지 못하게 하는 것이다. 하지만 저들이 강하게 주장한다면 막을 방법이 없었다.

'임해군이 많이 아파서 만나기를 거부한다고 하면 어떨까?'

그러나 먼 길을 오는 차관의 일행에는 의원도 있을 것이다. 그 의원이 임해군을 보고 병이 없음을 눈치 챈다면 더 곤란해지기만 할 뿐이다.

고민하던 광해군은 마침 곁에 있던 내관에게 물어보았다.

"너는 어떤 병이 그들을 속일 수 있다고 보느냐?"

마땅한 생각이 나지 않던 내관이 대답을 의원에게 떠넘겼다.

"병에 대해서는 의원들이 나을 터이니 의원들에게 물어보시는 것이 어떻겠사옵니까?"

"흠, 그게 좋겠군."

광해군은 즉시 내의원의 의관들을 불러들였다. 마침 내의원에 있던 이순, 신득일, 허임이 들어왔다.

광해군은 상황을 이야기하고 그들에게 물었다.

"어떤 병이 그들을 속일 수 있겠는가?"

"다리가 부러져서 아예 나올 수 없다고 하면 어떻겠사옵니까?"

"목에 중병이 있어서 말을 못한다고 하는 것도 괜찮을 것 같사옵니다."

이순과 신득일이 먼저 답을 내놓았다. 그러나 광해군을 만족시키지 못했다.

"저들의 의원이 알아보면 더욱 곤란해질 뿐이다. 다른 의견은 없느냐?"

두 사람은 한동안 대답 없이 눈치만 살폈다. 그때 입을 다물고 있던 허임이 고개를 들었다. 허준의 일로 불만이 쌓이긴 했지만, 임금의 자리가 명나라 사신의 말 몇 마디에 좌우되는 것은 그도 원치 않았다.

"전하, 몸의 병은 진맥을 통하여 바로 알 수 있을 것이옵니다. 하오나 마음의 병이 있다고 할 경우 연기만 잘해낸다면 천하의 명의라 해도 속일 수 있을 것이옵니다."

그제야 광해군의 얼굴이 밝아졌다.

"마음의 병이라. 그거 좋은 생각이다. 과연 허임이야. 하하하."

6월 15일. 명나라 차관(差官) 요동도사(遼東都司) 엄일괴와 자재주지부(自在州知府) 만애민(萬愛民)이 한양에 들어왔다.

광해군은 다음 날 임해군을 데려오게 했다. 그때 외척 김예직을 보내서 임해군에게 차관을 만났을 때 할 말과 행동을 철저히 일러주게 하였다.

광해군이 임해군을 데려오자, 최요원과 정인홍 등 조정 중신들은 깜짝 놀라서 임해군을 차관과 만나게 해서는 안 된다고 상소를 올렸다. 그들 역시 명나라 차관이 임해군을 만났다가 일이 틀어질까 봐 걱정이 된 것이다. 하지만 대응책을 세워놓은 광해군은 그들의 청을 무시했다.

6월 20일. 마침내 엄일과와 만애민이 임해군을 만났다. 임해군은 침을 흘리고 눈알을 심하게 굴리며 겁에 질린 표정으로 엉뚱한 말만 내뱉었다.

그는 살기 위해서 최선을 다했다. 중신들이 자신을 죽이려 하는 판이었다.

잘못해서 일이 틀어지면 광해군도 자신을 더 이상 보호해 주지 않을 게 분명했다.

엄일괴과 만애민는 그 모습을 보고 눈살을 찌푸리며 혀를 찼다.

"허어, 정말 제정신이 아니구려."

"이제야 조선의 마음을 알겠소이다."

그들과 함께 온 의원 화정도 임해군을 살펴보고는 고개를 저었다. 억지로 흘린다고 하기에는 지나칠 정도로 침을 많이 흘렸고, 맥도 불규칙했다. 결코 정상이 아니었다.

"아무래도 머리에 이상이 생긴 것 같습니다. 저러다 포악한 성질을 부린다는 걸로 봐서는 귀신이 씌운 것 아닌지 모르겠습니다."

결국 만남은 일각 만에 끝나고, 그들은 그날 오후에 한양을 떠났다.

그들은 생각도 못했다. 그들이 임해군을 만나기 전 허임이 먼저 손을 써서 임해군으로 하여금 침을 계속 흘리게 만들었으며, 맥도 고르지 않게 했다는 걸.

* * *

해가 지나고 기유년* 4월이 되었을 때 임해군이 죽었다는 소식이

....

* 己酉年:광해 1년:1609년

426

전해졌다.

광해군은 당시 임해군을 지키는 책임자였던 교동 별장 이정표를 추고하여 그에 따른 벌을 주도록 했다. 당시만 해도 사람들은 임해군이 대북파의 조종을 받은 이정표에게 살해당했다는 걸 알지 못했다.

허임은 임해군의 죽음을 조금도 안타까워하지 않았다. 임해군과 임해군의 종들에게 힘없는 사람들이 얼마나 많이 죽었던가. 포악한 그가 죽은 것은 천벌이라 할 수 있었다.

9월 가을의 침구치료가 무사히 끝나고 10월이 되자, 광해군이 허임을 마전*군수에 임명했다. 겉으로는 9월 치료의 공을 인정해서 실직에 임명한 것이라 했지만, 그 내면에는 명나라 차관을 상대한 공도 들어 있었다.

허임은 소식을 듣고 가슴이 벅찼다. 사실 당상의 품계인 통정대부를 가자 받긴 했지만 명예뿐인 직책이었다. 그런데 마침내 실직(實職)인 군수직을 제수받은 것이다. 더구나 당당하게 궁중을 떠날 수 있으니 그야말로 바라던 바였다.

하지만 사헌부가 그 일을 좌시하지 않았다. 허준의 일을 겪어본 문관들은 왕의 의관에 대한 총애를 무척 싫어했다. 더구나 허임은 천출이 아닌가.

10월 8일, 사헌부가 허임의 체직을 청했다.

"마전 군수(麻田郡守) 허임(許任)은 본시 미천한 사람으로서 이미

----

* 琅 경기도 연천군 미산면

당상의 직을 역임한 것만으로도 그의 노고를 보답해 준 은전이 지나치다고 할 수 있사옵니다. 그런데 이번에 목민(牧民)의 직임을 제수하자 해괴하게 여기지 않는 사람이 없사옵니다. 체차시키소서."

광해군은 사헌부의 건의를 윤허하지 않았다.

"허임은 이미 동반의 직을 역임하여 벼슬길을 터주었으니 문벌(門閥)을 말할 것 없다. 한번 그에게 시켜보는 것도 무방할 듯하니 번거롭게 논하지 말라."

그 후로도 사헌부가 계속 건의했으나, 광해군은 여러 가지 이유를 들어서 그들의 건의를 받아들이지 않았다.

"허임의 재능을 참작하여 제수한 것인데 어찌 감당하지 못하겠는가. 한번 시켜보는 것도 괜찮을 것 같으니 번거롭게 논집하지 말라."

"하늘이 인재를 태어나게 하는 데 있어서 어찌 귀천의 구분을 주겠는가?"

"허임은 공로가 있을 뿐만 아니라, 지닌 재주가 쓸 만하다. 그리고 그는 어미와 함께 사는데 궁핍하여 생활할 수 없는 처지이다. 따라서 잔폐(殘廢)된 고을에 수령으로 보내는 것도 공로를 보답하고 권장하는 뜻에서 나온 것이니, 더 이상 논하지 말라."

광해군이 윤허하지 않는데도 사헌부는 매일 끊이지 않고 허임의 체직 의견을 올렸다. 그러한 상황이 한 달 가까이 지속되자 광해군도 어쩔 수 없이 허임을 체직시키고, 그 대신 다른 방도를 마련해 주었다.

"전 군수 허임에 대해서 실 첨지*의 빈자리가 나기를 기다려 제

....
* 僉知:첨지중추부사. 정3품 무관벼슬

428

수하고, 그 전에 우선 그 품계에 준하여 녹을 주어서 그로 하여금 어미를 봉양하며 연명할 수 있도록 하라."

* * *

마전군수 임명이 수포로 돌아가자 허임보다 오동돈이 더 화를 냈다.

"아니, 왜들 그렇게 난리랍니까? 의관이 군수하면 큰일이라도 난답니까요?"

허임도 아쉽긴 했지만 임금이 자신을 감싸주었다는 것으로 위안을 삼았다.

"놔두십시오. 군수가 되면 어떻고 안 되면 어떻습니까?"

"그래도 군수가 되는 것이 어디 보통 일입니까요?"

"나는 환자나 돌보면서 사는 게 더 좋습니다. 아마 군수가 되어도 환자를 치료하느라 임무를 제대로 수행 못 할 겁니다."

"참나, 정말 욕심도 없으십니다요. 그런데 이제 어떻게 하실 겁니까요?"

오동돈의 질문에 허임도 바로 대답을 못했다.

마전군수의 직을 제수받아서 내의원을 나온 상황이었다. 그런데 임지로 가기 전에 임명이 취소되었으니 이도 저도 아닌 처지가 된 것이다. 더구나 첨지의 빈자리가 나기를 기다려야 하니 내의원으로 다시 들어갈 수도 없었다. 최소한 한 가지만큼은 바라던 바대로 된 셈이었다.

"어차피 몸도 안 좋고, 빈자리가 나려면 기다려야 할 것 같으니 집에 내려가 봐야겠습니다."

허임이 아프다는 핑계를 대고 집에 내려간 지 한 달쯤 지난 11월 22일, 광해군은 의주로 귀양 가 있는 허준을 석방하라는 명령을 내렸다. 당장 사간원과 사헌부에서 석방 명령을 거두어달라는 청을 쏟아냈다.

그러나 이번만큼은 광해군도 끝까지 물러서지 않았다. 중신들의 끊임없는 반대가 지겹기만 했다. 계속 물러서다가는 허수아비가 될 것 같아서 불안했다.

그 동안 나주에 내려가 있던 허임은 한겨울 추위로 인해 병이 든 환자를 치료하며 나날을 보냈다. 곁에 어머니와 부인, 아이들이 있으니 세상 누구도 부럽지 않았다.

그렇게 경술년을 코앞에 둔 어느 날, 오동돈이 보낸 사람이 허준에 대한 소식을 전했다.

"당상관 어른, 귀양 가신 태의 허준 어른께서 석방되셨습니다."

허임은 그 소식을 듣고 얼굴이 환하게 펴졌다.

* * *

경술년* 2월. 광해군이 침의 허임과 김영국을 한양으로 불러들

---

* 경술년:광해2년:1610년

였다. 그러나 나주에 있던 허임은 하필 그때 지독한 감기에 걸려서 바로 올라가지 못했다.

임금의 명이 떨어졌는데도 윤삼월이 되도록 그가 한양에 올라오지 않자 사간원이 허임을 몰아붙였다.

"침의(鍼醫) 허임(許任)이 전라도 나주의 집에 가 있는데, 위에서 전교를 내려 올라오도록 재촉한 것이 한두 번이 아니옵니다. 그런데도 오만하게 집에 있으면서 명을 따르지 않고 있사옵니다. 군부(君父)를 무시한 죄를 징계하여 다스리지 않을 수 없사오니, 잡아다 국문하도록 명하소서!"

하지만 광해군은 사간원의 청을 윤허하지 않았다.

"허임은 전부터 몸에 병이 있는 자이니, 올라오지 못한 것에는 필시 이유가 있을 것이다. 추고하여 실정을 알아낸 후 처리하여도 늦지 않다. 더구나 곧 침을 맞고자 하니, 용서해 줄 만하다."

며칠 후 사간원이 다시 허임의 국문을 청했지만 광해군은 그들의 뜻을 따르지 않았다.

허임은 4월이 되어서야 한양에 도착했다. 그가 도착했을 때 허준은 『동의보감』의 막바지 작업에 한창이었다. 허임은 바로 허준을 찾아갔다. 마침 그때 허준은 침구편을 정리하던 중이었다.

"허허허, 마침 잘 왔다. 네 도움이 필요한 곳이 있는데 좀 봐다오."

허준은 허임의 도움을 요청했다. 허임은 아까워하지 않고 자신이 아는 바를 말해주었다. 다만 아쉬운 것은, 원칙을 중시하는 허준이

다 보니 간혹 원칙에서 벗어나기도 하는 그의 침구술을 제대로 받아들이지 못한다는 것이었다. 변칙적인 방법은 위험해서 보편적인 의술에 적절치 않다는 게 이유였지만, 그보다는 그의 침구술을 이해하지 못하기 때문이었다.

허임은 굳이 고집 부려서 자신의 주장을 강요하지 않았다. 머리로 아는 것과 손으로 행하는 것은 다르다. 특히 침구술은 손으로 행하는 것이 머리로 아는 것 이상 중요하다.

아무리 이론을 많이 알아도 손으로 행할 재주가 없으면 빛 좋은 개살구인 것이다.

득지어심(得之於心) 응지어수(應之於手).

마음으로 깨달으면 손으로 나타나야 하는데,

능여인규구(能與人規矩) 불능여인교(不能與人巧).

비법은 전해주어도 솜씨는 전해줄 수 없다고 하지 않던가.

손끝의 미세한 감각으로 기의 흐름을 느끼고 조절하는 능력은 타고난 바탕에 무수한 경험이 필요하다. 침을 직접 놓아본 적이 거의 없는 허준으로서는 허임의 신기에 가까운 침구술을 이해 못하는 것이 당연할 수도 있었다.

그 때문에 내의원과 혜민서의 몇몇 침의가 허임의 침구술을 배우려 했음에도 보다 깊은 곳에는 이를 수가 없었던 것이다.

그렇게 8월 6일이 되었을 때, 드디어 허준이 『동의보감』을 완성해서 광해군에게 바쳤다. 광해군은 크게 기뻐했다.

"양평군 허준은 일찍이 선조(先朝) 때 의방을 찬집(撰集)하라는 명을 받들고 몇 년 동안 자료를 수집하였는데, 심지어는 유배되어 옮겨 다니고 유리(流)하는 가운데서도 그 일을 쉬지 않고 하여 마침내 책으로 엮어 올렸다. 선왕께서 찬집하라고 명하신 책이 과인이 계승한 뒤에 완성을 보게 되었으니, 내가 비감한 마음을 금치 못하겠다. 허준에게 숙마(熟馬) 1필을 직접 주어 그 공에 보답하라. 그리고 내의원으로 하여금 국(局)을 설치해서 이 방서(方書)를 속히 인출(印出)케 한 다음 중외에 널리 배포토록 하라."

그는 『동의보감』이 지닌 가치를 정확히 꿰뚫어 보고 있었다. 병을 다스릴 수 있으면 백성이 건강해진다. 백성이 건강해지면 나라가 강해지고, 나라가 강해지면 굴욕을 당하지 않게 된다. 『동의보감』과 같은 뛰어난 의서는 십만 강병만큼이나 큰 가치를 지니고 있는 것이다.

* * *

광해군은 세월이 가면서 차근차근 왕권을 강화해 나갔다. 왕권이 강해야만 자신이 뜻한 바대로 일을 추진할 수 있었다. 그러지 못하면 중신들에게 휘둘려서 아무것도 할 수 없다는 것을 그는 너무나 잘 알고 있었다.

그 와중에도 조정의 당쟁은 더욱 치열해졌다. 소북파의 중심인물인 유영경 등이 이미 제거되었는데도 대북파는 고삐를 늦추지 않았다. 특히 정인홍과 이이첨 등이 그 동안의 한을 풀겠다는 듯 반대파 세력을 무자비하게 공격했다.

허임은 그러한 상황에 환멸감이 들었다. 내의원에서 지내는 것이

지겹기만 했다. 내의원에 있다 보면 별의 별 소문을 다 듣게 되는데, 오가는 소문만 들어도 가슴이 답답한 것이다.

허임은 이런저런 핑계를 대고 내의원에 나가지 않았다. 어차피 실직이 주어질 때까지 기다리는 처지여서 임금을 치료할 때만 나가면 누구도 뭐라 하지 못했다.

대신 그는 혜민서에 들르거나 도성을 돌아다니면서 백성들을 치료했다.

내의원에 있으면 권세가들의 부탁이 끊이지 않았다. 그들에게 시달리느니 힘없는 민초들을 치료하는 것이 백배 나았다.

대부분의 백성들은 허임을 알아보지 못했다. 그 역시 귀찮음을 피하기 위해서 혜민서 의원들에게 자신의 정체를 말하지 못하게 했다.

허준도 허임의 부운(浮) 같은 행동에 관여하지 않았다. 한편으로는 그의 자유로움을 부러워했다.

바늘로 찌르면 청수가 쏟아질 것만 같은 쪽빛 하늘, 기분 좋게 겨드랑이를 파고드는 선선한 바람. 전형적인 가을 날씨를 보이던 그날도 허임은 시전행랑이 운집한 운종가(雲從街) 동쪽의 탑골 근처 평상에 앉아서 백성들을 치료하고 있었다.

환자는 각양각색이었다. 아이도 있고, 노인도 있고, 부서진 갓을 쓴 가난한 선비도 있고…….

백성 서너 명은 한쪽에 쪼그리고 앉아서 머리를 쑥 내밀고 허임이 침을 놓는 모습을 구경했다. 허임이 침을 찌를 때마다 그들의 눈에는 두려움과 호기심이 교차했다. 간혹 종기를 치료하기 위해서 피침으로 살을 가르면, 움찔하며 마치 자신의 살이 갈라진 것처럼 몸을 으스스 떨었다.

그렇게 대여섯 명을 치료했을 때 오동돈이 헐레벌떡 찾아왔다.

"아이고, 여기 계셨구먼요. 태의 어른께서 지금 즉시 들어오시랍니다요. 모레 시작할 주상전하의 치료 때문에 의논할 게 있으시다는구먼요."

"그래요? 여기 이 사람만 치료하면 되니 곧 가지요."

허임은 서두르지 않고 마저 한 사람을 더 치료한 후에야 자리에서 일어나 내의원으로 향했다.

그가 마지못한 표정으로 터벅터벅 내의원으로 들어가는데 마침 허준이 저편에서 걸어왔다. 허준은 느지막이 들어오는 허임을 보고도 질책은커녕 허허롭게 웃었다.

"허허허, 네가 부럽구나. 의원이 되어서 환자를 치료하는 것 이상 보람되는 일이 뭐가 있겠느냐?"

"태의 어른께서도 태의 어른이 좋아하시는 의서 정리를 하고 계시지 않습니까?"

"나는 이렇게 살다가 죽을 팔자인가 보다. 그래도 어쩌겠느냐? 내가 좋아서 하는 일인데."

"그거 보십시오. 행하는 방식은 달라도 좋아하는 일을 하는 것은 같으니 조금도 저를 부러워하실 것 없습니다."

"그런가? 허허허허."

허준이 밝은 웃음을 터트렸다.

허임도 주름진 허준의 얼굴을 바라보면서 미소를 지었다.

각자의 분야에서 조선 최고로 평가받는 두 의원의 웃음은 한낮의 햇살만큼이나 밝았다.

임자년* 8월 9일. 허임은 임진왜란 때 서로(西路)로 남하하면서 호종(扈從)했던 공로로 한 자급 더 가자 받고, 갈충진성위성공신이 되어 하흥군(河興君)으로 봉군(封君)되었다.

또한 9월 21일에는 계사년**에 광해군의 서남행시 수행하며 침 치료를 한 공로로 3등의 녹훈(錄勳)에 수록되었고, 허준과 함께 의관록(醫官錄)에 기록되었다.

계축년*** 5월에는 커다란 옥사가 일어났다. 전 해에 박응서와 서양갑 등의 도적이 은자를 훔친 사건이 벌어졌는데, 대북파가 영창대군과 대비의 생부인 연흥부원군 김제남을 제거하기 위해서 거짓

....

* 王子年:광해4년:1612년
** 癸巳年:1593년
*** 癸丑年:광해5년:1613년

을 꾸며 광해군을 자극한 것이다. 결국 김제남은 처형되고, 영창대군은 강화로 유배되는 일이 벌어졌다.

그 후로도 조정중신들은 근 8개월에 걸쳐서 영창대군에게 벌을 주어야 한다고 광해군에게 청했으나, 광해군은 수백 차례의 청을 윤허하지 않았다.

그런데 갑인년* 2월 10일, 강화부사 정항이 영창대군을 죽이고야 말았다. 그 일이 누구의 사주인지는 정확히 밝혀지지 않았으나, 후세 사람들은 정항이 반드시 대북파의 사주를 받았을 것이라 여겼다.

허임은 갑인년 6월부터 을묘년** 5월까지 교동현감을 지냈다. 그 시절 허임은 우여곡절 끝에 셋째 아들인 허정(許晸)을 얻었다.

그런데 을묘년 11월, 자잘한 눈발이 백매화처럼 흩날리던 어느 겨울 날, 허준이 숨을 거두었다. 허임은 그의 죽음을 부친이 죽었을 때만큼이나 슬퍼했다. 스승인 임영 이후로 그의 의술에 가장 큰 영향을 끼친 사람 중 하나가 허준이었다. 한때는 원망도 했지만, 결국은 가장 가까운 동료가 되었으며, 때로는 경쟁자이기도 했던 사람. 의관들에게는 신화가 된 사람. 그가 곁에서 영원히 떠난 것이다.

허임만큼이나 슬퍼한 사람은 오동돈이었다. 꺼이꺼이 울면서 통곡하는 그를 보고 있으면 진짜 부친이라도 되는 듯했다. 허임이 아

....

* 甲寅年:광해6년:1614년

** 乙卯年:광해7년:1615년

438

무리 말려도 오동돈은 눈물을 멈추지 않았다.

11월 13일, 광해군도 허준의 공을 인정해서 그간 미루어두었던 보국숭록대부의 가자를 추증하였다. 그리고 11월28일, 광해군은 자신의 치료를 위해서 허임을 경기도 인근의 수령으로 임명할 것을 지시했다.

병진년* 1월 23일, 허임은 광해군의 명령에 의해서 영평현령으로 임명되었다. 그해 11월27일, 허임은 여러 해 동안 입시(入侍)하여 침구치료를 한 공로로 자급을 더 받아 정2품 하계(下階) 자헌대부에 올랐다. 허준은 서출이긴 해도 양반가의 자식이었다. 그런데 허임은 노비였던 천민의 자식으로서 정2품에 오른 것이다.

정사년** 2월12일. 광해군은 허임을 양주목사에 임명했다. 허임이 천출이라는 이유로 사헌부가 왕에게 직위의 교체를 잇달아 간청하였으나 광해군은 받아들이지 않았다.

그 뒤 3월 9일에는 부평부사(富平府使)로 자리를 바꾸었다. 그 후 허임은 임지와 대궐을 오가며 광해군을 여러 번 치료했다.***

무오년**** 4월, 허임은 아무도 치료하지 못했던 이유간의 둘째 아

---

* 丙辰年:광해8년:1616년

** 丁巳年:광해9년:1617년

*** 허임은 1617년(광해 9년) 3월15일부터 1619년(광해 11년) 8월30일까지 부평부사를 지냈다.

**** 戊午年:광해10년:1618년

들 이경설을 치료함으로써 그의 침구술이 조선 제일임을 다시 한 번 세상에 알렸다.*

그 당시, 이항복의 친우인 이유간은 막내아들 이경석을 허임에게 보내서 둘째인 이경설을 치료해 달라고 부탁했다.

이경설은 근 6개월 동안 왼쪽 다리가 아파서 잠을 제대로 못 이룰 정도로 고통스러워하고 있었다. 수많은 의원들을 청해 치료했지만 소용이 없었다. 그런데 허임은 이경설의 다리를 만져보고는, 이경설의 통증이 넓적다리 깊숙한 곳에 난 종기 때문임을 알아보았다.

이유간은 종기라는 말에 의아해 했다. 아들은 지난 해 10월부터 6개월 동안이나 병을 앓았다. 숱한 의원들이 아들의 상태를 살펴보았다. 하지만 그 의원들 중 누구도 아들의 다리를 보고 종기가 났다는 말을 하지 않았다. 그러니 허임의 침술이 아무리 조선 제일이라 해도 이유간은 그의 말을 반신반의하지 않을 수 없었다.

허임은 대침으로 이경설의 넓적다리 안쪽을 깊숙이 찔렀다. 곁에서 지켜보던 이유간과 이경석은 그 광경을 보고 놀라서 눈을 홉떴다. 그때 허임이 침을 빼자, 넓적다리 안쪽에서 피고름이 쏟아져 나오기 시작했다. 그제야 허임의 말이 사실임을 안 이유간은 사발로 피고름을 받아냈는데, 그 양이 무려 서너 사발이나 되었다.

이유간은 감탄을 금치 못했다.

"왜 사람들이 허임을 조선 제일이라 칭하는지 몰랐거늘, 과연 명

---

* 『우곡일기(愚谷日記)』 참조

불허전이로구나!"

* * *

허임은 임술년* 4월 6일 남양부사에 임명되었다. 그러나 계해년**3월 13일, 인조반정으로 광해군이 쫓겨나자 남양부사의 자리에서 파직당했다.

허임으로서는 차라리 마음이 편했다. 정상적으로 왕위를 물려준 것이 아닌 반정이었다. 광해군을 모셨던 허임은 인조 하에서 벼슬을 하고 싶지 않았다. 더구나 두 아들이 인조반정에 간접적으로 참여했다는 걸 알고 의술 외의 모든 것을 내려놓고 싶던 터였다. 그는 가족들을 데리고 공주에 정착했다.

광해군이 물러난 후로도 허임은 조선 제일의 침의로 왕의 침구치료에 참여하였다. 광해군의 총애를 받았다는 이유와 인조가 의술보다는 무당과 주술(呪術)에 의존하는 바가 많아서 이전처럼 자주 참여하지는 못했다. 하지만 많은 의원들이 그를 조선 제일로 꼽는 것을 주저하지 않았기에 내의원에서도 그의 손을 빌리지 않을 수 없었다.

갑자년*** 1월 24일. 평안도 병마절도사 겸 부원수였던 이괄이 반

....

* 壬戌年:광해14년:1622년
** 癸亥年:인조1년:1623년
*** 甲子年:인조2년:1624년

란을 일으켰다. 반정의 주역 중 하나였던 그를 공신들이 무고하자 참지 못하고 일어선 것이다. 당시 한명련도 엉뚱한 오명을 써서 잡혀갔는데, 이괄이 그를 구했다. 그로 인해 한명련도 조정 중신들의 한심스러운 작태에 분개해서 이괄의 진영에 가담했다. 그러나 그들은 한양을 차지하고도 역습을 받아서 사흘 만에 평정되고 말았다.

허임은 한명련을 따라간 동막개가 걱정되었다. 그런데 인편을 통해서 한 통의 서신이 왔다. 다행히도 동막개는 한명련이 잡혀가는 것을 보고 권력싸움에 환멸을 느껴서 북방으로 발길을 돌렸다고 했다.

정묘년* 1월, 후금이 압록강을 건너 의주를 공략하고 남으로, 남으로 내려왔다. 광해군을 위하여 원수를 갚는다는 게 그들의 명분이었다. 광해군은 후금의 세력이 커질 거라 예측하고 명보다 후금을 가까이 했는데, 인조가 다시 명을 택하자 공격해 들어온 것이다.

임진란을 겪고도 힘을 키울 생각은 하지 않고 당쟁만 벌였던 조선은 그들을 막을 수가 없었다. 결국 전쟁은 시작된 지 단 두 달 만에 굴종의 정묘조약을 맺고 끝이 났다.

당시 공주로 내려가 있던 허임은 무진년**이 되어서야 부름을 받고 한양으로 올라갔다. 그리고 그 해 4월, 임금을 치료한 공으로 숙

---

* 丁卯年 : 인조5년 : 1627년

** 戊辰年 : 인조6년 : 1628년

마 1필을 받았고, 10월에는 표피(豹皮)를 받기도 했다.

병자년*에도 청이 쳐들어와서 조선은 참담할 정도의 굴욕적인
삼전도(三田渡) 맹세를 한 후에야 평화를 되찾았다.

그 즈음, 허임은 공주에서 제자를 기르며 세월을 보냈다.**

그가 제자로 삼은 이는 공주에 사는 선비의 아들 최우량이었다.
최우량은 기재가 남다른데다 성품이 뛰어나서 허임은 자신의 의술
을 아낌없이 전수했다.

그렇게 허임의 나이 70세(1639년)가 되었을 때였다. 내의원에서
임금의 청한*** 증세에 대한 논의가 벌어졌다. 당시 어의들 중 누구
도 임금의 병세를 고칠 의술을 지닌 자가 없었다. 결국 그들은 허
임에게 도움을 요청하기로 결정하고, 임금의 병세를 적은 다음 허
임을 찾아가서 처방을 물어보았다. 허임은 임금의 병에 대해서 침
구처방을 문서로 올렸다.

조정에서는 허임이 직접 오지 않고 처방만 보낸 행위가 불충하
다며 벌을 줘야 한다고 떠들어 댔다. 하지만 인조는 그들의 말을
들어주지 않았다. 당쟁만 일삼는 그들보다는 신의 침술을 지닌 허
임이 자신에게 더 필요하다고 생각한 듯했다.

....

* 丙子年:인조14년:1636년

** 그에게는 아들이 셋이나 있었으나 아쉽게도 그의 의술을 잊지 못했다.

*** 靑汗:식은땀

세월이 가고 갑신년*이 되었을 때, 허임은 자신의 배운 바와 수십 년간의 경험이 실린 침구서(鍼灸書)를 집필하기 시작했다.

내의원 제조가 된 이경석은 허임이 침구서를 집필한다는 말을 듣고 반색했다. 누구보다 허임의 실력을 잘 아는 그가 아닌가. 허임의 침구술이 책으로 만들어진다면 이 나라 백성들의 큰 복이라 생각한 것이다.

마침내 그 해 4월, 침구서가 완성되었다. 이경석이 발문(跋文)을 쓰고, 호남관찰사 목성선이 간행(刊行)했다.

그 책이 바로, 훗날 중국과 일본에서도 침구술에 관한 한 최고의 의서로 쳐주는 『침구경험방』이었다.

이것은 감히 옛 사람의 저술을 본뜬 게 아니고, 단지 일생고심(一生苦心)하며 겪은 바를 차마 버릴 수가 없어서 엮은 것이니, 현명한 이가 고민을 더하여 위급한 생명을 구하는데 어떤 경우든 작은 보탬이라도 되었으면 한다.

—『침구경험방(鍼灸經驗方)』 서문(序文) 중(中)

〈끝〉

....

* 甲申年:인조22년:1644년

444

참고문헌(參考文獻)

침구경험방(鍼灸經驗方)

선조실록(宣祖實錄)

선조수정실록(宣祖修訂實錄)

광해군일기(光海君日記)

인조실록(仁祖實錄)

난중일기(亂中日記)

승정원일기(承政院日記)

쇄미록(瑣)

우곡일기(愚谷日記)

저자 후기

어느 날, 조선시대 침의인 허임과 관련된 소설에 대해서 집필 의
향을 묻는 연락이 왔다.

오랫동안 장르소설을 써오던 중 마침 일반소설에 손을 대고 있
던 참이라 귀가 솔깃하여 허임에 대해서 알아보았다.

인터넷에 허임에 대한 이야기들이 여기저기 올라와 있었다.

침과 뜸의 대가, 조선 제일의 침의, 중국과 일본에서조차 인정해
주는 침의 대가, 허준조차 인정한 침의 등등 조선시대에 이런 사람
이 있었나 싶을 정도로 굉장한 문구들이 눈을 사로잡았다.

도대체 어떤 사람이기에 이렇게 대단한 평가를 받는 걸까? 왜 여
태 이런 사람에 대해서 알지 못했던가?

잔뜩 호기심이 생긴 저자는 글을 써보기로 결심하고, 보다 완성
도 있는 소설을 쓰기 위해 국사편찬위원회에서 한역한 조선왕조실
록 중 허임이 존재했던 시대를 세세히 훑어보았다.

아쉽게도 실록에조차 허임과 관련된 이야기가 많지 않았다. 하지만 실록을 읽은 덕분에 참으로 많은 것을 알게 되었다. 특히 이십 대 젊은 허임과 오십 대 허준이 함께 활동했던 시기인 임진왜란 때의 내용은 저자에게 엄청난 충격을 주었다.

지금까지 배우지 못했던, 듣지도 못했고 알지도 못했던 이야기가 너무도 사실적으로 쓰여 있었다.

전란의 참혹함에 온몸이 떨렸고, 나라의 위급은 안중에도 없이 당파싸움이나 벌이는 권력자들의 행태에 분노가 치밀었다.

나라와 백성을 지키기 위해서 목숨을 던지는 의병과 장수들의 모습을 볼 때는 눈물이 나와서 한 동안 멍하니 모니터를 쳐다보곤 했다.

이게 진짜 역사구나. 여태 헛배웠구나.

가슴이 저렸다.

결국 저자는 허임과 조선왕조실록의 내용을 뼈대로 해서 소설을 진행시키기로 했다. 허임이라는 뛰어난 인물을 알림과 동시에 실록에서 읽은 이야기를 하나라도 더 소설에 넣어서 사람들에게 알리고 싶었다.

아마 독자들은 이글을 읽으면서 지금까지 알지 못했던, 여태껏 다른 어디에서도 보지 못했던 역사적 내용들을 접할지도 모른다.

사실 이 글은 논픽션과 픽션의 경계를 넘나드는 소설이고, 작중 주인공인 허임에 대한 자료가 많지 않아서 실제 역사에 나와 있는 부분을 제외한 내용은 저자의 상상력에 의존했다. 그러나 역사적 사실만큼은 조선왕조실록 등 역사서에 기초해서 최대한 사실적으로 쓰려고 했음을 알아주었으면 싶다.

저자는 이 자리를 빌어서, 그토록 방대한 실록을 읽기 쉽도록 국역한 국사편찬위원회 분들께 고개 숙여 감사의 마음을 전하고 싶다.

또한 이 책의 역사적인 부분은 조선왕조실록에서 다수 따왔다. 그 점을 미리 밝히며, 국역하신 분들의 땀과 노력이 깃든 결과물을 손쉽게 얻은 듯해서 참으로 죄송한 마음이다.

글 내용 중의 병과 치료법에 대해서는, 당시의 시대 상황에 맞추기 위해서 많은 부분을 허임이 지은 『침구경험방』과 당시 『조선왕조실록』에 적혀 있는 내용을 참조했다. 또한 전문적인 병증과 치료법에 관련하여서는 공저를 하신 이상곤 원장님께서 많은 도움을 주셨다.

혹여나 실수를 한 부분이 있다면, 한의학에 배움이 짧은 본 저자의 잘못이라 할 수 있으니 독자 분들의 너그러운 용서만 바랄 뿐이다.

2014년 3월. 모악(母岳) 아래에서

성인규(장담)

저자 후기

이 책은 4년 넘게 끌어왔다. 처음에는 경락과 경혈의 탐색을 위해 고민한 사유를 정리하기 위해 시도되었다. 25년 동안 한의사 생활을 하면서 가장 궁금했던 것은 경락과 경혈이라는 존재였다. 한의학의 정체성이 보이지 않는 기가 보이는 육체를 움직인다는 것이라면 기라는 것은 어떤 운동성을 갖고 인체를 움직일까? 그리고 음양오행설은 어떤 근거를 가지고 있을까? 이러한 궁금증이 늘 머릿속을 떠나지 않았다.

우주의 기본적 요소는 공간과 시간이다. 동양은 때에 맞춰 씨를 뿌리고 거둬들이는 농업사회다. 때를 아는 것은 농사에 가장 중요한 요소다. 시간을 알기 위해 하늘을 탐구하고 별의 움직임이 시간이라는 것을 알면서 봄여름가을겨울의 네 가지 요소를 목화금수로, 시계의 판을 토로 규정하였다. 보이지 않는 시간은 둥근 원의 운동성이 그 뿌리였다. 원은 음양이다. 내부적으로 수축하는 음이 기도 하고 외부적으로 확장하는 양이기도 한다.

인체를 움직이는 시간의 움직임을 추상한 경락은 끊임없이 뱅글 뱅글 도는 원이였다. 혈(穴)은 구멍이라는 뜻의 한자다. 피부 위에 한 점인 혈이 왜 구멍이라고 했을까?

몸은 여자처럼 음이고 손은 남자처럼 자극하는 존재인 양이다. 사실 만지면 달아오르면서 내부가 블랙홀처럼 구멍을 만든다고 해서 혈이다. 이것을 전유법이라고 한다. 지구가 자전과 공전을 하듯이 혈도 내부적으로 자전과 공전을 하면서 경혈의 존재와 경락의 존재로 운동하며 순환하는 것이다. 기는 시간 그 자체의 순환을 하고 있었다.

허임의 보사법은 이런 의미를 담고 있는 침법이다. 사람보다는 침법을 먼저 알았지만 사람은 더 치열한 삶을 살았던 분이다.

처음 소설을 시작했지만 이야기보다는 경락과 경혈의 의미를 쓰다 보니 부족한 면이 많았다.

김준혁 팀장은 처음부터 끝까지 이 소설을 이끌어 왔다. 성인규 작가는 같이 작업을 할 수 있어 행복했고, 좀더 빨리 만나 함께 작업할 수 있었으면 하는 아쉬움이 드는 분이다. 스토리를 뼈대로 나의 치열한 고민은 작은 양념으로 만들어 소설다운 소설로 만들었다.

긴 시간이었지만 그래도 침과 경락이라는 사유가 투영될 수 있어 행복하다.

—2014년 3월, 갑산한의원 원장 이상곤

조선 침의 자존심 허임

　허임은 『침구경험방』으로 『동의보감』과 함께 중국과 일본 등지에 소개된 의서의 집필자이자, 허준과 동시대를 살며 의술로 이름을 널리 알린 인물이다. 그의 신분은 정3품에 해당하는 당상관에 이르렀으며, 양주목사, 부평부사 등 다양한 관직을 거칠 만큼 출세 가도를 달렸다. 그러나 사실 그는 천민 출신이다.

　그의 아버지는 조선 시대 유명한 악공인 허억봉이었는데, 관노의 신분에서 장악원에 차출된 경우다. 어머니 역시 노비 출신이었다. 그러나 조금 윗대로 올라가 역사를 훑어보면 허임은 명망가의 후손임을 알 수 있다. 바로 9대조가 태조부터 세종에 이르기까지 네 임금을 섬긴 허조이기 때문이다. 그러나 7대조 때 단종 복위 운동에 연루되어 관노로 전락하였다. 때문에 천출이라는 신분이 허임에겐 큰 마음의 한이었던 듯싶다.＊

허임은 어린 시절 부모의 병으로 인해서 의술에 입문한 것으로 알려져 있으며 특히 침에 능했다. 그는 의관이 된 후 임진왜란 때 전장의 수많은 부상자들을 치료했는데, 약재를 구할 수 없는 전란 중에 침구술은 매우 유용했을 것이다. 이때의 경험이 그의 침술을 최고의 경지로 끌어올렸을 것으로 여겨지며,『동의보감』의 저자인 허준마저도 침에 관해서라면 허임을 가장 앞에 내세웠다.

선조 37년 허준이 임금의 물음에 이렇게 답한 기록이 있다.

"신은 침을 잘 모릅니다만 허임이 평소 말하기를 경맥을 이끌어 낸 다음에 아시혈에 침을 놓을 수 있다고 했습니다."

허준은 당 시대를 대표했던 의술의 대가다. 나이가 근 40세나 차이나는 점과 당시 최고에 있던 그의 위치를 생각해 보면 대단한 칭송이 아닐 수 없다.

임진왜란 초기에 궁중에 들어와 광해군까지 26년 동안이나 총애를 받은 그의 침구비법은 무엇일까?

여러 기록에 의하면 허임은 침을 놓는 '기법'에 뛰어난 것으로 평가된다.

선조가 편두통을 앓았을 때 허준은 병을 진단하고, 남영은 혈자

---

* 『하양 허씨세보』에 의하면, 허억봉이 단종복위에 연루되어 죽은 문경공 허조의 후손이어서 관노가 되었다고 한다. 그러나 다른 여러 기록과 논문에 의하면 허억봉이 허조의 후손이라는 사실이 당시의 시대적 상황과 맞지 않는다고 했다. 단종복위로 인해 벌을 받아서 노비가 되었던 후손들은 당시에 이미 면천이 되었다는 것이다. 그러므로 그 사실에 대해서는 좀 더 연구가 필요할 듯하다.

리를 잡고, 허임은 침을 놓았다는 기록이 있다. 이는 허임의 침 기술이 내의원의 침의 중에서도 뛰어나다는 것을 반증한다.

침구학은 여러 분야로 나뉘어 있다. 경혈을 연구 정리하는 경혈고증학파, 침을 찌르고 자락하여 피를 뽑는 자락방혈파, 침을 놓는 기법을 중시하는 수법파 등이 있는데 허임이 이 수법파에 속한다. 수법파 기술의 결정판이 보사법인데 그의 보사법은 비법으로 인정되어 '허임보사법'으로 따로 분류된다. 그가 쓴 『침구경험방』의 서문에도 이점은 분명히 밝히고 있다. "불민한 나는 어릴 때 부모님의 병을 고치려 의학에 몸담은 뒤로…… 환자를 치료하는데 진료의 요점과 질병의 변화과정, 보사법을 명확히 밝히고자 한다."라고 말하며 자신의 보사법에 대한 자긍심을 보인다.

1748년 통신사 일행으로 일본에 간 의사 조숭수는 조선침구의 특징을 묻는 일본의원 가와무라 슌코에게 침구보사를 이렇게 설명했다.

"침을 잘 놓는 자는 보사의 방법에 능통하다. 조선에는 허임이 가장 침을 잘 놓았고 김중백이 이어받았다."

허임 보사법의 수법은 어떤 것일까? 만약 침을 5푼 깊이로 찌른다면 2푼을 찌르고 멈추었다 2푼을 찌르고 나머지 1푼을 찌르면서 숨을 들이마시게 한다. 이점의 의미는 풍선에 바람을 불어 넣는 것과 같이 내 몸에 기를 팽팽하게 채워 넣는 것이라 하여 보법이 된다. 사법은 이와 반대의 방법을 쓰며 풍선에 공기를 빼는 것처럼 자침한다. 특히 그가 강조한 것은 오른손으로 침을 놓는다면 왼손을 놀려서는 안 된다고 지적한다. 이것은 혈(穴)이라는 특성을 이해하여야 한다. 혈은 구멍인데 피부로 덮혀져 있다. 열려진 것이 아닌 피부이므로 문질러서 내면의 기가 활동하게 하고 기가 활동하면 블랙홀처럼 구멍이 생기면서 기의 흐름이 활발할 때 자침해야 효과를 높일 수 있다는 지적이다. 세 번을 나누어서 2푼, 2푼, 1푼으로 찌른 것은 상중하의 뜻으로 천지인의 의미다. 혈자리는 기를 조절하는 것이 기본 목표다. 기는 다양한 의미로 이해할 수 있지만 하늘과 땅이 마주쳐서 생기는 기후의 변화로 대표된다. 태양으로 대표되는 하늘의 변화를 시간으로 규정하고 사방팔방의 공간인 땅의 변화를 합해서 계량화 한 것이 혈자리가 된다. 바람, 더위, 추위, 습기 등 기후변화처럼 혈자리는 하늘과 땅의 만남을 통해 몸을 데우고 식히며 팽팽하게 만들거나 수축하는 변화의 중심축이 된다.

그의 침법은 단순하지만 이처럼 본질을 읽어내고 임상이라는 실전에 적용한 비법인 셈이다. 필자도 임상에서 이 침법을 응용해 보았다. 알레르기 비염은 외부물질에 대해 예민해져서 꽃가루나 온도변화를 적으로 받아들인다. 따라서 콧물로 씻어내고 재채기로 밀어내고 가려움으로 긁어내려 한다. 외부에 대해 팽팽한 긴장감이 예민함의 원인으로 지목하여 풍선에 바람 빼듯 사법을 실시하여 좋은 치료효과를 보았다. 이명도 귀안의 신경세포인 유모세포의 흥분을 진정하는 치료를 통해 좋은 효과가 있음을 실증하였다.

이러한 뛰어난 침술을 가진 허임이지만, 그의 기행 또한 역사에 기록될 만큼 대단했다. 광해군 2년에는 "침의 허임이 전라도 나주에 가 있는데 위에서 전교를 내려 올라오도록 재촉한 것이 한두 번이 아닌데도 오만하게 집에 있으면서 명을 따를 생각이 없습니다. 군부를 무시한 죄를 징계하여야 하니 국문하도록 명하소서." 이뿐만 아니다. 광해군 6년에는 사간원이 이렇게 아뢰었다. "어제 임금께서 '내일 침의들은 일찍 들어오라'는 분부를 하였습니다. 허임은 마땅히 대궐문이 열리기를 기다려 급히 들어와야 하는데도 제조들이 모두 모여 여러 번 재촉한 연후에야 느릿느릿 들어왔습니다. 이 말을 들은 사람들이 경악스러워하니 그가 임금을 무시하고 태연하게 자기 편리한 대로 한 죄는 엄하게 징계하지 않아서는 안 됩니다. 잡아다 국문을 하여 그 완악함을 바로 잡으라고 명하소서."

그러나 여러 차례 사간원의 요청이 있었지만 그의 행동은 아무런 제약을 받지 않았다. 한 술 더 떠 치료를 잘한 공로로 가자, 즉 포상을 받기도 했다. 그러던 그가 중앙에서 사라진 것은 임금의 하교한 바를 누설한 때문이다. 광해 15년 광해군은 자신의 질환이 신하들에게 누설되는 것을 알고 분노하여 허임과 안언길 등의 의관을 파직한다. 수없이 궁중에 들어왔다 나갔다를 반복한 그였지만 그해 바로 광해군이 인조반정으로 왕위에서 쫓겨나므로 다시는 어의로 돌아오지 못했다.

이후 그는 의서 집필에 공을 들였고, 그리하여 완성한 『침구경험방』은 침술의 기초가 되었다. 이 책은 국제적으로도 소개되었는데, 젊은 시절 조선에 유학 왔던 오사카 출신 의사 산센쥰안은 조선의 의사들이 침구를 중시하고 하나같이 허임의 『침구경험방』을 배워서 이용하는 것을 눈여겨보았다. "유독 조선을 침에 있어서 최고라고 부른다. 평소 중국에까지 그 명성이 자자하다는 말은 정말 꾸며 낸 말이 아니다"라고 평가하였다. 그는 일본으로 돌아갈 때『침구경험방』을 가지고 가서 1725년 일본판으로 간행하였다. 청나라 말기에 요윤종이란 인물은『침구집성』이라는 저서를 남겼는데 그 책이『침구경험방』을 표절한 것으로 밝혀지기도 했다.

관념적인 학문보다는 실질을 중시한 그답게 그의 저서 서문은 기술의 습득을 강조한다. "침구기법을 손에 익혀라."(得之於心 應之 於手)라 하였고 "비법은 주어도 교묘한 재주는 줄수 없다."라고 강조했다.

왜 그의 침법은 사라졌을까? 의학은 사회의 한 부분이다. 유학과 오행 등 관념과 교조주의철학에 사로잡힌 조선의 지배구조가 일세를 풍미한 그의 치료법마저 삼켜버린 셈이다. 문헌을 끌어모으는 데만 급급했던 다른 서적과 다르게 간결한 내용, 실용성이 돋보이면서 자신의 경험을 수록한『침구경험방』을 저술한 그는 시대의 이단아로 눈을 감았다. 그는 일본과 중국을 울렸지만 정작 조선에서는 잊힌 조선침구학의 자존심이었던 셈이다.

— 이상곤(『낮은 한의학』의 저자)

허임 : 조선 제일침 (3)

1판 1쇄 찍음 2014년 3월 24일
1판 1쇄 펴냄 2014년 3월 31일

지은이 | 성인규 · 이상곤
발행인 | 김세희
편집인 | 김준혁
펴낸곳 | 황금가지

출판등록 | 2009. 10. 8 (제2009-000273호)
주소 | 135-887 서울 강남구 신사동 506 강남출판문화센터 5층
전화 | **영업부** 515-2000 **편집부** 3446-8774 **팩시밀리** 515-2007
홈페이지 | www.goldenbough.co.kr

© 성인규 · 이상곤 , 2014. Printed in Seoul, Korea

ISBN 978-89-6017-838-0 04810 (3권)
ISBN 978-89-6017-839-7 04810 (set)

㈜민음인은 민음사 출판 그룹의 자회사입니다.
황금가지는 ㈜민음인의 픽션 전문 출간 브랜드입니다.